06/2500

Über 40 Jahre
Heyne Science Fiction
& Fantasy

2500 Bände
Das Gesamt-Programm

SCIENCE FICTION

Herausgegeben
von Wolfgang Jeschke

Ein Verzeichnis aller BATTLETECH®-Romane
finden Sie am Schluß des Buches.

Robert Thurston

Falke im Aufwind

Vierundvierzigster Roman
im BATTLETECH™-Zyklus

Deutsche Erstausgabe

WILHELM HEYNE VERLAG
MÜNCHEN

HEYNE SCIENCE FICTION & FANTASY
Band 06/6244

Titel der amerikanischen Originalausgabe
FALCON RISING
Deutsche Übersetzung von REINHOLD H. MAI

Umwelthinweis:
Dieses Buch wurde auf chlor- und
säurefreiem Papier gedruckt

Redaktion: Joern Rauser
Copyright © 1999 by FASA Corporation
All rights reserved.
Copyright © 2000 der deutschen Ausgabe und der Übersetzung
by Wilhelm Heyne Verlag GmbH & Co. KG, München
http://www.heyne.de
Printed in Germany 2000
Umschlagbild: FASA Corporation
Umschlaggestaltung: Nele Schütz Design, München
Technische Betreuung: M. Spinola
Satz: Schaber Satz- und Datentechnik, Wels
Druck und Bindung: Elsnerdruck, Berlin

ISBN 3-453-15653-6

Mit Dank an alle üblichen Verdächtigen, insbesondere Donna Ippolito, Chris Hartford und Bryan Nystul für ihre Hilfe bei der Lösung von Problemen mit Handlungsverlauf und Hintergrund, und Annalise für ihre E-Mails von FASA, die mir oft den Tag verschönert haben. Wie immer geht auch Dank an Sir Drokk Darkblade (auch bekannt als Eugene McCrohan) für die Bereitschaft, mit mir über BattleTech zu diskutieren.

Und natürlich an Rosemary und Charlotte.

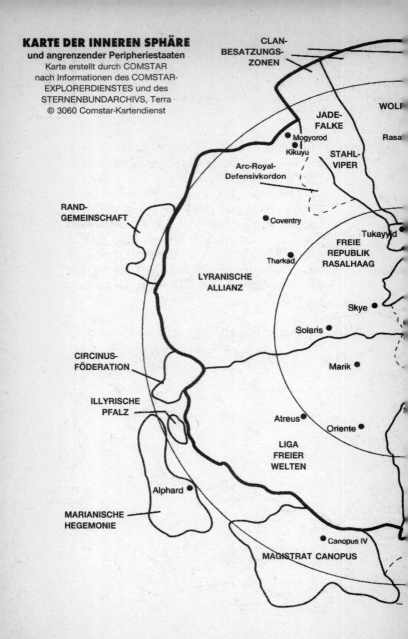

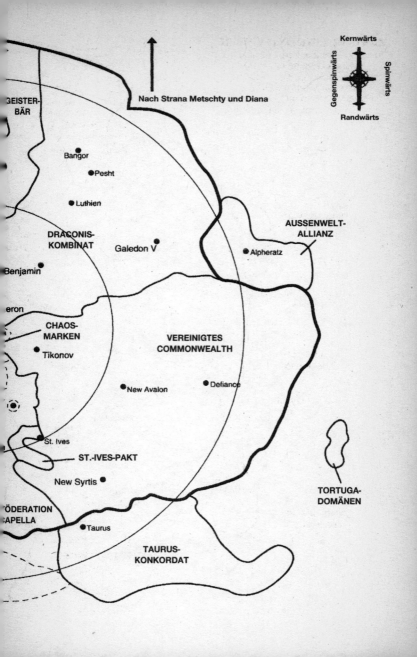

PROLOG

Stahlvipernhaus, Halle der Khane, nahe Katjuscha, Strana Metschty
Kerensky-Sternhaufen, Clan-Raum

28. Dezember 3059

Natalie Breen saß häufig im Dunkeln, hier, in der Halle der Khane auf Strana Metschty. Früher einmal war sie selbst eine der Khaninnen gewesen, die diesem Gebäude seinen Namen gaben. Aber das war vorbei. Acht Jahre waren vergangen seit Tukayyid, acht Jahre, seit sie in Schande hatte abtreten müssen, weil sie in jener blutigen Schlacht zum Rückzug gezwungen worden war. Und doch fühlte sie sich hier auf Strana Metschty, hier unter ihresgleichen, wie im Exil.

Khane traten nicht ab. Sie fielen in der Schlacht, wie es sich für jeden guten Krieger gehörte. Einst hatte sie über den ganzen Clan Stahlviper geherrscht. Jetzt fungierte sie als gelegentliche Beraterin ihres Nachfolgers, Perigard Zalman. Natalie Breen hätte lieber in irgendeiner Höhle im tiefsten Dschungel Arcadias ein Einsiedlerdasein gefristet. Aber statt dessen hatte Zalman ihr dieses abgelegene Büro im Stahlvipernhaus der Halle der Khane zugeteilt.

Zu den seltenen Gelegenheiten, bei denen sie sich unter den Stahlvipern sehen ließ, behandelte man sie mit dem Respekt, der ihrer früheren Stellung gebührte, aber trotzdem kam sie sich wie eine Aussätzige vor. Sie wußte sehr wohl, daß sie Feinde in ihrem eigenen Clan hatte, die sie auf den Abfallhaufen einer Solahma-Einheit werfen wollten. Und sie wußte, daß genug andere Stahlvipern sie als entehrt betrachteten.

Bevor sie den Befehl gegeben hatte, die Bürolichter auszuschalten, hatte sie wieder einmal an ihren Memoiren gearbeitet. Es war ungewöhnlich, daß Clan-

Krieger ihre Lebensgeschichte niederschrieben, aber es gab Präzendenzfälle. In der Regel befaßten diese Memoiren sich mit Gefechtsanalysen, damit ihre Leser, meist Offiziere mit Befehl über Kampfeinheiten oder Kadetten, die ihr Verständnis für Wesen und Geschichte des Clans vertiefen wollten, aus Erfolgen und Fehlern der Vergangenheit ihre Lehre ziehen konnten.

Breen hatte schnell das Licht gelöscht, weil sie zum wohl tausendsten Male von morbiden Selbstvorwürfen wegen ihres Versagens als Khanin geplagt wurde. Gedanken daran, wie sie tatenlos hatte zusehen müssen, als die Stahlvipern mit dem Reservestatus abgespeist wurden, statt ihren rechtmäßigen Platz unter den Invasionsclans einnehmen zu dürfen. Daran, wie sie zusammen mit allen Vipernkriegern gejubelt hatte, als der ilKhan ihren Clan endlich aktiviert und ihm einen Teil des Jadefalken-Invasionskorridors zugeteilt hatte. Der Jubel war noch lauter geworden, als Stahlviper-Siege den Clan an die Spitze der Frontlinie getragen hatten. Dann kam Tukayyid. Im Freudentaumel ihres Erfolgs hatten die Stahlvipern sich nicht vorstellen können, was sie auf jener verfluchten Welt erwartete, in jenem schrecklichen Gelände mit dem Namen Teufelsbad.

Es war eine düstere Zeit gewesen, auf die noch düsterere folgten. Natalie Breen war zurückgetreten und fragte sich seither immer wieder, viel zu oft, ob sie die Schande hätte einfach ignorieren und weitermachen sollen. Sie hatte gehofft, durch ihr Opfer mithelfen zu können, den Schatten der Erniedrigung zu vertreiben, den der Rückzug von Tukayyid über die Stahlvipern geworfen hatte. Und möglicherweise war ihr das auch gelungen. Unter einem neuen Khan hatte der Clan den Jadefalken in den Nachwehen jener Niederlage mehrere Systeme abnehmen können. Und in den darauffolgenden Jahren hatte er noch weitere verschlungen.

Ein kalter Schauer lief ihr bei dem Gedanken über den Rücken, was aus den Stahlvipern hätte werden können, wenn sie nicht den Befehl gegeben hätte, alle Einheiten aus dem Blutbad von Tukayyid abzuziehen. Sie hatte ihren Clan gerettet, aber es hatte sie auch ihren ganzen Mut gekostet, das Amt der Khanin aufzugeben. Statt eines glorreichen Todes war sie zu einer Art Nicht-existenz verdammt. Aber die Vipern hatten überlebt, und das war alles, was zählte. Jetzt war es zu spät, alte Schlachten noch einmal zu schlagen. Seitdem war reichlich Kühlmittel unter den Mechs vorbeigeflossen, wie es die alte Redewendung ausdrückte.

Aus der Richtung der Bürotür ertönte ein Klopfen.

Sie starrte einen Augenblick hinüber. »Kommen Sie herein, Khan Perigard Zalman«, meinte sie schließlich.

Die Tür öffnete sich, und sie sah die Silhouette des Khans im Rahmen stehen. Er war hochaufgeschossen und hatte seit seinen Tagen als junger Krieger kein Gramm zugenommen. Dadurch wirkte er im Dämmer-licht wie eine Strichfigur.

»Woher wußtest du, daß ich es bin, Khanin Natalie Breen?« Er sprach sie grundsätzlich mit ihrem früheren Titel an. Sie verwehrte es ihm nicht.

»Es sind immer Sie. Niemand sonst kommt hierher. Nur Sie, und gelegentlich Ihr saKhan, aber niemals allein. Also sind es mit ziemlicher Sicherheit Sie, wenn jemand anklopft.«

Er blieb in der Tür stehen. »Warum sitzt du im Dun-keln, Khanin Natalie Breen?«

»Meine Augen schmerzen. Licht … an.«

Sofort war das Zimmer taghell erleuchtet. Selbst Zal-man kniff schmerzhaft die Augen zu. »Was führt Sie her, mein Khan?« fragte sie, in der Annahme, er wolle sich nach dem Militärbericht erkundigen, den aufzu-stellen er sie beauftragt hatte.

»Es geht wieder um die Jadefalken«, anwortete er,

11

und auf sein wenig attraktives Gesicht trat ein sorgenvoller Ausdruck.

Breen schüttelte angewidert den Kopf. »Die Falken. Sie sind ein Stachel in unserem Fleisch, waren es schon, lange bevor ich Khanin wurde. Ihr Haß auf uns geht bis in die Tage der verehrten Khanin Sanra Mercer zurück. Auf sie und die Tatsache, daß wir die Falken häufiger im Kampf besiegt haben, als ihnen lieb sein kann.«

Zalman richtete sich zu ganzer Größe auf und verschränkte die Hände hinter dem Rücken. »Aye, und jetzt scheint die Falkenkhanin entschlossen, auf politischem Weg zu erreichen, was sie durch einen ehrlichen Kampf nicht gewinnen kann. Marthe Pryde beschwert sich wieder einmal darüber, den Invasionskorridor mit uns teilen zu müssen.« Er lachte kurz auf. »Man sollte meinen, ihr Haß auf uns nähme ab, nachdem wir darauf verzichtet haben, sie zu fleddern, während ihr Clan damit beschäftigt war, Coventry anzugreifen.«

Breen lächelte. Sie hatte ein breites Lächeln, das in den meisten Fällen sarkastisch gemeint war. Aber es blieb der einzige attraktive Aspekt ihres von raubvogelartigen Zügen und einer breiten Stirn beherrschten Gesichts. Ihre Augen waren so bleich wie ihre Haut und Haare. »Typisches Jadefalken-Intrigantentum«, murmelte sie. »Bei all ihrer heroischen Selbstdarstellung beschweren sie sich erstaunlich gerne. Aber unsere Siege im Invasionskorridor lassen sich so leicht nicht ungeschehen machen. Diese neue Khanin, Marthe Pryde, wirkt nervös. Zu verschlagen, zu arrogant.«

»Bemerkenswert, daß du das sagst. Sie nennen uns arrogant.«

»Das sind wir auch, frapos? Es ist eine unserer vornehmsten Tugenden. Lassen Sie hören, Perigard Zalman. Was treiben die Falken diesmal?«

»Sie plustern sich über ihre Erfolge bei den Erntetests auf. Marthe Pryde hat die Frechheit, unsere geringeren

Gewinne in Reden vor dem Großen Konklave zu verspotten, und versucht, uns mit der Behauptung zu
beschämen, einige unserer Vipernkrieger seien zu anderen Clans übergelaufen, um sich einen sicheren Platz
in der neuen Invasion zu verschaffen. Das allein, argu-
mentiert sie, sei Grund genug, uns aus dem Invasionskorridor zu werfen.«

Natalie Breen konnte ihre Überraschung nicht verbergen. »Das ist unclangemäß. Ich hätte nie erwartet,
daß Marthe Pryde sich auf politische Ränkespiele ein-
läßt. Sie stellt sich immer als eine solche Kriegerheldin
dar. Sie wissen doch, durch die Umstände in die Rolle
der Khanin gedrängt.«

»Es stimmt schon, daß sie keinen hinterhältigen Eindruck macht, aber trotzdem meldet die Clanwache, daß
sie und ihre Jadefalken gegen uns intrigieren. Durch
den Besitz Jabukas stehen wir zu nahe an Terra. Das
könnte uns leicht zum nächsten Ziel dieses angeblichen
neuen Sternenbunds machen, nachdem die Parder aus
der Inneren Sphäre vertrieben sind. Bis wir wissen, was
diese Freigeburten planen, möchte ich keinen Krieg mit
den Falken über die besetzten Systeme riskieren. Ich
benötige deinen Rat, Khanin Natalie Breen.«

»Wie immer stehe ich Ihnen zu Diensten.«

Wenn Zalman nur geahnt hätte, wie schwer es ihr
fiel, das zu sagen, diesem Mann gegenüber höflich zu
sein, der vor Jahren noch ihr saKhan gewesen war, ein
Untergebener, den sie gelegentlich gnadenlos herum-
kommandiert hatte.

»Ich brauche einen Anlaß, Marthe Pryde herauszufordern. Sie soll den tödlichen Biß der Stahlviper fürchten lernen, damit sie nicht wagt, uns anzugreifen, bevor
wir darauf vorbereitet sind.«

»Ein mutiges Vorhaben«, meinte Breen. »Es hat
meine volle Zustimmung.«

»Aber in unserer gegenwärtigen Lage, kurz vor dem

erneuten Schlag gegen die Innere Sphäre, sind Herausforderungen unerwünscht. Ich brauche einen Grund für die Herausforderung, der über die üblichen Zwistigkeiten unseres Clans hinausgeht. Wenn wir die Invasion wiederaufnehmen, möchte ich keinen Dolchstoß der Jadefalken befürchten müssen.«

Breen nickte. Die Systeme der Besatzungszonen waren so ineinander verschachtelt, daß Kämpfe unter den Clans die Vipern ernsthaft schwächen konnten. »Marthe Pryde stammt aus derselben Geschko wie der berühmte Jadefalken-Held Aidan Pryde, frapos?«

»Pos?«

»Wenn je ein Krieger überschätzt wurde, dann dieser. Held der Schlacht um Tukayyid – daß ich nicht lache. Ich war dort. Ich weiß, was für ein Blutbad diese ganze Operation war.«

Perigard nickte, und Breen fragte sich, ob er dasselbe dachte wie sie. Natalie Breen und Aidan Pryde hatten sich auf Tukayyid beide tapfer geschlagen, aber Aidan wurde als Held gerühmt, während Natalie in Schande zurückgetreten war. Aidan war gefallen, und Natalie Breen fragte sich oft genug, warum ihr dieser Tod versagt geblieben war. Doch selbst wenn Zalman derartige Gedanken wälzte, würde er sie hier niemals aussprechen.

Der einzige Unterschied zwischen Perigard Zalman und Natalie Breen, der er so loyal gedient hatte, war seine Bereitschaft, sich gelegentlich auf politische Manöver einzulassen. Wie die meisten ClanKrieger verachtete er ehrloses Verhalten. Aber als Khan der Stahlvipern, und schon als deren saKhan, war ihm klar, daß im Endeffekt nur der Sieg zählte. So war es bei den Clans schon immer gewesen.

»Ich besitze gewisse Kenntnisse über diesen Aidan Pryde«, stellte Breen fest. »Ich habe mir seine Laufbahn angesehen, und ich muß sagen, sie ist komplex und ab-

14

stoßend. Wußten Sie beispielsweise, daß er als Kadett bei seinem Positionstest versagt hat – um genauer zu sein, daß er von Marthe Pryde ausmanövriert wurde – und unter falschem Namen einen zweiten Test ablegte?«

»Nein, das wußte ich nicht.«

»Es wäre vielleicht besser«, meinte sie trocken. »Jedenfalls hat sich Aidan Pryde dann als Freigeburt ausgegeben und seinen zweiten Test unter dieser Tarnung abgelegt. Er wurde zum Krieger, aber überlegen Sie sich einmal, was das über die Jadefalken aussagt. Es ist widerwärtig, daß ein Wahrgeborener auch nur für einen winzigen Augenblick derart tief sinken kann, sich als Freigeborener auszugeben. Dieser Held hat die nächsten Jahre seines Lebens vorgegeben, freigeboren zu sein. Er hat Freigeburtsaufträge akzeptiert, sich ausschließlich mit Freigeburten abgegeben und seinen Status als Wahrgeborener erst nach irgendeiner Heldentat auf einem Hinterwäldlerplaneten enthüllt. Und warum hat er ihn enthüllt? Damit er sich um einen Blutnamen bewerben konnte! Um einen Blutnamen! Drehen Ihnen die Implikationen dieser perversen Geschichte nicht den Magen um, Khan Perigard Zalman?«

Obwohl sie sich seiner Zustimmung sicher war, sah Natalie Breen deutlich, daß Zalman, pragmatisch wie immer, keinerlei Abscheu über Merkwürdigkeiten in der Geschichte eines fremden Clans verspürte. Aber er ließ seine jetzt weitgehend allein und in der Dunkelheit lebende Vorgängerin ihre Geschichte spinnen.

»Er hätte verteufelt werden müssen«, kommentierte er.

»Oh, das wurde er auch, schätze ich, aber die Jadefalken finden immer einen Weg, ihren Wahnsinn zu rechtfertigen. Trotzdem hat Aidan Pryde den Blutnamen errungen, und die anderen ClanKrieger ließen es geschehen. Ich bestreite nicht, daß manche seiner Taten

15

mutig waren, aber seine ganze Geschichte ist von Freigeburtsgestank durchzogen, und es ist widerlich, welche Ehre die Jadefalken diesem Krieger erweisen.«

Perigard nickte. Wieder fragte sie sich, ob er ihr wirklich beipflichtete. Immerhin hätte sich jeder Krieger, in welchem Clan auch immer, gewünscht, ein Held von der Größe zu werden, die Aidan Pryde in den Annalen der Jadefalken errungen hatte, selbst mit Freigeburtsmakel.

»Aidan Pryde war tollkühn«, fuhr sie fort. »Er war impulsiv, neigte zu riskanten Aktionen, deren Erfolg vom reinen Glück abhing. Aber er war dafür bekannt, für einen Sieg sein Leben einzusetzen. Diese Marthe Pryde stammt aus derselben Geschko und zeigt Symptome derselben Krankheit. Sie ist gelegentlich ebenso tollkühn und geneigt, phänomenale Risiken einzugehen. Haben Sie von dem neuesten gehört?«

Zalman schüttelte den Kopf.

»Sie gestattet einer Freigeburt, sich um einen Blutnamen zu bewerben! Mit der Rechtfertigung, daß die Kriegerin das Balg eben dieses Aidan Pryde und einer anderen verkommenen Wahrgeborenen ist, die bereit war, ein freigeborenes Kind auszutragen.« Natalie Breen rang nach Luft. »Ich kann mir nicht einmal vorstellen, daß irgendeine Wahrgeborene, selbst wenn sie das Kriegertraining nicht geschafft hat und in eine niedere Kaste abgestuft wurde, auch nur mit dem Gedanken spielt, ein Kind auszutragen. Geschweige denn, daß dieses Kind dann freigeboren wäre.« Zalman verzog angewidert das Gesicht. Für Krieger war schon der Gedanke an den Zustand der Freigeborenen-Schwangerschaft abstoßend, und erst recht ein Gespräch darüber. »Und jetzt soll diese Freigeburtsbastardin eine Blutnamensträgerin im Clan Jadefalke werden! Wenn Marthe Pryde als Khanin der Falken eine derartige Travestie zuläßt, geht sie ein närrisches Risiko ein, wie es selbst dieser verehrte Aidan Pryde nicht hätte übertreffen können. Das ist die Schwäche, die Sie ausnutzen können, Perigard Zalman. Verstehen Sie?«

»Aye.«

»Sticheln Sie Marthe Pryde. Im Großen Konklave. Nutzen Sie, was immer Sie sagen, tun oder mit sarkastischen Blicken vor dem Rest des Konklaves insinuieren können. Bearbeiten Sie Marthe Pryde, stoßen Sie bis in ihr Innerstes vor und lösen Sie eine Kernschmelze aus. Benutzen Sie den Blutnamen dieser Freigeborenen dazu, sie und ihren Clan verächtlich zu machen. Sie muß so wütend werden, daß sie selbst die Herausforderung ausspricht. Dann sind Sie politisch im Recht, und sie ist die Dumme.«

Zalman grinste selbstzufrieden. »Ich wußte, daß du einen Weg finden würdest. Deshalb bin ich gekommen, weil ich mir sicher sein kann, daß du eine Lösung für jedes Problem weißt.«

Natalie Breen starrte ihn einen Augenblick lang eisig an. »Mit anderen Worten: Sie kommen zu mir, wenn Sie jemand verschlagenes brauchen?« zischte sie. »Verschlagenheit liegt nicht im Wesen des ClanKriegers. Ich weiß wohl, daß ich tief gefallen bin, aber nicht so tief.«

Perigard Zalman zuckte bei ihren Vorwürfen mit keinem Muskel. Er hatte an Selbstbewußtsein gewonnen. Schon bald würde er sich nicht mehr die Mühe machen, hier in ihr dunkles Büro zu kommen, um sich mit ihr zu besprechen.

Nachdem er fort war, löschte Breen wieder das Licht und saß noch lange so da, fragte sich, wer sie einst gewesen und was jetzt aus ihr geworden war.

TEIL I

DIE HEIMATWELTEN
DEZEMBER 3059

1

Jadefalkenhaus, Halle der Khane, nahe Katjuscha, Strana Metschty
Kerensky-Sternhaufen, Clan-Raum

31. Dezember 3059

»Dich hätte ich heute abend am allerwenigsten erwartet, Hengst«, stellte Khanin Marthe Pryde fest, als der freigeborene ClanKrieger die Tür ihres Büros öffnete. »Bist du gekommen, um mit mir den Jahreswechsel zu begehen?« Sie winkte ihn näher.

»Sie wollten mit mir reden«, antwortete Hengst. »Ich dachte mir, daß Sie heute abend vielleicht etwas mehr Zeit haben.«

»Stimmt. Durch den Feiertag sind viele, die sonst meine Aufmerksamkeit in Anspruch nehmen würden, anderweitig beschäftigt. Aber ich habe dich seit deiner Rückkehr von Diana nicht gesehen … Wann war das, vor drei oder vier Monaten?«

»Im August.«

»So lange schon? Und wie geht es dir, seit du zurück bist?« Marthe lächelte, aber Hengst fiel auf, daß sie sich noch mehr als sonst kerzengerade hielt, noch mehr als sonst die Kommandeurin herauskehrte. Er sah sich in ihrem Büro um, das für eine Khanin reichlich klein war, und ihm fiel auf, wie spartanisch es eingerichtet war. Er sah einen einfachen Standardschreibtisch und dahinter einen alten Bürostuhl, der ganz offensichtlich ebenfalls aus dem Standardfundus stammte. Der ganze Raum war mit Standardmobiliar eingerichtet, bis hin zu den belanglosen Landschaftsdrucken an den Wänden. Auf Marthes Einladung setzte er sich auf einen Standardstuhl von der Art, wie sie in den meisten Büros standen, aus Holz, mit gerader Rückenlehne und einem auf die Sitzfläche gehefteten dünnen, ausgebleichten Kissen. Marthe nahm sich einen Stuhl derselben Ausführung und beugte sich Hengst entgegen, als er das Wort ergriff.

»Wie befohlen habe ich meinen Trinärstern wiederaufgebaut. Wir haben die auf Diana verlorenen Mechs, Vorräte und Personen ersetzt.«

»Ich habe deine Berichte gelesen, Hengst. Du bist da in eine schwierige Lage geraten. Dieser Galaxiscommander Russou Howell muß von Sinnen gewesen sein, derartige Spielchen mit dir zu veranstalten. Aber du hast dich wie ein wahrer Falke geschlagen.«

»Wahr oder wahrgeboren?«

Marthe winkte ungeduldig ab. »Laß diesen Wahr/ Frei-Sarkasmus, Hengst. Er zählt wahrlich nicht zu deinen besten Eigenschaften. Akzeptiere das Wesen der Clans oder laufe zur Inneren Sphäre über. Ich habe keine Zeit, mit dir über Genetik zu streiten. Im besten Fall kann ich über dich sagen, daß du freigeboren und dadurch zwangsläufig genetisch minderwertig bist. Aber du bist ein ausgezeichneter Krieger, jedem Wahrgeborenen an Können gleichwertig, und hast dir nicht nur meinen Respekt verdient, sondern den vieler anderer Jadefalken.«

»Aber ich bleibe frei …«

»Genug! Das ist ein Befehl deiner Khanin. Eines Tages werden wir diese Angelegenheit mit Wahr- und Freigeborenen in Ordnung bringen, aber im Augenblick haben die Jadefalken andere Probleme. Wie steht es mit der Einsatzbereitschaft deines Trinärsterns?«

»Die Ausbildung verläuft gut.«

»Schön, schön. Ich brauche dir nicht zu erklären, daß der Wiederaufbau unserer Truppen seit dem Amtsantritt als Khanin meine vornehmliche Sorge geworden ist. Die Bluttaufe vieler neuer Krieger auf Coventry und unsere Erfolge in den Erntetests waren eine große Hilfe beim Aufbau unserer Stärke. Allein die Schneeraben haben uns zwei komplette Sternhaufen abgetreten, und darüber hinaus haben wir Krieger von den Feuermandrills, Gletscherteufeln und Sternennattern erbeutet. Jetzt, da die Nebelparder aus der Inneren Sphäre getrieben wurden, stehen die Jadefalken wieder in vorderster Reihe der Clans.«

»Wie es sich gehört«, erklärte Hengst. Die Parder waren zum mächtigsten Clan aufgestiegen, nachdem die Wölfe und die Jadefalken einander im Widerspruchskrieg fast gegenseitig ausgelöscht hatten, aber jetzt waren sie selbst in die Knie gezwungen worden. Lincoln Osis war immer noch ilKhan, aber er stand einem Clan vor, den man nur als scheintot bezeichnen konnte.

Marthe musterte ihn mit kalten, unergründlichen blauen Augen. »Ich habe auch eng mit unserer Händlerkaste zusammengearbeitet, um Mechs und Ausrüstung der Garnisonsklasse durch bestes neuwertiges Material zu ersetzen. Das war eine weitere Priorität. Die erneute Invasion der Inneren Sphäre ist unter anderem durch die Absorption der Felsengräber ernsthaft verzögert worden, aber jetzt kann uns kaum noch etwas aufhalten. Du darfst sicher sein, daß dein Trinärstern in meinen Plänen für die nächste Phase des Kriegs gegen die Innere Sphäre eine herausragende Position einnimmt.«

Hengst konnte sich ein Grinsen nicht verkneifen, als er das hörte. »Der Tag kann für meinen Geschmack nicht schnell genug anbrechen, meine Khanin, aber sicher wird es Stimmen geben, die eine solche Entscheidung kritisieren werden, frapos?«

»Veränderungen lassen sich nicht aufhalten, Hengst. Wir Jadefalken sind der Tradition verpflichtet, aber wir können nicht überleben, wenn wir uns von der Vergangenheit in Fesseln legen lassen. Wir haben viele Herausforderungen gemeistert, aber vor uns liegen noch größere Aufgaben. Wenn wir uns nicht anpassen, werden wir untergehen.«

Hengst mußte daran denken, wie sehr sich Marthe Pryde selbst seit Coventry verändert hatte, wie sie sich beinahe von dem Augenblick an verändert hatte, in dem sie zur Khanin aufgestiegen war. »Es heißt, die Stahlvipern wären dabei, uns Ärger zu machen.«

Marthe schnaubte verächtlich. »Sie sind so selbstsüchtig wie eh und je.«

Hengst erinnerte sich, warum er die Khanin aufgesucht hatte. »Dann gibt es da noch die Kontroverse über MechKriegerin Dianas Recht auf die Teilnahme an einem Blutnamenstest, frapos?«

»Pos. Perigard Zalman ist dagegen, und er ist nicht der einzige der Khane. Aber das ist meine Angelegenheit. Deine Angelegenheit ist es jetzt, deinen Trinärstern kampfbereit zu machen.«

»Wir sind allzeit bereit, dir und deinem Clan zu dienen, meine Khanin«, erklärte Hengst. »Um der Wahrheit die Ehre zu geben, ich bin auch hier, um eine andere Sache mit Ihnen zu besprechen.«

Marthe fixierte ihn kalt, dann nickte sie.

»Ich habe eine Bitte, meine Khanin. Eine Kleinigkeit.« Er wartete, während Marthe ihn weiter mit jenen kühlen blauen Augen musterte.

»Erlaubnis zu sprechen«, sagte sie schließlich.

»Wenn es möglich ist, meinen Trinärstern zu verlassen, würde ich gerne nach Ironhold fliegen und beim Training MechKriegerin Dianas helfen. Das hat nichts mit dem Freigeborenenproblem zu tun, das wir gerade …«

Marthe winkte ab. »Das weiß ich. Als Aidan Prydes engster Verbündeter und Freund willst du natürlich deinen Teil beitragen. Das ist nur natürlich. Du warst Teil von Aidans Trainingsteam für dessen Pryde-Blutrecht. Ich werde dir deine Bitte gewähren, Hengst, aber habe etwas Geduld. Ich brauche vielleicht noch hier auf Strana Metschty deine Hilfe. Ich kann das im Augenblick nicht erklären, aber ...«

»Ich stehe Ihnen zu Diensten, meine Khanin. Allzeit.«

Marthe lächelte. »Wie ... mir fällt der passende Begriff nicht ein ... *ritterlich* vielleicht. Ja, wie ritterlich von dir, Hengst. Ich bin erfreut.«

Hengst zupfte sich am Bart, wie er es häufig tat, wenn ihn etwas amüsierte und er es nicht zeigen wollte.

Außerhalb des Jadefalkengebäudes ertönte plötzlich eine Serie von Explosionen, und aus dem Park, in dessen Mitte der Gebäudekomplex der Halle der Khane lag, drang das Knattern von Waffen herüber. Hengst sprang auf und stellte sich zwischen Marthe und die Tür, um seine Khanin zu beschützen, falls Angreifer hereinbrachen.

Marthe lachte laut auf. Sie stand auf und legte ihm eine Hand auf den Arm. »Du brauchst mich nicht zu beschützen, Hengst, auch wenn du damit die Loyalität beweist, der ich mir schon vorher sicher war.« Weitere Detonationen krachten auf, und wieder knallten Waffen. »Du hast vergessen, welches Datum wir haben. Das ist der Lärm der Neujahrsfeiern auf Strana Metschty. Nach dem allgemeinen Kalender ist soeben das Jahr 3060 angebrochen. So ziemlich das einzige, worin wir uns mit der Inneren Sphäre einig sind. Stell dir vor, Hengst: tausend Lichtjahre von hier veranstalten die Menschen auf den Welten der Inneren Sphäre ihre eigenen Feiern zum Beginn eines neuen Jahres. Es ist Zeit, sich der Zukunft zuzuwenden.«

Hengst zuckte die Achseln. »Ich finde keine Befriedigung darin, mir die Zukunft auszumalen. Oder über die Vergangenheit nachzugrübeln, auch wenn das unvermeidlich zu sein scheint.«

Marthe drückte sanft seinen Arm, und Hengst wußte nicht, was er davon halten sollte. Daß irgendein Wahrgeborener sich in der Gestik oder mit einer Berührung freundlich zeigte, war selten genug, aber bei einer Khanin erschien ihm das, nun, unpassend.

»Mir geht es ähnlich, Hengst. Aber ich *muß* leider an die Zukunft denken. Das muß jeder Khan, allein schon, um auf die Aktionen der anderen Khane vorbereitet zu sein. Manchmal wäre ich lieber mitten unter angreifenden Mechs als bei den Khanen im Großen Konklave. Aber das führt zu nichts. Ich danke dir für deine Loyalität, Hengst. Wir reden noch darüber.«

Das war eine verbrämte Verabschiedung. Hengst drehte sich um und verbeugte sich leicht. Nach den angemessenen Abschiedsworten ging er schnellen Schritts zur Tür und verließ den Raum.

Auch als Hengst bereits fort war, spürte Marthe Pryde seine Anwesenheit noch. Sie ließ das Gespräch in Gedanken Revue passieren und erkannte, daß sie ihn nicht länger als Freigeborenen sah, sofern er es nicht selbst zur Sprache brachte. In ihren Augen war er vor allem Aidan Prydes Kamerad.

Aber es war gerade seine freigeborene Herkunft, die ihn jetzt für sie wertvoll machte, sowohl persönlich wie auch politisch. Manche Clans, unter anderem die Jadefalken, gestatteten Freigeborenen, Krieger zu werden, wenn auch nur in Garnisonsklasse-Einheiten. Doch die Zeiten hatten sich geändert, und Marthe brauchte alle erfahrenen Krieger, die sie finden konnte. Samantha Clees, ihre saKhanin, ermahnte sie beständig, den Freigeborenen gegenüber nicht so zuvorkommend zu sein, und ihre Position nicht zu stark auf sie zu stützen. Aber auch wenn Samantha es nur gut meinte, war sich Marthe darüber im klaren, daß sie um diese Gefahr nicht herumkam.

Die Zeiten waren kritischer denn je. Sie hatte auf Coventry viele junge Krieger der Feuertaufe ausgesetzt, hatte in Tests auf allen Heimatwelten Krieger anderer Clans geerntet, und machte zahlreiche Falken zu Blutnamensträgern, auf die eine hohe Position im Touman wartete. Aber ein starkes Militär brauchte neben bloßer Quantität auch Erfahrung. War es nicht besser, freigeborene Krieger einzusetzen, die über Können und Erfahrung verfügten, als sich zu abhängig von jungen oder gerade erst neu in den Clan eingeführten Kriegern zu machen? Samantha Clees würde ihr darin sicher niemals zustimmen, aber Marthe war zu der Einsicht gelangt, daß sie dem Wesen des Clans nur treu sein konnte, indem sie bereit war, ihn grundlegend zu ändern, wenn seine ganze Existenz auf dem Spiel stand. Die Jadefalken waren bereit für den Krieg, bereit, jeden Feind zu zerschlagen, der sich ihnen in den Weg stellte, und ihren Platz an der Spitze der Clans einzunehmen, wenn diese Terra befreiten.

Sie lächelte. Täglich kamen ihr neue Gedanken, die sie überraschten und sogar schockierten. Sie hatte sich früher nie als Retterin des Clans gesehen, aber nachdem dieses Bild einmal in ihrem Kopf aufgetaucht war, erkannte sie schnell, wie gut es die Lage wiedergab. All ihre jüngsten Aktionen, ihre Politik, ihre waghalsigen Unternehmungen hatten im Dienste eines einzigen großen Ziels gestanden: der Rettung des Clans der Jadefalken und dessen Rückkehr zu früherer Größe. Nein, nicht einfach nur einer Rückkehr. Sie würde ihn zu Höhen führen, wie sie die Falken nie zuvor gekannt hatten. Kein anderer Clan – die Vipern nicht, die Wölfe nicht und auch niemand sonst – würde den Aufstieg der Jadefalken auf einen Gipfel des Ruhms aufhalten können, der jenseits aller früheren Erfolge lag. Das war es, was sie erreichen mußte. Und genau das würde sie erreichen.

Hier und jetzt, im Anbruch des neuen Jahres, während draußen langsam der Lärm der Feiern verklang, konnte sie sich ernsthaft als diese visionäre Herrscherin betrachten. Und zugleich wußte sie, daß in Kürze die Realität wie ein unvermeidlicher Kater hereinbrechen mußte. Aber vielleicht befand sie sich ja auf einem vom Schicksal vorgezeichneten Weg, dessen Ende sie nicht einmal ahnen konnte. Es hatte einmal etwas mit jener Marthe Pryde zu tun gehabt, die in derselben Geschko wie Aidan Pryde aufgewachsen war, und das war alles, was sie darüber wissen wollte. Alles, was sie jemals darüber wissen wollte.

2

Geschko-Ausbildungszentrum 111, Kerenskywald, Ironhold
Kerensky-Sternhaufen, Clan-Raum

3. Januar 3060

»Lächele mich nicht an!« knurrte Naiad.

»Hab dich nicht angelächelt«, erwiderte Andi gelassen. »Nur gelächelt, ist alles.«

»Du lügst, Stravag.«

»Lüge nie, selbst häßliche Stravag.«

»Du hast mich Stravag geschimpft!«

»Du bist eine Stravag, und außerdem hast du mich zuerst Stravag genannt!«

»Hat mich schon wieder Stravag geschimpft! Haben alle das gehört?«

Sie drehte sich zum Rest der Geschko um, deren Mitglieder nach den Anstrengungen der vormittäglichen Ausbildung zum größten Teil auf ihren Pritschen lagen und sich erschöpft ausruhten. Idania, Andis beste Freundin in der Geschko, meinte: »Hört auf, euch zu streiten.«

»Du Freigeburt!« schrie Naiad sie an.

Idania, die auf der Bettkante gesessen hatte, sprang hoch und ging auf Naiad los, aber Andi trat zwischen die beiden Mädchen.

»Ich werde gegen sie kämpfen, Idania.«

»Nein. Ich!«

Die anderen in der Geschko murrten, mischten sich aber nicht ein. Streitereien dieser Art waren alltäglich.

Andi beruhigte Idania, wie nur er es konnte, und drehte sich dann wieder zu Naiad um, die unruhig das Gewicht von einem Fuß auf den anderen verlagerte. In ihren grauen Augen war die Ungeduld klar zu erkennen. Ihre Augen waren ein genaues Gegenstück seiner

29

eigenen, so wie auch Naiads Gesichtszüge seinen und denen der übrigen Geschko glichen.

»Na schön, Naiad«, stellte er fest. »Kämpfen wir. Du und ich!«

Während er es sagte, wurde sein Grinsen noch breiter. Naiad haßte Andi und dessen beleidigende Fröhlichkeit. Er grinste viel zu viel, besonders jetzt, bei der formellen Annahme ihrer Herausforderung, sich im Kreis der Gleichen vor der GeschkoBaracke zu messen.

Naiad konnte nicht lächeln. Frisch aus dem Brutkasten, als sie noch ein Säugling war und ohne Verstand, mochte sie vielleicht recht häufig gelächelt haben. Sie hatte undeutliche Erinnerungen daran, von einer alten Hexe versorgt worden zu sein, die keinerlei Gefühle für ihre Schützlinge aufbrachte. Aber dank guter Ausbildung hatte diese Kanisteramme, so der sarkastische Name für ihre Tätigkeit, die Nahrungsanforderungen der Säuglinge gestillt und deren motorische Fähigkeiten entwickelt.

Man hatte sie recht schnell aus der Fürsorge der Kanisteramme geholt und in dieses Ausbildungszentrum verlegt, wo sie unter der Aufsicht ihres Geschvaters Octavian standen, eines ehemaligen Kriegers, der die späten Jahre seiner Militärlaufbahn mit der Leitung einer Ausbildungsgeschko verbrachte. Gescheltern waren für den Aufbau der körperlichen Fähigkeiten der Geschko verantwortlich und brachten ihren Mitgliedern bei, was es für einen Wahrgeborenen bedeutete, Mitglied des Clans und ein Krieger zu sein, auf dem Gipfel der Clangesellschaft zu stehen. Irgendwann würde die Geschko dann an die Falkner übergeben werden, unter deren Aufsicht die Kadetten den letzten Schliff als Krieger erhielten.

Ein anderer Punkt, der Naiad verärgerte, war die Tatsache, daß Andi jetzt schon mindestens einen Zentimeter größer war als sie. Naiad, die in Intelligenztests und körperlichen Fähigkeiten die Spitzenposition der Geschko erreicht hatte, war entschlossen, in *allem* die Beste zu sein, deshalb gönnte sie niemandem in der Geschko, größer zu sein als sie. Oder breitere Schultern zu haben (Daniel drohte, sie in diesem Punkt auszustechen), oder schneller laufen zu können (Nadia schaffte es immer noch, Naiad auf Kurzstrecken hinter sich zu lassen, wenn auch nicht bei längeren Rennen). Oder eine Waffe mit eleganter Geschicklichkeit zu führen, etwas, das Adrian so großartig beherrschte, daß Naiad gelegentlich daran verzweifelte, ihn jemals einzuholen. Aber in den meisten Disziplinen gehörte Naiad zu den Besten. Wenn es an der Zeit war, sich zur Kriegerin zu qualifizieren, würde sie alle ihre Gegner hinwegfegen. Sie würde die unangefochten Beste dieser Geschko werden, und die anderen hatten das anzuerkennen.

Naiad und Andi traten aus entgegengesetzten Richtungen in den Kreis der Gleichen. Andi grinste sie nicht nur immer noch aufreizend an, er machte sogar noch eine sarkastische Verbeugung und löste damit ein fröhliches Lachen Idanias aus, des einzigen Mitglieds der Geschko, das die Baracke mit den beiden verlassen hatte, um den Kampf zu beobachten.

»Um dich kümmere ich mich auch noch, Freigeburt!« schrie Naiad sie an. Wieder drohte Idania, auf ihre Koschwester loszugehen, und Andi winkte ab.

Innerhalb der Kriegerkaste war *Freigeburt* die schlimmste aller Beleidigungen. Das Wort bezog sich auf Freigeborene, jene Clanmitglieder, die von menschlichen Müttern ausgetragen worden waren. Für Wahrgeborene wie Naiad und ihre Kogeschwister, die allesamt durch Genmanipulation erschaffen, in Clanlabors in der Reagenz gezeugt und in metallenen Brutkästen herangezüchtet worden waren, konnte kein Zweifel daran bestehen, daß Freigeborene minderwertig waren.

Obwohl Naiad wußte, daß die meisten von ihnen für

31

Aufgaben benötigt wurden, die ein Wahrgeborener als Zeitverschwendung betrachtet hätte – und Clanner, ganz besonders im Clan Jadefalke, verabscheuten jede Form der Verschwendung –, haßte sie alle Freigeborenen. In ihren Augen standen Wahrgeborene auf der höchsten Stufe der Evolution, und Freigeborene waren Mißgeburten, die einige Stufen tiefer angesiedelt waren. Sie waren möglicherweise als Kaste notwendig, um die Wahrgeborenen zu versorgen, letztlich aber nur Verachtung wert. Sie hatte in ihrem kurzen Dasein kaum Freigeborene gesehen, und um die wenigen, die in das Ausbildungszentrum kamen, um niedere Arbeiten zu erledigen, machte sie einen weiten Bogen.

Nach der Verneigung behielt Andi den Kopf unten und stürmte auf Naiad zu. Der Angriff brachte sie zur Weißglut, denn sie wollte immer den ersten Zug ausführen, den ersten Schlag landen. Andi wußte das, und mit seinem Überraschungsangriff machte er sie nur noch wütender.

Sie riß den Ellbogen hoch und stieß Andi beiseite. In einer beinahe tänzerischen Bewegung wirbelte sie herum und gab ihm einen Tritt in die Seite, bevor er sich aufrappeln konnte. Er fiel zu Boden, und sie warf sich auf ihn.

Bei manchen der Geschkinder hätte das schon genügt. Naiad hätte sie am Boden gehalten, bis sie um Gnade winselten. Aber obwohl sie alle noch kleine Kinder waren, war ihr körperliches Training hart, und Andi schien ihr durchaus gewachsen zu sein. Seine Arme und Beine waren stark genug, sich zur Wehr zu setzen und Naiad wegzustoßen.

Sie verlor das Gleichgewicht, rollte davon und schlug mit dem Kopf gegen einen großen Stein, von dem sie hätte schwören können, daß er vorher noch nicht dort gelegen hatte. Sie sah zu Idania hoch, die noch immer außerhalb des Kreises der Gleichen stand.

In deren grauen Augen lag ein schelmischer Ausdruck der Zufriedenheit. Wahrscheinlich hatte sie den Stein in Naiads Weg getreten. Aber die hatte keine Zeit, sich Gedanken über ihre Rache zu machen, denn sie spürte, daß Andi ihr nachsetzte. Er krabbelte wie eine Krabbe über den staubigen Boden und machte sich damit erneut zur Zielscheibe für ihren Ellbogen, als sie den ganzen Körper herumwarf, um dem Schlag Wucht zu verleihen.

Andis Augen schlossen sich, als er plötzlich mit blutender Nase neben ihr zusammensackte. Naiad stand auf. Aber bevor sie sich vollständig aufgerichtet hatte, riß der Knabe plötzlich die Augen auf, packte mit beiden Händen ihre Knöchel und riß sie wieder um. Jetzt lag er oben und streckte die Arme aus, um sie festzuhalten.

»Von wegen, Freigeburt«, brüllte sie und rammte die flache Hand gegen seinen Adamsapfel. Der Schlag verwirrte ihn mehr, als daß er ihm Schaden zugefügt hätte, aber er gab ihr Gelegenheit, sich zu befreien und mit einer dieser wunderbar athletischen Bewegungen aufzuspringen, für die sie in ihrer Geschko bereits berühmt war, bereit, Andi zu erledigen. Der Sieg war ihr sicher, aber dann machte das Schicksal ihr einen Strich durch die Rechnung.

»Schluß jetzt, Kinder«, erklärte Octavian, der aus dem Nichts aufzutauchen schien und in den Kreis der Gleichen trat.

Alle drei Kogeschwister kochten innerlich bei Octavians beleidigender Bezeichnung. Für sie waren *Kinder* freigeborene Nachkommen, während sie als Brutkastenprodukte Geschkinder waren, bis sie in die Kriegerausbildung eintraten. Manchmal wurde der Begriff auch dann noch benutzt.

Octavians lange Beine trugen ihn mit zwei Schritten zwischen die beiden Streithähne. Er packte Naiad am Kragen und Andi an der Schulter.

Es war die trotz seiner eher schmächtigen Statur beeindruckende Kraft Octavians, die dafür sorgte, daß die Geschko ihn fürchtete. Das, und das Feuer in seinen Augen. Und die Narben in seinem Gesicht und auf seinem ganzen Körper, Zeugnisse seiner Tage als erstklassiger BattleMechpilot.

Naiad forderte den starken ehemaligen Krieger häufig zum Kampf. Sie wußte genau, daß sie verloren gewesen wäre, hätte er diese Herausforderungen jemals angenommen. Aber sie hatte keine Angst vor ihm. Sie war entschlossen, niemals und vor niemandem Angst zu haben.

»Sie haben den Kreis der Gleichen betreten, Octavian«, schrie sie. »Das ist falsch!«

Octavian lächelte, aber anders als Andi. Sein Lächeln war böse und verächtlich, und niemand freute sich, es zu sehen. »Du bist nur eine Möchtegern-Kriegerin, Naiad. Vergiß das nicht. Ihr seid alle nur Kinder, und das solltet ihr nicht vergessen.«

Er sprach jetzt zur ganzen Geschko. Die anderen, die in der Baracke geblieben waren, hatten sich beeilt, nach draußen zu kommen, sobald sie seine Stimme hörten. »Ihr mögt das einen Kreis der Gleichen nennen, wenn euch Babys das gefällt. Aber das hier ist kein Kreis der Gleichen und wird es auch nie sein, nicht, solange ihr unter meiner Aufsicht steht. Wenn ihr erst in der Kriegerausbildung sein werdet, könnt ihr tun, was ihr wollt, und kämpfen, wann ihr wollt. Dann könnt ihr euch umbringen lassen, wie es euch gefällt. Aber hier seid ihr nichts als Kinder. Kinder, die sich wie Babys aufführen. Was sollte dieses Gerangel?«

»Er hat mich angelächelt«, brüllte Naiad und zeigte auf Andi.

»Du hast ihn wegen eines Lächelns herausgefordert?«

»Ja!« schrie Naiad trotzig.

»Verschwendung. Zurück in die Baracke, alle. Wenn ihr glaubt, heute vormittag hättet ihr es schwer gehabt, werdet ihr heute abend wahrscheinlich alle tot sein. Ruht euch aus, solange ihr die Gelegenheit habt.«

Als die Geschko zurück in die Baracke marschierte, behielt Octavian Naiad zurück. Als sie allein waren, fragte er: »Dieser Kampf ging nur um ein simples Lächeln, frapos?«

»Pos.«

»Das ist dumm, Naiad. Du hältst dich für eine Kriegerin, bevor du das Recht dazu hast. Du bist erst eine Kriegerin, wenn du dich qualifiziert hast. Solange du Teil der Geschko bist und deinen Positionstest noch vor dir hast, bist du nur ein Kind. Weggetreten.«

Während sie zur Baracke ging, stellte Octavian mit ruhiger Stimme fest: »Eine Kriegerin, bevor du das Recht dazu hast. Aber andererseits denke ich durchaus, daß du einmal eine Kriegerin werden wirst, Naiad.«

Sie sah ihm nach. Als er außer Sicht war, rannte sie hastig zur Außengrenze des Lagers, auf ein offenes Feld bei ein paar verlassenen Baracken in der Nähe des Zauns. Dort trainierte sie verbissen, um bei den Übungen des nächsten Tages besser abzuschneiden.

Während sie eine lange Serie von Hampelmännern ausführte, sah sie durch den Zaun und bemerkte eine Bewegung in den Hügeln, die dahinter lagen. Sie war sicher, daß sich dort jemand in einem Gebüsch versteckt hielt. Sie hielt das Gelände aus dem Augenwinkel im Blick, ohne den Rhythmus ihrer Übung zu unterbrechen.

Nach einer Weile war sie sicher, daß dort draußen jemand war und spionierte. Sie verachtete Spione, war aber gleichzeitig begeistert, möglicherweise einen entdeckt zu haben. Sie schmiedete einen Plan.

3

Geschko-Ausbildungszentrum 111, Kerenskywald, Ironhold
Kerensky-Sternhaufen, Clan-Raum

3. Januar 3060

Aus ihrem Versteck hinter einigen blühenden Büschen beobachtete Peri Watson das Mädchen, das auf der anderen Seite des Maschendrahtzauns auf und ab hüpfte. Es war ohne Zweifel erst sechs oder sieben Jahre alt, aber für sein Alter recht groß und kerngesund. Der schlanke Körper hatte straffe Muskeln, und sie machte ihre Aerobicübungen mit einer eleganten Beweglichkeit. Sie wirkte wie ein gewöhnliches Geschkind in den frühen Stadien der Entwicklung vor der noch intensiveren Ausbildung des Kadettenlebens.

Aber die körperlichen Attribute des Mädchens verloren jede Bedeutung, als Peri sich ihr Gesicht näher ansah. Ihre Züge waren identisch mit denen eines Gesichts, das Peri gekannt hatte, als sie selbst noch in diesem Alter gewesen war. Das Mädchen war dem siebenjährigen Aidan Pryde wie aus dem Gesicht geschnitten. Es war mehr als nur eine Ähnlichkeit, mehr als gewisse identische Züge. Sie glich ihm absolut. Hätte sie es nicht besser gewußt, hätte Peri gedacht, sie hätte Aidan Pryde beobachtet, der von den Toten zurückgekehrt war, um sich als junger Bursche wieder mit der ganzen Welt anzulegen. Selbst die Art, wie das Mädchen seine Übungen ausführte, schnell und mit konzentrierter Präzision, und die Art, wie sie sich hielt und bewegte, erinnerten Peri an den gefallenen Helden.

Peri war zum Ausbildungszentrum gekommen, weil sie die Clanwissenschaftler in Verdacht hatte, ein geheimes genetisches Projekt auszuführen. Obwohl sie selbst Wissenschaftlerin war und in der Kastenhierarchie eine recht hohe Position einnahm, hatte man ihr diese Projekte verheimlicht, eine Situation, die durch ihr Exil auf dem wissenschaftlichen Außenposten Falkenhorst auf der Nebelparder-Heimatwelt Diana noch betont worden war. Dort hatte sie entdeckt, daß Kopien von Aidan Prydes Genmaterial nicht nur in den genetischen Labors von Falkenhorst lagerten, sondern – und das war ein schwerer Schock gewesen – auch in einer dunklen Ecke des Genetischen Archivs der Nebelparder in Lutera. Eine besondere Ironie dieser Entdeckung hatte darin bestanden, daß sie die Nachricht darüber von Aidan Prydes freigeborenem Freund Hengst erhalten hatte.

Das Rätsel um die Existenz genetischer Kopien Aidan Prydes außerhalb des Jadefalken-Clans hatte sie veranlaßt, nach Ironhold zurückzukehren, wo in der Hauptstadt Ironhold City die Leitung der Wissenschaftlerkaste des Clans unter der Führung des Generalwissenschaftlers ihren Sitz hatte, eines menschlichen Wiesels mit dem Namen Etienne Balzac. Allerdings war ihre Untersuchung schnell an den verschiedensten bürokratischen Barrieren gescheitert. Die offizielle Haltung war die, daß es keine Geheimprogramme gab, und wenn doch, dann hatte sie kein Recht, danach zu fragen. Sie ließ nicht locker und bohrte nach, ob das bedeutete, es gäbe also sehr wohl derartige Programme. Man blockte weiter ab. Sie beantragte Termine beim Generalwissenschaftler, aber der fand immer neue Entschuldigungen, nicht mit ihr zu reden. Selbst als sie ihn bei seinem täglichen Spaziergang stellte, weigerte er sich, sich mit ihr zu unterhalten, und vertröstete sie auf später.

Peris Suche hätte sich in diesem Vorschriftendickicht leicht totlaufen können, hätte sie sich nicht eines Abends in düsterer Stimmung entschlossen, durch die Stadt zu ziehen.

An der Bar einer der schummrigen, aber sauberen Techkneipen nippte Peri an einem Fusionnaire, dem beliebtesten Kriegerdrink. Er hatte mehr Geschmack als alles, was sie jemals in einer Kriegermesse getrunken hatte. Ein weiterer Vorzug des Trinkens unter Freien. In den meisten Clanstädten gab es die besten Drinks im Techviertel. Nur die Techs legten wirklich Wert darauf. Krieger und Wissenschaftler kümmerten sich in aller Regel nicht um die Qualität ihrer Getränke. Zu den seltenen Gelegenheiten, wenn sie ihre aufgewühlten Gedanken mit Alkohol betäuben mußte, verzog sie sich grundsätzlich ins nächste Techviertel.

Jemand kam herüber und setzte sich auf den Hocker neben ihr. Sie nahm seine Anwesenheit zur Kenntnis, sah aber nicht hinüber. Sie wußte, daß es ein Mann war, und dem Geruch des Alters nach zu schließen, der ihr in die Nüstern stieg, wahrscheinlich ein alter Mann.

»Du trinkst einen Fusionnaire«, stellte der Fremde mit überraschend kräftiger Stimme fest. »Es ist sehr ungewöhnlich, daß eine Freigeborene einen Kriegerdrink bestellt.«

Peri drehte sich nicht zu ihm um. »Ich war einmal eine Kriegerin, oder fast. Ausgesiebt. Pech für mich.« Sie fühlte schon, wie der Fusionnaire ihr zu Kopf stieg.

»Glück für dich, wolltest du sagen. Krieger sind kaum noch Menschen. All die Strenge und das militärische Brimborium.«

»Übertreib es nicht, Bursche. Ich respektiere die Krieger, und du solltest das auch tun.«

»Du bist wahrgeboren. Ich nicht.«

Der Drink sorgte dafür, daß sie auf eine Antwort verzichtete. In der langen Pause lauschte Peri angestrengt auf irgendein Geräusch, das vom Verschwinden ihres ungebetenen Begleiters zeugte, aber der Altersgeruch blieb.

»Seltsam«, stellte er plötzlich fest. »In dem Licht hier,

oder sollte ich sagen, in der Dunkelheit hier siehst du aus wie jemand, den ich mal gekannt habe. Gut gekannt habe sogar.«

»Dann sieh weg, und das Gefühl wird vergehen.« Der Fusionnaire machte sie für ihre Verhältnisse ungewöhnlich sarkastisch.

»Schon gut. Aber du siehst aus wie ein Held. Ich dachte, das möchtest du vielleicht wissen.«

»Held?«

»Aidan Pryde. Ich bin sicher, du ...«

Peri konnte nicht anders, als sich umzusehen. Was sie erblickte, war wirklich ein alter Mann. Selbst die Falten in seinem Gesicht schienen Falten zu haben. Einen Augenblick lang nahm ihr der Ekel fast den Atem. Es war ganz üblich für Wahrgeborene, sich vor jemandem zu ekeln, der alt war, aber das war, wenn es denn vorkam, eigentlich nur jemand *Älteres,* im *Solahma*-Alter. Dieser Mann war steinalt, wie eine Mumie, deren Binden man entfernt hatte. Und doch wirkten die Züge unter dieser abstoßenden Maske der Jahrzehnte vertraut.

»Du hast Aidan Pryde gekannt?« fragte Peri.

»Ja. Und jetzt, da du mich ansiehst, weiß ich auch, warum du mich an ihn erinnert hast. Du warst in seiner Geschko. Dein Name ist Peri, und ich habe dich, glaube ich, zuletzt auf Tokasha gesehen, als wir diesen Lauser Aidan einfingen, um ihn zurück nach Ionhold zu schaffen, Sterncommander Joanna und ich.«

»Du warst der Bastard, der diese Stravag begleitete?«

»Ja.«

Tokasha. Das war so lange her. Peri starrte den Greis an und schälte die Jahre von seinem faltigen Gesicht.

»Du ... du bist Nomad?«

»Glückwunsch! Was für ein Gedächtnis.«

»Ich bin Wissenschaftlerin. Wir organisieren, klassifizieren, definieren. Ich erinnere mich an jeden, dem ich je begegnet bin. Ich erinnere mich an die Wut, die ich gefühlt habe, als Joanna und du meine Welt zerstört habt. Ich hörte, du wärst tot.«

»Das Gerücht ging um …«

In der folgenden Stunde tauschten Peri und Nomad Erinnerungen an Aidan aus, und Berichte über ihr eigenes Leben, wie es so häufig geschah, wenn zwei Menschen sich nach langer Zeit wieder begegneten. Peri fand heraus, daß Nomad seine Stelle in einem Team MechTechs verloren hatte, als Arthritis, eine verbreitete Berufskrankheit im Feld der BattleMechreparaturen, seine Hände verkrüppelt hatte.

»Dank der Schmerzen habe ich mich schnell auch in einer ganzen Reihe anderer Stellen als nutzlos erwiesen. Schließlich bin ich zur Reinigerkaste versetzt worden. Einen Besen kann man auch mit schmerzenden Händen halten.«

»Eine Verschwendung deiner Talente.«

»Darüber läßt sich streiten.«

Schließlich fragte Nomad sie, warum sie sich in den Gassen der Stadt herumtrieb, und sie hatte schon so viele Fusionnaires getrunken, daß sie es ihm sagte. Es tat ihr gut, ihrer Wut auf Balzac Luft zu machen. Als sie die geheimen Projekte erwähnte, nickte der Tech.

»Du weißt etwas darüber, Nomad.«

»Ich weiß über alles was. Das ist meine Spezialität.«

»Verschone mich mit kryptischen Bemerkungen. Sag schon.«

Nomad beschrieb ihr auf seine direkte, wenn auch gelegentlich ausufernde Art ein Wildnislager unter wissenschaftlicher Leitung. Gerüchteweise wurde es von einigen mürrischen Schlägertypen bewacht, die vorgaben, Krieger zu sein und in militärischen Uniformen vergangener Zeiten steckten. Es hieß, sie gehörten in Wahrheit zur Banditenkaste und wären gefangen und zum Dienst als Balzacs Elitewachen gezwungen worden.

»Die meisten Leute halten sich von der Gegend fern«, meinte Nomad. »In manchen Kreisen erzählt man sich Geschichten über Geister und Kobolde – das übliche.«

»Aber du weißt es besser.«

»Natürlich. Wie ich höre, wird das Lager regelmäßig von Balzac und seinen Gefolgsleuten besucht. Sie scheinen sich besondere Mühe mit diesem Projekt zu machen. Ich weiß eine Menge, aber nicht, worum es dabei geht.«

Ein paar Minuten später hatten Peri und Nomad beide zu viele Fusionnaires konsumiert, um noch irgendein sinnvolles Gespräch zu führen. Sie döste kurz ein, und als sie aufwachte, war Nomad fort. Später fragte sie sich, ob sie das Gespräch mit ihm möglicherweise nur geträumt hatte, besonders, nachdem sie versuchte, ihn in der Reinigerkaste ausfindig zu machen, dort aber niemand von ihm gehört hatte.

Nomad hatte Peri gerade genug Informationen gegeben, um das Lager zu finden und sich an den Wachen vorbei in dieses Versteck zu schleichen. Während sie in Erinnerungen schwelgte, hatte das Kind seine Übungen beendet und war hinter einer der Baracken verschwunden.

Eine Weile geschah gar nichts, bis Peri plötzlich ein leises Geräusch hinter sich vernahm. Bevor sie sich umdrehen konnte, klopfte ihr jemand auf die Schulter.

Sie sah sich um und blickte ins Gesicht des Mädchens. Peri stockte der Atem, als sie aus unmittelbarer Nähe sah, wie ähnlich dieses Kind Aidan Pryde war.

»Sie sehen total überrascht aus«, stellte das Mädchen fest.

»Das bin ich auch.«

»Warum?«

Peri wollte sich mit dem Kind nicht über die Ähnlichkeit unterhalten, deshalb antwortete sie: »Du hast dich an mich angeschlichen und mich überrascht.«

Das Kind starrte Peri in die Augen. »Sie lügen«, erklärte es. »Aber macht nichts. Sie haben Angst, weil ich Sie gefangen habe.«

Peri hätte dem kleinen Mädchen leicht entkommen können, aber sie war neugierig und blieb. »Willst du mich ausliefern und eine Belohnung dafür kassieren?«

Das Kind zuckte die Achseln. »Noch nicht. Sie sehen aus wie ich. Warum? Sagen nicht? Sie sind meine Gefangene, Stravag-Spionin. Ich werde Sie foltern, wenn es sein muß. Komm mit.«

»Warum sollen wir irgendwo anders hingehen? Du kannst mich auch hier verhören.«

»Und Sie suchen nach einem Fluchtweg. Neg, Stravag-Spionin. Ich habe einen Platz, einen geheimen Platz. Da gehen wir hin. Aufstehen.«

Peri schien es eine gute Idee, auf die Phantasie des Mädchens einzugehen. Selbst wenn es sie zu einem von Balzacs Leuten brachte, konnte es bei ihrem Rang innerhalb der Wissenschaftlerkaste nicht schwer sein, sich herauszureden. Das Schlimmste, was ihr passieren konnte, war eine Fahrt zurück nach Ironhold City und eine Rüge des Generalwissenschaftlers.

Das Kind führte sie durch das Gebüsch zu einem Abschnitt des Zauns, an dem es den Draht weit genug anheben konnte, um sie beide ins Lager zu lassen.

»Hab den Alarm hier längst ausgeschaltet«, erklärte das Mädchen. »Gut bei so was, bin ich. So kann ich rausschleichen. Denke mir, daß ich irgendwann was sehe. Heiße Naiad.«

»Peri.«

»Sie sind schön, Peri. Wie ich.«

Es war eng, aber Peri schaffte es, sich unter dem

Zaun durchzuquetschen. Sie folgte Naiad zum nächstgelegenen Gebäude, einer leerstehenden Wohn-Baracke.

»Geh da rein«, meinte Naiad und deutete auf die Tür. »Muß bald zurück, wir müssen uns beeilen. Wenn Sie reden, Stravag-Spionin, liefere ich Sie vielleicht nicht aus.«

4

Geschko-Ausbildungszentrum 111, Kerenskywald, Ironhold
Kerensky-Sternhaufen, Clan-Raum

3. Januar 3060

Peri war seit ihrer Kadettenzeit nicht mehr im Innern einer WohnBaracke gewesen. Zuletzt an dem Tag, als sie aus dem Training geworfen wurde, auf dem Weg zum Abtransport von Ironhold auf die Jadefalkenwelt Tokasha, wo sie ihre Wissenschaftlerlehre angetreten hatte. Danach war sie vollwertiges Kastenmitglied geworden und hatte sogar den Labornamen Watson errungen.

Die Nachnamen der Wissenschaftlerkaste ärgerten die Krieger. Für Krieger waren Nachnamen – Blutnamen – selten und nur durch anstrengende Prüfungen zu erlangen, in denen schließlich der Sieger in einer Serie von Gefechten zweiunddreißig andere Blutnamensanwärter bezwingen mußte. Krieger mochten es nicht, daß die höherrangigen Wissenschaftler über so beiläufig vergebene Nachnamen verfügten, obwohl diese darauf achteten, sie nur innerhalb ihrer Kaste zu benutzen. Natürlich half es auch, daß keiner der Wissenschaftler-Labornamen mit einem der traditionellen Blutnamen identisch war – und daß ihre Verwendung kaum Gewicht besaß.

Die Blutnamen waren ursprünglich die Familiennamen von Kriegern gewesen, die mit Aleksandr Kerensky aus der Inneren Sphäre geflohen waren. Als Nicholas Kerensky die Clans gegründet und das Konzept der Blutnamen für die Besten der Krieger erfunden hatte, war es nur natürlich gewesen, daß er dazu die Nachnamen derjenigen Krieger wählte, die sich als ihm loyal erwiesen hatten. Wissenschaftler dahingegen

44

wählten die Nachnamen bekannter historischer Wissenschaftler Terras, auch wenn gelegentlich ein Nachname auftauchte, der anderen Ursprungs war, wie bei dem derzeitigen Generalwissenschaftler Balzac. Peri hatte gehört, Etienne habe diesen Namen gewählt, weil er der Ansicht sei, irgendein historischer Schriftsteller dieses Namens habe die Gesellschaft seiner Zeit mit dem Können und der Gründlichkeit eines Wissenschaftlers seziert. Da sie Etienne Balzac schon vorher als einen eingebildeten Narren betrachtet hatte, überraschte diese Eröffnung Peri nicht im geringsten.

Sie schloß die Augen, als sie die Baracke betrat, und sog den typischen Kasernengeruch nach schalem Schweiß ein. Als sie die Augen öffnete, erkannte sie an dem überall herumliegenden Gerümpel, daß dieses Gebäude schon vor einiger Zeit aufgegeben worden sein mußte. Wahrscheinlich hatte das etwas mit dem allgemeinen Neuaufbau zu tun, der, soweit sie gehört hatte, in allen Trainingslagern Ironholds im Gange war. Es war ein Teil der Beschleunigung der Ausbildung, mit der neue Krieger herangezogen werden sollten, um die geschwächten Invasionstruppen rechtzeitig für die Wiederaufnahme des Kampfes gegen die Innere Sphäre wiederaufzubauen. Zusätzlich zu den Kriegern, die das beschleunigte Training lieferte, fanden auf Strana Metschty sogenannte ›Erntekriege‹ statt, in denen Einheiten der Clans, die bei der ursprünglichen Invasion zurückgeblieben waren, die Möglichkeit erhielten, in Tests anzutreten, die ihren Kriegern gestatteten, sich einem der Invasionsclans anzuschließen.

Wie es hieß, waren viele Kriegerveteranen Gegner der neuen Gebäude, die sie als ein weiteres Indiz für die Aufweichung der ganzen Kadettenausbildung anführten. Gerüchteweise hatte das Oberkommando ein gesteigertes Interesse daran, daß mehr Kadetten sich qualifizierten, und deshalb einige der Regeln vereinfacht. Was davon der Wahrheit entsprach und was nur auf traditionellem Widerwillen unter den Kriegern jüngeren Konkurrenten gegenüber beruhte, konnte Peri nicht sagen. Tatsache aber war, daß mit wachsenden Kriegsanstrengungen die Zahl der sich bei den Positionstests qualifizierenden Kadetten zunahm. Die Falkner behaupteten, neue Anlagen und Trainingsmethoden würden die Kadetten zu Höchstleistungen anspornen. In Kürze würden die Clans die Invasion wiederaufnehmen, Waffenstillstand hin oder her. Und diesmal waren sie entschlossen zu siegen.

In das Holz dieser Wände müssen Schichten von Kriegerschweiß eingedrungen sein, dachte Peri, während sie tiefer in den Saal trat. *Soweit ich mich erinnere, hat die Kaserne, in der Aidan Pryde und ich die Ausbildung verbracht haben, genauso gerochen. Und Marthe Pryde. Was würdest du heute von ihr halten, Aidan? Du bist gestorben, bevor sie Khanin der Jadefalken wurde, aber vielleicht haben wir damals schon gewußt, daß ihr das vorbestimmt war. Vergiß sie. Ich will nicht an sie denken. Als wir Kadetten waren, hat sie dich angegiffen, Aidan, und du hast ihr verziehen. Diese verdammte Kriegerphilosophie, die alles akzeptiert, solange es nur im Namen des Clans geschieht!*

Marthe und Aidan hatten ihren Positionstest zusammen abgelegt. Marthe hatte zwei Mechs abgeschossen, einer davon war der Aidans. So versessen war sie darauf gewesen, ihre Clankarriere als Sterncommander zu beginnen.

Ach ja, all das ist Kühlmittel unter den Mechs. Marthe ist Khanin, ich bin Wissenschaftlerin, und Aidan ist tot. So oder so haben wir alle dem Clan gedient, und zwei von uns tun das immer noch. Auf eine gewisse Weise dient selbst Aidans Angedenken dem Clan. Die jüngeren Krieger verehren ihn. Aber wenn du und Marthe wüßtet, wie die Wissenschaftler den Clan untereinander verspotten, Aidan, würdet ihr wahrscheinlich ein Massaker unter uns veranstalten. Oder hättest

46

du gelacht und erklärt, daß es Krieger nicht kümmert, was eine niedere Kaste denkt? Wahrscheinlich.

Naiad versetzte Peri von hinten einen Stoß. »Weitergehen, Stravag-Spionin.«

Peri ging mit einem leichten Schmunzeln schneller in den Raum. Dabei sah sie sich um. Betten waren umgeworfen – und rostig. Zwei dünne Matratzen waren offenbar absichtlich zerfetzt. Und Staub. Dicke Staubschichten überall. Sie fragte sich, wie sie Kriegerschweiß hatte riechen können statt Staub.

Naiad fand ein intaktes Bett und drehte es um. »Hinsetzen, Freigeburts-Abschaum.«

»Ich weiß zwar nicht, ob das etwas ausmacht, aber ich bin wahrgeboren. Und ich kenne Kasernen wie diese besser als du, Turmfalke.«

Naiad wirkte überrascht, war aber sichtlich entschlossen, sich keinerlei Emotion anmerken zu lassen. Sie bückte sich, hob eine aufgerissene Matratze vom Boden und warf sie auf das Bettgestell. Auf Naiads lächerlich herrische Geste hin nahm Peri Platz. Wie zu erwarten, war der Geruch jetzt noch stärker. Er schien wie Morgennebel aus der Matratze zu steigen. Sie senkte die rechte Hand auf den Stoff und berührte das grobe Material mit den Fingerspitzen. Sie erinnerte sich trotz der dazwischenliegenden Jahre noch sehr genau an das Gefühl aus den Kadettentagen.

Durch einen erstaunlichen Zufall hatte Naiad das Bett ungefähr so aufgestellt, wie Peris Pritsche damals in ihrer Kaserne gestanden hatte. Von dieser Position aus gesehen, erschien der Raum irgendwie vertrauter. Wenn sie die Augen zukniff, konnte sie eine verschwommene bildliche Erinnerung aufrufen: Wie sie auf einem ganz ähnlichen Bett saß, von irgendeiner Anleitung aufsah, erfüllt von der Zuversicht der Kadettin, von dem Tag träumend, an dem sie als Kriegerin ins Feld ziehen konnte. Wie sie aufschaute und die anderen sah, die wie sie selbst damit beschäftigt waren, sich auf den nächsten Tag vorzubereiten. Aidan, mit eifrigem Blick und gerunzelter Stirn, offenbar verwirrt von dem, was er las. Rena (die nach Peris Abflug in der Ausbildung sterben sollte), die während des Lesens die Lippen bewegte. Bret, mit seinem gelangweilten Blick. Marthe, gelassen, wie immer voll sicherem Selbstbewußtsein.

Einen Augenblick lang wünschte sie, der Raum würde sich in eine Zeitmaschine verwandeln, die sie zurück in jene Zeit brachte, ihr eine zweite Chance verschaffte und … Nein, selbst mit allem, was sie heute wußte, würde sie es niemals zur Kriegerin bringen. Sie war eine Beinahe-Kriegerin, gesegnet mit vielen der erforderlichen Fähigkeiten, aber irgendwie verdammt, immer irgendein Detail zu verpatzen, eine Nanosekunde zu langsam zu reagieren, von Falknerin Joanna abgekanzelt zu werden und sich den abfälligen Blick ihres Kommandeurs Ter Roshak einzuhandeln, des gemeinsten Offiziers, den sie je gekannt hatte.

»Was machen Sie hier, Stravag-Spionin?«

Peri gab sich als Wissenschaftlerin zu erkennen, und Naiad hob überrascht die Augenbrauen. »Warum spionieren Sie dann? Könnten Sie nicht einfach durch das Haupttor kommen?«

»Man hätte mich nicht eingelassen. Du weißt es vielleicht nicht, aber du und deine Kogeschwister, ihr seid ein Geheimprojekt.«

»Ich weiß«, erklärte Naiad, aber an ihrem perplexen Blick erkannte Peri, daß das Mädchen log.

»Dann sag mir, welches Ziel damit verfolgt wird, Turmfalke, denn das habe ich bei meinen Untersuchungen bisher nicht herausbekommen.«

»Nenn mich nicht Turmfalke.«

»Es ist keine Beleidigung, Kind.«

»Auch nicht Kind, Stravag.«

»Sag mir, was das alles soll, dieses ganze Geheimprojekt.«

»Das ist geheim. Deshalb kann ich es Ihnen nicht sagen.«

»Weißt du, daß du genetisch mit dem Jadefalken-Helden Aidan Pryde verwandt bist?«

»Natürlich.« Diesmal war schwer zu sagen, ob sie das Wissen nur vorgab.

»Würde es dich beeindrucken, wenn ich dir sage, daß ich aus derselben Geschko wie Aidan Pryde stamme?«

Naiads Augen spiegelten erneut Verwirrung, dann schien ihr etwas zu dämmern. »Natürlich. Deshalb sind Sie uns so ähnlich.«

»Und das bedeutet?«

»Kann ich nicht sagen. Geheim.«

»Von welcher herausragenden Jadefalken-Kriegerin stammt ihr matrilinear ab?«

Verwirrt blickte Naiad sich nach links, dann nach rechts um, dann sah sie Peri wieder an. »Geht Sie nichts an, Stravag-Spionin.«

»Ich werde dir sagen, was ich persönlich glaube. In eurem Genmaterial gibt es kein matrilineares Erbe. Du und deine Kogeschwister, ihr stammt direkt und unmittelbar von Aidan Prydes Genen ab. Ich bin mir nicht sicher, wie und warum man das getan hat, aber es ist eine Art Clanversion der Parthogenese, und es widerspricht dem Wesen der Clans.« Peri verstummte, als sie das völlige Unverständnis in den Augen des Kindes sah. »Verstehst du, wovon ich rede, Naiad?«

»Natürlich verstehe ich«, log das Mädchen mit wütender Stimme. Naiads Sturheit amüsierte Peri, und sie fühlte sich stark an Aidan erinnert.

Peri hatte den Begriffsrahmen des jungen Mädchens weit hinter sich gelassen. Naiad starrte sie nur mit offenem Mund an. Auch wenn Naiad nichts davon ver-

49

stand, wußte Peri, daß sie der Kleinen nicht mehr verraten durfte. Sie mochte genug begreifen, um jemandem Anlaß zu geben, sie über dieses Gespräch auszufragen.

Ich wünschte, ich könnte mehr von ihr erfahren. Ich verstehe immer noch nicht, was diese genetischen Experimente bezwecken, selbst wenn der Clan erwarten sollte, Krieger zu produzieren, die das Beste der Vergangenheit repräsentieren. Schließlich suchen wir seit Jahrhunderten nach den größten Stärken eines unserer Kriegervorfahren, und versuchen, es mit den besten Eigenschaften eines anderen zu verbinden, um die fähigsten und effizientesten Krieger herzustellen, die nur möglich sind. Jedenfalls theoretisch. Praktisch bleiben die Ergebnisse hinter unseren Erwartungen zurück. So sehr wir die Gene auch manipulieren, das menschliche Resultat erweist sich als ebendas: menschlich. Wenn alte Fehler herausmanipuliert werden, tauchen an ihrer Stelle neue auf. Irgendwie gelingt es uns nicht, den Kriegern die Neigung zu bestimmten Emotionen wie Wut oder Trübsinn auszuzüchten, ihren Sinn für Humor festzulegen oder sie gleichmütiger zu machen. Manchmal erweist sich die neue Generation einer Geschko als offensichtlicher Rückschritt, zumindest als weit entfernt vom erhofften Clanideal. Und so probieren wir Wissenschaftler es weiter. ClanKrieger sind die besten der Geschichte, aber durchaus noch verbesserungsfähig.

Als Wissenschaftlerin stört mich nicht die Manipulation von Genmaterial, die Balzac und seine Leute betreiben. Das ist schließlich legitime Forschung. Es sind die politischen Implikationen, die mir angst machen. Es gefällt mit nicht, daß Wissenschaftler anderer Clans Zugriff auf genetisches Material der Jadefalken haben, und vermutlich auch auf die Forschungen unserer Wissenschaftlerkaste. Wenn Wissenschaftler verschiedener Clans Informationen austauschen, wie wird das Ergebnis ihrer Bemühungen aussehen? Was soll man von Jadefalken-Kriegern halten, die unter Verwendung von Wolf-Genen erschaffen werden? Soweit ist es schon ge-

kommen. Irgendwann könnten diese infernalischen Experimente alle Clans schwächen. Aber das kann ich Naiad nicht offenbaren.

In der Ferne waren junge Stimmen zu hören. Naiad reagierte sofort.

»Muß trainieren. Octavian mag nicht, wenn wir uns verspäten. Muß dich wohl zu ihm bringen, Stravag-Spionin. Er ist wirklich gemein.«

Peri täuschte vor, sich Naiads Entscheidung zu fügen, aber ihr war klar, daß sie das nicht zulassen konnte. Sie mußte zurück nach Ironhold City, um diesem Aidan-Geschko-Rätsel auf den Grund zu gehen.

Sie stand auf. Ein schneller Rundblick erinnerte sie an ihren letzten Tag in einer Baracke wie dieser. Joanna hatte sie mitten in der Nacht geweckt und informiert, daß ihre Kriegerausbildung beendet war und sie im Ausbildungszentrum ihre neue Aufgabe erfahren würde. Joannas Stimme, die im allgemeinen einen deutlichen Unterton von Wut oder zumindest Strenge besaß, hatte ungewöhnlich sanft geklungen, als sie Peri mit gewissem Stolz von deren Zukunft als Lehrling der Wissenschaftlerkaste in Kenntnis gesetzt hatte. Für eine ausgesiebte Kriegerin, hatte Joanna erklärt, waren die Wissenschaftler die bestmögliche Wahl, und daß Peri sich etwas darauf einbilden könne, dafür ausgewählt worden zu sein.

Traurig und wütend, aber doch zugleich in dem Bewußtsein, daß die Ausbilder die richtige Entscheidung getroffen hatten und sie nicht das Zeug zur Kriegerin besaß, hatte sie auf ihrem Bett gelegen, bis das erste Licht des frühen Morgens durch die Ritzen in den Wänden drang und ihr gestattete, ihre Sachen zu packen. Es war Tradition für ausgesiebte Kadetten, leise zu verschwinden, sich in der Nacht davonzustehlen, und sie hatte nicht vor, den vier Kadetten, die sie zurückließ, ihr Versagen vorzuführen. Sie alle waren

Mitglieder der Geschko, in der sie ihr ganzes Leben verbracht hatte, und die sie, so hatte sie damals irrtümlicherweise geglaubt, jetzt für immer verlassen mußte.

Gerade als sie sich mit einem letzten Blick zurück auf den Weg machen wollte, hatte eine Stimme von der anderen Seite des Raums sie aufgehalten. Es war Aidan gewesen.

»Wer ist da? … Peri, bist du das?«

»Ich gehe. Bitte sprich nicht lauter. Ich möchte meine Erniedrigung nicht vor den anderen zur Schau stellen.«

»Es ist keine Erniedrigung, es ist …«

»Ich weiß. Es ist Teil des ganzen verdammten großen Ziels, das wir alle anstreben. Nur daß ich jetzt nicht mehr dazugehöre.« Sie hatte ihre Gedanken nicht aussprechen wollen, aber sie hatte sich Aidan immer verbunden gefühlt. Nicht so eng wie Marthe, aber doch verbunden. »Stell dir vor, was für ein Gefühl das ist. Die ganze lange Ausbildung, nur um ausgesiebt zu werden und zu hören, daß du jetzt zu einer anderen Kaste gehörst. Aber ich *gehöre* in keine andere Kaste. Wo immer ich hinkomme, die Leute werden mich ansehen, und der Gedanke wird sich ihnen aufdrängen, daß ich einmal in der Kriegerausbildung gesteckt habe. Das ist wie ein Brandzeichen auf meiner Stirn. Ich bin eine Kriegerin und werde es mein ganzes Leben lang bleiben. Mein ganzes Leben.«

Es war für ihre Verhältnisse eine beachtliche Rede gewesen, denn sie war immer sehr schweigsam gewesen und hatte – wenn überhaupt – nur wenig gesprochen. Aber der Ausdruck auf Aidans besorgtem Gesicht in jener Nacht hatte sie getröstet.

Er hatte sie gefragt, wohin sie geschickt wurde, und sie hatte geantwortet: zur Wissenschaftlerkaste. Daraufhin hatte er erklärt, das höre sich wichtig an, und eine Weile hatten sie sich über Genetik und darüber unterhalten, wie viele Unterschiede die Mitglieder ihrer Geschko trotz des gemeinsamen Erbguts in Fähigkeiten und Persönlichkeit zeigte. Auf eine seltsame Art und Weise hatte dieses Gespräch in ihr das Bedürfnis geweckt, sich darauf zu konzentrieren, was Krieger wie Aidan und Versager wie sie selbst ausmachte.

Naiad winkte ihr, voraus ins Freie zu gehen. Das Kind besaß ein bemerkenswertes Selbstbewußtsein. Doch es blieb ein Kind, und Peri konnte ihm entkommen. Aber gerade als sie handeln wollte, blockierte eine hagere, dunkle Gestalt das Tageslicht, das durch die offene Tür der Baracke strömte.

»Was geht hier vor?« bellte der Mann.

Naiad wirbelte herum. War das Verärgerung, was Peri über ihr junges Gesicht zucken sah?

»Octavian! Ich … äh, ich habe gerade diese Stravag-Spionin gefangen.«

Octavian lachte herzlich und kam in die Baracke. »Ihr Kinder und eure Spielereien.«

Er schob Naiad beiseite und kam auf Peri zu. Als er vor ihr stand, wirkte er längst nicht mehr so einschüchternd. Aber Peri blieb vorsichtig. Octavian war immerhin einmal ein Krieger gewesen, und sie durfte sich nicht auf vorschnelle Einschätzungen verlassen.

»Du bist also eine Spionin?« fragte er.

Peri zuckte die Schultern. »Ich habe mir die Anlage angesehen, als ich Naiad, mnh, begegnet bin. Aber ich bin keine Spionin. Ich bin Mitglied der Jadefalken-Wissenschaftlerkaste und habe jedes Recht, Einrichtungen wie diese zu inspizieren.«

»Eine Wissenschaftlerin? Ich kann mich nicht entsinnen, daß du uns schon einmal besucht hättest. Ich bin mir auch ziemlich sicher, daß du nicht auf der Liste der Wissenschaftler stehst, die Zutritt zu diesem Lager haben. Also: Wie bist du hier hereingekommen?«

Peri warf Naiad einen kurzen Blick zu. Das Mädchen

wirkte besorgt. Wahrscheinlich wollte sie nicht, daß ihr Loch im Zaun entdeckt wurde. »Ich bin durch das Haupttor gekommen.«

»Die Wachen hätten dir nicht gestattet ...«

»Sie sollten Ihre Wachen besser einmal überprüfen. Am Tor hat jedenfalls niemand versucht, mich aufzuhalten. Ich bin einfach hindurchgeschlendert.«

»Das ist unmöglich.«

Peri gab vor, das Bett glattzustreichen und setzte die Hände auf beide Seiten der Matratze. »Wie dem auch sei, das Tor könnte ebensogut ein großes Willkommensschild zieren.«

»Du lügst.«

Jetzt hatte sie ihm den Rücken zugedreht. Anscheinend verärgerte ihn das so sehr, daß er ihr die Hand auf die Schulter legte. Sie spürte seine Kraft. Sie würde schnell und entschlossen handeln müssen. »Ich bin Wissenschaftlerin«, erklärte sie so herablassend sie konnte. »Sie haben keinerlei Recht, mich so grob zu behandeln, selbst wenn Sie einmal Krieger waren.«

Ihr Bluff funktionierte. Er zog die Hand zurück. Bevor er sich seinen nächsten Zug überlegen konnte, hob Peri die Matratze und wirbelte damit herum. Die Matratze traf Octavian in der Magengrube und schleuderte ihn zurück. *Ein Glück*, dachte sie, *daß Krieger als Teil der Abhärtung so steife Matratzen verordnet bekommen.*

Als Octavian sich wieder aufrichtete, rief Peri sich ihre lebendigen Erinnerungen an die Ausbildung im waffenlosen Kampf ins Gedächtnis und schlug ihm in einer Hakenbewegung den Handballen gegen die Kehle. Dann duckte sie sich und rammte ihm den Kopf in den Magen. Sie war versucht, einen dritten Schlag nachzuschieben, traute ihrem Glück und ihren Erinnerungen aber dann doch nicht genug.

Statt dessen rannte sie geradewegs zur Tür.

Naiad versuchte, sich ihr in den Weg zu stellen, aber Peri stieß sie mit dem Ellbogen beiseite. Naiad schlug mit dem Kopf gegen die Barackenwand und war für eine Weile benommen.

Als Octavian wieder bei Atem war und Naiad wieder geradeaus sehen konnte, stürmten sie in gemeinsamer Verfolgung aus dem Gebäude. Ihr Opfer befand sich auf der anderen Seite des Zauns und rannte den Hang hinauf. Offensichtlich hatte sie sich durch das Loch gezwängt, das Naiad im Zaun gemacht hatte. Jetzt würde man es wahrscheinlich finden, aber das störte Naiad nicht. Die Beschädigung würde man der Spionin anlasten, und Naiad konnte sich einfach an anderer Stelle einen Ausgang für ihre Vorstöße in die Welt außerhalb des Lagers anlegen.

Octavian tobte eine Weile in sichtbarer Wut über Peris Entkommen. Naiad verspürte eine seltsame Befriedigung, daß sie hatte fliehen können. Das schnelle Handeln der Wissenschaftlerin und die Tatsache, daß diese Octavian angegriffen hatte, waren äußerst beeindruckend gewesen.

Sie hatte eine neue Heldin.

Was Peri betraf: Nachdem sie die Hügelkuppe erreicht und sich durch die Wachen um das Lager geschlichen hatte, erfüllte der erfolgreiche Einsatz von Kriegerfertigkeiten, die sie für längst vergessen gehalten hatte, sie unwillkürlich mit Begeisterung. Sie lief so schnell durch den Wald, der das Lager umgab, wie sie es lange Zeit nicht mehr fertiggebracht hatte.

5

**Große Konklavekammer, Halle der Khane,
nahe Katjuscha, Strana Metschty
Kerensky-Sternhaufen, Clan-Raum**

17. Januar 3060

Selbst wenn man auf einen Kampf vorbereitet war, selbst wenn man die Fäuste schon geballt hatte und die Wut im Innern loderte, gab es einen Augenblick der Angst, wenn der Kampf tatsächlich begann. Für Khanin Marthe Pryde von den Jadefalken kam dieser Augenblick, als Perigard Zalman, Khan der Stahlvipern, in seinem rituellen Kostüm aufstand, sich halb umdrehte und den stahlharten Blick seiner tiefliegenden Augen zum obersten Rang der Tribüne hob, auf dem Marthe saß.

Nie zuvor hatte sich die Halbschale des Granitsitzes unter ihr so steinhart angefühlt. Nie zuvor war ihr die große Marmortischplatte vor ihrem Platz so eiskalt erschienen. Selbst das Banner an der Vorderseite des Tisches, das mit dem großartigen Symbol eines Jadefalkens im Flug ihren Clan symbolisierte, bewegte sich unheilvoll. Nie zuvor hatte sie ein solches Verlangen gefühlt, hinabzugreifen und die prächtig emaillierte Khansmaske wieder aufzusetzen, um ihre Reaktion auf Perigard Zalmans berüchtigt bösartigen Angriffe zu verbergen. Ein seltsam erregtes Raunen unter den Khanen wurde durch die Akustik der weiten, hallenden Kammer noch verstärkt, in der sie sich zu ihren Sitzungen versammelten.

Als sie hinab auf die scharfen, häßlichen Gesichtszüge des Stahlviper-Khans blickte, wünschte sie sich, er hätte ebenfalls die Maske aufgesetzt, damit die Körpersprache seines Gesichts ihre Wut nicht noch anheizen konnte.

Ich weiß genau, was Zalman vorhat, dachte sie. *Ich kann beinahe vorhersagen, was er sagen wird. Ich male es mir seit Wochen aus und habe sogar meine Antworten schon geplant. Das ist wahrscheinlich üblich in der Politik, aber wenigstens ist die Wut in meiner Brust ehrlich und wird ungespielt losbrechen. Ich bin jetzt dermaßen wütend, daß ich gerne darauf verzichten könnte, mir die Anschuldigungen dieser Savashri-Stahlviper anzuhören, um ihn gleich hier und jetzt niederzumachen. Aber die guten Sitten verlangen von mir, geduldig zu warten, bis der häßliche Bastard seine öligen Verleumdungen ausgespuckt hat.*

Auf dem Platz neben Marthe rutschte saKhanin Samantha Clees unruhig umher. Samanthas Zappeligkeit war ihre unangenehmste Eigenschaft. Die Frau konnte von hier bis zur Inneren Sphäre tigern, ohne auszuruhen.

Im Gegensatz zu Marthe besaß Samantha Clees praktisch keinerlei bemerkenswerte körperliche Merkmale. Ab und zu ertappte Marthe sich dabei, wie sie Samantha ansah, nur um sich deren Aussehen ins Gedächtnis zu rufen. Sie war von mittlerer Größe und Statur, etwas übergewichtig nach zivilen Standards, aber für eine Kriegerin genau richtig. Ein großer Teil des zusätzlichen Gewichts steckte in den starken Armen und muskulösen Beinen, diesen Beinen, mit denen sie gelegentlich geradezu hektisch hin und her wanderte. Ihr Kopf war gut proportioniert und von einem kurzen Haarschnitt eingerahmt, der die mittelbraune Farbe nahezu unbemerkbar machte. (Die meisten Personen in ihrer Bekanntschaft, und sogar einige ihrer Freunde, hatten Schwierigkeiten, Samanthas Haarfarbe anzugeben, wenn man sie danach fragte.)

Ihr Gesicht ging ebenso im Gesamteindruck unter. Es wurde von keinerlei Gefechtsnarben verunstaltet und von keinerlei Besonderheiten verschönt. Ihre Züge waren durchschnittlich, abgesehen vielleicht von der

Sanftheit ihrer hellbraunen Augen. Das war der eine Punkt, an den man sich erinnerte: ihre Augen. Darin glich sie Marthe am stärksten. Es lag eine bestechende Sanftheit in Samanthas Blick, und nur die Menschen, deren Worten oder Handeln es gelang, sie in Wut zu bringen, wußten, wie zornerfüllt diese Augen lodern konnten. Sofern man damit in Berührung kam, war Samanthas Wut die zweite Eigenschaft, an die man sich erinnerte. Ihre Wutausbrüche kamen selten, aber wenn, dann erinnerten sie an Tropenstürme, ja, an Orkane, und hatten die Tendenz, alles in Schutt und Asche zu legen, was ihr in den Weg kam.

Die wenigsten Leute erinnerten sich an ihr Aussehen, aber niemand vergaß ihre Leistungen in einem Battle-Mech oder ihr Kampfgeschick. Samantha hatte den Widerspruchskrieg überlebt und zehn Jahre die Gierfalkengalaxis befehligt. Sie war die logische Wahl für den Posten der saKhanin, als Marthe sich plötzlich in die Rolle der Khanin katapultiert gesehen hatte. Marthe war froh, Samantha Clees an ihrer Seite zu wissen. Sie hatten auf Coventry Seite an Seite gefochten und unterstützten einander auch jetzt in allen wichtigen Fragen.

Bevor er das Wort ergriff, sah Perigard Zalman sich in der düsteren Kammer mit den im Halbkreis angeordneten Tribünenrängen um. Der große Saal war für die ursprünglichen vierzig Khane gebaut worden, aber deren Zahl war inzwischen auf zweiunddreißig geschrumpft. Heute waren sie alle hier versammelt, aber Zalmans einziger wirklicher Verbündeter war sein saKhan. Marthes Blick wanderte hinab in die Mitte der schwach beleuchteten Kammer, wo Kael Pershaw, jenes seltsame Wunder der Prothesentechnik, auf der rotierenden Empore stand. Neben ihm nahm der ilKhan, der Elementar Lincoln Osis, Platz und winkte dem Lehrmeister zu beginnen.

Der geheimnisvolle Pershaw war einst selbst ein

Krieger gewesen und fungierte jetzt als Lehrmeister des Großen Konklave. Obwohl er seit den Anfängen der Invasion an keinem Gefecht mehr teilgenommen hatte, trug er noch immer den Rang eines Sterncolonels und genoß den Respekt der Khane. Der mißgebildete alte Krieger mit seinen künstlichen Gliedmaßen und der Maske, die irreparabel zerstörte Gesichtszüge verbergen mußte, war zugleich Kommandeur der Jadefalken-Clanwache, des Spionagearms seines Clans. Obwohl Marthe Spionage als etwas viel zu Hinterhältiges betrachtete, als daß es hätte ehrbar sein können, hatte sie als Khanin gelernt, Pershaws gewissenhaft zusammengetragene Informationen zu schätzen, insbesondere angesichts der mehr zur Inneren Sphäre als zu den Clan-Heimatwelten passenden Intrigen ihrer Mit-Khane. Die Verunstaltung des Mannes und sein halbes Gesicht mit dem einzelnen sichtbaren Auge blieben trotzdem unangenehm. Drei tiefe Narben zogen sich vom Rand der Halbmaske über die Nase und Wange, um dann unter dem Haaransatz zu verschwinden.

Perigard bat Lehrmeister Kael Pershaw formell um das Wort. Er erhielt die Erlaubnis mit der steifen Geste eines metallenen Arms.

»IlKhan Lincoln Osis, Lehrmeister Kael Pershaw, meine Mit-Khane. Ich wende mich heute mit einem Makel auf dem Erbe Kerenskys an euch, einem Verbrechen an der Geschichte der Clans, einer Beleidigung aller Ideale, für die alle Clans, ungeachtet unserer Differenzen, einmütig eintreten.«

Samantha beugte sich zu Marthe und flüsterte: »Erste Rakete, Ziel erfaßt und bereit zum Abschuß.« Marthe nickte, und einen Augenblick lang fühlte sie das ganze Gewicht der zeremoniellen Robe, die eine Khanin im Konklave trug. Sie hätte ihren BattleMech dafür gegeben, den bevorstehenden Angriff in leichter Montur abzuwarten.

»Ich will nicht lange herumreden«, fuhr Perigard fort. »Der Punkt, um den es mir geht, ist die Entscheidung der Jadefalken-Khanin, einer freigeborenen Kriegerin die Erlaubnis zu erteilen, sich um den berühmten und gefeierten Blutnamen Pryde zu bewerben. Ihr alle erinnert euch an die Heldentaten Aidan Prydes in der Schlacht um Tukayyid. Alle Clans, trotz unserer Differenzen, haben das Heldentum dieses Jadefalken-Kriegers gepriesen, und wir haben nahezu einstimmig die Aufnahme des genetischen Materials Aidan Prydes in den Genfundus der Jadefalken begrüßt, eine Belohnung für diesen Helden, die zwar noch nie dagewesen, zugleich aber den Taten dieses tapferen Kriegers angemessen war.«

»Er hört sich wirklich gerne reden, frapos?« flüsterte Samantha. Eine andere Schwäche Samanthas war, daß sie Clan-Konklaven ebenso wenig ausstehen konnte wie alle sonstigen förmlichen Gelegenheiten. Die Stahlvipern waren in ihrem Festhalten an Grundsätzen und Gebräuchen der Clans ebenso starr wie die Nebelparder, und was ihre entnervende Hartnäckigkeit betraf, waren sie diesen sogar noch voraus.

Zalman machte eine kurze Pause und sah zu Marthe hoch, eine offensichtliche Einladung, ihn mit einem wütenden Protest zu unterbrechen. Aber jeder derartige Ausbruch wäre vom Lehrmeister gerügt worden, da Zalman das Wort erbeten hatte und nicht unterbrochen werden durfte, bis er zum Ende gekommen war. Marthe entschied sich, nicht auf diesen Trick hereinzufallen, obwohl Zalman durchaus richtig lag, wenn er annahm, daß ihr eine zornige Entgegnung auf der Zunge lag. Mit jeder Faser ihres Körpers wollte sie über die Marmorplatte springen und sich wie ein mächtiger Falke auf die Stahlviper hinabstürzen.

Was für eine seltsame Vorstellung. In dieser schweren

Robe könnte ich kaum auf den Tisch klettern, geschweige denn, über ihn hinwegspringen!

Zalman mußte am dünnen Strich ihrer Lippen gesehen haben, daß sie stumm bleiben würde, denn er sprach weiter. Er breitete die Arme aus, als wolle er alle Khane in seine Einschätzung einschließen, und erklärte: »Ich beantrage, daß das Große Konklave eine formelle Rüge für Khanin Marthe Pryde beschließt, als Strafe für deren Verletzung der Clan-Tradition, indem sie der freigeborenen MechKriegerin Diana gestattete, an einem Blutrecht teilzunehmen.«

Der Lärm, der diesem Antrag von den Rängen der Bewahrer- und Kreuzritter-Clans gleichermaßen folgte, zeigte, daß noch andere Khane Zalman zustimmten. Samantha sprang auf, und ihre laute Stimme war über dem Murren der versammelten Khane deutlich zu hören, als sie schrie: »Stravags! Der Jadefalkenclan hat das Recht …«

Marthe packte Samanthas Arm und zog sie zurück auf ihren Platz. Die saKhanin drehte sich mit funkelnden Augen zu ihr um und fragte: »Warum hast du das getan?«

»Du wolltest erklären, die einzige Möglichkeit für einen anderen Clan, unsere Entscheidung über Diana anzufechten, bestünde darin, uns zum Test zu fordern.«

»Natürlich wollte ich das. So ist es ja auch.«

»Aber das ist zum gegenwärtigen Zeitpunkt nicht ratsam. Sie wollen, daß wir die Herausforderung anbieten, damit wir zugleich schwach und im Unrecht erscheinen. Wir müssen abwarten.« Marthe war sich sicher, daß der Tag des Kampfes gegen die Stahlvipern kommen würde. Aber wenn es soweit war, würden sie sich auf dem Schlachtfeld gegenübertreten, nicht in einem Kreis der Gleichen. Und erst, wenn sie den Zeitpunkt für gekommen hielt.

Als die Unruhe sich gelegt hatte, sprach Lehrmeister

Pershaw. Sein Ton war formell, aber die Stimme, die aus einer elektronischen Apparatur an seiner Kehle drang, klang beinahe körperlos. Pershaw fragte Khan Zalman, ob er bereit wäre, das Wort einem der anderen Khane zu überlassen, die nach Gehör verlangten.

Perigard setzte sich, und Marthe hörte schweigend zu, wie ein Khan nach dem anderen entweder seinen Widerwillen gegenüber Marthes Verhätschelung der Freigeborenen ausdrückte oder ihre Anstrengungen unterstützte, die Jadefalken mit allen verfügbaren Mitteln zu stärken, egal ob orthodox oder unorthodox. Der einzige Khan, der sich nicht zu Wort meldete, war Vlad Ward von den Wölfen. Marthe war sich nicht sicher, warum er sich zurückhielt, aber dann wurde ihr klar, daß er sich in diesem Punkt wahrscheinlich verletzbar fühlte. Vor vielen Jahren war es einem Leibeigenen aus der Inneren Sphäre namens Phelan Kell gelungen, trotz seiner Herkunft als Freigeborener einen Blutnamen zu erringen. Der Leibeigene war nicht nur zu Phelan Ward geworden, er hatte es bis zum Khan des Wolfsclans gebracht.

Jetzt war Phelan Ward in die Innere Sphäre zurückgekehrt. In den Augen der Clanner war er ein Verräter, der die Wölfe gespalten und so viele von ihnen mitgenommen hatte, daß der Clan daran fast untergegangen wäre. Es hatte Vlad Ward viel strategisches Können und politische Anstrengung gekostet, Clan Wolf neu zu etablieren. Er konnte es sich nicht leisten, sich durch den Anschein, Dianas Streben nach einem Blutnamen zu unterstützen, Angriffen auszusetzen. Doch zugleich hatte er sich in Marthes politischem Leben als ihr vorläufiger Verbündeter und in ihrem Privatleben als ihr Sexualpartner etabliert. Sie paarten sich nicht oft – Marthe vermutete, daß es nur dann zur Vereinigung kam, wenn es mit einem politischen Nutzen für Vlad verbunden war. Aber die Seltenheit der Begegnung störte sie nicht, und sie hatte sogar ihren Spaß daran, herauszufinden, welche politischen Motive ihr gelegentlicher Partner mit dem Wunsch verband, sich zu paaren.

Ja, es ist wahrscheinlich besser, daß Vlad die Klappe hält. Mit so einem Freund brauche ich keine Feinde, wie es das alte terranische Sprichwort sagt. Ich habe ohnehin schon zu viele Feinde. Aber wer hat je behauptet, Khanin zu sein, wäre leicht?

Die hitzige Debatte der Khane wurde so chaotisch, daß Lincoln Osis Pershaw aufforderte, sie zu beenden. Der verkrüppelte Lehrmeister tat dies mit einer weitausholenden Geste seiner künstlichen Hand. Ein geflüsterter Wortwechsel zwischen Pershaw und Osis folgte. Pershaw sah zu Marthe hoch und fragte mit seiner seltsam knisternden elektronischen Stimme: »Hat die geachtete Khanin der Jadefalken den Wunsch, sich zu diesem Punkt zu äußern?«

Marthe nickte und stand auf. »Vernichte sie, meine Khanin«, flüsterte Samantha.

»Ich habe MechKriegerin Dianas Bewerbung um einen Blutnamen in der Tat gestattet«, erklärte sie. »Sie wurde allen Regeln gemäß von einem Sterncolonel Haus Prydes vorgeschlagen. Ich habe die Argumente erwogen und mich zum Vorteil der Bewerberin entschieden.«

Das entsprach natürlich nicht ganz der Wahrheit. Marthe hatte selbst dafür gesorgt, daß Ravill Pryde Diana vorschlug. Er hatte protestiert, aber als Khanin konnte sie sehr überzeugend sein, wenn es nötig war. Diana hatte ihr Recht, sich um einen Blutnamen zu bewerben, mit großem Nachdruck und guten Argumenten vorgetragen. Sie war immerhin die Tochter des verehrten Aidan Pryde, dessen Namen Perigard Zalman so geschickt in die Debatte getragen hatte.

Auf Coventry hatte Marthe Krieger aus Geschkos eingesetzt, die noch keinen Positionstest abgelegt hatten. Das widersprach dem Wesen der Clans, aber Marthe ging es einzig darum, die Falken wiederaufzubauen, um die Absorption durch einen anderen Clan zu verhindern. Nachdem sie eine Regel erfolgreich gebrochen hatte, was sollte sie daran hindern, es bei anderen genauso zu halten? Sie wußte ebensogut wie jeder andere, daß Freigeborene sich nicht um Blutnamen bewerben durften. Aber diese Kriegerin war nicht irgendeine Freigeborene. Sie war geschickt und erfahren und stammte in direkter Erblinie von Aidan Pryde ab. Nachdem Marthe erst einmal die Möglichkeit in Betracht gezogen hatte, daß Dianas Anspruch berechtigt sein könnte, hatte es nicht mehr viel gebraucht, um den Wert dieses Experiments zu erkennen. Außerdem war kaum damit zu rechnen, daß eine Kriegerin mit einem ähnlich eindeutigen Anspruch in absehbarer Zeit noch einmal auftreten würde, gleichgültig, ob sie in diesem Blutrecht Erfolg hatte oder nicht.

Auf Coventry hatte Marthe Dianas ständigen Bitten schließlich nachgegeben. Sie hatte sogar Ravill Pryde gezwungen, sie vorzuschlagen. Nachdem sie sich schon soweit vorgewagt hatte, dachte sie nicht daran, zurückzustecken, nicht einmal vor einem Großen Konklave der Khane.

Außerdem glaube ich ohnehin nicht, daß Diana trotz all ihres Könnens Erfolg haben wird. Sie sieht aus wie Aidan Pryde, und es ist unverkennbar, daß sie viel mit ihm gemein hat, aber keine einfache Freigeborene könnte jemals einen Blutnamen der Jadefalken erringen. Sobald sie scheitert, wird sich der Aufruhr legen. Und in dem unwahrscheinlichen Fall, daß es ihr gelingt, habe ich meinen Punkt bewiesen. Niemand kann mir vorschreiben, was ich zu tun oder zu lassen habe, wenn es darum geht, die Jadefalken wiederaufzubauen, auch dann nicht, wenn ich dazu gegen das Wesen der Clans verstoßen muß.

»Als Khanin der Jadefalken habe ich das Recht, die

Politik meines Clans eigenständig zu bestimmen. Insbesondere in Kriegszeiten werden viele Entscheidungen durch die Umstände diktiert, und dies ist einer dieser Fälle. Ich übernehme die volle Verantwortung dafür. Es tut mir leid, daß einige meiner Mit-Khane dies mißbilligen, aber es war schon immer das Wesen der Clans, daß wir uns selbst regieren. Ich applaudiere der Geradlinigkeit zu, mit der ihr eure Meinungen vorgetragen habt, aber der Jadefalke fliegt allein. Er lebt von seinem eigenen Verstand ebenso wie seiner Furchtlosigkeit, und niemand kann dem Falken vorschreiben, wohin er fliegt, wann oder warum. Ebenso verhält es sich mit den Jadefalken. Deshalb stehe ich zu meiner Entscheidung, dieser Nachfahrin Aidan Prydes die Teilnahme an einem Blutrecht zu gestatten. Es ist bekannt, daß manche Clans keine Freigeborenen in den Rängen der Kriegerkaste dulden, aber die Jadefalken erkennen den Wert der Freigeborenen, die an strategischer Stelle in Gefechtseinheiten eingesetzt werden. Wir kennen in unserer Geschichte sogar freigeborene Helden. Der Wert freigeborener Krieger ist erwiesen und hat sich insbesondere in der Invasion der Inneren Sphäre gezeigt. Mehr werde ich dazu nicht sagen. Die Blutnamenstests sind auf dem Planeten Ironhold in vollem Gange. Ich lade euch alle ein, dorthin zu reisen und möglicherweise mitzuerleben, was ihr euch wünscht: die Erniedrigung einer Freigeborenen. Aber vielleicht auch nicht. Lehrmeister, ich bedanke mich für die Gelegenheit, zum Konklave zu sprechen.«

Marthe setzte sich und wartete auf die nächste Runde der Proteste. Es klang ein gewisses Murren auf, wie schon während ihrer Rede, aber auf ein Zeichen des schwarzhäutigen ilKhans beendete der Lehrmeister die Debatte. Als Pershaw bekanntgab, daß es keine weitere Diskussion über diesen Punkt geben würde, unterhielt sich Perigard Zalman sich hitzig mit seinem sa-

65

Khan, dem breitschultrigen und beeindruckenden Brett Andrews. Andrews schien Zalman zu drängen weiterzumachen, aber Zalman schüttelte den Kopf. Der il-Khan ließ deutlich erkennen, daß er jede weitere Unterbrechung von Seiten der Stahlvipern abblocken würde, und Zalman sah sich zum Schweigen verdammt. Marthe war über das Scheitern seines Plans recht amüsiert.

»Diesem Konklave liegen noch andere Themen vor«, stellte der Lehrmeister fest. »Insbesondere die Erntetests und Entscheidungen zu unserer militärischen Bereitschaft, die Invasion der Inneren Sphäre wiederaufzunehmen.«

Während Samantha sich neben ihr frustriert langweilte, genoß Marthe in der darauffolgenden Debatte die über den Computerschirm ihres Platzes laufenden Daten. Sie zeigten unter anderem, wie miserabel die Stahlvipern in den Erntekriegen abgeschnitten hatten.

6

Falkenhöhlen, nahe Falkenbronn, Ironhold
Kerensky-Sternhaufen, Clan-Raum

28. Januar 3060

Diana hatte gewußt, daß es im Innern der berühmten Höhle kalt sein würde, aber sie war nicht darauf vorbereitet gewesen, wie kalt. Die Kälte drang ihr bis ins Mark. Sie stellte sich unwillkürlich vor, zu einer Eisskulptur zu erstarren, von der neugierige Touristen sich Splitter abbrachen.

Die Falkenhöhlen waren eine absolute Rarität in der Jadefalken-Gesellschaft: eine Touristenattraktion. Nicht, daß sie Horden von Erholungssuchenden angezogen hätten. Joanna und sie waren auf ihren Spaziergängen durch die langen, dunklen Tunnel, die nur von gelegentlichen Fackeln erhellt wurden – gerade nahe genug beieinander, um nirgends völlige Dunkelheit zuzulassen, kaum jemandem begegnet. Diana fühlte sich häufig ungewohnt verletzlich, während sie sich vorsichtig über den ungleichen Boden der Höhlengänge bewegte, die mit losen Steinen und steilen Senken übersät waren.

»Das ist also deine Vorstellung einer Trainingspause«, meinte Sterncommander Joanna hinter ihr. Sie war ziemlich lange still gewesen, was gar nicht zu ihr paßte, während sie durch die Tunnel wanderten und den Schildern unter den Fackeln folgten, die sie zur Zentralhöhle dirigierten, der berühmten Falkenfeuergrotte. Die Falkenfeuergrotte war nicht nur die größte Höhle des ganzen Labyrinths, sondern bot angeblich auch den dramatischsten Anblick. Es hatte Stunden gedauert, Joanna, die wenig für Naturschönheiten übrig hatte, zu überreden, Diana hierher zu begleiten. »Sie hätten uns Taschenlampen mitgeben sollen.«

»Das steht in der Broschüre. Zur Erhaltung der Höhlen sei es notwendig, den Lichteinfall so gering wie möglich zu halten.«

Joanna grunzte. »Das ist nur Geschwafel für Freigeborene. Wahrgeborene brauchen derartige Vorschriften nicht.«

»Du vergißt, daß ich auch freigeboren bin.«

Einen Augenblick lang blieb Joanna stehen und starrte Diana wütend an. »Das vergesse ich *nie*, Nestling!«

Diana verzichtete auf eine Antwort. Über das Thema Wahrgeborene/Freigeborene konnte man sich mit Joanna nur zu leicht in sinnlose Streitgespräche verwickeln. Manchmal konnte sie wirklich erstaunlich dumm sein, dachte Diana. Einerseits gab es nur wenige wahrgeborene Krieger, die trotz ständiger vehementer Beschwerden über Freigeburten durchaus enge Beziehungen zu ihnen unterhielten – wie Joanna zu Diana ebenso wie zu Hengst. Tatsächlich sah man Joanna kaum mit anderen Wahrgeborenen zusammen. Ihr fortgeschrittenes Alter schien die Krieger abzuschrecken. Sie entschied sich, das Thema zu ändern oder zumindest zum vorherigen zurückzukehren. »Und, bist du beeindruckt von Ironholds berühmtem Naturschauspiel?«

»Ehrlich gesagt, nein. Es ist bloß reichlich Dunkelheit, Feuchtigkeit und Enge. Ich mag offene Räume, frische Luft und Licht.«

»Licht? Ausgerechnet du mit deinen düsteren Stimmungen?«

»Im Freien kann ich brüllen. Hier habe ich Angst, daß ich mit dem kleinsten Geräusch die Felsen zum Rutschen bringe.«

»Stimmt, dein Zorn könnte Felsen zum Einsturz bringen.«

»War das sarkastisch?«

»Ich würde es nicht merken, wenn ich sarkastisch wäre.«

Joanna grunzte. Sie wollte Diana nicht die Wahrheit sagen: daß diese Höhle sie, genau wie jede Höhle oder Schlucht, zu sehr an jenen Gebirgspaß auf Twycross erinnerte. Bei ihrem ersten Besuch dort war sie an der schwersten und beschämendsten Niederlage der Falkengarde beteiligt gewesen, und mitsamt ihrem Mech unter Tonnen von Felsgestein begraben worden. Sie wurde immer noch von Alpträumen verfolgt, in denen sie in ihrem Cockpit gefangen war und sich freigraben mußte. Bei ihrem zweiten Besuch hatte sie die berühmte Wolfsclan-Kriegerin Natascha Kerensky bekämpft und besiegt, die unter allen Clans als die Schwarze Witwe bekannt gewesen war.

Dieser Sieg hatte Joanna einen Platz in den Annalen der Jadefalken gesichert, aber alles, woran sie sich erinnern konnte, war, am Boden zu liegen, scheinbar erneut im Cockpit eines Mechs gefangen, das nächste hilflose Opfer der Schwarzen Witwe. Sie hatte aus dieser liegenden Position erfolgreich zurückgeschlagen und Natascha Kerensky in deren Cockpit verbrannt. Doch in ihrer Erinnerung überwog deutlich der Eindruck, in ihrem Mech auf dem Boden der engen Schlucht zu liegen, deren Felswände zu beiden Seiten steil emporragten. Es war ihr unmöglich, eine Höhle zu betreten, ohne sich in der Falle zu fühlen, und darauf konnte sie gerne verzichten. Als sie durch die düsteren Tunnel ging, schien sie sich wieder in einem ihrer Alpträume zu befinden, auch wenn diese Felswände nicht hoch aufragten, sie sich nicht auf Twycross befand, und ihr niemand im BattleMech gegenüberstand.

»Sieh dir das an«, forderte Diana sie auf, als sie um eine Biegung des Tunnels traten und ihnen plötzlich die Helligkeit mehrerer Wandfackeln ins Gesicht schlug. »Da stockt dir der Atem, frapos?«

69

Joanna antwortete nicht. Sie hatte Mühe, von dem komplexen, farbenfrohen Arrangement der Tropfsteine nicht beeindruckt zu sein. All das waren Ablagerungen, Überreste des Wassers, das diesen Tunnel ausgehöhlt hatte und, was das betraf, auch den ganzen Rest der Falkenhöhlen. Das Licht fing sich auf den unregelmäßigen Tropfsteinoberflächen und formte in seinem flackernden Tanz noch abstraktere Muster, als sie bereits die planetologische Erosion erzeugt hatte. Die verschiedenen Tropfsteinformationen waren von unterschiedlichen Formen und Ausmaßen. Der Gesamteffekt erinnerte an Eisschichten an einer Klippenwand, nur veränderte sich Eis unter den Strahlen der Sonne ständig, während die Tropfsteine von Dauer waren, vor Äonen hier zurückgelassen, damit Falkenhöhlenbesucher dieser Tage anhalten und staunen konnten, so wie Diana und (gegen ihren Willen) Joanna in diesem Augenblick.

»Stell dir nur mal vor«, meinte Diana. »Diese Formation war schon hier, lange bevor unsere Vorfahren aus der Inneren Sphäre in den Clanraum kamen. Ich meine, *lange* vorher, planetologische Zeiträume. Jahrhunderte, Jahrtausende ...«

»Und all die Zeit hat es sich keinen Millimeter bewegt. Da ziehe ich unser kurzes Leben vor, unsere Kämpfe und ...«

»Und die Möglichkeit, sich jeden Tag darüber zu beschweren.«

»Sarkastische Stravag. Sehen wir zu, daß wir diesen Ausflug zu Ende bringen. Ich brenne darauf, zurück ins Training zu kommen, und dich zu schinden, bis dein Körper seine ganz eigenen Erosionsspuren aufweist.«

Die Schilder wiesen ihnen den Weg zur Falkenfeuergrotte. Zuerst verzerrte das flackernde Fackellicht und die gewaltige Weite der Grotte ihre Wahrnehmung, als sie aus dem dunklen Tunnel traten. Die Fackeln waren an fernen Punkten der unfaßbar hohen Wände befestigt, die zu einer Decke aufragten, die nur als gewaltiger Schatten über dem ganzen Schauspiel zu erahnen war. Das Licht tanzte über den verschiedenen, teilweise beeindruckenden Formationen und erzeugte ein gewaltiges abstraktes Kunstwerk, in dem je nach den Neigungen des Betrachters alle möglichen Bilder kurz aufflackern konnten. Der Anblick konnte ein Alptraum sein, eine Vision der Schönheit oder eine Erinnerung an einen beinahe vergessenen Vorfahren.

Der Boden der Grotte war voller Menschen, die auf den präzise markierten Wegen zu dem riesigen Teich in der Mitte der Höhle wanderten. Diana hatte die Broschüre gelesen und wußte, daß der Teich Styx hieß, anscheinend nach einem mythischen Fluß benannt. Laut der Erläuterung bestand der Inhalt des Teichs mehr aus Öl als aus Wasser, einem seltsamen, nutzlosen Öl, das nur auf Ironhold vorkam. Es ließ sich weder als Brennstoff, noch als Schmiermittel verwenden, hatte aber eine ungewöhnliche Eigenschaft. Gelegentlich stieß der Teich geysirartige Flammensäulen aus, die anscheinend von einer inneren Feuerquelle oder einer intensiven Hitzequelle unter seinem Grund gespeist wurden. Das Phänomen war wissenschaftlich untersucht worden, aber niemand hatte mehr als eine Theorie darüber. Es gab niemanden, der ein genügend großes Interesse hatte, das Problem eingehender zu untersuchen, und außerdem besaß die Flüssigkeit selbst keinerlei praktischen Wert für zivile oder militärische Zwecke. Da kein Grund vorlag, dem Geheimnis weiter auf den Grund zu gehen, fiel es selbst den Wissenschaftlern leicht, es als ungeklärtes Phänomen ad acta zu legen.

Seltsamerweise war die Grotte trotz des Feuers im Teich und an den Wänden kein bißchen warm. Im Gegenteil, sie war noch kälter als die Tunnel, und die beiden Kriegerinnen fühlten einen eisigen Windhauch über ihre Haut streichen.

»Laß uns verschwinden«, murmelte Joanna. »Je schneller wir hier weg sind und zurück im Warmen, desto lieber ist es mir.«

»Was ist mit dem Kaltwettertraining, von dem du so viel redest?«

»Es ist ein Unterschied, ob man Kälte während einer Schlacht im Innern des Cockpits erlebt oder bei einer Höhlenwanderung. Ich kann mich nicht erinnern, daß meine Füße sich in einem Mechcockpit jemals in Eisklumpen verwandelt hätten.«

Diana grinste und machte sich auf den Weg zu einem der markierten Pfade. Sie sah keinen Grund, sich weiter um Joanna und deren Gemecker zu kümmern. Sie hatte schon vor langer Zeit entschieden, daß Joanna offenbar Spaß daran hatte, sich zu ärgern und lauthals zu beschweren. Warum sollte sie ihr diese Freude nehmen?

»Hier sind viel mehr Leute«, bemerkte Diana, als sie den Weg erreicht hatten. Dessen Oberfläche war härter, als sie erwartet hatte, möglicherweise durch die Schritte von Generationen von Touristen abgeschliffen. »Das ist wohl eine größere Touristenattraktion, als ich bis vor einem Augenblick gedacht habe.«

»Dein Leben ist eine Touristenattraktion, Diana.«

Ab und zu gab Joanna eine verwirrende Feststellung wie diese ab. Meistens verzichtete Diana darauf nachzufragen, aber diese Bemerkung war einfach zu provokant, um sie zu ignorieren. »Eine Touristenattraktion? Wie meinst du das?«

»Vielleicht wäre Zirkus der passendere Ausdruck. Oder Volksspektakel. Ich habe noch nie Blutnamenskämpfe wie diese erlebt. Vielleicht liegt es daran, daß so viele unmittelbar hintereinander stattfinden.«

Diana wußte, worauf Joanna anspielte. In der Invasion der Inneren Sphäre waren so viele Blutnamenträger umgekommen, daß eine Menge Blutrechte frei waren. Die Schwäche des Clanmilitärs während dieses Waffenstillstands verlangte, daß mehr Positionen von Blutnamensträgern besetzt wurden.

»Ja, ein Zirkus«, sprach Joanna weiter. »Besonders, wenn man sich die Menagerie ansieht. Während der Blutrechte finden immer ein paar Märkte statt, und gelegentlich gibt es auf Episoden der Clangeschichte basierende Shows. Ab und zu sogar gute Stücke. Aber diesmal scheint jeder zweite verdammte Freigeborene auf dem Planeten nach Ironhold City gekommen zu sein, um von den Kämpfen zu profitieren. Ehrlich, Diana, ich sehe mehr Habgier und Profitsucht als Mut und Tapferkeit. Manchmal scheinen die Blutnamenstests das Beiwerk und das Drumherum aus Markt und Spektakeln die Hauptsache. Und dann du noch ...«

»Ich? Was soll das denn heißen?«

»Du bist eine der Hauptattraktionen. Eine Freigeborene, die sich ernsthaft um einen Blutnamen bewirbt. Du bist das Hauptschaustück der Menagerie. Ein widernatürliches Monstrum, ein Mißgriff der Natur ...«

»Ich dachte, du würdest meine Teilnahme am Wettbewerb unterstützen, Joanna. Auf Coventry hast du ...«

»Moment. Ich unterstütze dich. Aber nicht, weil du eine Freigeborene bist, sondern weil die Khanin deinen genetischen Anspruch als Tochter Aidan Prydes akzeptiert hat. Es behagt mir überhaupt nicht, daß du keine Wahrgeborene bist, aber ich kenne deine Leistungen als Kriegerin, und du hast dich bewährt. Ich kenne meine Gründe selbst nicht genau. Aber in einer Welt, in der ich Solahma sein sollte und trotzdem weiter als Kriegerin diene, kann sich auch Aidan Prydes Tochter um einen Blutnamen bewerben. Erwarte nicht von mir, daß ich das weiter ausführe. Wenn ich meine Gründe selber wüßte, würde ich sie auch formulieren.«

Es war das erste Mal, daß Joanna dieses Thema ange-

73

schnitten hatte, seit sie auf Coventry an Bord des Landungsschiffs gegangen waren. Während ihrer ganzen Zeit auf Ironhold hatten sich ihre Gespräche vor allem um die Themen Kampfausbildung und Konditionstraining gedreht. Natürlich hatte sie mit berechenbarer Regelmäßigkeit ihrer generellen Wut auf alles und jeden Luft gemacht, aber ein Gespräch über Dianas Teilnahmeberechtigung hatte sie immer vermieden.

»Na schön, im Augenblick mag ich eine Touristenattraktion sein, aber ich werde es ihnen noch zeigen«, stellte Diana fest.

»Das wollen wir hoffen. Meiner Ansicht nach hat Marthe Pryde ihren Feinden Munition gegeben, indem sie deine Bewerbung annahm. Ein falscher Schritt und ...«

»Ja, ja, Joanna. Ich weiß. Ich denke jeden Tag daran. Der Gedanke begleitet mich abends in den Schlaf.«

Sie gingen schweigend weiter. Schließlich erreichten sie einen eingezäunten Bereich mit Blick über den Feuerteich. Kleine Standtafeln erzählten die Geschichte der Höhlen. Diana las sie, Joanna verzichtete darauf. Die meisten Tafeln wiederholten ohnehin nur, was bereits in der Broschüre gestanden hatte.

Trotzdem war Diana beeindruckt, als sie den Teich aus der Nähe sah. Sie zuckte zusammen, genau wie die meisten anderen Touristen, als dicht am Ufer des Teiches plötzlich eine hohe Flammenzunge in die Luft schoß. Kurz darauf folgte dieser Feuersäule eine zweite. Einer der Touristen, ein kleiner, übergewichtiger Mann mit kurzen Beinen, war von dem Ausbruch so erschrocken, daß er nach hinten auf Joanna kippte. Die wurde ebenfalls nach hinten gestoßen, als der rundliche Bursche zu Boden ging. Fast hätte sie es geschafft, das Gleichgewicht wiederzugewinnen, aber sie stolperte über eine der Standtafeln und fiel ebenfalls.

Diana bemühte sich, nicht zu lachen, als Joanna

einen Augenblick lang hilflos am Boden lag. Sie hatte sich schnell wieder im Griff und sprang auf, während sie sich wütend umsah, wie viele in der Menge ihren ungeschickten Sturz bemerkt hatten.

Diana sah, daß eine beachtliche Zahl der Anwesenden das Schauspiel in der Tat gesehen hatten und sich ebenso wie sie bemühten, ihre Schadenfreude zu unterdrücken, allerdings mit erheblich weniger Erfolg. Das war gar nicht gut, erkannte Diana, als sie sah, wie Joannas Gesicht rot anlief.

»Das amüsiert euch, was?« brüllte sie. »Aber merkt euch eines: Ich verlasse diese verdammte Höhle als wahrgeborene Kriegerin, und morgen werde ich immer noch eine wahrgeborene Kriegerin sein. Und ihr alle bleibt nicht mehr als ein dreckiger Freigeburtsabschaum! Solange ihr das nicht vergeßt!« Sie nahm sich zusammen und marschierte einen Weg hinab, dessen Beschilderung zum Ausgang wies.

Eine Weile sah Diana ihr hinterher und fragte sich, ob sie Joanna nachgehen oder einfach bleiben sollte. Diese Höhle gefiel ihr, und sie hätte nichts dagegen gehabt, etwas länger zu bleiben und die Majestät dieses Ortes auf sich wirken zu lassen.

Gleichzeitig war sie wütend auf Joanna, die eine durch und durch wahrgeborene Kriegerin war und keinen Gedanken daran verschwendete, daß alles, was sie über Freigeborene sagte, auch für Diana galt.

Diana sah sich unter den schockierten Touristen um, die tatsächlich alle Freigeborene waren. In gewisser Weise gehörte sie zu ihnen, auch wenn sie durch ihre Aufnahme in die Kriegerkaste Jahre zuvor von ihnen getrennt war. Sie war sich ihrer Isolation innerhalb der Jadefalken bewußter als jemals zuvor. Sie war weder eine wahrgeborene Kriegerin noch eine Freigeborene niederer Kaste. Sie war anormal ... ganz so, wie Joanna es gesagt hatte, ein Mißgriff der Natur. Sie konnte sich weder unter diese Menge der Freigeborenen mischen und sich als Gleiche unter Gleichen fühlen, noch konnte sie in Wahrgeborenenkreisen zirkulieren, ohne zu spüren, daß ihre Kameraden sie als Freigeburt sahen, gleichgültig, was ihre beachtlichen Leistungen auf dem Schlachtfeld über sie aussagten.

Es war die Geschichte ihres Lebens, doch dieses Leben konnte sich ändern, wenn sie das Blutrecht gewann. Aber konnte ein Blutname ihr Gefühl der Isolation von Wahrgeborenen und Freigeborenen zugleich heilen? Das blieb ein Geheimnis, ein Geheimnis, das nicht weniger rätselhaft war als die Flammen, die aus diesem Teich schlugen. Nur zwei Meter entfernt schoß eine neue Feuersäule empor.

Diana zuckte die Schultern und ging Joanna nach, die mit wie üblich schnellem Schritt schon die Hälfte des Wegs zurückgelegt hatte. Trotz ihrer hervorragenden Kondition, das Ergebnis Joannas intensiver und brutaler Trainingsprogramme, hatte Diana Mühe, sie einzuholen.

7

Jadefalkenhaus, Halle der Khane, nahe Katjuscha, Strana Metschty
Kerensky-Sternhaufen, Clan-Raum

30. Januar 3060

Das Klopfen an der Tür zu Marthes Privatquartier war diskret. Nur eine einzige Person klopfte auf diese Weise an: Marthes Adjutant, ein BüroTech namens Rhonell. Marthe war seit Stunden wach und hatte an ihrem kleinen, zerschrammten Schreibtisch gesessen und gearbeitet.

»Herein«, rief sie und sah auf.

Rhonell trat zackig, mit beinahe militärisch steifer Haltung ein. Er war groß, noch größer als Marthe, und hatte ein Gesicht, das zu seinem Beruf paßte. Seine Augen waren so emotionslos wie Zahlenkolonnen, und der Rest seiner Züge dokumentierte mit bürokratischer Nüchternheit seinen Charakter.

»Was gibt es, Rhonell?«

»Khanin Samantha Clees möchte Sie sprechen.«

»Ich erwarte sie in einer Stunde in meinem Büro«, antwortete Marthe knapp und widmete sich wieder den vor ihr ausgebreiteten Papieren.

Rhonell räusperte sich. Das war seine Art, Marthe über eine unerwartete Komplikation zu informieren.

»Was noch, Rhonell? Heraus damit.«

»Die saKhanin bittet um ein privates Gespräch.«

»Wo könnte es privater sein als hier?« Marthe breitete die Arme aus. »Führe sie herein.«

»Aye, meine Khanin.«

Rhonell zog sich schnell und mit einem ergebenen Nicken zurück, der perfekte Bürokrat: höflich, effizient und humorlos.

Marthe stand auf und musterte sich kurz in dem

77

halbblinden Spiegel, den irgend jemand vor langer Zeit an der Innenseite der Tür angebracht hatte. Als erstes überprüfte sie ihre Kleidung. Wie immer, wenn keine Notwendigkeit bestand, Ausgehuniform anzulegen, trug sie den smaragdgrünen Standardoverall der Jade-falken-Offizierin außer Dienst, einfach geschnitten, mit sich nach unten verengenden Beinen, die Nähte in pfeilgerader Linie zu den glänzenden Kniestiefeln mit den flachen Absätzen. Der Glanz der Stiefel fing das Licht des Zimmers auf und strahlte bei jeder Bewegung.

Auf der rechten Brustpartie des Overalls trug sie das Falkenabzeichen der Khanin. Marthe bevorzugte unter allen Umständen die einfachste Lösung, selbst bei der Wahl ihrer zeremoniellen Kleidung. Zu viele grelle Farben, zu viele prächtige Federn, zu prunkvolle Umhänge: derartige Zurschaustellungen waren ihr zuwider.

Offensichtlich setzte sie mit ihrem Auftreten Standards. Sie hatte bemerkt, daß die Verzierungen an den Kriegeruniformen deutlich nachgelassen hatten, seit sie Khanin geworden war. Früher, als sie noch Sterncolonel gewesen war, hatten die Mitglieder ihres BefehlsStern-haufens nicht nur ihre Uniformen vereinfacht, sondern waren in allen Aspekten ihres Auftretens bescheidener geworden, bis hin zu ihrem Verhalten bei Besprechungen oder der Ablieferung mündlicher oder schriftlicher Berichte. Das war damals wie heute eine spürbare Konsequenz ihrer Führung, und eine, auf die sie verdammt stolz war.

Nachdem sie sich überzeugt hatte, daß ihre Kleidung zufriedenstellend war, warf Marthe beinahe unbeabsichtigt noch einen Blick auf ihr sonstiges Aussehen. Das kam selten vor, da ihr ziemlich gleichgültig war, wie sie aussah, solange es ihrer Kommandeursposition entsprach und Autorität vermittelte. Ihr Körper war muskulös und stramm. Die kurzen Ärmel der Uniform ließen daran keinen Zweifel. Die Muskeln ihrer Arme wiesen deutliche Reifen auf und vermittelten den Eindruck eines drahtigen, aber kräftigen und einer durchtrainierten Kriegerin angemessenen Körperbaus.

Sie kämpfte gegen den Impuls an, ihr Gesicht im Spiegel zu betrachten, aber in letzter Zeit kam sie einfach nicht darum herum. ClanKrieger haßten jedes Anzeichen von Alter. Als Khanin lief Marthe keine Gefahr, ihr Leben als Solahma zu beschließen, als eine Kriegerin, die zu alt für den Kampfeinsatz war, und deren einzige Rettung darin bestand, als Kanonenfutter für den Clan zu fallen, wenn sie Glück hatte. Aber Marthe war klug genug zu wissen, daß jede Falte in ihrem Gesicht oder auch nur eine Andeutung körperlicher Schwäche bei anderen ClanKriegern Verachtung wecken würde, selbst bei ihren Mit-Khanen im Großen Konklave, unter denen nicht wenige selbst deutliche Altersspuren zeigten. Marthe dachte nicht oft darüber nach, aber sie war inzwischen in den späten Vierzigern, und definitive Spuren der durchlebten Jahrzehnte ließen sich nicht verleugnen. Es waren nicht viele, aber diese wenigen waren deutlich. Falten zogen sich um ihre geröteten Augen. Der Blick ihrer kühl blauen, stechenden Augen war allerdings so stark wie eh und je.

Sie hatte gehört, daß in der Elite der Inneren Sphäre plastische Chirurgie benutzt wurde, um Anzeichen des Alters zu verbergen und das Aussehen zu verbessern. Der Gedanke ließ sie auf eine für sie typische Weise kurz auflachen, auch wenn sie niemand hören konnte. Als echte Jadefalkin würde sie niemals zulassen, daß wer auch immer ihr Aussehen chirurgisch veränderte. Das war eine verächtliche Prozedur. Ebensowenig konnte sie traditionelle Kosmetika benutzen, um die Anzeichen des Alters zu verstecken, wie es manche Clanner taten. Sie vertrat die Ansicht, daß eine Kriegerin, die sich auf irgendeine Weise versteckte, die mit Worten, Pudern oder Farben ihr Gegenüber täuschte, diesen Namen nicht verdiente.

Man hatte ihr hin und wieder schon gesagt, sie sei schön, mit eisblauen Augen, die einen dramatischen Kontrast zu ihrer hohen Stirn, den vollen Lippen und dem schmalen Kinn bildeten, aber körperliche Schönheit hatte für sie keinerlei Bedeutung. Selbst jetzt amüsierte sie Vlads gelegentlicher Hinweis darauf – meist im Verlauf einer reichlich animalischen Paarung – lediglich.

Mit einem hörbaren Seufzen wandte sie sich von dem Spiegel ab und sah sich in ihrem kleinen Zimmer um. Sie brauchte sich keine Mühe zu machen, es aufzuräumen, das wußte sie. Später, wenn sie in ihr Büro gegangen war, würden ein paar Techs kommen und es säubern. Sie hatte schon seit Jahren kein Bett mehr gemacht.

Wie jeder guten ClanKriegerin war es Marthe gleichgültig, wie ein Zimmer aussah. Ihr Privatquartier wirkte ebenso spartanisch wie ihr Büro. Dieser Raum, ihr Schlafzimmer, enthielt keinerlei Dekorationen: keine Bilder an den hellen, einfarbigen Wänden, keine Gardinen an den Fenstern. Abgesehen vom Bett bestand das Mobiliar einzig aus dem alten Schreibtisch und zwei Stühlen, komplett mit Computer und Behältern mit Disketten und Datenchips. In einer Ablage neben einem uralten Drucker lagen mehrere Bögen Ausdrucke, hauptsächlich Dienstpläne und andere häufig benötigte Dokumente. Ihr Datenbestand wurde von Rhonell in dessen Büronische neben ihrem Dienstraum verwaltet.

Ein erneutes Klopfen an der Tür unterbrach Marthes Gedanken. Diesmal kam es fest und entschieden.

»Herein«, rief sie.

Die Tür öffnete sich, und saKhanin Samantha Clees

betrat Marthes kleines Privatzimmer mit der für sie charakteristischen Entschiedenheit. Aber kaum blieb sie stehen, da wirkte Samantha unsicher. Sie schien nie recht zu wissen, wohin mit ihrem Körper, wenn sie sich nicht bewegte. Marthe winkte ihr, bequem zu stehen, und Samantha wurde lockerer. Selbst ihre ernste Miene lockerte sich, auch wenn Samantha Clees nur selten irgendeine Spur von Humor zeigte oder gar lachte.

Die Quintessenz der Kriegerin, dachte Marthe. *Sie scheint unfähig, sich ein Verhalten auch nur vorzustellen, das im geringsten unclangemäß wäre. Vielleicht ist es tatsächlich eine Frage der Gene. Die genmanipulierte Erbmasse einer wahrgeborenen Kriegerin.*

»Rhonell sagte mir, daß du eine private Unterredung wünschst, Samantha Clees. Nun, da wären wir, also sprich dich aus.«

»Die Debatten im Großen Konklave«, kam Clees ohne Umschweife zum Thema. »Diese ganzen unflätigen Beleidigungen der Stahlvipern. Was haben sie vor? Und warum hast du mich zurückgehalten?«

»Hier geht es um mehr als nur Rhetorik oder alte Rivalitäten. Die Stahlvipern wollen uns mit ihren Protesten einschüchtern. Jetzt, da die Clans bereit sind, in die Innere Sphäre zurückzukehren, wollen sie unseren Invasionskorridor übernehmen. Und wer weiß, welche Hirngespinste sie noch hegen? Möglicherweise sind sie verrückt genug, sich einzubilden, sie könnten unseren Clan vernichten. Wir brauchen uns nicht weiter darum zu kümmern und müssen nur sicherstellen, daß sie keinen Erfolg haben.«

»Wir sind Jadefalken«, erwiderte Samantha. »Das können wir.«

»Aye, Samantha Clees. Die Stahlvipern würden uns morgen aus dem Korridor vertreiben, wenn sie dazu in der Lage wären. So sicher, wie wir dasselbe mit ihnen täten. Aber der Krieg gegen die Innere Sphäre kann

81

jeden Augenblick erneut ausbrechen. Jetzt, da die Sphärer die Nebelparder zerschlagen haben, könnte unser Invasionskorridor ihr nächstes Ziel sein. Selbst Kael Pershaw und seine Agenten in der Clanwache haben es nicht geschafft, die Pläne des Feindes auszukundschaften. Wir wissen nur eines mit Sicherheit, nämlich, daß er hinterhältig ist und wir auf alles vorbereitet sein müssen.«

»Wir können auch nicht sicher vorhersagen, wie die Stahlvipern sich verhalten«, erklärte Samantha. »Sie sind so unberechenbar wie eh und je. Was, wenn sie zur Inneren Sphäre überlaufen, wie die Feiglinge der Novakatzen?«

»Sie sind zu allem fähig, solange es ihren Zwecken dienlich ist. Wir müssen darauf vorbereitet sein, während wir abwarten und sehen, von wo der Wind bläst.«

»Aye«, stimmte Clees zu. »Das macht mich verrückt.«

»Was kann man von den Stahlvipern anderes erwarten? Aber sie müssen derzeit genauso abwarten und beobachten. Sie könnten ebensogut zum Ziel der Inneren Sphäre werden wie wir Jadefalken. In der Zwischenzeit, Samantha Clees, werden wir die anderen wichtigen Aufgaben, die vor uns liegen, nicht aus dem Auge verlieren.«

Die saKhanin nickte. »Aye, der Bedarf an Kriegern und Material, und beides nur von bester Qualität.«

»Ich weiß, du bist der Schreibtischarbeit und Konklavesitzungen müde«, meinte Marthe. »Vielleicht würde es dir gut tun, nach Ironhold zu fliegen, um die Kriegsvorbereitungen zu überwachen. Während deines Aufenthalts könntest du dich auch vergewissern, daß die Ausbildung gestrafft und effizienter gemacht worden ist, wie ich es angeordnet habe. Der Augenblick der Rückkehr in die Innere Sphäre rückt immer näher, und wir brauchen die besten und furchtlosesten Krieger aller Zeiten. Diesmal müssen wir Jadefalken unsere Berufung wahrmachen.«

»Aye, meine Khanin. Der Falke muß bereit sein, seine Krallen geschärft, seine Schwingen gestärkt, sein Blick klar.«

Marthe nickte. »So ist es. Wenn die Stahlvipern einen Kampf wollen, werden sie ihn bekommen, aber zu unseren Bedingungen, frapos?«

»Pos.«

Marthe musterte Samantha einen Augenblick lang. Sie kannte sie durch und durch. »Aber da ist noch etwas, Samantha Clees. Ich spüre, daß dir noch etwas anderes auf die Seele drückt.«

»Aye, Marthe Pryde. Ich bin besorgt wegen dieses Blutnamenstests, den der Stahlvipernkhan benutzt hat, um uns im Konklave zu verspotten. Während ich auf Ironhold bin, möchte ich mich persönlich überzeugen, daß alles den Regeln gemäß abläuft. Die Ereignisse dort könnten Implikationen von überwältigender Tragweite für unseren Clan bedeuten.«

»Ich stimme dir zu, aber ich bin mir nicht sicher, ob es nötig ist …«

Samantha hob die Hand. »Ich kenne die relevanten Berichte«, meinte sie. »Aber in delikaten Umständen wie diesen wird nicht alles schriftlich niedergelegt. Mit deiner Erlaubnis, meine Khanin?«

»Bitte, aber fasse dich kurz.«

Samantha ging auf und ab. Sie hatte die Angewohnheit, hin und her zu wandern, während sie ihre Gedanken sammelte. Marthe setzte sich nicht, sondern lehnte sich mit verschränkten Armen an die Wand, während sie ihr lauschte.

»Diese Falkengarde-Kriegerin, MechKriegerin Diana, wird am Blutrecht teilnehmen. Obwohl sie freigeboren ist, hält sie sich für technisch berechtigt, um einen Blutnamen zu kämpfen, weil sie die Tochter des großen

83

Helden Aidan Pryde ist. Die Mutter ... Samantha Clees mußte sich sichtbar überwinden, diesen Begriff auszusprechen, der ihr wie allen laborgezüchteten Wahrgeborenen äußerst unangenehm war, »... dieser Diana ist ein Mitglied der Wissenschaftlerkaste namens Peri, ursprünglich eine deiner und Aidan Prydes Koschwestern, die aber in der Ausbildung versagt hat. All das ist korrekt so, frapos?«

Samantha hörte auf, durchs Zimmer zu wandern, oder blieb eigentlich nur kurz stehen, aber Marthe bedeutete ihr mit einem Nicken weiterzureden. In Samanthas nüchtern knapper Zusammenfassung klangen die Umstände bizarr.

»Ihr Anspruch begründet sich auf der Tatsache, daß beide Elternteile genmanipulierte Krieger waren. Daher beansprucht sie, genetisch für einen Blutnamen qualifiziert zu sein, obwohl ihre Geburt ...« Wieder hatte Samantha etwas Mühe, das Wort auszusprechen, »... *natürlich* war. Natürliche Geburten dieser Art sind unter Kriegern selten, und in den meisten Fällen derartiger illegitimer Nachkommen weiß der Krieger, der längst neue, größere Erfahrungen gemacht hat, gar nichts davon.«

Marthe nickte. »Aidan Pryde ahnte nicht, daß Diana seine Tochter war, und hat es erst kurz vor seinem Heldentod erfahren.«

»Krieger haben keinen Bedarf, an ihre wertlose Nachkommenschaft erinnert zu werden«, stellte Samantha ärgerlich fest. »Die einzigen Babys, die zählen, sind die, die zu Geschkos von einhundert und mehr im Labor gezüchtet werden. Einzelgeburten aus einer weiblichen Gebärmutter sind nach allen Clanstandards Verschwendung. Was für einen Wert soll eine Einzelgeburt haben, deren Ergebnis mit unzähligen genetischen Fehlern behaftet sein kann, wenn die Möglichkeit besteht, eine ganze Hundertschaft mit identischem, nahezu fehlerfreiem Erbgut zu erzeugen? Bestünde kein Bedarf, um die Tech- und Dienerkasten zu füllen, wären Freigeburten grundsätzlich verboten, frapos?«

»Deine Ansichten sind etwas radikal, aber traditionsgemäß und absolut vernünftig.«

»Soweit ich weiß, hat Ravill Pryde Diana auf deinen Wunsch hin vorgeschlagen. Auf deinen nachdrücklichen Wunsch, frapos?«

»Pos, Samantha Clees. Willst du meine Entscheidung anzweifeln?«

Samantha blieb stehen. »Ich habe nur eine Frage. Als du die Wahl hattest, das Vorhaben dieser freigeborenen Kriegerin abzulehnen oder zu erlauben, warum hast du dich entschieden, es zuzulassen?«

Marthe ging an ihrer saKhanin vorbei zum Fenster, und Samantha tigerte weiter auf und ab. Sie zog die Sichtblende beiseite und blickte hinaus auf den Park, der die Halle der Khane umgab, betrachtete dasselbe Stück Strana Metschty, das sie von diesem Fenster aus immer sah. Die Stadt selbst lag weit entfernt, aber die Bäume und Sträucher des Parks leuchteten im hellen Sonnenlicht. Nicht weit vom Haus jedes Clans standen die Blutnamenskapellen, in denen die genetischen Proben aufbewahrt wurden, die das Eugenikprogramm benötigte.

»Mein offizieller Beweggrund ist, daß Dianas genetische Argumentation auf die Probe gestellt gehört. Immerhin leiden wir unter einem schweren Mangel an fähigen Kriegern und haben im Widerspruchskrieg gegen die Wölfe und auf Coventry gegen die Innere Sphäre viele Blutnamensträger verloren. Die Clans sind besorgt. Das hast du in den Sitzungen des Großen Konklave, über die du dich so vehement beschwerst, selbst gesehen. Die Jadefalken haben in den Erntekriegen gut abgeschnitten. Haben wir den Schneeraben etwa keine zwei Sternhaufen abgenommen und nicht genug Krieger aus anderen Clans gewonnen, um einen dritten aufzustellen? Die Stahlvipern haben sich erbärmlich geschlagen. Das halte ich für den Hauptgrund für ihre aktuellen Angriffe gegen uns. Sie versuchen, uns an allen Fronten zu schwächen, militärisch ebenso wie politisch.«

»So sehe ich es auch.«

»Wir müssen mit der größtmöglichen militärischen Macht in die Innere Sphäre zurückkehren. Je mehr Krieger wir dafür zur Verfügung haben, desto besser. Aber nur Krieger der höchsten Qualität. Der Bedarf an Blutnamensträgern hilft, Dianas Anspruch zu rechtfertigen. Ohnehin erwartet kaum jemand, daß sie den Blutnamen erringen kann, aber ich bin neugierig, wie sie sich schlägt. Ihre Argumentation mag löchrig sein, aber … nun, es gibt noch einen anderen Grund, der schwieriger zu erklären ist: einen inoffiziellen Grund.« Marthe ließ die Blende wieder vors Fenster fallen und drehte sich um. Samantha ging langsam, nachdenklich, auf und ab, lauschte angestrengt und mit gesenktem Kopf. Ihre Arme bewegten sich kaum. »Um diesen inoffiziellen Grund zu erklären, muß ich über Aidan Pryde und meine Beziehung zu ihm sprechen. Seine Geschichte, wie sie in der *Erinnerung* überliefert wird, hat für unseren Clan mythische Dimension angenommen. Nach seinem fehlgeschlagenen Positionstest, den ich mit ihm zusammen ablegte und bestand …«

»Mit genügend Abschüssen, um als Sterncommander in den Kriegerstand einzutreten, soweit ich mich entsinne.«

»Das ist irrelevant für meine Geschichte.«

Samantha zeigte keine Reaktion auf die Schärfe in Marthes Erwiderung.

»Nachdem er den Test verloren hatte, wurde er in die Techkaste zurückgestuft, aber selbst das konnte nichts daran ändern, daß er ein Krieger war. Irgendwie habe ich das wohl gewußt, selbst nachdem er den ersten Test verloren hatte und ich mich von ihm abkehrte. Wir hatten einander in der Geschko sehr nahe gestanden, aber danach wies ich ihn ab. Schließlich entsprach das dem Wesen der Clans. Ich wußte von Beginn an, daß es Aidan niemals leichtfallen würde, sich in die Rolle eines Techs einzufinden, aber ich nahm an, seine Anpassungsfähigkeit und Findigkeit würden ihm erlauben, in einer niederen Kaste Karriere zu machen. Statt dessen floh er, wie allgemein bekannt, und kehrte unter dem Namen Jorge zurück. Das war das Werk Falknerkommandeur Ter Roshaks, der Aidan die Gelegenheit verschaffte, sich in der Tarnung eines Freigeborenen zum Krieger zu qualifizieren.«

. »Als Freigeburt«, murmelte Samantha Clees. Es war die verächtlichere Version des Begriffs Freigeborener und diente bei den Clans häufig als obszönes Schimpfwort. Marthe war klar, daß manches an dieser Geschichte einen Schock für die saKhanin bedeuten mußte, denn gewisse Details waren nicht allgemein bekannt.

»Nachdem er zum Krieger wurde, schwor Aidan Ter Roshak, die Umstände seines zweiten Tests nicht aufzudecken. Er spielte einige Jahre die Rolle eines freigeborenen Kriegers, bis er in eine Lage gedrängt wurde, die ihn zwang, diesen Schwur zu brechen. Damals gab es lautstarke Proteste gegen Aidans Teilnahme als Wahrgeborener an einem Blutrecht. Er setzte sich in einem Widerspruchstest durch und nahm am Gestampfe teil, um sich zu qualifizieren. Er gewann das Gestampfe und bald darauf den Blutnamen, und zwar mit einem unorthodoxen Schachzug, den er einsetzte, als er die Niederlage schon vor Augen hatte. Es ist sogar so, daß Aidan verloren hätte und in Vergessenheit geraten wäre, hätte sein damaliger Gegner nicht darauf bestanden, bis zum Tod zu kämpfen. So aber

siegte er und wurde zum anerkannten Krieger. Schließlich brachte er es sogar zum Kommandeur einer Einheit, die ebenso umstritten war wie er, der Falkengarde.
Er stellte den Ruf der Garde wieder her, und Jahre später wurde dieser Ruf noch zementiert, als Joanna Natascha Kerensky besiegte, die berüchtigte Schwarze
Witwe. Aber da war Aidan bereits auf Tukayyid den
Heldentod gestorben. Er hielt Horden angreifender
BattleMechs auf, damit der Rest der Falkengarde ohne
weitere Verluste abheben konnte. Außer ihm selbst
natürlich. Ironischerweise war eine der Kriegerinnen,
deren Leben er dabei rettete, eben diese Diana.«

Samantha blieb kurz stehen und meinte tonlos: »Dramatisch vorgetragen, Marthe Pryde. Manches davon
wußte ich bisher noch gar nicht.«

»Ich erzähle dir diese Einzelheiten nur, um zu erklären, weshalb Dianas Anspruch mir ganz persönlich
gerechtfertigt erscheint. Ihre Forderung, an einem Blutrecht teilnehmen zu dürfen, entspricht den unorthodoxen Taktiken Aidan Prydes.«

»Wie kannst du die beiden vergleichen?«

»Wenn auch nur die geringste Chance besteht, daß
Diana als Tochter …« Marthe mußte fast lächeln, als
Samantha bei diesem Wort zusammenzuckte, »… des
wagemutigen und findigen Aidan Pryde einen Blutnamen erringen kann, bin ich bereit, das Mißfallen unseres gesamten Clans zu riskieren und ihr die Gelegenheit zu ermöglichen, sich zu beweisen. Ehrlich gesagt
habe ich selbst meine Zweifel, daß es ihr gelingt, aber
dann denke ich an Aidan Pryde und all die Hindernisse, die er überwunden hat, und werde unsicher.
Deshalb, Samantha Clees, habe ich mich gegen die
Strömung gestemmt, ihre Kandidatur genehmigt und
Ravill Pryde gezwungen, sie offiziell vorzuschlagen.
Er war außer sich, aber er ist ein guter Jadefalken-Krieger und intelligenter Stratege, der den Wert meiner

Einwände eingesehen hat, ebenso wie du es inzwischen tust, frapos?«

Einen Augenblick lang schien es so, als würde Samantha ihr widersprechen, aber dann antwortete sie doch mit dem rituellen Pos, bevor sie weiter durch Marthes Schlafzimmer marschierte. »Viele Jadefalken-Krieger stehen in dieser Frage gegen dich, ebenso wie viele Khane des Konklave.«

Marthe schluckte schwer. »Das stimmt, befürchte ich. Aber das stehen wir durch, und dazu benötige ich deine Hilfe, saKhanin Samantha Clees.«

»Ich stehe immer zu Diensten.«

Einen Augenblick lang, als Samanthas Gangart sich beschleunigte, schien es so, als müsse sie jeden Augenblick gegen die Wand schlagen. Doch sie blieb auf einmal stehen und wirbelte zu Marthe herum. »Aber das Gefauche im Konklave halte ich nicht aus.« Ihre Stimme klang ruhig, aber offensichtlich war es ihr ernst. »Jadefalken sind nicht für dieses ewige Palaver gemacht. Wir verwandeln uns allmählich in dieselben Surats, die auch die Innere Sphäre verseuchen, mit dem ganzen Gerede und Manövrieren, um unsere immer komplizierteren politischen Intrigen aufrechtzuerhalten. Und du, Marthe Pryde, steckst mitten darin. Du und der Wolfskhan Vladimir Ward, und …«

»Halt den Mund, Samantha Clees. Auch wenn wir beide Khaninnen sind, gibt es Grenzen für das, was wir einander an den Kopf werfen können. Du bewegst dich auf Ansichten zu, die uns in einen Kreis der Gleichen führen würden. Und wir können es uns nicht leisten, gegeneinander zu kämpfen, frapos?«

Samantha nickte und nahm ihre Wanderung wieder auf. Schweigend. Offensichtlich war sie damit beschäftigt, ihre nächste Wortoffensive vorzubereiten. »Jedenfalls«, erklärte sie schließlich, »liegt es in meiner Natur, dem Clan zu jeder Zeit von Nutzen zu sein. Im Konklave herumzusitzen und mich durch die Bürokratie zu wühlen, gehören nicht zu den Waffen in meinem persönlichen Arsenal. Truppen, Munitionslager und Ausbildungseinheiten zu inspizieren, ist schon eher mein Stil. Im Feld werde ich unter allen Umständen wertvoller sein als in der Konklavekammer. Während ich auf Ironhold bin, werde ich dir auch über diesen Blutnamenstest Bericht erstatten.«

Sie hielt an und entspannte sich, während sie Marthe ansah und auf eine Antwort wartete. Marthe nahm sich einen Augenblick Zeit, die Gedanken zu sammeln.

»Noch etwas, Samantha Clees. Auf Ironhold gibt es noch eine Angelegenheit, um die du dich sinnvollerweise kümmern könntest. Dianas Mutter, die Wissenschaftlerin Peri, ist gerade auf dem Planeten eingetroffen. Sie behauptet, zu Dianas Unterstützung dort zu sein, aber sie schnüffelt herum und soll peinliche Fragen über die Wissenschaftlerkaste stellen. Die Wissenschaftler sind so zurückgezogen und mit ihren eigenen Problemen beschäftigt, statt sich der Erfüllung der Clanziele zu widmen, daß ...«

»Ich habe mich schon häufig gefragt, warum du und die anderen Khane dieser Kaste eine derartige Geheimhaltung gestatten. Es scheint mir, daß ...«

»Ich weiß, was du sagen willst, Samantha Clees, und zum Teil stimme ich dir bei. Die geheimbündlerischen Tendenzen der Wissenschaftler gehören zerschlagen. Aber sie haben einige beeindruckende genetische Fortschritte erzielt, und ich bin sicher, daß sie noch erhebliche weitere Durchbrüche schaffen werden. Im Augenblick brauche ich einen Anlaß, an der Lage etwas zu ändern, und den habe ich nicht.«

»Als Khanin brauchst du keinen Anlaß.«

»Doch, Samantha Clees, den brauche ich. Fairneß ist wichtig. Wir sind von der genetischen Forschung der Wissenschaftler abhängig, um noch stärkere Krieger zu erschaffen. Ich will die Jadefalken zum stärksten aller Clans machen.«

Samantha blieb stehen und drehte sich zu Marthe um. »In diesem Punkt sind wir uns einig, meine Khanin. Wir wissen beide, daß nur die Jadefalken die wahren Hüter der Vision Kerenskys sind. Das hat uns gestattet, jedes Hindernis zu überwinden, jede Niederlage, jede Herausforderung.«

»Aye, Samantha Clees«, stimmte Marthe ihr zu. »Wir sind Jadefalken. Nichts kann uns aufhalten.«

Samantha wandte sich zur Tür, und mit einem Seufzer kehrte Marthe an ihren Schreibtisch und den Berg von Papier darauf zurück.

Als sie den Gang hinabging, an dessen Ende Marthes Quartier lag, fragte Samantha Clees sich, ob sie bei ihrem Gespräch mit der Khanin zu weit gegangen war. Sie hatte es nach einer beeindruckenden Laufbahn bis zur saKhanin gebracht, aber Marthes Leistungen waren noch bedeutender. Manchmal hatte sie Zweifel, ob sie überhaupt das Recht besaß, in der Gegenwart einer so großen Heldin des Clans den Mund aufzumachen. Sie hatte die hohe Position, die sie jetzt besetzte, nie angestrebt. Für sie war es nur eine Stufe in einer Laufbahn, die voll und ganz von den Werten des Clans bestimmt war.

Hätte ich das Zeug zur Khanin der Jadefalken? fragte sie sich. *Wahrscheinlich nicht. Aber sollte ich es soweit bringen, würde ich versuchen, mit dem Können und der Sicherheit zu dienen, die Marthe Pryde zeigt. Wenn sie nur nicht die Neigung hätte, ab und zu so politisch zu denken. Das ist meine einzige Sorge.*

8

**Große Konklavekammer, Halle der Khane,
nahe Katjuscha, Strana Metschty
Kerensky-Sternhaufen, Clan-Raum**

31. Januar 3060

Perigard Zalman stand am Eingang der Großen Konklavekammer und ließ den Blick durch den Saal schweifen. Er war meistens unter den ersten, die zu einer Sitzung des Großen Konklave eintrafen, und heute war keine Ausnahme. Aber heute war er noch zuversichtlicher gestimmt als sonst. Heute würde er Marthe Pryde erwischen.

Eine halbe Stunde zuvor hatte er Natalie Breen in ihrem kleinen Büro besucht. Auf dem Weg dorthin hatte ihn wieder einmal ein plötzlicher Kopfschmerz überrascht, als er aus dem hellen Tageslicht in das ernste Dunkel der Halle der Khane gewechselt war.

Sein Schädel hatte unter den Schmerzen gepocht, als er vor Natalie Breens Tür stehenblieb und höflich wie immer anklopfte. Die ebenso höfliche Antwort seiner Vorgängerin war laut und deutlich von der anderen Seite der schweren Tür erklungen. Zalman hatte das abgedunkelte Zimmer betreten und war sofort zur Sache gekommen. »Diese Marthe Pryde ist nicht zu erschüttern. Sie ist die Clan-Version einer Eisskulptur. Ich provoziere sie. Sie bleibt ruhig. Wenn einer sich aufregt, bin ich es.«

»Sie regt Sie auf, frapos?«

»Pos.«

»Sie ist erst Khanin geworden, nachdem ich zurücktrat, aber ich habe sie vor langer Zeit einmal kennengelernt. Ich kann mir vorstellen, daß sie das Zeug hat, andere zur Weißglut zu treiben.«

Zalman hatte seine Bemühungen beschrieben, Marthe zu reizen. »Sie scheint mich zu durchschauen.«

»Eine gewiefte Politikerin.«

»Für eine Politikerin beschwert sie sich aber sehr lautstark über die Politik.«

Natalie Breen hatte laut gelacht. »Das ist wahrscheinlich ihre beste politische Taktik. Erst alles abstreiten und dann genau das tun, was man gerade abgestritten hat.«

Zalman hatte den Kopf geschüttelt. »Das entspräche nicht dem Wesen der Clans.«

»Mag sein, aber vielleicht ist es auch nur eine Facette der Khanswürde. Ich schlage vor, daß Sie nicht weiter auf der Blutnamensfrage herumreiten, sondern statt dessen den freigeborenen Krieger Hengst und dessen Einheit zur Sprache bringen.«

Damit hatte sie Zalman überrascht. »Dazu müßte ich Informationen offenbaren, die unsere Clanwache gesammelt hat.«

»Die Entscheidung liegt bei Ihnen, Khan Perigard Zalman. Ich kann Ihnen keine besseren Ratschläge geben, als ich es bereits getan habe. Der Schlüssel des Erfolgs ist Hartnäckigkeit. Krieger sind auch nur Menschen, selbst Khaninnen. Sie hat eine Schwachstelle, und ich bin zuversichtlich, daß es Ihnen gelingen wird, sie zu finden.«

Als er Natalies Büro nach einem Gespräch über seine weitere Strategie verlassen hatte, waren Zalmans Kopfschmerzen zu seiner Überraschung verschwunden.

Er wußte Natalie Breens Vertrauen in ihn zu schätzen, aber gleichzeitig wünschte sich Perigard Zalman, er könnte so zuversichtlich sein wie sie.

»Verzeihung, geehrter Khan«, erklang eine Stimme hinter ihm, und Zalman bemerkte, daß er die Tür versperrte. Als er beiseite trat, um den Weg freizugeben, stellte er fest, daß er von genau der Person angesprochen worden war, um die sich all seine Gedanken bewegt hatten: Marthe Pryde.

Sie nickte ihm höflich zu, als sie vorbeitrat und zu ihrem Platz ging. Zalman verspürte ein unbestimmtes Gefühl der Beleidigung. Ihr Verhalten war zu freundlich gewesen. Viel zu freundlich.

Als er sich neben Brett Andrews setzte, bemerkte er, daß Marthe Pryde heute allein auf der Bank der Jadefalken saß. Seinen letzten Informationen nach inspizierte Samantha Clees Munitionslager und BattleMechfabriken auf Ironhold.

Marthe wirkte selbst im Sitzen ungewöhnlich groß. Es lag an der Art, wie sie stocksteif auf ihrem Platz saß, als behage ihr die Bequemlichkeit der Bank nicht. Das war unter Kriegern allerdings nicht weiter ungewöhnlich. Sie fühlten sich häufig auf allen Sitzplätzen außer dem im Cockpit ihres BattleMechs unwohl.

Nachdem der Lehrmeister und der ilKhan die Kammer betreten hatten, setzten die Khane ihre Masken auf und veranstalteten die jeder Sitzung vorausgehenden Rituale. Dann kamen sie zum ersten Punkt der Tagesordnung, und die meisten Masken wurden zurück auf die Marmorplatten der Schreibtische gestellt. Die üblichen Debatten folgten. Sie befaßten sich in der Hauptsache mit den letzten Vorbereitungen für die Invasion der Inneren Sphäre. Gelegentlich wurden die Reden formell und gleichförmig, und selbst der sonst so hellwache Stahlvipern-saKhan Brett Andrews schien kurz davor einzudösen. Zalman stand auf und unterbrach den offiziösen Vortrag des Gletscherteufel-Khans Asa Taney. »Wir benehmen uns wie Ameisen, die am Rand einer Pfütze stehen und debattieren, ob sie den langen Weg um die Pfütze herum einschlagen oder sich ins Wasser stürzen und das Risiko eingehen sollen, auf dem Weg zur anderen Seite zu ertrinken.«

Zalman stellte mit Befriedigung fest, daß Marthe Pryde zu den Khanen gehörte, die wütend aufsprangen, und daß Lehrmeister Pershaw ihr das Wort erteilte.

»Der geehrte Stahlvipern-Khan beleidigt uns alle mit seinem abschätzigen Vergleich mit Ameisen. Vielleicht sollte er seine Zeit darauf verwenden, sich angemessenere Bilder zu überlegen.«

Ihre Bemerkung war oberflächlich, dachte Zalman, und ohne Überlegung heruntergebetet. Es war eine typische Reaktion, wie er sie haßte. Plötzlich sah er eine Möglichkeit, sie auszunutzen. Vielleicht ließ sich Marthe Pryde tatsächlich provozieren, wie Natalie Breen es vorgeschlagen hatte, wenn man sie aus dem Hinterhalt anging. »Es überrascht mich nicht, Khanin Marthe Pryde, daß du dich über meine Bildwahl beschwerst. Diese Art von Bemerkung verschwendet nur die Zeit der in dieser Kammer versammelten Khane, aber Verschwendung dieser Art ist typisch für den Jadefalkenclan.«

Zalman wußte sehr wohl, daß alle Clans Verschwendung haßten, die Jadefalken aber aus dem Kampf dagegen geradezu einen Fetisch machten. Marthe Pryde konnte eine derartige Bemerkung, so harmlos sie war, nicht einfach ignorieren.

»Typisch? Jadefalken verschwenden nichts. Alles wird wiederverwertet. Einige Male. Der Stahlvipernkhan sollte diese Bemerkung zurücknehmen. Ich bestehe sogar darauf, daß er sie zurücknimmt.«

Da war sie, die Öffnung in ihrer Deckung. Eine kleine, unbedeutende Bemerkung über die Clanehre. Zalmans Puls beschleunigte sich, als er in noch gelassenerem Tonfall antwortete. »Stahlvipern lügen nicht. Es kommt nicht in Frage, daß ich irgend etwas zurücknehme.«

»In dieser Kammer mußt du bereit sein, deine Behauptungen zu beweisen, Khan Perigard Zalman, frapos?«

»Pos.«

»Ich erwarte deine Beweisführung.«

Marthe Pryde wirkte so überzeugt, so sicher, daß sie nur die Ehre ihres Clans gegen eine unbedeutende Herausforderung verteidigte, daß er sie völlig überraschen konnte.

»Du verschwendest Krieger, Khanin Marthe Pryde. Krieger verlieren ihr Leben weniger aus Mangel an Können denn als Folge der Politik deines Clans. Es ist ein Heldentum, das einen hohen Preis kostet, ein verschwenderisches Heldentum.«

Das plötzliche Feuer in Marthe Prydes sonst so eisigem Blick erregte Perigard Zalman. Dieses Anzeichen von Emotion in seiner für ihre Ruhe berühmten Gegnerin spornte ihn an, weiterzusprechen.

Die anderen Khane, die normalerweise zumindest leise unter sich jede Eskalation in der Kammer kommentierten, saßen schweigend auf ihren Plätzen und beobachteten die beiden Khane wie BattleMechs, die einander im Zweikampf umkreisten. Brett Andrews, der die Strategie seines Khans erkannt zu haben schien, murmelte Ermutigungen.

»Der Khan der Stahlvipern scheint von einem plötzlichen Irrsinnsanfall getroffen«, stellte Marthe fest. »Bitte erkläre dich, Perigard Zalman.«

»Es ist wirklich sehr einfach. Die Politik der Jadefalken, Freigeborene nicht nur in ihre Reihen aufzunehmen, sondern einer von ihnen sogar zu gestatten, sich um einen Blutnamen zu bewerben, ist eine der verschwenderischsten Entscheidungen, die überhaupt in irgendeinem Clan zu finden ist.«

»Wir haben unsere Gründe für die Anwesenheit der Freigeborenen im derzeitigen Blutrecht auf …«

»Verschwendung. Ihr bildet Freigeborene aus, als

Krieger zu kämpfen. Durch ihre Minderwertigkeit gefährden sie alle Wahrgeborenen ihrer Einheiten. Viele davon haben durch das Handeln von Frei …«

»Und weit mehr sind durch das Handeln freigeborener Krieger gerettet worden. Die Jadefalken haben bewiesen, daß wir unsere Freigeborenen klug verwenden, ohne unseren wahrgeborenen Kriegern den ihnen zustehenden Respekt zu versagen. Wir verschwenden nichts und niemanden.«

»Bei allem Respekt, Khanin Marthe Pryde, deine Worte überzeugen mich nicht. Wir Clans, die eine strikte Kontrolle über die Freigeborenen unserer Kriegerkaste ausüben, wissen das besser als diejenigen von euch, die das nicht tun.«

»Ihr glaubt nur, es besser zu wissen!« mischte sich eine neue Stimme lautstark ein: Khan Vlad Ward vom Wolfsclan. Zalman war keineswegs überrascht. Der Wolf und der Falke waren in jüngster Zeit zu Verbündeten geworden, und die Wölfe waren noch entschiedenere Verfechter des perversen Einsatzes von Freigeborenen als Krieger, als es die Jadefalken waren.

»Ich brauche in diesem Punkt keine Hilfe, Khan Vladimir Ward«, erklärte Marthe. Vlad nahm wieder Platz, aber seine Verärgerung war nicht zu übersehen.

Zalman sprach weiter, erfreut über diese Andeutung eines Bruches zwischen Vlad und Marthe, die er herbeigeführt hatte. »Wir Stahlvipern haben vor kurzem erfahren, daß Khanin Marthe Pryde noch während des Aufenthalts bei ihren Truppen auf Coventry die Aufstellung eines Trinärsterns genehmigt hat, der *ausschließlich* aus freigeborenen Kriegern besteht. *So*, meine Mit-Khane, steht es um die Ehre, die unsere geehrte Jadefalken-Khanin auf die dreckigen Freigeburten verschwendet, die …«

Die anderen Khane protestierten lauthals. Viele von ihnen lehnten sich über die Tische und schüttelten die

Fäuste. Andere hämmerten auf die Marmorplatten. Der Tumult legte sich, als ilKhan Lincoln Osis die Hand hob. Der riesige schwarze Elementar stand auf und fixierte Marthe Pryde.

»Khanin Marthe Pryde von den Jadefalken«, erklärte er mit beeindruckend tiefer Stimme. »Es wurde eine ernste Anschuldigung gegen dich und deinen Clan vorgebracht. Du willst darauf antworten, frapos?«

Marthes Antwort war kein Wutausbruch, wie Zalman gehofft hatte. Statt dessen erinnerte ihre Stimme an das Rumoren eines Vulkans. Selbst über dem Gemurmel der anderen Khane ringsum war jedes Wort deutlich zu verstehen. »Das Große Konklave ist kein geeignetes Forum für deine gesellschaftspolitischen Ansichten, Perigard Zalman.«

»Gesellschaftspolitische Ansichten? Marthe Pryde, das ist ein recht milder Ausdruck für …«

»Ich entschuldige mich dafür, daß ich mich höflich ausdrücke, um mich von dem Dreck abzusetzen, den du abgelassen hast, Perigard Zalman.«

Innerlich war Zalman hocherfreut über diese Antwort. Er fühlte sich zuversichtlich, hatte die Lage unter Kontrolle. »Ich habe nicht den Eindruck, daß meine hochverehrte Kollegin sich derzeit in einer Position befindet, die es ihr gestattet, die Politik der Jadefalken zu verteidigen.«

»Die Politik des Clans der Jadefalken ist konsequent.«

»Das stimmt. Wir reden hier nicht nur über den Einsatz von Freigeborenen, um die Lücken in den Rängen insbesondere von Nachschub- und Garnisonseinheiten zu füllen. Das kann gelegentlich notwendig sein, besonders bei Clans, die nicht genug Wahrgeborene produzieren, um …«

Vlad stand auf, verzichtete jedoch darauf, sich einzumischen, als Marthe Zalman ins Wort fiel. »Der ehren-

98

werte Stahlvipernkhan legt es darauf an, unsere Wahrgeborenen ebenso zu beleidigen wie unsere Freigeborenen. Ich möchte ihn daran erinnern, daß die Jadefalken beweisen können, daß beide genetischen Klassen sich tapfer schlugen, als …«

»Wir wollen das Heldentum deines Clans keineswegs schmälern. Das Ausmaß der Beteiligung von Freigeborenen daran ist der Punkt, an dem unsere Ansichten auseinanderlaufen.« Zalman sah sich in der Kammer um und überzeugte sich, daß er die Aufmerksamkeit aller anderen Khane hatte. Gut. Dann war es jetzt an der Zeit, stärkere Geschütze aufzufahren und Marthes Schutzpanzer ernsthaft unter Beschuß zu nehmen. »Ich vertrete die Ansicht, daß jeder Clan, der Freigeburten gestattet, in seinen Reihen Karriere zu machen, der Freigeburten gestattet, sich um Blutnamen zu bewerben, der Freigeburten zu Trinärsternen formiert und – schlimmer noch – sie von einem aufrührerischen Stück Freigeburts-Abschaum befehligen läßt, zu …«

»Sterncommander Hengst ist kein Abschaum! Er ist ein Jadefalken-Held! Die *Erinnerung* feiert seine Tapferkeit bei …«

»Tapfer oder feige, er bleibt eine Freigeburt, und das macht ihn zu Abschaum, zu einem Stück Dreck …«

»Der große Held Aidan Pryde hat keine derartigen …«

Er hatte darauf gewartet und gehofft, daß sie Aidan Pryde ins Spiel bringen würde. »Ah! Euer großer Held! Euer so tapferer Held, daß sein Genmaterial bereits vor der ihm bestimmten Zeit in den Genfundus aufgenommen wurde. Und ich stimme dir zu. Bei meinem Studium des Lebens dieses herausragenden Kriegers bin ich zu der Erkenntnis gekommen, daß sein Hauptfehler in seinen bizarren Verbindungen zu Freigeburten bestanden hat. Erinnert euch, daß er in seinem Positionstest als wahrgeborener Kadett versagt hat. Er wurde be siegt. Übrigens durch das gewitzte Auftreten meiner verehrten Mit-Khanin Marthe Pryde. Erinnert euch, daß er in die Rolle eines anderen schlüpfte, um sich die unerhörte Chance eines zweiten Tests zu verschaffen. Er gab sich wahrhaftig als Freigeburtsabschaum aus und schindete sich jahrelang in einer Garnisonseinheit mit reichlich freigeborenen Kriegern. Er lebte unter ihnen, aß mit ihnen, kämpfte und entspannte sich mit ihnen, gab sich in jeder Hinsicht mit ihnen ab. Was für ein Leben war das für einen Wahrgeborenen? Ist ein wahrgeborener Krieger im Pelz eines Freigeborenen überhaupt noch ein Wahrgeborener? Ist ...«

»Der Stahlvipernkhan stellt die Tatsachen auf eine grundlegend verzerrte Weise dar! Ich behaupte nicht, die Entscheidungen zu unterstützen, die zu diesen Ereignissen geführt haben, und ich unterstütze auch die Politik nicht, die es Aidan Pryde gestattete, eine solche Rolle zu spielen. Aber was auch immer in der Vorgeschichte Aidan Prydes an Fehlern zu finden ist, wurde mehr als aufgewogen, als er ...«

»Wirklich? Wurde es das wirklich? Erinnert euch, daß Aidan Pryde nie den Makel des Freigeborenen abschüttelte, der seiner ganzen Laufbahn anhing. Selbst nach seinem fragwürdigen Sieg in einem Blutnamenstest, gegen den ähnliche Kritik laut wurde wie heute gegen den, an dem seine Freigeburtstochter teilnimmt – und die Schändlichkeit dieser Perversion der Clan-Ideale will ich gar nicht wieder zur Sprache bringen –, selbst nachdem er seinen Blutnamen errungen hatte, bewies dein Clan seine Verachtung für ihn, indem er ihm den Befehl über eine so beschämte Einheit wie die Falkengarde gab.«

»Die Falkengarde hat die Schande von Twycross ausgelöscht.«

»Ich bestreite die Glücksfälle in der Laufbahn eures gefeierten Jadefalken-Helden nicht. Aber ich erkläre, daß Aidan Pryde die Verkörperung jener Erniedrigung ist, die den ehemals glorreichen Jadefalken-Clan durchsetzt und demoralisiert hat. Kein Wunder, daß Freigeburtsabschaum an die Macht kommen kann und es bis zur Befehlsposition über eigene Einheiten genetisch minderwertiger Krieger schafft.« Zalman machte eine Atempause. Er fragte sich, warum Marthe Pryde plötzlich still geworden war. Inzwischen hätte sie über ihren Tisch springen und versuchen müssen, ihm an die Kehle zu gehen. »Erinnert euch, daß Aidan Prydes Heldentum in der Schlacht um Tukayyid, als er tatsächlich ungezählte Leben und auch zahlreiche Mechs rettete, sich ereignete, als er seine am Boden liegende Tochter beschützte. Es stimmt, dieser Held hat sich tapfer geschlagen, aber wofür? Um das Leben einer dreckigen Freigeburt zu retten. Und trotzdem ehren die Jadefalken ihn. Bei einer solchen Geschichte ist es kein Wunder, daß die Jadefalken Krieger in die Schlacht führen, bevor sie ihren Positionstest abgelegt haben, Freigeburten Kommandeursposten zuschanzen und Freigeburten in ihren Reihen gegenüber so ... so tolerant geworden sind, daß sie nicht länger als der Clan bezeichnet werden können, der in der Lage war, eine Schlacht auf Tukayyid zu gewinnen. Ihre Verluste an unseren Clan im Invasionskorridor sind ein weiterer Beweis für den Niedergang dieses Clans. Wir sollten die Jadefalken ...«

»Gib es auf, Perigard Zalman«, unterbrach Marthe ihn schließlich. »Du machst dich zum Narren.«

Zalman breitete die Arme aus. »Zum Narren? Sieh dich um, Marthe Pryde, sieh dir deine Mit-Khane an.«

Mit nur wenigen Ausnahmen betonten die übrigen Khane mit lautem Protest und wütenden Gesten ihre Zustimmung zu Zalmans Ansichten. Marthe hob die Hand, und der Tumult klang etwas ab.

»Khan Perigard Zalman«, meinte sie. »Du hast gut gesprochen – für eine Stahlviper. Dieses Konklave ist

101

sicherlich ein Forum, auf dem persönliche Meinungen vertreten werden dürfen, gleichgültig, wie fehlerhaft ihre logische Begründung sein mag. Die Jadefalken teilen deine Ansichten über die Überlegenheit der Wahrgeborenen. Aber wir können nicht zulassen, daß du einen Jadefalken-Helden herabwürdigst. Aidan Prydes Leistungen waren einer langen Passage in der *Erinnerung* würdig, und es sind Leistungen, die nicht nur die Bewunderung unseres Clans, sondern die aller Clans verdienen.«

Zalman bemerkte, daß die Unruhe in der Kammer sich legte. Marthes Worte erzielten die gewünschte Wirkung. Er verlor seinen Vorteil. Er mußte eingreifen und sie vernichten, so lange er dazu noch die Möglichkeit hatte. »Es überrascht mich nicht, Marthe Pryde, daß du nicht wahrnimmst, wie verwässert die genetischen Linien deines Clans geworden sind. Und es mag tatsächlich denkbar sein, daß du den Schaden nicht erkennst, den du deinem eigenen Clan zufügst, indem du Freigeburten innerhalb des Clans an die Macht kommen läßt oder einem Wahrgeborenen einen Blutnamen verweigerst, damit eine Freigeborene ihn sich holen kann. Es ist jedenfalls deutlich, daß du in der Mythologie deines Clans verschleiert hast, daß der Größte eurer Helden selbst ein Monstrum war, ein Fehlgriff der Natur, tatsächlich nur die Spottfigur eines Helden …«

Zalman brauchte nicht weiterzusprechen. Noch während seiner Ansprache war Marthe von ihrem Platz im obersten Rang herab zur Stahlviperbank der Tribüne gekommen. Er spannte sich.

»Du dreckiger Stravag!« brüllte Marthe. »Deine Lügen verpesten die Luft! Deine Anschuldigungen sind das erbärmlichste politische Spektakel, das ich in dieser Kammer je mitanhören mußte. Du, Perigard Zalman, bist die dreckige Freigeburt hier, und ich fordere dich zum Test!«

Marthes Ausbruch schockierte alle Anwesenden. Niemand hatte das von ihr erwartet, nicht von der kühlen, reservierten Marthe Pryde. Zalman fragte sich, ob Natalie Breen, die das Konklave ohne Zweifel in ihrem abgedunkelten Büro verfolgte, über den Erfolg der Strategie nickte, die sie zusammen ausgeheckt hatten.

»Ich nehme deine Herausforderung an, Khanin Marthe Pryde«, erwiderte er gelassen.

Lehrmeister Kael Pershaw rief die beiden Khane zur Ordnung. Sie blickten beide zu ihm hinüber. Er hatte seine Arme erhoben. Zalman konnte sich nicht erinnern, welcher der beiden der künstliche war.

»Der ilKhan hat das Wort«, erklärte Pershaw.

Als sie an ihren Platz zurückkehrte, verfluchte Marthe sich dafür, daß sie sich zu dieser Herausforderung hatte verleiten lassen.

Aber ich konnte nicht zulassen, daß er weitermachte. Auf gewisse Weise kam die Herausforderung von ihm. Aber er mußte mich dazu zwingen, sie auszusprechen. Doch im Grunde habe ich es mir selbst zuzuschreiben, frapos? Ich wußte, daß ich im Konklave mit Anklagen und Vorwürfen rechnen mußte, aber ich hatte nicht erwartet, daß die Vipern es so weit treiben würden. Gerade die Vipern nicht. Denen geht es um mehr. Entweder sie wollen mich vernichten oder gegen die Jadefalken als Ganzes vorgehen. Ich muß mich vorsehen. Die Stahlvipern dürfen hier nicht gewinnen. Bevor ich das zulasse, vernichte ich sie.

Der ilKhan sah sich in der Kammer um, bevor er sprach. Die Khane verstanden, was sein grimmiger Blick ihnen sagte, und verstummten.

»Ich betrachte die Herausforderung der Jadefalken-Khanin als legitim, und ich betrachte die Vorwürfe des Stahlvipern-Khans, die sie auslösten, als der Behandlung durch das Große Konklave würdig. Gleichzeitig sollte es aber allen hier Anwesenden bewußt sein, daß zwei Khane sich nicht auf dem Feld gegenübertreten dürfen, gleichgültig, wie berechtigt der Wunsch ist, ihre Ehre zu verteidigen. Es ist gut, daß wir als Khane unsere Herkunft als Krieger nicht vergessen.«

Viele der Khane murmelten ihre Zustimmung, Vlad Ward allerdings äußerte sich weder, noch zeigte er mehr als ein zynisches Interesse an den Geschehnissen.

»Wie ihr wißt, lehnen wir den Zweikampf zwischen Khanen ab, eine Regel, die ich unterstütze, besonders im Hinblick darauf, was bei ihrer letzten Mißachtung geschah.«

Mehrere der Khane sahen zu Vlad hoch, der ilKhan Elias Crichell nicht nur im Zweikampf besiegt, sondern bei dieser Gelegenheit auch getötet hatte. Vlad sah sich selbstzufrieden um.

»Es reicht«, meinte Osis, »daß wir in dieser Kammer so vehement debattieren. Ich will nicht zusehen müssen, wie Khane einander umbringen. Wir repräsentieren die Stärke der Clans, aller Clans. Außerdem bin ich dagegen, diese spezielle Frage mit Hilfe eines Tests zu klären. Obwohl ihre theoretischen Implikationen besonders zum Punkt der Beteiligung freigeborener Krieger an Blutrechten eine immense Bedeutung haben, erkläre ich einen Kampf zwischen Vertretern der betroffenen Parteien als angemessen, um diese Herausforderung zu entscheiden. Ein Ehrenduell zwischen zwei BattleMechs, sofern die geehrten Khane einverstanden sind, frapos?«

Marthe Pryde und Perigard Zalman gaben beide ihrer Zustimmung Ausdruck.

»Gut«, stellte Osis fest. »Wie es die Tradition erfordert, muß jeder Khan einen Krieger bestimmen, der seinen Clan im Ehrenduell vertritt. Lehrmeister, führe die Zeremonie durch.«

Kael Pershaw gab beiden Khanen Gelegenheit, Surkai zu erklären, das Clanritual der Vergebung, das es der angeklagten Partei gestattete, ein Fehlverhalten zuzugeben und die Konsequenzen anzunehmen, die in diesem Fall vom Großen Konklave festgelegt worden wären. Beide Khane erhielten die Chance zum Surkai, da in diesem Streit beide den anderen beleidigt hatten. Marthe fragte sich, ob der verschlagene Chef der Clanwache damit andeuten wollte, daß die beiden Khane die Chance hatten, sich auf einen Waffenstillstand zu einigen. Aber Zalmans Ablehnung dieses Angebots war ebenso entschieden wie die Marthes.

Der Lehrmeister gestattete Marthe, ihre Herausforderung formell auszusprechen und die Gründe dafür vorzutragen. Anschließend erhielt Perigard Zalman Gelegenheit, seinen Standpunkt zu erläutern. Er faßte mit kühlen Worten zusammen, was er kurz zuvor so hitzig vorgebracht hatte.

»In alten Zeiten«, sprach Pershaw, »war es üblich, einen Krieger, der seinen Kommandeur im Kampf vertrat, als Champion zu bezeichnen. In dieser Situation entschließe ich mich, den alten Begriff wieder zu verwenden. Als herausgeforderte Partei, Khan Perigard Zalman, steht dir das Recht zu, deinen Champion zuerst zu benennen.«

»Ich werde viele tapfere Krieger enttäuschen, die sicher darauf brennen, gegen welchen Jadefalken auch immer zu kämpfen. Aber ich wähle Sterncolonel Ivan Sinclair, den großen Helden des Besitztests gegen die Jadefalken um das Recht der Invasion Twycross'. Der Sterncolonel erwies sich als noch größerer Held in der Eroberung der Schreuderhöhen, der entscheidenden Schlacht, nach der die 9. Vereinigte Commonwealth-Regimentskampfgruppe besiegt und zerschlagen von Twycross fliehen mußte.«

Zalmans Verbündete in der Kammer nickten zustimmend, als sie seine Wahl hörten. Es war deutlich, wie gut es ihnen gefiel, daß er seinen Champion als einen heldenhaften Krieger in den Kampf schickte, der die Jadefalken bereits einmal bezwungen hatte. Zalman sah zufrieden, wie Marthes Lippen noch schmaler wurden. Es war das einzige Anzeichen dafür, daß er sie mit seiner Wahl beeindruckt hatte.

»Als Herausfordererin, Khanin Marthe Pryde, darfst nun du deinen Champion bestimmen.«

»Nun, es fällt mir naturgemäß schwer, aus der Überfülle mutiger Jadefalken-Krieger einen Champion herauszugreifen, aber ich stelle fest, daß Khan Perigard Zalman einen Krieger gewählt hat, der dieser Situation bemerkenswert angemessen erscheint. Deshalb werde ich ebenso handeln. Da es in diesem Duell um den Wert eines freigeborenen Kriegers geht, nominiere ich einen der zähesten und heldenhaftesten Krieger der Jadefalken, einen Krieger, dessen Hartnäckigkeit und Können ihm beträchtlichen Ruhm innerhalb des Clans eingetragen hat. Ich wähle Sterncommander Hengst vom Trinärstern ...«

Der Aufruhr war noch gewaltiger, als Marthe erwartet hatte.

Wahrscheinlich ist es ein Glück, daß Samantha Clees nicht hier ist. Sie wäre möglicherweise mitten unter den Gegnern dieser Entscheidung. Na ja, was das betrifft, werden auch jede Menge Jadefalken-Krieger in dieser Frage gegen mich sein. Es ist ein Risiko, aber ich bin bereit, es einzugehen. Hengst ist ein guter Krieger, freigeboren hin, freigeboren her. Er wird klarstellen, was klargestellt werden muß.

Während sie auf das Abklingen des ohrenbetäubenden Lärms wartete, starrte Marthe Perigard Zalman direkt in die Augen. Die Verwirrung in seinem Blick gefiel ihr. In der politischen Partie, die er begonnen hatte, stand er nach diesem Zug im Schach. Jetzt blieb nur noch das Abwarten bis zu Hengsts Schachmatt.

Sie spürte jemanden hinter sich. Als sie den Kopf

drehte, sah sie, daß Vlad mit einem seltsamen Lächeln herübergekommen war.

»Meinen Glückwunsch«, sagte er. »Du bist soeben zur meistgehaßten Khanin von allen geworden.«

»Hengst wird siegen.«

»In dem Falle wirst du es sogar zur meistgehaßten Kriegerin von allen schaffen.«

»Würde das in deine politischen Pläne passen, Vlad?«

Er zuckte zusammen, wie immer, wenn eine ihrer Bemerkungen ins Ziel traf. Wahrscheinlich behagte es ihm zu glauben, er habe immer und überall die Oberhand, selbst in seiner Beziehung zu ihr.

»Du tust mir zu viel der Ehre an, wenn du mir so weitreichende politische Pläne zugestehst, Marthe. Hätte ich welche, wäre darin nicht enthalten, dich zu hassen. Ich unterstütze dich in dieser Frage. Du hast eine Gabe, das Richtige zu tun, und im Augenblick halte ich es für uns beide für vorteilhaft, wenn die Stahlvipern bloßgestellt werden.«

Marthe zuckte die Achseln und kehrte zu ihrem Platz zurück. Vlad blieb, wo er stand, das übliche rätselhafte Lächeln auf seinen Zügen.

9

Holovidarena, Kriegersektor, Ironhold City, Ironhold Kerensky-Sternhaufen, Clan-Raum

2. Februar 3060

Manchmal war die Holovidaufzeichnung eines Battle-Mechgefechts so ernüchternd, daß Diana über den niedrigen Rand des Holovidtisches greifen und alle Figuren so umarrangieren wollte, wie sie stehen würden, hätte sie den Kampf dirigiert, so wie sie es bei ihren gelegentlichen Schachspielen gegen Hengst tat, wenn sie verlor.

Aber die Geschichte kann man wahrscheinlich nicht manipulieren wie Schachfiguren auf einem Brett, dachte sie. *Auf diesem Tisch läuft das letzte Blutrechtsgefecht meines Vaters ab, mit all seinen Fehlern. Ich würde es lieber sehen, hätte er andere Manöver gewählt, auf andere Weise angegriffen, sich heldenhafter verhalten. Schließlich war er ein Held. Der große Held Aidan Pryde. Sehen wir es uns noch einmal an.*

Sie reaktivierte das Holovidprogramm und sah wieder zu, wie das winzige Schiff auf Rhea, dem Mond Ironholds, eintraf. Zu Beginn der Aufzeichnung zeigte der Tisch die unendliche Leere des Weltraums, in dessen Zentrum sich der Mond um seine Achse drehte, vor dem Hintergrund des Planeten, dahinter die Sonne und die Sterne. Das Landungsschiff tauchte hinter dem Mond auf, und zwei BattleMechs fielen in einer bogenförmigen Flugbahn aus seinen Luken, die zu langsam erschien, aber angesichts der Genauigkeit der Holovidchips wahrscheinlich in Echtzeit ablief. Aidan hatte eine *Nemesis* gesteuert, und sein Gegner – ein gewisser Megasa – einen *Bluthund*. Die Mechs waren weit genug von einander entfernt auf der Oberfläche Rheas gelandet, um zu verhindern, daß die Piloten einander sahen.

Sie betätigte die Kontrollen, die es ihr ermöglichten,

festzulegen, welche Teile des Gefechts sie sehen wollte, und aus welchem Blickwinkel. Sie verschob die Landschaftsansicht so, daß sie beobachten konnte, wie der holographische Aidan, dessen miniaturisiertes Bild auf Wunsch in einer Aufrißdarstellung seines Mechs sichtbar war, in seiner *Nemesis* wartete. In Wirklichkeit hatten beide Kontrahenten eine Stunde Zeit erhalten, um sich an die geringere Schwerkraft Rheas zu gewöhnen, aber ein Schriftlaufband an der Seite der Szene meldete, daß diese Wartezeit übersprungen wurde. Nach einem kurzen Flickern verschwand Aidans BattleMech plötzlich und tauchte ein kurzes Stück entfernt wieder auf. Er mußte die Strecke während des Zeitraums zurückgelegt haben, der aus dieser Aufzeichnung herausgeschnitten worden war.

Was hat Joanna gesagt? Irgend etwas darüber, daß Aidan Pryde vorher noch nie unter Minimalschwerkraft gekämpft hatte, und daß sein Tech, der auch keine Erfahrung in den Anforderungen derartiger Bedingungen hatte, sich nicht sicher war, wie er die Unterschiede in der generellen Justierung der Mechwaffen und Steuersysteme ausgleichen sollte. Joanna und Hengst, seine Trainer, waren ebenfalls ratlos. Sie waren gezwungen, in den Handbüchern nachzuschlagen und das Beste zu hoffen.

Der Kampf begann. Aidans *Nemesis* sprang in die Höhe, dann sank sie wieder herab, langsamer, als sie aufgestiegen war.

Natürlich. Die geringe Schwerkraft verstärkt jede Bewegung. Ich frage mich, was er in diesem Augenblick empfunden hat. Ich habe keine Ahnung, wie es sich anfühlen muß, in einem schweren Mech zu sitzen, der leicht wie eine Feder zu sein scheint. Hatte er Angst, oder hat sich seine berühmte Gelassenheit durchgesetzt? Das hätte ich wirklich gerne gewußt. Ich sollte mich wahrscheinlich nicht für ihn interessieren, nur weil er mein Vater war, aber ich kann nicht anders.

Unzufrieden wie immer mit der Miniaturwelt der

Holovidprojektion, justierte Diana die Perspektive, so daß Aidans Mech etwas größer wurde und die Landschaft etwas schrumpfte. Dadurch verpaßte sie den Auftritt Megasas in seinem *Bluthund.* Sie sah nur plötzlich ein paar Laserimpulse auftauchen und auf den Mech ihres Vaters zuschießen, der hastig Deckung suchte. Die Lichtimpulse verließen die Szene und schienen in den Schutzrahmen des Holovidtischs zu schlagen.

Die *Nemesis* reagierte sofort. Eine LSR-Salve senkte sich auf den jetzt im Bild erscheinenden *Bluthund.* Sie flogen über dessen Kopf hinweg. Anscheinend hatte Aidan sich nicht völlig an die veränderten Bedingungen unter der niedrigen Schwerkraft angepaßt. Die Langstreckenraketen schlugen kurz hinter dem *Bluthund* ein, am Rand des Holovidtisches. Dadurch detonierten sie in vom Bildrand plötzlich abgeschnittenen Halbexplosionen, begleitet von kleinen Staubfontänen.

Diana hatte das Gefühl, beobachtet zu werden. In letzter Zeit hatte sie eine Art sechsten Sinn dafür entwickelt. Sie hatte ständig mit Beleidigungen und Herausforderungen von Wahrgeborenen zu tun, die ihre Bewerbung um einen Blutnamen übelnahmen. Das hatte sie wachsamer gemacht.

Sie spielte mit dem Gedanken, den Holovidkampf anzuhalten und sich umzudrehen, aber dann konzentrierte sie sich doch lieber auf die Miniaturkampfkolosse bei ihren Manövern über das holographische Gelände. Der *Bluthund* rückte entschlossen und unter konstantem Geschützfeuer näher. Durch die niedrige Schwerkraft wirkte er bemerkenswert flink, ein Eindruck, den ein *Bluthund* unter normalen Bedingungen bei keinem Beobachter erwecken konnte. Winzige, in diesem Maßstab kaum wahrnehmbare Panzerfetzen flogen nach allen Seiten vom Rumpf der *Nemesis,* als das Feuer Megasas mit entmutigender Regelmäßigkeit ins Ziel traf. Eine Rakete erwischte die *Nemesis* an der Schulter, und in der geringen Schwerkraft wirbelte der Einschlag den Mech um die Längsachse, so daß er dem *Bluthund* seine verwundbare Rückenpartie bot. Fast hätte Diana gerufen: ›Paß auf!‹, aber dann erinnerte sie sich, daß sie ein Holovid eines Gefechts sah, das bereits vor Jahren stattgefunden hatte.

Ein leises Flüstern hinter ihr, dicht an ihrem Ohr, ließ sie zusammenzucken. »Dreckige Freigeburt.«

Sie wirbelte herum und kollidierte fast mit einem breit gebauten, aber ziemlich kleinen Jadefalken-Krieger. Sein Atem roch nach Fusionnaires, dem Lieblingsdrink der meisten Jadefalken-Krieger, jedenfalls derer, die überhaupt Alkohol zu sich nahmen. Diana hatte nicht viel dafür übrig. Der Drink hatte das Aroma von Mechöl, und die Fahne, die ihr von ihrem Gegenüber entgegenschlug, nahm ihr den Atem. Seine Augen, die auch in nüchternem Zustand keine sonderliche Intelligenz zeigen konnten, waren vernebelt vom Alkohol, und um die Mundpartie waren Schmutzstreifen zu sehen, ohne Zweifel, weil er sich nach einem guten Schluck des starken Drinks mit dreckigen Händen den Mund abgewischt hatte. Die Insignien auf der Gefechtsmontur wiesen ihn als MechKrieger des 109. Einsatzsternhaufens aus ... Sterncolonel Heston Shu-lis Einheit, bekannt für ein grobschlächtiges Auftreten.

Joanna hatte den Sternhaufen Diana gegenüber mehrere Male erwähnt. Seine Mitglieder waren wütend darüber, daß man sie in den Heimatwelten gelassen hatte, während andere Falkeneinheiten für die Invasion eingeteilt wurden. Shu-li selbst war ein aufbrausender Offizier, der Übertretungen gelegentlich auf extreme Weise bestrafte. Laut Joannas Aussagen machte das die Krieger der Einheit, zumindest die Wahrgeborenen unter ihnen, zu einem Haufen reizbarer Schlägertypen.

Shu-li war bekannt dafür, die gelegentlich unclangemäßen Aktionen seiner Krieger zu übersehen, solange sie wild genug kämpften. Als er deswegen zur Rechenschaft gezogen worden war, hatte Shu-li, dessen riesenhafte Statur und laute Stimme ihn zu einer beeindruckenden Figur machten, sich mit der Erklärung verteidigt, seine Krieger würden durch die Kämpfe abseits des Schlachtfelds zu besseren Kämpfern unter Feindkontakt. Er war mit einer Rüge davongekommen, obwohl die Leistungen seiner Einheit eher durchwachsen schienen. Seine Krieger hatten die Neigung, Risiken einzugehen, die ab und zu in einer Katastrophe endeten, ebenso häufig aber auch zu einem – von einem überwältigenden Schauspiel von Mechschlagkraft charakterisierten – Sieg führen konnten. Shu-lis Können und der erwiesene Wert des 109. Einsatzsternhaufens hatten seine Führungsposition gerettet.

»Bevor ich dich frage, was du gerade gesagt hast, MechKrieger ...«, begann Diana mit unterkühlter Stimme, aus dem Augenwinkel weiter das Holo vom Kampf ihres Vaters beobachtend. Diesen Augenblick genoß sie besonders, als Aidan aus einer von einem gnadenlosen Raketenbombardement Megasas aufgeschleuderten Staubwolke trat. »... gebe ich dir die Gelegenheit, noch einmal darüber nachzudenken, da du offensichtlich mitgenommen bist, und deine Beschimpfung durch etwas ... sagen wir, Höflicheres, zu ersetzen.«

Der MechKrieger schien von ihrer recht förmlichen Antwort verwirrt. Sie hatte festgestellt, daß der Rückzug auf eine solche Förmlichkeit ihr einen Vorteil verschaffte, von dem ihre Gegner nichts ahnten. Die Worte erkauften Zeit, Zeit, sich andere Worte zu überlegen, Strategien zu schmieden, oder sie verschafften zumindest einen Angriffsvorteil.

Der MechKrieger hatte Schwierigkeiten, klar zu sehen. Er blinzelte mehrere Male. Dann versuchte er

etwas zu sagen, brachte aber nur unartikulierte Grunz-
laute heraus.

»Eine Diskussion vielleicht?« Damit versuchte Diana
sich mehr Zeit zu erkaufen. Eigentlich ging es ihr nur
darum, das Miniaturgefecht zu verfolgen, und dieser
ungehobelte Klotz war nicht mehr als eine ärgerliche
Ablenkung, etwa so wie ein Staubkorn im Auge. Sie
sah, wie das Bein der *Nemesis* hart auf der Mondober-
fläche aufschlug und in Kniehöhe zerbrach. Das Bruch-
stück sank sanft schwebend hinab und hüpfte, in der
geringen Schwerkraft mehrmals abprallend, weiter,
während Aidans Mech, vom Schwung seiner Bewegung getrieben, vorwärts schoß und in eine Senke
stürzte, die aus dem Blickwinkel, den Diana eingestellt
hatte, nicht sichtbar gewesen war.

Der MechKrieger murmelte etwas über blödsinniges
Geschwafel, dann nahm er sich zusammen und sagte,
diesmal lauter: »Dreckige Freigeburt!«

Diana schenkte ihm nur einen oberflächlichen Blick
und versuchte ihn abzuhalten, indem sie die offene
Hand hob, während sie mit der anderen die Holoviddarstellung manipulierte. Sie bewegte den Blickwinkel,
bis sie wie Megasas Mech geradewegs in die Grube
hinab zu blicken schien, in der die *Nemesis* lag. An
diesem Punkt hatte Megasa seinen Fehler gemacht. Er
hätte sich zum Sieger des Gefechts erklären und sich
den Blutnamen verdienen können, aber er hatte vor
dem Gefecht, in einem Pakt aller Krieger, die es bis
zu den Endphasen des Blutrechts geschafft hatten, geschworen, den Kampf nicht zu beenden, bevor der Be-
trüger Aidan, die Wahl-Freigeburt, die mit der Bewerbung um einen Blutnamen deren gesamte Tradition
besudelt hatte, tot war. Hätte er in diesem Augenblick
den Sieg beansprucht, wäre Aidan gerettet worden und
dieser Schwur unerfüllt geblieben.

»Dreckige Freigeburt«, murmelte der MechKrieger

113

erneut und rempelte Diana an. Sie stieß einen Finger
auf den Pause-Knopf, drehte sich zu dem Betrunkenen
um und schlug ihn mit einer linken Geraden nieder.
Der Hieb schmerzte an den Knöcheln, aber sie grinste
trotzdem, als ihr Angreifer unbeholfen zu Boden ging.

Mit einem Knopfdruck setzte sie die Holoprojektion
wieder in Bewegung und zoomte auf maximale Ver-
größerung, bis Megasas *Bluthund* die Größe eines kleinen Säugetieres annahm, und die Grube, in die er hin-
absah, über die Hälfte des Holotischs ausfüllte.

Manche Analysen dieses Teils des Gefechts vertraten
die Auffassung, Aidans Blutname sei minderwertig,
weil er durch Megasas unsinniges Festhalten an seinem
Schwur eine zweite Chance bekommen hatte. Sie stellten fest, daß Aidan in der Zeit eine hilflose Zielscheibe
abgegeben hatte, die der reichlich langsame Megasa
gebraucht hatte, um eine Entscheidung über sein weiteres Vorgehen zu treffen. Er konnte nicht aussteigen,
weil Rhea keine Atmosphäre besaß, und er konnte die
am Boden liegende und reichlich mitgenommene *Nemesis* auch nicht aufrichten. Megasa hätte nur irgendeine seiner Waffen auf ihn abfeuern müssen, und Aidan
wäre erledigt gewesen. Der einzig denkbare Grund für
Megasas Zögern schien sein Bedürfnis gewesen zu
sein, den Triumph zu genießen.

Diana spannte sich leicht an, als sie auf den Gegenschlag ihres Vaters wartete, dann landeten plötzlich
zwei schwere Hände auf ihren Schultern – wie ein
Mech bei der Landung nach einem Sprung – und
zerrten sie grob vom Holotisch weg. Dabei berührte
ihre Hand versehentlich den Wiederholungs-Knopf
und startete die komplette Sequenz neu. Sie hatte den
Höhepunkt verpaßt, den Triumph ihres Vaters. Sie
kochte vor Wut.

Auch diesmal war ihr Angreifer ein Mitglied des
109., wie sie feststellte, während er sie nach hinten einer

114

anderen von Shu-lis Kriegerinnen zuwarf, die sie an den Schultern griff und zurück in Richtung des Holovidtisches stieß, wo die Blutrechtshologramme gerade wieder auf Rhea landeten, diesmal erheblich größer. Diana prallte mit solcher Wucht gegen den Tisch, daß er mit Sicherheit umgefallen wäre, wenn seine Beine nicht am Boden verankert gewesen wären. Die beiden Angreifer bestätigten den Ruf, in dem Shu-lis Krieger standen. Sie waren offensichtlich sowohl stark als auch brutal. Ihre Gesichter waren zu identischen grausamen Fratzen verzerrt, und ihre Haltung machte klar, daß ihnen Aggressivität in all ihren Erscheinungsformen wohlvertraut war.

Diana streifte die Kontrollen des Tischs und berührte einen Schalter, der die Wiedergabe auf dem Holovidfeld beschleunigte. Die Mechs stampften deutlich schneller über die Mondlandschaft, als wollten sie die reduzierte Schwerkraft für ein Aerobictraining nützen.

Der Krieger packte Dianas rechten Arm und zerrte sie zu sich hinüber. Sie atmete unabsichtlich ein, als er sie an sein Gesicht zog, und erkannte, daß er ebenfalls getrunken hatte. Aber sein Blick war klarer, und auch bösartiger. Er sah nach einem Krieger aus, der nicht zufrieden war, wenn er nicht jeden Tag mindestens ein anderes menschliches Wesen verkrüppeln oder besser noch umbringen konnte. Aber da Krieger sich nur selten sinnlos betranken, fühlte sie sich durch seinen Rausch im Vorteil.

Die Frau hinter ihm kam näher, mit festen Schritten, die deutlich machten, daß sie, im Gegensatz zu ihren männlichen Begleitern, keineswegs betrunken war. Ihr Gesicht erschien über seiner Schulter. Sie war ausgesprochen häßlich, mit ledriger Haut und einem kantigen Gesicht, das alles andere als ein Meisterwerk der Clan-Genetik zu sein schien. (Hengst hatte ihr vor einiger Zeit einmal erklärt, daß bei der Genmanipulation von ClanKriegern kein Wert auf Schönheit gelegt wurde, auch wenn sie sich häufig zumindest körperlich als Musterexemplare entpuppten. Diana hatte kein Interesse an Schönheit, weder an ihrer beträchtlichen eigenen, noch an der irgendeines anderen Kriegers. Aber die Kriegerin, die sie jetzt mit grausamem Blick über die Schulter ihres Begleiters anstarrte, war ein rechtes Scheusal.)

»Freigeburtsabschaum hat in Holovidarenen für ClanKrieger nichts zu suchen«, erklärte der Mann mit zögernder, leicht versumpfter Stimme. »Wir erlauben dir, ohne Schande von hier zu verschwinden. Setz dich in Bewegung.«

Er ließ sie los, während seine Begleiterin neben ihn trat, und sie starrten Diana gemeinsam an.

»Ich bin eine ClanKriegerin«, stellte Diana fest und strich ihre zerknitterte Clan-Uniform glatt. Dabei sah sie, daß die Uniformen ihrer beiden Kontrahenten keineswegs makellos waren, sondern schmutzig und zerrissen, ohne Zweifel als Folge anderer Schlägereien. »Ich bin Jadefalkin wie ihr.«

»Wir wissen, wer du bist. Du bist die dreckige Freigeburt, die es wagt, sich gegen Krieger um einen Blutnamen zu bewerben, die mehr Recht darauf haben als du. Du hast keinen Anspruch auf einen Blutnamen. Du hast ...«

»Ich habe verstanden.«

»Gehst du freiwillig, oder müssen wir dich rauswerfen?«

»Bevor ich irgend etwas tue, muß ich die Namen der Wahrgeborenen wissen, die ihre Autorität über mich durchsetzen wollen.«

Die beiden sahen einander an und schienen zu der Entscheidung zu kommen, ihr diesen Wunsch zu gestatten. Als sie antworteten, trat der Betrunkene, der sie als erster belästigt hatte, und der sich jetzt wieder erholt zu haben schien, zu ihnen. Er schüttelte den Kopf, entweder, um die Nachwirkungen des Alkohols abzuschütteln oder die von Dianas Geraden. Aber selbst bei vollen Kräften schien er ihr keine sonderliche Bedrohung.

»Ich bin Selor Malthus.«

»Ich bin Janora Malthus.«

»Und euer halb ohnmächtiger Kollege?«

»Das ist Rodrigo.«

Diana legte die Stirn in Falten. »Was, kein Blutname?«

»Sein Blutrecht beginnt morgen.«

Diana musterte den schwankenden Krieger grinsend. »Er scheint bestens vorbereitet«, kommentierte sie seinen Zustand. »Ich wünschte, er wäre in meiner Linie. Ich würde ihn mit Freuden ziehen. Dann könnte ich mir wenigstens sicher sein, die zweite Runde zu erreichen.«

Sie sah über die Schulter. Das im Zeitraffer ablaufende Duell zwischen Aidan und Megasa näherte sich dem Höhepunkt. Bei dieser Geschwindigkeit konnte es nur noch Sekunden dauern, bis der *Bluthund* das Bein der *Nemesis* abschoß. Sie mußte sich beeilen.

Selor setzte sichtlich zur letzten Herausforderung an. Sie entschied sich, nicht zu warten.

Mit der Rechten packte sie Selors zerknitterten Kragen, mit der Linken den Janoras. Sie riß beide Krieger vor und an sich vorbei – erst Selor, dann Janora. Überrascht und zumindest in Selors Fall durch Alkoholgenuß behindert, boten sie beide kaum Widerstand.

Diana ließ sie los und wirbelte herum, um zuzusehen, wie die beiden Krieger gegen den Holovidtisch krachten. Janora rutschte zu Boden. Ihr Fuß war seltsam abgewinkelt, möglicherweise verstaucht. Selor, der größere der beiden, prallte von der Seite des Tisches ab. Dann taumelte er benommen zurück, mitten in das Ho-

logramm, auf die Stelle, an der der *Bluthund* auf dem
Rand des Grabens stand und darauf wartete, in Aidans
letztem Rettungsmanöver zerstört zu werden. Der
Kopf des *Bluthund* erschien auf Selors Bauchdecke.
Bevor der Krieger sich orientieren konnte, flogen winzige Bruchstücke von Megasas Cockpit aus seinem
Bauch, dann war kurz Megasas holographischer Körper darauf zu erkennen, bevor er zusammen mit dem
unsichtbaren Cockpit im Vakuum über Rhea explodierte.

Schon wieder verpaßt! Jedesmal kommt etwas dazwischen.

Sie fühlte Rodrigos Angriff kommen und war darauf
vorbereitet. Ein Ellbogenstoß in die Magengrube, dann
warf sie ihn gegen den Holovidtisch. Sie bemerkte, daß
sich weitere Personen näherten, Angestellte der Holovidarena, die weitere Beschädigungen ihrer Geräte
vermeiden wollten. Um ihnen behilflich zu sein, half
Diana Rodrigo und Selor vom Holovidtisch, und
nutzte die Gelegenheit, Janora einen Tritt an die Schläfe
ihrer grotesken Fratze zu versetzen.

Während sie über den bewußtlosen Selor stieg, sah
sie auf Rodrigo hinab, der zwar bei Bewußtsein war,
aber Schwierigkeiten hatte, auf dem Boden zu liegen,
ohne sich festzuhalten.

»Viel Glück bei deinem Blutrechtskampf morgen«,
meinte sie lächelnd.

»Viel ... viel ... viel *Glück?*«

»Du wirst es brauchen. Du hast ungefähr soviel
Chancen, einen Blutnamen zu erringen, wie ich, festzustellen, daß ich doch wahrgeboren bin. Ich habe mir
überlegt, dich gleich umzubringen, um dir die Mühe zu
ersparen, aber ich hörte, daß Truppenmangel herrscht
und wir keine Krieger zu verschwenden haben.«

Rodrigo versuchte sich aufzusetzen, um sie anzugreifen, aber sie stieß ihn mit dem Fuß zurück und marschierte zum Ausgang der Holovidarena.

In der Nähe der Tür trat ihr plötzlich ein Krieger in Jadefalken-Uniform in den Weg. Er lächelte, aber das war nicht notwendigerweise ein Zeichen der Freundschaft.

Diana seufzte. *Allmählich reicht es mir. Muß ich mich wirklich mit jedem popeligen Wahrgeborenen anlegen, der es sich in den Kopf setzt, mich herauszufordern?*

Ihre Gedanken mußten ihr deutlich ins Gesicht geschrieben stehen, denn ihr Gegenüber hob die offenen Hände und sagte: »Keine Herausforderung, Freigeborene. Höchstens Bewunderung. Du schlägst dich gut. Das war ein bösartiges Gespann von Kriegern, mit dem du da den Boden gewischt hast. Na, jedenfalls mit zwei von ihnen.«

Er hatte ungefähr ihre Größe, war aber breiter, vor allem in der Schulter. Sie starrte ihm in die freundlichen Augen. Seine Haut war glatt, und er wirkte jung. Er ließ ihre Musterung ruhig über sich ergehen.

Diana sah ihn aus zusammengekniffenen Augen an. »Danke, schätze ich. Aber was geht dich das an?«

Er zuckte die Achseln. »Eigentlich gar nichts. Ich bin genau wie du nur hier, um mich mit den Holovids zu amüsieren.«

»Amüsieren würde ich das nicht nennen.«

Er kniff die Augen zusammen. »Nun, eigentlich habe ich so wie du klassische Gefechte studiert, um daraus zu lernen. Du bist die berühmte Diana, frapos?«

»Ich weiß nicht, ob ich berühmt bin, aber mein Name ist tatsächlich Diana.«

»O doch, du bist berühmt. Um nicht zu sagen: berüchtigt. Wir sollen dich alle aus tiefster Seele verachten, weil du eine freigeborene Stravag bist, die versucht zu stehlen, was uns zusteht.«

»Wir?«

»Ich bewerbe mich auch um einen Blutnamen. So wie du. Sogar um denselben wie du.«

»Und trotzdem hast du nichts gegen mich?«

»Absolut nichts. Ich habe mich gerade davon überzeugen dürfen, daß du eine ausgezeichnete Kriegerin bist, freigeboren hin, freigeboren her. Möge der bessere von uns gewinnen. Das ist mein Motto. Deine Herkunft ist mir gleich.«

»Das ist allerdings selten. So selten, daß ich mich frage, ob du die Wahrheit sagst.«

»Ruhig, Kriegerin. Im Augenblick bin ich es zufrieden, aber das heißt nicht, daß ich nicht auch anders könnte. Ich versichere dir, ich lüge nicht.«

»Ich will dir glauben. Für jetzt. Wie heißt du, Krieger?«

»Leif.«

»Den Namen habe ich noch nie gehört.«

»Du weißt doch, wie das läuft. Die Kanisterammen losen die Namen aus oder holen sie sich aus mythologischen Texten oder Listen mit Clanhelden. Ich weiß auch nicht, wie meine auf Leif kam. Hast du Lust auf einen Spaziergang? Die Luft hier drinnen wird schal, und ich könnte die Bewegung gebrauchen.«

»Nach dir, Leif.«

Die Straße vor dem Gebäude war ungepflastert, was in den provisorischen Lagern, wie sie für Blutrechtskämpfe errichtet wurden, nicht ungewöhnlich war. Krieger hielten zwar nicht viel von Verschwendung, aber sie hatten auch weder Zeit noch Lust, sich darum zu kümmern, vor allem dann nicht, wenn sie sich auf ihr Training konzentrieren mußten. Daher war die Straße ungewöhnlich schmutzig. Essensreste, zerknüllte Papierfetzen, Metallstücke und alle möglichen anderen Abfälle waren im schwachen Mondlicht zu erkennen. Alles in allem hielt sich der Unrat zwar in Grenzen, aber er war so ungewöhnlich, daß die Straße trotzdem übersät davon wirkte.

Sie gingen langsam. Leif hatte seine normale Gangart offensichtlich an ihre Geschwindigkeit angepaßt. Bei der Schlägerei hatte sie einen Muskel im Oberschenkel gezerrt, und dadurch kam sie etwas schwerfällig voran.

Leif sah Diana gelegentlich an, hatte aber sichtlich keine Absicht, ein Gespräch zu eröffnen.

Sie kamen an einer Gasse vorbei, und die von dort an ihr Ohr dringenden Geräusche veranlaßten Diana hinüberzusehen, während Leif keinerlei Interesse zeigte. In der Dunkelheit der Gasse paarten sich heftig zwei Personen, von denen sicher mindestens eine der Kriegerkaste angehörte. Beim Anblick des Schattenspiels kam Diana wie immer bei solchen Gelegenheiten der Gedanke, wie seltsam und unkriegerisch die Paarung war, wenn man sie aus der Distanz betrachtete. Und, auch das ein Gedanke, der ihr häufig kam, warum sie so wenig Bedarf danach hatte. Ein Teil ihrer Hemmungen, der gelegentlichen Neigung nachzugeben, stammte aus ihrem Status als Freigeborene, die sich nur schwer einem Wahrgeborenen nähern konnte. Ungeschriebene Regeln hielten Freigeborene davon ab, den ersten Schritt zu tun. Das war Wahrgeborenen vorbehalten. Es war leicht genug für eine Freigeborene, sich mit einem anderen Freigeborenen zu paaren, aber zu Dianas Pech sah sie sich zu sehr weder als Freigeborene noch als Wahrgeborene. Außerdem kamen diese Neigungen nur selten über sie. Sie gingen an der Gasse vorbei, und sie sah zu Leif hinüber. Er lächelte.

»Was grinst du so, Surat?«

Das lächeln verschwand sofort, Wut zuckte in seinen Augen auf, dann wurde seine Miene wieder gelassen. »Nichts weiter«, meinte er. »Ich finde es nur seltsam, in Begleitung einer Kriegerin die Straße hinabzuschlendern, die in wenigen Tagen meine Gegnerin sein könnte.«

»Hast du vor, den Endkampf zu erreichen?«

»Natürlich.«

»Dann werden wir dort aufeinandertreffen. Und ich werde es bedauern, einem feinen Krieger wie dir die Schande antun zu müssen, von einer Freigeborenen besiegt zu werden.«

Ein stechender Schmerz durchfuhr ihr Bein und machte sie stolpern. Eigentlich hätte sie das Bein behandeln lassen müssen, aber irgendwie wollte sie sich noch nicht von diesem Krieger trennen.

»Zuversichtlich bist du«, stellte Leif fest. »Das muß ich dir lassen.«

»Bist du nicht zuversichtlich?«

»Mehr als das. Es wird mir weh tun, dich zu besiegen, aber was sein muß, muß sein.«

Diana lachte und antwortete: »Du gefällst mir, Krieger.«

»Und du mir, Kriegerin.«

Sie spazierten eine Weile weiter und fanden reichlich Gelegenheit, über die Worte des anderen zu lachen. Einmal blieb Leif stehen und hielt Diana ebenfalls an, indem er mit dem Handrücken ihren Oberarm berührte. »Dein Kampf dort hinten, in der Arena. Er war heftig. Ich hätte eingegriffen, um dir zu helfen, aber es war von Beginn an deutlich, daß du die Oberhand hattest. Du bist wirklich zäh.«

Jetzt war es an Diana, die Schultern zu zucken. »Ich hatte eine gute Lehrerin, mit mehr Wut in den Adern, als ein Dutzend von uns je aufbringen könnten. Sterncommander Joanna, vielleicht hast du von ihr gehört?«

»Die Bezwingerin der Schwarzen Witwe, frapos?«

»Pos. Sie ist meine Trainerin für den Blutrechtstest, falls es bei all den Verzögerungen jemals dazu kommt. Jedenfalls ist ihr Training für die Blutnamenskämpfe die Hölle. Ich bin nicht sicher, ob ich es überhaupt noch brauche. Ich habe das Gefühl, schon seit Wochen bereit zu sein.«

122

Als Diana und Joanna auf Ironhold eingetroffen waren, hatte Diana sich sofort mit zahlreichen Herausforderungen der aufgebrachten Krieger konfrontiert gesehen, die bereits auf dem Planeten waren, Kriegern, in deren Augen die Anwesenheit einer freigeborenen Bewerberin eine tödliche Beleidigung war. Aber das Oberhaupt des Hauses Pryde, Risa Pryde, und die Oberhäupter der anderen Bluthäuser hatten alle offiziellen Ehrenduelle schnell mit dem Argument unterbunden, daß sie zu einem Zeitpunkt, an dem die Clans damit beschäftigt waren, ihre unaufhaltsame Militärmacht wiederaufzubauen, eine unannehmbare Verschwendung darstellten. Nach Aussage Risa Prydes machte der Ausgang des Blutrechts den Wert von Dianas Anspruch ausreichend deutlich. Sie war nicht bereit, irgendwelche unnötigen Verluste hinzunehmen.

Aber auch wenn es keine offiziellen Ehrenduelle gab, kam es zu reichlich inoffiziellen, in der Hauptsache Schlägereien wie der in der Holovidarena.

»Ich habe diesen Sterncommander Joanna – glaube ich – heute morgen gesehen«, sagte Leif. »Sie sah aus, als wollte sie vor dem Frühstück ein Dutzend Krieger verspeisen.«

»Ja, das war Joanna.«

Als sie an der Trainingsbaracke ankamen, erzählte sie Leif, daß Joanna sie am nächsten Morgen zu einer besonders frühen Zeit für eine Trainingsstunde im Peitschenkampf eingeteilt hatte, einer Fertigkeit, die Diana immer noch fehlte. Leif erklärte ihr, daß er auch einen Termin am frühen Morgen hatte.

Im Innern der Kaserne erzählte sie Joanna einen Teil ihres Gesprächs mit Leif, und die alte MechKriegerin spottete: »Siehst du nicht, was er mit all diesem Freundlich-Sein und ›Nein, es ist völlig in Ordnung, daß du eine Freigeborene bist‹-Mist erreichen wollte? Er will dich verwirren. Er hat herausgefunden, daß du

Schwierigkeiten im Kampf mit der Peitsche hast, frapos? Es ist eine Kleinigkeit, da sie kaum als Waffe in einem der Kämpfe auftauchen wird. Trotzdem kann er dieses Wissen gegen dich verwenden, wenn sich die Chance bietet, Peitschen zu wählen. Ich weiß genau, was er vorhat. Man schleicht sich in die Gedanken eines Gegners und spioniert dessen Schwächen aus. Kümmere dich nicht weiter um diesen Leif und geh ihm aus dem Weg.«

»Du irrst dich in ihm, Joanna.«

Joannas vom Alter gezeichnetes Gesicht, das schon so eine abstoßende Wirkung auf jüngere Krieger hatte, die jede Spur von Alter, jeder Schritt auf dem Weg zum Solahma, anwiderte, verzog sich zu einer wütenden Maske. »Jetzt hör mir einmal gut zu, Diana. Du hast nur ein einziges Ziel: einen Blutnamen zu erreichen. Ich werde dich trainieren, so gut ich kann, und ich darf hinzufügen, daß ich so etwas ganz ausgezeichnet kann, aber letztendlich bist du es, die im Cockpit des BattleMechs sitzt, du, die deinen Gegner besiegen muß. Ich werde nicht gestatten, daß du dich von was auch immer von diesem Ziel ablenken läßt. Vergiß, was dieser Leif gesagt hat. Du mußt alles vergessen, was er gesagt hat, frapos?«

»Pos«, antwortete Diana, aber innerlich war sie überzeugt, daß Leif offen und ehrlich zu ihr gewesen war. Ungeachtet Joannas Warnungen blieb die Erinnerung an das Gespräch mit Leif in ihren Gedanken lebendig, auch wenn es einige Zeit dauern sollte, bis sie wieder Gelegenheit hatte, mit dem jungen Mann zu reden.

10

Westnarbe, Strana Metschty
Kerensky-Sternhaufen, Clan-Raum

4. Februar 3060

Westnarbe, so benannt wegen seiner Lage am Fluß
Narbe und nicht nach irgendwelchen Kampfverletzungen, war ein Dorf, dessen Bewohner in der planetaren Hauptstadt Katjuscha arbeiteten, hauptsächlich als
Techs für die verschiedenen Clans. In Katjuscha kamen
die Clans in der Atmosphäre einer Freien Stadt zusammen, um die verschiedenen Aspekte der Clanregierung
zu regeln, ein wenig Handel zu treiben und sich etwas
zu amüsieren. Das Ungewöhnliche an Westnarbe und
seinem Schwesterdorf Ostnarbe, ein paar Kilometer
weiter südlich auf der anderen Seite des breiten Flusses, bestand in der geringen Bedeutung der Clanzugehörigkeit in seinen Grenzen. Bei der Arbeit in der
Stadt hielten sich die Dorfbewohner an enge Clangrenzen, aber hier draußen in Westnarbe verkehrten sie frei
miteinander und teilten sich die Aufgaben der örtlichen Verwaltung.

Westnarbe machte Wahrgeborene unsicher, Krieger
ganz besonders. Der Zusammenbruch der Clanbarrieren hier behagte ihnen nicht. Aber da die Dörfler alle
freigeboren waren, äußerte sich ihr Mißfallen nur
darin, daß sie beide Narben mieden, was nicht weiter
schwerfiel, da es kaum einen Grund für wahrgeborene
Krieger welchen Clans auch immer gab, sich in dieser
Region aufzuhalten. Trotzdem waren solche Ortschaften nur in den neutralen Zonen Strana Metschtys zu
finden.

Wie die Dörfer des gesamten Clanraums war auch
Westnarbe um einen Marktplatz herum angelegt, von
dem die Hauptstraßen wie die Speichen eines Rads ab-

gingen. Am Marktplatz von Westnarbe gab es einen Biergarten, in dem mehrere Sekunden, bevor einer Reihe von Dorfbewohnern das Ende drohte, Marthe Prydes Adjutant Rhonell mit mehreren Dörflern saß, die in der Hauptsache dienstfrei hatten oder Familienmitglieder von Techs waren. Rhonell, der selbst keine Familie besaß, hatte schon häufig festgestellt, daß *Familie* eines jener Worte war, auf die Wahrgeborene mit Abscheu reagierten. Rhonell seinerseits hatte zwar viele Krieger-Ansichten übernommen, fand Familien oder zumindest das Konzept der Familie jedoch dessen ungeachtet beruhigend. Trotzdem zog er es entschieden vor, Kriegern zu dienen statt unter Freien zu leben. Marthe hatte Rhonell an dem Tag frei gegeben. Er mochte freie Tage nicht sonderlich, ebensowenig wie er Freude daran hatte, hier im Dorf zu sitzen und zu trinken. Er trank nicht viel und mochte das Zeug nicht sonderlich. Aber es behagte ihm, ruhig dazusitzen und die Dorfbewohner zu beobachten.

Er saß zwar bei ihnen, redete aber kaum mit ihnen. Das lag zum Teil an seiner Vorliebe für die Gesellschaft von Kriegern, aber auch daran, daß er ohnehin nicht sonderlich viel sprach, und sich, wenn er es tat, kaum verständlich ausdrückte. Da er nur selten ins Dorf kam, kannten dessen Bewohner den großen, imposanten Tech mit dem emotionslosen Blick nicht. Sein Mangel an Persönlichkeit war in dieser Umgebung eine Hilfe, da er es anderen leicht machte, seine Anwesenheit zu ignorieren. Das wiederum machte ihn nützlich für Marthe, die ihn häufig über die Ansichten der anderen Kasten ausfragte.

Er nippte an seinem Fusionnaire und hörte den Techs am Nebentisch zu. Die meisten Gespräche heute drehten sich um Marthe Prydes Entscheidung, ihren Clan gegen einen *wahrgeborenen* Stahlviper-Helden von einem *freigeborenen* Krieger repräsentieren zu lassen.

besonders, weil der Kampf auf einer nur wenige Kilometer entfernten Ebene stattfinden sollte. Rhonell, der es vorzog, offene Meinungen zu hören, verzichtete darauf, seine Verbindung zu den Ereignissen zu erwähnen. Er hätte ihnen sagen können, daß die Prydes gewohnheitsmäßig Risiken eingingen, und daß er genau das an Aidan und Marthe bewunderte. Andererseits war ihm klar, daß die Jadefalken, immerhin sein Clan, sich eben durch diesen Wagemut, der ihm so gefiel, zu häufig in Gefahr begaben, zu viele Leben im Kampf verloren und unnötig litten.

Einer der Dorfbewohner, ein Gletscherteufel-Labor-Tech namens Flute, unterhielt sich mit Susanna, deren exakte Funktion als Feuermandrill-Tech Rhonell nicht kannte. Susanna schien Marthes Schachzug für mutig zu halten, während Flute ihn dumm nannte.

»Soviel auf die Leistung eines Freigeborenen zu setzen, ist zu riskant.«

»Entschuldigung, ich dachte, du wärst einer von uns«, erwiderte Susanna. »Ein Freigeborener.«

»Das bin ich auch. Glaubst du etwa nicht, daß dieser Hengst verlieren und die Jadefalken-Khanin möglicherweise gezwungen sein wird, als Folge dieser Niederlage abzutreten?«

»Marthe Pryde scheint mir nicht der Typ, der freiwillig zurücktritt.«

Die Diskussion entwickelte sich spürbar zu einem Streit, möglicherweise sogar zu einer Schlägerei, als plötzlich ein paar Dorfbewohner mit lautem Geschrei auf den Marktplatz gerannt kamen, um die Anwesenden zu informieren, daß das Vipern-Falken-Ehrenduell sich in die Nähe der Ortschaft verlagert hatte. Der Biergarten leerte sich rasch, als die Dörfler, über alles hocherfreut, was versprach, die Eintönigkeit ihres Alltags zu brechen, zum Ortsrand strömten. Rhonell blieb eine Weile allein sitzen und leerte den Drink, der ihm nicht sonderlich schmeckte. Dann folgte er den Dörflern, um sich ebenfalls das Schauspiel der zwei kämpfenden Metallgiganten anzusehen.

Die Gewalt der Stromschnellen, die um die Beine der in der Narbe stehenden *Nemesis* Hengsts tosten, war bis ins Cockpit zu spüren. Er hatte sich entschlossen, in den Fluß zu springen, weil die Innentemperatur seines OmniMechs in bedrohliche Höhen geklettert war. Er hatte die schnelle Abkühlung durch das eiskalte Flußwasser dringend benötigt.

Dieser Kampf zog sich bereits so lange hin, daß Hengst ernsthaft müde wurde. Die Beine des Mechs waren seine Beine, und in der tobenden Strömung konnte er sie kaum bewegen. Wenn seine Konzentration nachließ und er sich einen Augenblick der Entspannung gönnte, um sich zu sammeln, konnte kein Zweifel daran bestehen, daß die *Nemesis* vornüber in die Fluten stürzen würde, und das wäre sein Ende gewesen. Die Stahlvipern hätten die Richtigkeit ihrer Anschuldigungen bewiesen, und Hengst hätte den Jadefalken bewiesen, daß er schließlich auch nicht besser war als irgendein anderer Freigeborener.

Ein Stück voraus schien die *Sturmkrähe* des hartnäckigen Stahlviper-Sterncolonels Ivan Sinclair die kochenden Stromschnellen ohne größere Schwierigkeiten zu überwinden. Trotzdem konnte Hengst erkennen, daß seine Attacken mehr Schaden angerichtet hatten, als er zunächst geglaubt hatte. Wie es bei besonders zähen Kriegern häufig der Fall war, hatte Sinclair mehr Schaden einstecken müssen, als er austeilte. Im Aufeinandertreffen von Wagemut und Können zählte letztendlich nur der Siegtreffer, gleichgültig, wie unterlegen ein Krieger bis dahin erschienen war, gleichgültig, wie hirnverbrannt und stupide eine Strategie gewesen war. Hengst stellte allerdings fest, daß der Torso der *Sturm-*

krähe reichlich Panzerung verloren hatte. Gut. Das bot sich als Ziel an.

Ein Blick auf den Sekundärmonitor ließ dann jedoch Zweifel aufkommen, ob der Mech seines Gegners tatsächlich den größeren Schaden erlitten hatte. Der rechte Arm der *Nemesis* reagierte schwerfällig. Die Ladung der Laser war minimal. Der leichte Laser war bei einem Glückstreffer Sinclairs abgerissen worden. Er hatte noch über die Hälfte seiner Kurzstreckenraketen übrig. Zusammen mit der Autokanone hatten sich die KSR als besonders effektiv bei der Zertrümmerung der Torsopanzerung der *Sturmkrähe* erwiesen. Sinclair war trotz der schweren Torsoschäden ein wenig besser dran. Seine Raketenlafette verfügte über mehr Munition, und seine Laser stellten immer noch eine Bedrohung für Hengst dar.

Na, hier herumzustehen und mich vom Fluß zu Schrott hämmern zu lassen oder abzuwarten, bis Sinclair wieder auf Schußweite heran ist, sind keine sonderlich guten Strategien. Ich muß ans Ufer.

Die Entscheidung zu treffen und sie umzusetzen, waren allerdings zwei Paar Schuhe. Er hob ein Bein zu einem Schritt in Richtung Ufer, und der Mechfuß versank in unerwartet tiefem Wasser. Die *Nemesis* kippte nach vorne und wäre fast umgestürzt, aber Hengst schaffte es, das Gleichgewicht wiederzugewinnen und den rechten Fuß herumzuschwingen. Diesmal fand er einen Halt und konnte den Mech stabilisieren. Schritt um Schritt arbeitete er sich an die Uferböschung heran und wurde schneller. Sinclair war nähergekommen, aber jetzt war er ebenfalls auf dem Weg ans Ufer. Eine gute Taktik. Es schien erfolgversprechender, vom sicheren Land aus zu feuern als aus dem Fluß, wo die Stromschnellen den Mech hin und her schleuderten.

Zu Anfang machte der sehr weiche und allem Anschein nach tiefe Schlamm des Ufers Hengsts Mech

Probleme, aber er paßte seine Bewegungen an dieses neue Hindernis an und konnte sich schnell aus dem Uferschlamm befreien. Kurz darauf stand er auf sicherem Boden und drehte sich zu Sinclair um.

Seltsamerweise kamen Sinclair und dessen *Sturmkrähe* nicht auf ihn zu. Der Vipern-Sterncolonel führte seinen Mech in einem weiten Bogen um Hengst herum. Er bremste erst ab und richtete den Mech auf Hengsts Maschine aus, nachdem er an dessen *Nemesis* vorbei war.

Hengst drehte seinen Stahlkoloß schwerfällig in Richtung seines Gegners aus und entdeckte eine Überraschung hinter dem Vipern-Krieger. Sinclair und dessen *Sturmkrähe* standen knapp außerhalb eines kleinen Dorfes. Ein schneller Seitenblick auf den Kartenschirm informierte Hengst, daß es sich um Westnarbe handelte. Obwohl es sich als tödlicher Fehler erweisen konnte, ein Duell wie dieses zu unterbrechen, rief er Sinclair über Funk an.

Als der Sterncolonel sich meldete, war seine Stimme kühl und emotionslos, und sie zeigte keinerlei Anzeichen von Ermüdung. Es war erschreckend zu hören, daß sein Gegner nach diesem langen, erbitterten Kampf nicht einmal außer Atem war. Hengst hörte seine Stimme immer wieder von schweren Atemzügen unterbrochen werden, die er nur mühsam unter Kontrolle bringen konnte.

»Ich beantrage eine Neupositionierung unserer Mechs, Sterncolonel Ivan Sinclair. Es befindet sich ein Dorf in der Schußlinie. Wir sollten keine Zivilisten gefährden.«

Die Arroganz in Sinclairs Stimme war erschreckend. Selbst für einen ClanKrieger. Selbst für einen *Stahlvipern*-Krieger. Vipern-Krieger waren bekannt für ihre Überheblichkeit, die spürbar über die anderer Clan-Wahrgeborener hinausging, und Ivan Sinclair klang, als

130

habe er die Form geliefert, in der sie gegossen wurden.

»Mein Gegner sorgt sich um den Tod von ein paar Unbeteiligten, frapos?«

In keinem einzigen Wortwechsel bisher hatte Sinclair Hengst mit Namen oder auch nur Rang angesprochen. Er beschimpfte ihn nicht einmal als Freigeburt. In einem seltsamen Schauspiel von Clan-Höflichkeit benutzte er grundsätzlich Ausdrücke ›wie mein Gegner‹ oder ›Mit-Krieger‹.

»Pos. Wer täte das nicht?«

»Ich zum Beispiel täte es nicht. Ich würde es natürlich nicht absichtlich darauf anlegen, Unbeteiligte zu töten, aber sie sind für mich ohne Bedeutung. Außerdem wäre eine Neupositionierung zu deinem Vorteil, da sie dir Zeit verschaffte. Nein, ich bleibe, wo ich bin. Wenn dadurch ein paar Dörfler sterben, dann sterben sie eben. Außerdem sind es nur Freigeburten. Du bist selbst nur Freigeburtsabschaum. Kümmere du dich um sie!«

Falls Sinclair es darauf angelegt hatte, Hengst wütend zu machen, gelang ihm dies weit über alle Erwartung hinaus. Blindwütiger Zorn flutete durch Hengsts Körper wie eine weit in den Gefahrenbereich stoßende Hitzewelle. Er setzte die *Nemesis* in Bewegung und stürmte auf die Vipern-*Sturmkrähe* zu, als wolle er sie rammen.

Sinclair feuerte mit allem, was er hatte. Laserfeuer loderte über die saftig grüne Wiese. Die Strahlbahnen trafen reichlich, und Panzerbrocken wurden nach allen Seiten davongeschleudert. Eine Rakete der *Sturmkrähe* verpaßte ihr Ziel nur knapp, als Hengst sich schnell wegduckte.

Irgendwo im Hinterkopf, irgendwo weit jenseits seiner Wut erkannte Hengst, daß er Gefahr lief, Marthe Pryde zu enttäuschen und sie beide, ihren Clan und alle Freigeborenen, mit Schande zu überhäufen. Auf einer anderen, ebenfalls rational gebliebenen Ebene seines Verstandes war ihm klar, daß wahrgeborene Krieger den Nahkampf mit einem anderen Mech verachteten, und daß die Aussicht auf einen solchen Angriff Sinclair die Fassung rauben und sein Urteilsvermögen trüben konnte. Allerdings war diese Taktik auch für ihn selbst nicht ungefährlich, da er sich der Kurzstrecken-Feuerkraft der *Sturmkrähe* aussetzte.

Hinter Sinclairs *Sturmkrähe* sah Hengst die Bewohner Westnarbes aus dem Dorf strömen, um den Kampf zu beobachten. Sie waren winzig. Wie konnten sie so dumm sein und sich derartig in Gefahr begeben, als wollten sie Sinclairs abfällige Einschätzung bestätigen?

Aber in Hengsts Augen waren sie keineswegs wertlos. Es waren Menschen. Sicher, sie waren von niederer Herkunft, aber das galt für ihn genauso. Sicher, wenn ein paar von ihnen starben, würde das keinen spürbaren Verlust für die Clans darstellen. Sie wären nicht mehr als Markierungsnadeln auf einer Karte, die bei einer unvorsichtigen Handbewegung zu Boden gewischt wurden. Sicher, die anderen Freigeborenen würden die waghalsige Tapferkeit ihrer Kameraden feiern. Aber ihr Tod würde eine Verschwendung darstellen. Hengst durfte das nicht zulassen.

Er bremste die *Nemesis* ab und richtete deren Sprungdüsen hastig für einen Hüpfer aus, der ihn auf die andere Seite von Sinclairs *Sturmkrähe* trüge, von wo aus er einen Überraschungsangriff auf dessen Rücken starten und ihn zwingen konnte, sich vom Dorf zu entfernen, um den Kampf fortzusetzen. Solange sie nicht unverantwortlich dicht an den Kampf herankamen, würde den Dorfbewohnern nichts geschehen. Und falls sie wirklich so dumm waren, hatten sie sich ihr Schicksal selbst zuzuschreiben.

Als er gerade zum Sprung ansetzte, leuchtete eine Warnmeldung in einem rechteckigen roten Rahmen auf dem Systemmonitor auf. Die Sprungdüsen waren durch einen Treffer Sinclairs ausgefallen, den Hengst bisher nicht bemerkt hatte. Er konnte nicht springen.

Alle Flüche, die er in seiner Kindheit in seinem Heimatdorf und als Kadett in der Kriegerausbildung gelernt hatte, jagten durch seine Gedanken. Zugleich unterstrich eine Serie direkter Treffer der *Sturmkrähe* ihre Gewalt. Die *Nemesis* geriet ins Wanken. Ihr linkes Bein war schwer beschädigt.

Egal, dachte Hengst. *Ich muß diesen Kampf gewinnen.*

Immer mehr Dorfbewohner tauchten zwischen den Häusern auf. Sinclair bewegte die *Sturmkrähe* einen Schritt schräg nach hinten, dichter an die Menge heran. Es war ein offensichtlich überlegtes Manöver. Der Stravag zwang Hengst bewußt, sich zu entscheiden, ob er ihn angriff und damit die Dorfbewohner gefährdete oder die Dorfbevölkerung zu schützen versuchte und damit das Gefecht opferte.

In der Zwischenzeit deckte er Hengst weiter mit Breitseiten ein.

Das Schlimmste daran, einen schwer beschädigten Mech zu steuern, waren die Gefühle, mit denen der Pilot zu kämpfen hatte, während er versuchte, doch noch einen Sieg zu erzwingen, obwohl er genau wußte, wie es um seine Maschine stand. Er mußte innerste Kraftreserven aktivieren, um einen angeschlagenen Kampfkoloß entgegen aller Wahrscheinlichkeit zu bemerkenswerten Leistungen zu treiben.

Hengst fühlte die Anstrengung, als er seine Maschine, jetzt erheblich langsamer, Schritt für Schritt näher an Sinclairs Mech heranbewegte. Er hielt sein Geschützfeuer zurück, obwohl er sich mit jeder Sekunde weiter der Niederlage näherte. Seine Laserwaffen waren von Sinclairs Angriff noch weiter beschädigt worden. Wie es schien, blieben ihm nur noch die Autokanone und seine KSR. Die aber wollte er aufsparen,

133

bis er auf optimale Entfernung an seinen Gegner heran war. Trotz seiner Wut berechnete er den richtigen Augenblick, während er mit einem Auge den Monitor beobachtete, auf dem sich ständig verändernde Kurvenlinien die wahrscheinliche Schadenswirkung einer Raketensalve anzeigten.

Fast hätte Hengst zu lange gewartet. Das Lichtwerferfeuer Sinclairs schnitt knapp an der Raketenlafette der *Nemesis* vorbei. Wenn er nicht bald feuerte, würde er jeden strategischen Vorteil verlieren, den die Geschosse ihm bieten konnten.

Aber erst richtete er die Autokanone auf den zerschundenen Torso der *Sturmkrähe* und preßte den Feuerknopf nieder. Er brauchte nur einen Treffer an der richtigen Stelle. Und den bekam er. Der Granatenhagel riß eine Bresche in den Rumpf des feindlichen OmniMechs. Möglicherweise war es Einbildung, aber Hengst schien es so, als hätte der Ruck, mit dem die *Sturmkrähe* nach hinten flog, nicht nur auf den Einschlägen der AK-Geschosse beruht. Er mußte den Kreiselstabilisator getroffen haben. Wenn es ihm gelang, das Gyroskop völlig zu zerstören, hatte er eine Chance, die *Sturmkrähe* aus dem Gefecht zu werfen, aber im Augenblick schlug Sinclair zu wild zurück, um das zu versuchen.

Er feuerte in zwei Salven die Hälfte seiner KSR ab, und zielte beide Male auf die Unterschenkel des Vipern-Mechs. Die erste Salve traf das linke Bein knapp oberhalb des Fußgelenks. Die zweite Salve schlug kaum höher ins rechte Mechbein. In beiden Fällen kamen unter großen, klaffenden Panzerbreschen dicke Myomerbündel zum Vorschein. Die *Sturmkrähe* geriet noch stärker ins Wanken.

Aber Sinclair war ein zu guter Pilot, um jetzt schon die Kontrolle zu verlieren. Er konnte die *Sturmkrähe* noch eine Weile aufrecht halten. Also schickte Hengst die zweite Hälfte seiner Raketen auf den Weg. Die erste Salve des Bombardements traf das linke Bein der *Sturmkrähe* exakt dort, wo Hengst es geplant hatte, am Kniegelenk.

Doch unerwartet hatte das rechte Bein der *Sturmkrähe* bereits nachgegeben, bevor er gefeuert hatte, und die Raketen schlugen zu hoch ein, in halber Oberschenkelhöhe. Hengst konnte sehen, wie das linke Bein den Mech in einem langsamen, aber unaufhaltsamen Zusammenbruch nach vorne zog, fort von den Zuschauern. Aber die Wucht der Einschläge am rechten Bein schleuderten die *Sturmkrähe* genau auf die Menge zu, besonders nachdem Sinclair den einen Schritt tat, zu dem das Mechbein gerade noch fähig war. Sinclairs Bemühungen waren nicht gegen die Dorfbewohner gerichtet, sie waren nur der verzweifelte Versuch, seinen Mech lange genug aufrecht zu halten, um der plötzlich verwundbaren *Nemesis* noch eine letzte Breitseite entgegenzuschleudern. Die Anstrengung war vergebens. Hengst reagierte mit zusätzlichem Autokanonenfeuer, das die *Sturmkrähe* von den Dörflern forttrieb. Offensichtlich schlug eine der Granaten in das Gyroskop ein und zertrümmerte es voll und ganz, denn die *Sturmkrähe* sackte plötzlich zusammen und kippte auf die Dorfbewohner zu.

Hengst hatte keine Zeit, sich darüber klarzuwerden, daß er das Duell gewonnen hatte, als er mit der *Nemesis* auf die *Sturmkrähe* zurannte. Kurz vor dem unvermeidbaren Zusammenbruch wankte der Mech gefährlich hin und her, und Sinclairs letzte Salve schoß harmlos in den Himmel. Wenn er die *Sturmkrähe* noch rechtzeitig abfangen konnte, hatte er eine Chance, sie im letzten Augenblick wegzustoßen, so daß sie die Zuschauermenge knapp verfehlte, die jetzt endlich die Gefahr erkannt hatte, in der sie schwebte, und panisch auseinanderstob.

Bevor er den Vipern-Mech erreichen konnte, geschah dreierlei. Erstens löste Sinclair die Rettungsautomatik aus, und sein Schleudersitz trug ihn in einer seltsam geraden Flugbahn über die Dorfbewohner auf das Flachdach eines Gebäudes am Ortsrand zu. Zweitens machte der Rumpf der *Sturmkrähe* eine unglückselige Drehung, die dem rechten Bein erlaubte, zu einer Art Achse zu werden, um die der schwere Torso exakt in Richtung der Menge schwenkte. Und drittens kippte der Omni-Mech endlich doch in einer entsetzlichen Zeitlupenbewegung zu Boden und verdrehte das rechte Bein zu einem Klumpen von Metall und Plastik, während der Mechrumpf in voller Breite auf den kreischenden Dörflern landete.

Danach hielt die *Nemesis* an und Hengst stieg aus. Er bemerkte nur im Vorübergehen, daß Sinclairs letzte Treffer so gekonnt plaziert gewesen waren, daß Hengsts Niederlage nur noch eine Frage von Sekunden gewesen wäre. Er rannte zu den Trümmern der *Sturmkrähe* und versuchte verzweifelt, wenigstens einen Teil der Dorfbewohner unter dem Wrack hervorzuziehen. Diejenigen, die er befreien konnte, starben kurz darauf trotzdem.

Rhonell, der am Ortsrand stehengeblieben war, rannte zur Unglücksstelle, um zu helfen. Er und die anderen Helfer schafften es ebensowenig wie Hengst, auch nur eines der Opfer zu retten. Übelkeit und Entsetzen stiegen in Rhonell auf, als er die Leichen von Flute und Susanna miteinander verschlungen fand, zwei Dorfbewohner verschiedener Clans in einer letzten Umarmung. Es kam ein Augenblick, in dem Hengst mit einer Mischung aus Wut und Trauer im Blick zu Rhonell hinübersah. Der sah seine eigenen Gefühle im Gesicht des anderen widergespiegelt.

Als Rhonell später die Dorfstraße hinabging, in düsterer Stimmung, die Augen feucht von Tränen, sah er in einer der Gassen Westnarbes eine Schlägerei. Erst schien es nur irgendeine Dörflerauseinandersetzung, eine Prügelei zwischen Betrunkenen. Dann erkannte er in einem der Kontrahenten Hengst. Der andere trug die Überreste einer Stahlvipern-Uniform – ohne Zweifel der gegnerische Pilot. Wie war dessen Name noch gewesen? Sinclair.

Sinclair schien bewußtlos, aber Hengst machte nicht den Eindruck, als ob ihn das kümmerte. Er stützte den Mann einfach an die nächste Hauswand und schlug weiter auf ihn ein. Einen Augenblick fühlte Rhonell das Bedürfnis, ihm dabei zu helfen, aber offensichtlich brauchte der Krieger keine Hilfe, schon gar nicht von einem BüroTech. Rhonell sah stumm zu, bis auch Hengst zusammenbrach und die beiden Krieger ein kaum besseres Bild boten als die beiden Mechs, die sie auf dem Schlachtfeld zurückgelassen hatten.

»Es heißt, bevor Ivan Sinclair wieder zum Dienst antreten kann, wird einige Zeit vergehen«, stellte Marthe Pryde fest und starrte Hengst an. Die Uniform des freigeborenen Kriegers war erkennbar neu. Er selbst hielt sich ebenso steif wie die Uniformhose mit ihrer messerscharfen Bügelfalte. Seit dem Test war eine Woche vergangen, und Hengst hatte mehrere Tage davon zur Behandlung seiner Verletzungen im Medozentrum verbracht. Offiziell waren sie als Gefechtsfolgen aufgeführt, aber Marthe wußte sehr wohl, daß sie in Wirklichkeit von der Gassenschlägerei mit Sinclair stammten. Zwei blaue Flecken auf der linken Seite von Hengsts Gesicht waren immer noch sichtbar.

»Tut mir leid, daß ich ihn nicht umgebracht habe.«

»Ich weiß. Ich hätte den Hundesohn selbst gerne umgebracht.«

Hengst riß die Augen auf. Hundesohn war eine Verwünschung, die trotz ihrer uralten terranischen Herkunft unter den Clans mehr als selten benutzt wurde. Die darin enthaltene doppelte Beleidigung im Hinblick auf die genetische Herkunft und die genetische Rolle behielt sie nur den allerschlimmsten Verbrechern vor.

»Du wirkst überrascht, Hengst.«

»Ich wußte nicht, daß die Unterstützung der Khanin für Freigeborene in Kampfeinheiten bis zum Mitgefühl für den Tod einzelner freigeborener Dörfler reicht.«

Marthe verzog das Gesicht. Hengst hatte eine Art, gezielt zum Kern einer Sache vorzustoßen. Eben das machte ihn zu so einem guten Krieger, zu ihrem vertrauenswürdigen Verbündeten und zu einem der unerträglichsten Menschen, die sie kannte. *Auch wenn er immer noch nicht so schlimm ist wie Aidan zu seinen besten Zeiten.* »Mach mich nicht zu einem Muster an Sanftheit und Mitgefühl, Hengst. Ich glaube an die Überlegenheit der genmanipulierten Kriegerkaste. Aber das bedeutet nicht, daß ich Freigeborene nicht zum größten Vorteil des Clans einsetze, oder den Tod freigeborener Dörfler nicht bedauere. Einige von ihnen waren Techs, deren Verlust eine ebensolche Verschwendung ist wie die Vernichtung von Maschinen und Werkzeugen. Verwechsle Pragmatismus nicht mit Sympathie, wie du es ausdrückst.«

»Sie bedauern also den Verlust nützlicher Techs. Das ist in der Tat eine Verschwendung. Wie es der Zufall so will, waren allerdings keine Jadefalken unter den Toten. Ironischerweise waren die Stahlvipern der am stärksten unter den Opfern vertretene Clan.«

»Na schön, Hengst. Ich habe den Eindruck, daß es am besten wäre, dich eine Weile von hier wegzuschaffen. Überlaß es mir, mit den Folgen deines Sieges fertigzuwerden. Ich habe deine Reise nach Ironhold arrangiert. Du fliegst morgen früh ab und wirst deinem Gesuch entsprechend bei den Vorbereitungen Mech-

Kriegerin Dianas für ihre Blutrechtskämpfe helfen, frapos?«

»Pos, meine Khanin.« Hengst wandte sich zum Gehen.

»Hengst.«

»Ja?«

»Der Clan ist stolz auf deinen Sieg. Was sollte die Grimasse?«

»Ich wünschte, ich könnte diesen Stolz teilen, aber die Erinnerung an die Leichen ...«

»Genug! Erwähne das nie wieder in meiner Gegenwart!«

»Jawohl, meine Khanin.«

Nachdem Hengst fort war, starrte Marthe noch einige Zeit zur Tür. Früher am gleichen Tag war sie Vlad Ward begegnet. Er hatte ihr zum Sieg der Falken gratuliert und bemerkt, daß sie die Vipern gründlich beschämt hatte.

»Aber dabei wirst du es nicht belassen können«, hatte er erklärt. »Jetzt werden die Vipern dich in die Ecke drängen. Perigard Zalman kann sich keine andere Handlungsweise leisten. Allein die Tatsache, daß die Clans bis zum Hals in den Vorbereitungen der neuen Invasion stecken, hindert die Vipern daran, gegen dich zu marschieren. Das und die Vorliebe des ilKhans für friedlichere Konfliktlösungen unter den Khanen. Sobald wir über die Innere Sphäre gesiegt haben, erwartet dich ein Krieg mit den Stahlvipern.«

»Ich weiß. Ich erwarte ihn. Ich plane ihn bereits.«

»Dein politisches Können nimmt von Minute zu Minute zu, Marthe Pryde. Ich werde mich vorsehen müssen.«

»Das würde ich dir raten, Vlad Ward.«

Vlad hatte ihr ein Lächeln geschenkt, das sein zernarbtes Gesicht noch wölfischer erscheinen ließ. »Marthe, dieser Sieg macht dich möglicherweise noch nicht zur verhaßtesten aller Khane. Andererseits, vielleicht doch.«

Marthe hatte gewartet, bis er fort war, bevor sie leise hinzugefügt hatte: »Und möglicherweise bin ich durch diesen Sieg dabei, am mächtigsten unter allen Khane zu werden.«

11

Trainingsfeld 17, Kriegerviertel, Ironhold City, Ironhold
Kerensky-Sternhaufen, Clan-Raum

13. Februar 3060

Joanna riß plötzlich die Augen auf. Sie hatte von einem Kampf geträumt. Sie träumte häufig vom Kampf. Wenigstens hatte sie diesmal nicht noch einmal ihr Gefecht gegen die Schwarze Witwe durchlebt.

Sie war in ihrer Gefechtsmontur eingeschlafen, wie so oft. Sie hatte die Angewohnheit, sich bis zur Erschöpfung zu treiben, so daß sie abends zu müde war, um sich auszuziehen.

Mit einem Blick auf die Uhr, die sie wie immer auf dem Nachttisch liegen hatte, stellte sie fest, daß es schon sechs Uhr früh war. Die durch das Fenster sichtbare Morgendämmerung bestätigte es.

Sie setzte sich hastig auf. Sonst war sie um vier Uhr wach und eine halbe Stunde später mit Diana auf dem Trainingsfeld. Sie hatte verschlafen. Sie hatte tatsächlich zum erstenmal seit Jahren verschlafen.

Sie war schon auf dem Weg zur Tür, als ihr klar wurde, daß sie sich in dieser zerknitterten Montur nicht in der Öffentlichkeit zeigen konnte. Mit schnellem Griff zog sie ihre letzte saubere Gefechtsmontur aus der Schublade.

Sie sah sich um. Das Zimmer war unaufgeräumt wie immer. In ihrer langen militärischen Laufbahn hatte Joanna noch keines der ihr zugeteilten Quartiere saubergehalten.

Nachdem sie sich eilig umgezogen hatte, sammelte sie die schmutzigen Sachen ein, die über das Zimmer verstreut lagen – auf dem Boden, auf der Kommode, auf dem Schreibtisch – und warf sie auf dem Weg hinaus in einen Auffangbehälter, aus dem sie ein Tech später einsammeln würde. Am Abend würden die Kleider wieder im Zimmer liegen, sauber, gebügelt, gefaltet und ordentlich neben dem Bett aufgestapelt, und einen kurzen Augenblick lang würden sie das einzige bißchen Ordnung in ihrem Quartier darstellen.

Joanna fand Diana auf dem Trainingsfeld, wo sie ihren normalen Waffendrill absolvierte und mit leistungsgedämpften Lasergewehren auf ein fernes Ziel feuerte. Die Treffer waren um das Zentrum der Zielscheibe gruppiert, wie Joanna mit einem zufriedenen Blick auf den Kontrollmonitor feststellte. Ihr Sehvermögen war mit zunehmendem Alter zu schwach geworden, um Einzelheiten auf der Zielscheibe mit bloßem Auge wahrzunehmen.

»Warum hast du mich nicht geweckt?« fragte sie.

»Ich habe es kurz versucht«, erwiderte Diana. »Aber du warst völlig weggetreten. Du hast geschnarcht, so laut wie das Keuchen eines kranken Surats – und so erschöpft ausgesehen, daß ich mir dachte, ein paar zusätzliche Stunden Schlaf können nicht schaden.«

»Das ist beleidigend. Du willst andeuten, ich könnte mit dir nicht mithalten. Ich wäre zu alt.«

»Das wollte ich keineswegs andeuten. Aber wem der Stiefel paßt …«

Eigentlich hätte sich Joanna über Dianas Bemerkung aufregen müssen, aber statt dessen stellte sie fest, daß sie amüsiert war. *Was ist los mit mir?* fragte sie sich.

»Zumindest in einer Hinsicht machst du Fortschritte. In deiner Arroganz.«

Diana lächelte Joanna an. »Das habe ich von einer Meisterin gelernt.«

»Behalte die Gedanken beim Ziel, statt dir kluge Antworten auszudenken, Nestling.«

Diana entspannte sich und drehte sich zu Joanna um.

»Ich bin bereit, Joanna. Ohne all die Verzögerungen, die uns viel länger als erwartet in den Heimatwelten festgehalten haben, hätte ich das Blutrecht schon hinter mir und wäre auf dem Rückweg zu einem unserer Vorposten in der Inneren Sphäre. Statt dessen trainiere ich nur tagein, tagaus. Ich brauche keine Übung mehr. Ich brauche einen Kampf, bevor ich vergesse, wie man ihn führt.«

»Ich bin ganz deiner Meinung. Es heißt, dein Test soll in Kürze beginnen, in wenigen Tagen.«

»Das höre ich schon seit …«

»Augenblick. Sieh mal, wer uns besuchen kommt. Risa Pryde.«

Sterncolonel Risa Pryde war seit Jahren das Oberhaupt des Hauses Pryde. Sie hatte diese Stellung schon gehabt, als Aidan Pryde sich um seinen Blutnamen bewarb. Sie war schon immer klein von Statur gewesen, aber als sie sich den beiden Kriegerinnen jetzt näherte, kam sie Joanna winziger denn je vor. Und dünner. Eindeutig dünner.

Doch ihr Auftreten war so geschäftsmäßig wie immer. »Dein Wettbewerb beginnt in einer Woche. Der Zeitpunkt wurde vorverlegt, weil die saKhanin zur Inspektion verschiedener militärischer Produktionsanlagen auf Ironhold eingetroffen ist. Sie kommt nächste Woche nach Ironhold City und hat den Wunsch, die Blutnamenskämpfe zu verfolgen. Sie hat ausdrücklich verlangt, alle Kämpfe zu sehen, an denen MechKriegerin Diana beteiligt ist. Halte dich bereit.«

Joanna konnte spüren, wie Diana lächelte, aber da sie keinen Bedarf verspürte, es auch zu sehen, drehte sie sich nicht um. Außerdem wurde sie abgelenkt. Über Risas rechte Schulter sah sie jemanden auf sie zurennen.

Zuerst hielt sie es für einen Angriff, obwohl ihr Verstand ihr sagte, daß niemand etwas versuchen würde, während jemand von der Bedeutung Risa Prydes dabei war. Dann erkannte sie an der Pumpbewegung der kurzen Beine, daß der Läufer Ravill Pryde war.

»Das Gestampfe findet in genau einer Woche statt, dein erster Kampf zwei Tage später. Damit ist alles klar, frapos?«

»Klar, pos«, bestätigte Joanna. »Gestattest du mir eine Frage, Risa Pryde?«

»Natürlich.«

Joanna sah Risa in die Augen. Sie wirkten übermüdet, als sei das Hausoberhaupt noch erschöpfter als sie selbst. »Normalerweise würden wir diese Information auf dem Dienstweg erhalten. Sie wird sonst nicht vom Hausoberhaupt persönlich überbracht.«

Risa Pryde seufzte und runzelte die Stirn. »Du hast recht. Ich bin aus einem anderen Grund hier. Es ist so: Ich erwarte eine Flut von Protesten über die Entscheidung einer der Khaninnen, Dianas Blutrechtskampf zu verfolgen. Viele der Krieger betrachten schon ihre bloße Teilnahme als Beleidigung, wie ihr sicher wißt. Deshalb habe ich Herausforderungen und Ehrenduelle strikt untersagt. Aber es fällt mir schwer, private Schlägereien zu verhindern.«

Der Blick, den sie Diana zuwarf, ließ keinen Zweifel daran, daß sie von dem Zwischenfall in der Holovidarena wußte.

»Wenn jetzt noch die saKhanin dazukommt, wird das die Antipathien weiter verstärken. Ihr wißt, daß ich von Anfang an dagegen war. Ich habe der Khanin einen formellen Protest übermittelt, den sie abgelehnt hat. Ich habe keine andere Wahl, als ihre Entscheidung zu akzeptieren und sicherzustellen, daß die Testkämpfe auf faire und ehrenhafte Weise ausgetragen werden. Andere werden sich jedoch als weniger kooperativ erweisen. Ich bin gekommen, um euch zu warnen, vorsichtiger zu sein. Das Blutrecht muß unanfechtbar bleiben, gleichgültig, was die anderen tun oder sagen. Ich bin sicher, Khanin Marthe würde euch dasselbe sagen. Wir verstehen uns, frapos?«

»Abolut. Ich schwöre als Jadefalken-Offizierin, daß wir nichts tun oder sagen werden, das dem Wesen der Clans Schande machen könnte.«

Auf Risa Prydes Stirn standen tiefe Falten. »Damit werde ich wohl zufrieden sein müssen, auch wenn es nicht unzweideutig ist. Wer darf sich ein Urteil darüber erlauben, was eine Schande wäre, und welche Aktion sie verursachen könnte? Aber ich vertraue dir, Sterncommander Joanna. Deine Laufbahn als Kriegerin und dein Heldentum in der zweiten Schlacht um Twycross ringen mir Bewunderung ab. Sieh nur zu, daß dich deine Worte nicht noch verfolgen.«

»Das werde ich, Hausoberhaupt.«

Wie immer war Joanna von der Förmlichkeit Risa Prydes fasziniert und fragte sich, ob sie sich jemals entspannte und in der Gesellschaft anderer Krieger amüsierte. Soweit sie es wußte, widmete Risa ihr ganzes Leben Haus Pryde.

Das Hausoberhaupt schien sich anzuschicken, sie zu verlassen, als Ravill Pryde die Gruppe erreichte. Neben der kleinwüchsigen Risa wirkte Ravill nicht ganz so klein geraten, obwohl er noch mehrere Zentimeter kleiner war als sie.

»Wie ich sehe, Risa Pryde, bist du mir mit der Neuigkeit zuvorgekommen, frapos?«

»Pos. Verzeih meinen plötzlichen Abschied, Sterncolonel, aber ich habe meine Verpflichtungen …«

»Natürlich.«

Risa Pryde ging. Joanna stellte fest, daß sie sich keineswegs wie jemand entfernte, der sich beeilte, andere Angelegenheiten zu regeln.

Ravill Pryde starrte Joanna und Diana lange an, bevor er etwas sagte. »Nun, die Fahne ist hochgezogen, frapos?«

In seiner Stimme schwang ein Sarkasmus mit, den Joanna nur schwer deuten konnte. Natürlich hatte sie grundsätzlich Probleme mit seinen Versuchen, sarkastisch zu sein. Ein großer Teil dessen, was er von sich gab, ergab nur für ihn allein einen Sinn. Dasselbe galt für einen Großteil seiner Aktionen. Aber auf Twycross hatte er sich als guter Jadefalken-Offizier erwiesen, der Talent für den Kampf und die Menschenführung besaß, und seither wünschte sie ihm kein böses Ende mehr.

»Sieht danach aus«, stellte sie fest.

Er drehte sich zu Diana um. »Ich kann dich nicht überreden, dein Streben nach einem Blutnamen aufzugeben?«

»Was redest du da?« unterbrach Joanna ihn mit lauter Stimme. »Du bist ihr Sponsor! Es ist ein schlechtes Zeichen, wenn ein Sponsor sich dermaßen abfällig äußert!«

»Schon gut, Joanna«, wehrte Diana ab. »Ravill Pryde unterstützt meine Bewerbung gegen seinen Willen. Damit kann ich leben.«

Ravills Tonfall wurde eisig. »Aber ich weiß nicht, ob ich das kann. Jeden Tag fühle ich die Schande, dich vorgeschlagen zu haben. Ich sehe die Verachtung in den Augen der anderen. Ich hätte schon einige Kämpfe deswegen ausgetragen, wenn Risa Pryde sie nicht verboten hätte. Unter üblichen Umständen hätte ich dich niemals vorgeschlagen, und ich bedaure, daß es sich nicht verhindern ließ. Aber ich darf meinen Vorschlag nicht zurückziehen. Nur du, Diana, hast das Recht, dich aus dem Wettbewerb zurückzuziehen, und genau dazu fordere ich dich auf.«

»Surat!« brüllte Joanna. »Wie kannst du dich Jadefalke nennen? ClanKrieger halten Ihr Wort!«

»Du hast nicht zugehört, Sterncommander. Ich habe keineswegs die Absicht, mich in Dianas Bewerbung einzumischen. Ich bin nur der Ansicht, daß es besser wäre, wenn sie einsähe, daß ihr Bestehen auf dieser Bewerbung unseren Clan beschämt und ...«

»Feigheit!« stieß Joanna aus.

»Feigheit? Vielleicht unter bestimmtem Blickwinkel, aber das wäre schnell vergessen. Sobald Diana zurückträte, würde ein anderer ihren Platz einnehmen, und das Blutrecht ginge weiter. Ihr Rücktritt würde als äußerst ehrenvolle Handlung betrachtet werden.«

»Nein. Ich habe gemeint, du bist der Feigling, Ravill Pryde.«

Ravill sprang Joanna an. Er mußte springen, um einen Schlag ins Gesicht der großen Kriegerin zu setzen. Er verfehlte sie trotzdem, und Joanna wirbelte herum und knallte ihm den Ellbogen gegen den Wangenknochen. Er wurde zur Seite geschleudert, dann duckte er sich für den nächsten Angriff.

Aber Diana trat zwischen die beiden Krieger.

»Halt! Risa Pryde hat das Feld noch nicht verlassen, und schon verletzt ihr zwei ihre Vorschriften. Das ist schändlich unter den jetzigen Umständen, frapos?«

Beide Krieger entspannten sich. Ravill Pryde rieb sich mit dem Handrücken die Wange, auf der Joannas Hieb gelandet war.

»Ich bin gezwungen, dir mitzuteilen, Sterncolonel«, meinte Diana gelassen, »daß nichts mich davon abbringen könnte, meine Bewerbung um diesen Blutnamen weiterzuverfolgen. Das ist dir ja wohl klar, frapos?«

»Pos. Aber ich wollte sichergehen, daß dir die Ausmaße des Schadens klar sind, den du nicht nur dir selbst, sondern dem ganzen Clan zufügst. Dies ist kein simples Abenteuer. Ob du gewinnst oder nicht, deine Beteiligung an diesem Blutrecht hat die Jadefalken schwer erschüttert, und ich fürchte die Auswirkungen auf alle Clans, wenn wir zulassen, daß unsere Blutlinien derart entwertet werden.« Ravill Pryde wirbelte herum und marschierte davon.

Beide Besucher veranlaßten die wütende Joanna, das Training noch zu verschärfen, und Diana, sich noch mehr anzustrengen. Risa, weil die zeitliche Nähe des Tests Joanna unsicher machte, ob Diana wirklich so bereit war, wie sie es selbst behauptete. Und Ravill Pryde, weil er Joanna zur Weißglut getrieben hatte, und als Dianas Trainerin lebte sie diesen Zorn aus, indem sie ihren Schützling um so härter antrieb.

Als sie in die Kaserne zurückkehrten, war Diana erschöpft. So erschöpft, daß sie die vertraute Gestalt, die in der Nähe des Eingangs lungerte, zunächst gar nicht erkannte.

»Ihr zwei seht aus wie das Hinterteil eines Surats«, meinte Hengst freundlich.

Diana rannte zu ihm und warf die Arme um den freigeborenen Krieger. Es war schwer zu sagen, wer von den drei Kriegern davon schockierter war. Manche ClanKrieger neigten zwar zu demonstrativen Gesten, aber derartige Gefühlsausbrüche waren unter den Jadefalken kaum bekannt. Hengst wirkte in der engen Umarmung Dianas unbehaglich, Joanna war wütend über diese nur unter Freigeborenen vorstellbare Obszönität, und Diana, so froh sie darüber war, Hengst nach so langer Zeit wiederzusehen, war selbst erstaunt über die Spontanität ihrer Reaktion.

Sie lösten sich schnell wieder voneinander, und Diana trat unbeholfen einen Schritt zurück. Hengst grinste, was von der jungen Kriegerin erwidert wurde. *Freigeborene,* dachte Joanna angewidert.

Die nächste Stunde war mit Hengsts temperamentvollen Erzählungen der Abenteuer erfüllt, die er überstanden hatte, seit sie einander zuletzt gesehen hatten. Auf Diana wirkte die Erzählung belebend. Sie nahm ihr die Anspannung, die sie gefühlt hatte, unmittelbar bevor Hengst aufgetaucht war. Erzählungen hatten diese Wirkung auf sie. Es spielte keine Rolle, ob

Hengsts Bericht exakt den Tatsachen entsprach oder übertrieben war. Sie reagierte auf die Geschichte selbst. Während des Vortrags stellte sie ihm hin und wieder Fragen und ließ ihn besonders abenteuerliche Episoden wiederholen. Joanna hingegen kritisierte Hengsts Aktionen gnadenlos und erklärte ihm, wann und wo er eher hätte aktiv werden sollen. Hengst schaffte es, Dianas Faszination aufrechtzuerhalten und gleichzeitig Joannas Kritik mit derselben Geschicklichkeit abzuschmettern, die er regelmäßig im Mechcockpit unter Beweis stellte.

Nachdem Hengst sie auf den neuesten Stand gebracht hatte, erzählten die beiden Frauen ihm ihrerseits etwas davon, was sie in der Zwischenzeit mitgemacht hatten. In Dianas Worten: »Mehr Warten als irgend etwas anderes. Warten und Schinderei unter Joannas Knute.«

Hengst sah zu Joanna hinüber und meinte: »Das kann ich mir vorstellen.«

Joanna grunzte nur. Hengst wandte sich wieder an Diana. »Nun, Diana, jetzt wird dein Training noch infernalischer. Die Khanin hat mich deinem Trainingsteam zugeteilt.«

Diana wirkte begeistert, und Joanna ärgerte sich darüber. Aber jetzt hatten sie keine Zeit für unbedeutende Ressentiments, ermahnte sie sich selbst. Nicht, solange so viel auf dem Spiel stand. Sie mußten Diana in Topform halten. Außerdem hinterließen die Anstrengungen des Trainings ihre Spuren, auch wenn Joanna das niemandem gegenüber zugegeben hätte. Ihre Beine schmerzten, und die Schmerzen wurden noch schlimmer, wenn sie sich hartnäckig weigerte, sich auszuruhen. Gelegentlich hatte sie Schwierigkeiten, die Augen auf Objekte in ihrer Nähe einzustellen, und sie traf Entscheidungen an Hand reichlich verschwommener Bilder. Manchmal fühlte sie das Bedürfnis, anzuhalten und sich auszuruhen, und reagierte, indem sie noch ein paar Kilometer weiter rannte.

Selbst Joanna war klar, daß ihr Alter sie allmählich einholte. Aber dies war nicht der richtige Zeitpunkt, sich einholen zu lassen. Es gab keinen richtigen Zeitpunkt, sich von seinem Alter einholen zu lassen.

12

Jadefalken-Turm, Ironhold City, Ironhold
Kerensky-Sternhaufen, Clan-Raum

18. Februar 3060

Formalitäten jeder Art langweilten Samantha Clees. Nach der Begrüßung durch die höchstrangigen Krieger auf Ironhold, gefolgt von der Inspektion einer Munitionsfabrik und einer Führung durch Ironhold City, war sie froh, sich in ihr Zimmer im Falken-Turm zurückziehen zu können. Sie fühlte sich so erschöpft, als hätte sie gerade am Rande einer Hunderte Meter hohen Klippe gegen drei *Bluthunde* gekämpft.

Wäre sie nicht so müde gewesen, hätte sie möglicherweise genug Energie aufgebracht, das Quartier zu hassen, das man ihr zugeteilt hatte.

Sie scheinen hier zu glauben, mich in der Spitze eines hohen Turms unterzubringen, einem der wenigen im ganzen Kerensky-Sternhaufen, wäre eine besondere Ehrung einer saKhanin. Ein paar weich gepolsterte Möbelstücke im Zimmer zu verteilen und OmniMech-Holos an die Wand zu hängen, soll mich irgendwie würdigen. Ein Bett mit Holzpfosten, die in einem Muster ineinander verwobener Falken geschnitzt sind, Falken im Flug, Falken im Sturzflug, Falken in Ruhe, soll mir wohl helfen, mich wohlzufühlen. Na ja, die Absicht ist lobenswert, aber mir sind kahle Zimmer mit einfachem Mobiliar, eine steinharte Pritsche und ein freier Fußboden, auf dem ich mich bewegen kann, lieber.

Samantha wanderte durch das Zimmer, als wolle sie seine Größe ausmessen.

Der Raum war ohne Bedeutung. Wichtiger war, daß sie über diesen Teil ihrer Mission nachdachte: Dianas Bewerbung um einen Blutnamen. So eintönig Inspektionen waren, sie hätte lieber die Produktionsstraßen einer Fabrik beobachtet als über dieses Problem nachzugrübeln.

Ihre Wanderungen nahmen den üblichen zufälligen Verlauf. Eine Weile ging sie einfach auf und ab. Als sie dessen überdrüssig wurde, ging sie eine Weile hinüber zur Zimmertür und von dort wieder zurück. Dann wanderte sie zu einer Wand in der Nähe der Tür, an der ein OmniMech-Holo etwas schief am Haken hing. Sie berührte die Wand mit den Fingerspitzen, um sich abzustoßen, wirbelte herum und ging zu einem Punkt an der gegenüberliegenden Wand, wo mehrere Kleiderhaken angebracht waren. Sie berührte einen der Haken, stieß sich ab, drehte um und marschierte zurück zu der Wand mit der Mech-Holographie. Sie war nicht in der Lage, gerade und regelmäßig auf und ab zu gehen, sondern mußte ständig die Richtung, die Schrittlänge, die Geschwindigkeit ändern.

Es klopfte. Sie öffnete die Tür und sah Grelev, den MechKrieger, den man ihr als Adjutant zugeteilt hatte. Er war großgewachsen, mit dunklen Zügen und schwarzem Haar, und, das war ihr schon vorher an ihm aufgefallen, um seine Lippen spielte die Andeutung eines Lächelns, selbst wenn seine tiefe Stimme ernst und entschieden war. »Sterncolonel Ravill Pryde ist hier. Sie haben ihn bestellt?«

»Er hat sofort reagiert. Ein gutes Zeichen, Grelev, frapos?«

Ein leichtes Funkeln in Grelevs Augen ließ erkennen, daß es ihn freute, von der saKhanin nach seiner Meinung gefragt zu werden. »Pos, meine Khanin.«

»Bitte diesen Sterncolonel herein.«

»Sofort.«

Samantha atmete tief durch. Sie war froh, die Sache in Angriff nehmen zu können.

Obwohl sie die Akte des Sterncolonels gesehen hatte, überraschte sein Aussehen sie. Seine geringe Körpergröße war ungewöhnlich für einen Jadefalken-Krieger, denn die waren in der Regel groß und muskulös. Dieser kleine Kerl war schon Sterncolonel, obwohl er aussah, als sei er gerade erst aus dem Bottich geklettert. Trotz der recht gleichmäßigen Züge seines kleinen Gesichts erinnerte er sie an ein Tier. Etwas wie ein Nagetier. Seine kleinen Füße verstärkten diesen Eindruck noch. Aber allen Berichten zufolge war er ein guter Offizier, diszipliniert und intelligent.

Er trat in den Raum und sah sich langsam um, als plane er, hier selbst irgendwann einzuziehen. Selbst der Blick, den er ihr zuwarf, hatte etwas Herrisches.

Samantha Clees verspürte vom ersten Augenblick an Abneigung gegen Ravill Pryde. Sie vermutete, daß er diese Reaktion häufig auslöste.

Nachdem sie die üblichen Formalitäten hinter sich gebracht hatten, die es zu beachten galt, wenn ein Offizier sich bei seiner saKhanin meldete, kamen sie auf den Grund seines Besuches zu sprechen. Samantha hielt nicht viel von Konversation, und Ravill Pryde schien es ähnlich zu gehen.

»Sterncolonel«, stellte sie fest. »Es erstaunt mich, dich hier auf Ironhold anzutreffen, nachdem deine Falkengarde noch in der Inneren Sphäre stationiert ist.«

»Ich bin nur als Sponsor der Falkengarde-MechKriegerin Diana hier, die sich um einen Blutnamen der Pryde-Linie bewirbt. Und ich erwarte tatsächlich ungeduldig die Gelegenheit, zu meiner Einheit zurückzukehren, sobald das hier erledigt ist. Untätigkeit ist für einen Krieger enttäuschend, wie eine derart feine Kriegerin wie Sie sicher weiß.«

»Ich werde deine letzte Bemerkung ignorieren. Schmeichelei ist eine unpassende Eigenschaft für einen Krieger.«

»Es war keine Schmeichelei. Ich habe nur Tatsachen festgestellt.«

Obwohl Ravill Pryde Samantha mit weiten Augen

153

anstarrte, war sein Blick ihr verschlossen. Er lieferte ihr keinerlei Anhaltspunkte für die Bedeutung seiner Worte.

»Ein Sponsor ist nicht gezwungen, dem Blutrecht beizuwohnen, Sterncolonel.«

»Meine Gründe entsprechen nicht unbedingt den Traditionen des Clans«, erwiderte er unbehaglich, »aber meiner Ansicht nach sind sie gerechtfertigt.«

Samantha nickte. »Als Teil meiner augenblicklichen Rundreise auf Ironhold überwache ich auch die Fortschritte der Blutrechtskämpfe für Marthe Pryde. Ich wäre an deiner ehrlichen Meinung sehr interessiert.«

Ravill räusperte sich, bevor er antwortete. »Ich hielt es in meinem eigenen Interesse für angebracht, diesen Blutrechtstest zu verfolgen. Ich gehe davon aus, daß Sie mit seinen Umständen vertraut sind.«

Samantha nickte.

»Eine freigeborene Kriegerin für einen Blutnamen vorgeschlagen zu haben, hat unvermeidliche Rückwirkungen auf mich und meine Kommandeursrolle. Ich kann damit rechnen, für immer mit diesem Irrsinn in Verbindung gebracht zu werden. Aber die Khanin …«

»Ich warne dich. Sieh dich vor, was du über Khanin Marthe Pryde sagst.«

»Sie haben meine ehrliche Meinung verlangt!« In Ravill Prydes Stimme klang Verärgerung mit.

»Na gut, Sterncolonel. Sei ehrlich.«

»Ich wollte nur sagen, daß ich Diana auf ausdrücklichen Wunsch Khanin Marthe Prydes vorgeschlagen habe. Ich habe bei dieser Gelegenheit meine Ablehnung deutlich gemacht.«

»Ja, ich habe das Gesprächsprotokoll gelesen. Khanin Marthe Pryde ist über deine Loyalität und Kooperation erfreut.«

»Ich fühle mich verpflichtet, meine Interessen zu

schützen. Ich hoffe, in der Clanhierarchie eines Tages weiter aufzusteigen und …«

»Das ist nicht zu übersehen, Sterncolonel. Ich beglückwünsche dich zu deinem Ehrgeiz.«

Ravill wußte sichtlich nicht, was er von Samanthas Einwurf halten sollte. »Dieser … dieser Anspruch Dianas könnte mein Fortkommen behindern, deshalb möchte ich genau wissen, was hier geschieht.«

»Wäre ich in einer früheren Phase dieser Entscheidung einbezogen worden«, bemerkte Samantha, »hätte ich dieser Diana ausgeredet, auch nur von einem Blutnamen zu träumen.«

Ravill Prydes Grunzen war wohl seine Art zu lachen. »Sie kennen MechKriegerin Diana nicht. Sie ist stur wie … stur wie …«

»Vielleicht so stur wie Sterncolonel Ravill Pryde?«

Sie hatte die Bemerkung als belanglos heitere Note beabsichtigt, aber wie ein Großteil ihrer Versuche, sich freundlich zu zeigen, verpuffte sie. Ravill Pryde zeigte sich deutlich irritiert.

»Sie ist einfach stur«, stellte er schließlich fest.

»Sterncolonel, warum hat Dianas Status als Freigeborene sie deiner Meinung nach nicht für diesen Test disqualifiziert?«

»Ich bin der Ansicht, daß die Situation falsch interpretiert wurde. Khanin Marthe Pryde scheint zu glauben, daß Dianas Herkunft als Tochter Aidan Prydes sie zu einem Sonderfall macht. Ich stimme ihr darin nicht zu, aber sie hat die Unterstützung der Khanin, und irgendwie ist auch diese widerliche Sterncommander Joanna in die Sache verwickelt. Ich will Ihnen eins sagen, Khanin Samantha Clees, diese Joanna ist ein …«

»Sterncolonel, ich schlage dir vor, darauf zu verzichten, in meiner Gegenwart deiner Wut auf diese Kriegerin Luft zu machen. Löse deine Konflikte im Kreis der

155

Gleichen. Dazu ist er da. Wenn man Wut Wurzel fassen läßt …«

»Wut? Sie wissen nicht, was Wut ist, solange Sie Sterncommander Joanna nicht begegnet sind!«

Ravill Pryde stand stocksteif auf seinem Platz und bewegte sich kaum, während Samantha das Gewicht unruhig von einer Seite auf die andere verlagerte. Sie fühlte den Drang, auf und ab zu gehen, zurück zu der Wand mit dem schiefhängenden Mechholo zu wandern und es geradezurücken. Aber statt dessen versuchte sie, ebenfalls ruhig stehenzubleiben.

»Was Dianas Bewerbung um einen Blutnamen betrifft: Das Blutrecht wird stattfinden, und es gibt nichts, was ich oder Khanin Marthe Pryde jetzt noch dagegen unternehmen könnten, selbst wenn wir das wollten.«

Ravill Pryde schlug mit der Faust in die Handfläche. »Die Stahlvipern beschweren sich unablässig über die Verhätschelung unserer Freigeborenen. Es ist schon mindestens einmal vorgekommen, daß ein Freigeborener einen Blutnamen errungen hat, aber kein wahrer Clanner kann das gutheißen. Ich persönlich finde, es müßte ein formelles Verbot für Freigeborene geben, Anspruch auf einen Blutnamen zu erheben. Dann könnten diese arroganten Surats nicht länger versuchen, sich in Bereiche vorzuarbeiten, in denen ihre Kaste nichts zu suchen hat.«

Selbst ich bin liberaler als dieser engstirnige, hirngefrorene Sterncolonel. Aber selbst mit tiefgefrorenen Ansichten bleibt er ein Komet, und seine Ansichten könnten die der Mehrheit werden. Er ist offensichtlich skrupellos. Seine Leistungen als Kommandeur sind bewundernswert, besonders, wenn man seine heldenhaften Aktionen in der zweiten Schlacht um Twycross betrachtet. Aber trotzdem flößt er mir zumindest kein Vertrauen ein. Kerensky verhüte, daß er jemals Khan der Falken wird. Ich habe kaum persönliche Ambitionen, aber was immer ich sonst erreichen mag, ich muß diesem Arsch-

156

*loch einen Schritt voraus bleiben. Du stehst auf meiner Su-
ratliste, Ravill Pryde. Und da bleibst du.*

Sie entließ ihn, und er marschierte mit zackigem
Schritt zur Tür. Kaum hatte die sich hinter ihm geschlossen, als sie sich schon wieder öffnete und Grelev
eintrat. Er fragte Samantha, ob er noch etwas für sie tun
konnte. Sie forderte ihn auf, Sterncommander Joanna
zu rufen.

Während sie auf Joanna wartete, dachte Samantha
Clees über ihre Unterhaltung mit Ravill Pryde nach.

*Dieser Sterncolonel weckt meine alte Abneigung gegen
männliche Krieger. Ich dachte, das hätte ich längst hinter
mir.*

Es hatte eine Zeit gegeben, in der Samantha alle
männlichen Jadefalken zuwider gewesen waren. Sie
hatte sich ständig provoziert gefühlt, jeden beleidigt,
der ihr begegnet war, und war immer wieder mit männlichen Vorgesetzten aneinander geraten. All das hatte
ihrer Karriere nicht gerade geholfen. Erst nachdem sie
in einem Test einer anderen Kriegerin unterlegen war,
hatte sich daran etwas geändert. Ihre Gegnerin hatte
ihr gegenüber erklärt, Samantha habe verloren, weil sie
keine Disziplin besäße und jede ihrer Handlungen von
Trotz geprägt sei. Samantha hatte sich diese Ermahnung
zu Herzen genommen und von da an an ihrer Disziplin
und ihren Gefühlen gearbeitet. Auf diese Weise war sie
zu einer weit besseren Offizierin geworden und hatte
sich schließlich bis zum Galaxiscommander der Gierfalken hochgearbeitet. Aber selbst jetzt stieg für einen
Augenblick der alte Männerhaß in ihr auf, wenn sie
jemandem wie Ravill Pryde begegnete.

Grelev führte Joanna herein, die von dieser Audienz
keineswegs erfreut schien. Sie begrüßte Samantha, wie
es verlangt wurde, dann wartete sie in schweigender
Hab-Acht-Stellung darauf, was die saKhanin zu sagen

157

hatte. Samantha erlaubte ihr, bequem zu stehen, aber der Sterncommander blieb selbst dann noch recht steif. Samantha bot ihr einen Sitzplatz an, in der Hoffnung, die Atmosphäre zu lockern, aber Joanna lehnte ab. Sie stellte sich hinter den Sessel und legte ab und zu die Hände auf die Rückenlehne, manchmal, um sich abzustützen, während sie mit der anderen Hand gestikulierte und ihre Argumentation unterstrich, manchmal, um mit den Fäusten darauf einzuschlagen.

Anscheinend war der Ruf, den Joannas aufbrausendes Temperament besaß, durchaus gerechtfertigt. Sie explodierte fast augenblicklich. Und zwar bei der logischsten Frage, die Samantha ihr stellen konnte.

»Findest du, daß du dem Clan schadest, indem du weiter als Kriegerin dienst, obwohl du über das normale Solahma-Alter hinaus bist?«

Joannas Augen funkelten. »Ich diene dem Clan.«

»Aber als Sterncolonel Ravill Pryde dich zum Dienst auf den Heimatwelten versetzen wollte, hast du protestiert.«

»Und ich protestiere heute noch dagegen! Ich bin Kriegerin! Punktum! Ich habe Marthe Pryde trainiert, und ich beuge mich ihr ebensowenig wie Ihnen! Sie können meinen Kodax nicht in Frage stellen! Das wissen Sie! Wenn Sie jetzt versuchen sollten, mich zu versetzen, werde ich protestieren, und mehr noch …«

»Laß es. Wir ziehen weder deinen Mut noch deine Loyalität in Zweifel, Sterncommander Joanna«, unterbrach Samantha mit einer Selbstbeherrschung, die sie selbst überraschte. »In dieser, sagen wir, delikaten Situation hast du als Trainerin MechKriegerin Dianas eine große Verantwortung übernommen.«

»Finden Sie meine Rolle in Dianas Trainingsmannschaft meines fortgeschrittenen Alters wegen unangebracht?«

»Dein Alter stört mich nicht, Sterncommander. Aber

andere könnten der Meinung sein, daß es den Anspruch der Kriegerin verletzt, wenn sie eine Clanheldin zur Trainerin hat. Und in diesem Fall ist es besonders wichtig ...«

»Überprüfen Sie meinen Kodax, bevor Sie solche Behauptungen aufstellen! Meine Bewertung als Geschko-Ausbilderin ist genug Rechtfertigung für das Training jedweden Kriegers, ob frei oder wahr.«

Samantha seufzte. »Deine Befähigung steht nicht in Zweifel. Ich beziehe mich auf eine explosive Situation, die bisher schon Schlägereien und Herausforderungen zu Widerspruchstests ausgelöst hat.«

»Tests, die hätten erlaubt werden sollen, hätte sich Risa Pryde nicht eingemischt.«

Diese Joanna hatte wirklich die Gabe, selbst den geduldigsten Zuhörer zu verärgern, und Samantha betrachtete Geduld nicht als eine ihrer großen Tugenden.

»Wenn ich das richtig verstehe, Sterncommander, willst du damit sagen, die Unruhe, die du und deine Gruppe bei eurem Aufenthalt hier auf Ironhold ausgelöst habt, würde eurer Sache nützen?«

»Das habe ich damit gemeint, ja.«

»Das mußt du mir erklären.«

Joanna legte beide Hände auf die Sessellehne und versuchte offensichtlich, ihre gewohnte Verärgerung im Zaum zu halten. »Ich halte viel von Unruhe. Als Falknerin habe ich meine Zöglinge nie zur Ruhe kommen lassen. Ich habe sie schwerer bestraft, als sie es verdient hatten, und habe verdientes Lob zurückgehalten. Ich war äußerst freigebig, was Bestrafungen betraf, und betrachtete einen Tag als verschenkt, an dem ich nicht mindestens einen Kadetten bluten sah. Für mich ist MechKriegerin Diana momentan eine dieser Kadetten. Ich lege es darauf an, ihr Dasein mit jedem Tag unerträglicher zu machen. Ich versuche ihr auszutreiben, sich von irgendeiner Schwäche ablenken zu lassen und jederzeit bereit zu sein, einem Gegner die Kehle durchzuschneiden, wenn das den Sieg bringt.«

Samantha stimmte Joanna zu, daß die beschriebene Methode für die Kriegerausbildung notwendig, ja sogar wünschenswert war. Sie hatte sie allerdings noch nie so deutlich formuliert gehört.

Joanna sprach noch etwa eine Minute weiter, und endete schließlich mit: »Deshalb kann ich keinerlei Unruhe bedauern, die wir hier auf Ironhold ausgelöst haben. Wir haben ein Ziel, den Blutnamen. Ob auf dem Weg dahin jemand verletzt wird oder stirbt, ist für mich ohne Bedeutung.«

»Ohne Bedeutung?« erwiderte Samantha, und diesmal wurde sie selbst wütend. »Selbst wenn dieser jemand wahrgeboren ist und dein Schützling freigeboren?«

Joannas Wut war plötzlich wie weggeblasen. Ihre grauen Augen wurden kalt. Plötzlich wirkte sie weit gefährlicher, als sie es geschafft hatte, während sie vor Wut brüllte. Sie antwortete mit einer gefühllosen Stimme, die noch kälter war als ihr Blick. »Ich bin Jadefalke. Ich kann nichts anderes sein. Ich bin in einer Geschko streitsüchtiger Krieger aufgewachsen, die zu töten lernten, noch bevor wir Kadetten waren. Obwohl viele während der Ausbildung ausgesiebt wurden, haben eine ganze Reihe den Positionstest bestanden. Im Gegensatz zu mir haben die meisten einen Blutnamen errungen, in der Regel bereits beim ersten Versuch.«

Obwohl Joannas Stimme unbeteiligt blieb, hatte Samantha den Eindruck, ein kurzes Zögern bemerkt zu haben, die Andeutung einer Gefühlsregung, als sie von ihrem Scheitern bei dem Versuch sprach, selbst einen Blutnamen zu erreichen. Plötzlich stellte die saKhanin sich vor, wie das Leben dieser Kriegerin all die Jahre ausgesehen haben mußte, ohne Blutnamen oder den Ruhm eines ehrenvollen Todes.

160

Von diesen Gedanken abgelenkt, überhörte sie einen Teil von Joannas Antwort. Ihre Konzentration kehrte zurück, als ihr Gegenüber mit leicht erhobener Stimme erklärte: »… saKhanin oder nicht, Sie haben kein Recht anzudeuten, meine Unterstützung für eine freigeborene Kriegerin könnte meine Loyalität dem Clan oder seinen Wahrgeborenen gegenüber in irgendeiner Weise antasten. Ich bin nur der Ansicht, daß es in einer Zeit, in der wir alle unsere Krieger benötigen, um der Sache zu dienen, nicht angebracht ist, einer bewährten Kriegerin die Bewerbung um einen Blutnamen zu verwehren, gleichgültig, welcher Herkunft sie ist.«

»Du weißt zu argumentieren, Sterncommander. Ich werde deine Worte in Betracht ziehen. Wegtreten.«

Angesichts Samanthas jäher Verabschiedung zuckte für einen Augenblick Überraschung über Joannas Züge, aber in bester Kriegertradition drehte sie wortlos um und verließ den Raum. Samantha brauchte eine Weile, um sich wieder zu beruhigen, als sie fort war.

Diese Kriegerin könnte tatsächlich jeden erschüttern. An-dererseits ähnelt ihre Wut stark der, die ich zu Beginn meiner Laufbahn selbst gefühlt habe. Stravag! Joanna ist das, was aus mir hätte werden können, wenn ich mich nicht geändert hätte. Der Gedanke gefällt mir gar nicht.

Endlich konnte Samantha wieder auf und ab tigern. Zur Tür, zurück zum einzigen Fenster.

Wären wir Nebelparder oder selbst Stahlvipern, hätten wir dieses Problem nicht. Sie gestatten keinen Freigeborenen, Krieger zu werden. Möglicherweise die bessere Politik, auf jeden Fall eine unkompliziertere. Aber ich habe kein Verlan-gen, Parder oder Viper zu werden. Wie Joanna es ausge-drückt hat: Ich bin Jadefalke … durch und durch.

Da wir nun einmal Freigeborenen gestatten, Krieger zu werden, und Erfolg damit hatten, sie in Funktionen einzu-setzen, in denen Wahrgeborene verschwendet wären, haben wir uns das Dilemma geschaffen, was wir mit Freigeborenen machen, die sich als außergewöhnliche Krieger erweisen. Die meisten unserer Freigeborenen befinden sich in keiner Situation, die es ihnen ermöglichen würde, Anspruch auf einen Blutnamen zu erheben. Aber ... Aidan Pryde war ein Held, und seine Tochter ist nicht nur eine Kriegerin mit hervorragendem Kodax, ihre genetische Herkunft ist makellos, abgesehen von den Umständen ihrer Geburt.

Es bleibt trotzdem die Tatsache, daß sie eine Freigeborene ist, gleichgültig, welches Heldentum in ihren Genen oder ihrem verfluchten Kodax schlummert. Ich habe es Marthe selbst erklärt, schon durch die bloße Möglichkeit, daß eine Freigeburt einen Blutnamen erringen könnte, hat sie unseren Clan in Aufruhr versetzt.

Samantha blieb stehen. Sie stand am Fenster und starrte hinab auf die Straße. Die lag von hier aus gesehen tief unter ihr. Als Khanin hatte sie sich weit über die Jadefalken-Krieger erhoben, vielleicht zu weit, vielleicht bis zu einer Höhe wie der des obersten Stockwerks des Jadefalken-Turms. Sie wirbelte herum und wanderte langsam über den dicken Teppichboden.

Diese Joanna ist unser Gewissen, eine wütende Kriegerin, die auf eine Herausforderung voll und ganz reagiert, ohne jeden Zweifel, die Art von Kriegerin, für die wir uns alle halten, auch wenn wir es in Wahrheit nicht wirklich schaffen, so zu werden. Ohne Hintergedanken, ohne Geheimnisse, ohne Täuschung. Wenn irgend jemand MechKriegerin Diana zu diesem Blutnamen treiben kann, dann ist es Sterncommander Joanna. Und irgendwie glaube ich wider jede Vernunft, daß es ihr gelingen wird. Vielleicht hat Marthe mich endlich überzeugt. Irgendwie sehe ich Dianas Situation als ein großes Experiment, und ich bin wirklich neugierig auf das Ergebnis.

Samantha blieb wieder stehen, und ihr Blick wanderte durch das Zimmer. Diese Umgebung störte sie noch immer. Aber sie fühlte sich schon besser, als sie zu dem schiefhängenden OmniMech-Holo ging und es endlich geraderückte.

13

Jadefalken-Hauptquartier, Kriegerviertel, Ironhold City, Ironhold
Kerensky-Sternhaufen, Clan-Raum

19. Februar 3060

»Herein, aber mach dich bereit, für diese Störung die Beine abgeschossen zu bekommen«, brüllte Ravill Pryde.

Samantha gestattete sich ein Lächeln, bevor sie eintrat. Er erwartete offensichtlich keinen Besuch seiner saKhanin. Wer hätte den schon erwartet?

Als er Samantha Clees erkannte, stieg eine leichte Röte in seinem Gesicht hoch, aber davon abgesehen ließ er sich nichts anmerken. Er stand nur auf und stellte lakonisch fest. »Ich hatte mit einem Untergebenen gerechnet.«

»Sterncolonel Ravill Pryde, es ist meine Pflicht, dich darüber zu informieren, daß Khanin Marthe Pryde dich in ihrer Eigenschaft als höchstrangiges Mitglied des Hauses Pryde für die laufenden Blutrechtstests zum amtierenden Oberhaupt des Hauses ernannt hat. Es befinden sich zwar höherrangige Offiziere auf Ironhold, aber diese sind mit wichtigen Kriegsvorbereitungen beschäftigt. Du bist nach eigenen Angaben nur hier, um als interessierte Partei die Blutnamenskämpfe zu verfolgen. Du hast keine anderen offiziellen militärischen Verpflichtungen, die dich davon abhalten könnten, dieses Amt auszuüben. Als Kommandeur der Falkengarde bist du die logische Wahl. Du wirst den Posten des Hausoberhaupts bis zur formellen Wahl, die stattfindet, sobald ein Quorum der Repräsentanten Haus Prydes für die Abstimmung zusammentreten kann, kommissarisch ausüben.«

»Hausoberhaupt?« fragte Ravill Pryde sichtlich erstaunt. »Aber Risa Pryde ist ...«

»Risa Pryde ist tot. Das Gestampfe muß um ein paar weitere Tage verschoben werden. Da es bereits zu viele Verzögerungen gegeben hat, wirst du dein Amt sofort antreten. Du mußt deine Pflichten als Eidmeister so schnell wie möglich erlernen. Immerhin bist du für deine schnelle Auffassungsgabe bekannt. Khanin Marthe Pryde erwartet, daß die Blutnamenstests wiederaufgenommen werden, sobald du bereit bist. Natürlich wirst du alle Aspekte der Tests überwachen müssen.« Samantha machte eine Pause und gab ihm zu verstehen, daß sie auf eine Reaktion wartete.

»Hat jemand Risa Pryde getötet, sie ermordet? Hat sie ihr Leben in einem Ehrenduell verloren? Was ...«

»Risa Pryde ist einfach gestorben. Der untersuchende MedTech benutzte den Begriff Herzstillstand. Eine seltene Todesart, aber keineswegs unmöglich. Krieger sterben. So etwas kommt vor.«

»Aber Risa Pryde war nicht krank«, insistierte Ravill Pryde. »Jemand muß ihr übel gewollt haben.«

»Unsere MedTechs versichern mir, daß der Leichnam vollständig untersucht wurde. Es gab keine Anzeichen von Fremdeinwirkung oder irgendeines Kampfes. Risa Pryde ist einfach gestorben. Ihr Herz hat aufgehört zu schlagen. Warum lächelst du, Ravill Pryde?«

»Habe ich gelächelt? Ich war mir dessen nicht bewußt. Ich dachte nur gerade daran, welche Schande Risa Pryde empfinden muß, wo immer sie jetzt ist. Wenn es ein Leben nach dem Tode gibt, muß sie fürchterlich fluchen.«

»Ein Leben nach dem Tode? Wen kümmert ein Leben nach dem Tode? Das Hier und Jetzt ist von Bedeutung. Das Blutrecht muß durchgeführt werden. Du wirst innerhalb der nächsten Stunde alle Informationen erhalten, die du über die Funktion des Hausoberhaupts benötigst. Kümmere dich um die zeremoniellen Roben und mache dich mit dem Münzenritual vertraut. Ich habe meinen Adjutanten Grelev beauftragt, dafür zu sorgen, daß alles vorschriftsmäßig abläuft. Er wird ebenfalls innerhalb der nächsten Stunde hier erscheinen. Ich kann ...«

»Ich brauche keinen Adjutanten. Ich kann ...«

»Du wirst dieses Geschenk mit Würde und Dankbarkeit annehmen, Ravill Pryde, frapos?«

»Pos.«

Samantha drehte sich um und verließ ohne ein weiteres Wort den Raum. Auf ihrem Weg zurück zum Jadefalken-Turm war sie sich bewußt, wie viele Menschen auf der Prachtstraße, die quer durch Ironhold City verlief, versteckt in ihre Richtung zeigten oder nickten. Die Anwesenheit der saKhanin erregte Aufmerksamkeit.

Was kann Risa Prydes Tod bedeuten? Es wird sicher eine Reaktion geben. Wie Ravill Pryde es ausgedrückt hat: Krieger sterben einfach nicht im Bett. Auch wenn Risa Pryde am Schreibtisch gestorben ist.

Samantha war in Risa Prydes Büro gerufen wurden, nachdem man die Leiche gefunden hatte. Sie hatte auf die alte Kriegerin hinabgeschaut, deren Kopf auf dem Schreibtisch ruhte. *Wie friedlich sie ausgesehen hat. Kein bißchen traurig, wie Ravill es erwarten würde. Es war, als sei sie nur einfach müde geworden und hätte sich ein kurzes Nickerchen gegönnt. Vielleicht war sie sich gar nicht bewußt, daß sie einen unkriegerischen Tod starb. Sie hätte keinen Gedanken daran verschwendet. Und wozu sollte ein Leben nach dem Tode gut sein? Dieses Leben ist genug. Krieger fallen, bevor die Schlacht zu Ende ist, Kommandeure sterben, bevor sie ihr Lebensziel erreicht haben, Khane gehen in Flammen unter. Für Krieger kann es kein Leben nach dem Tode geben. Wie könnte es sie je zufriedenstellen?*

Grelev reichte Ravill Pryde ein dickes Bündel gebundenen Papiers.

»Was ist das?«

»Das Handbuch des Oberhaupts Haus Prydes.«

»Ich soll das alles lesen?«

»Ich habe die für den Augenblick wichtigen Passagen gekennzeichnet. Du kannst den Rest in Ruhe studieren.«

»Was für eine Ruhe?«

»Ich helfe dir. Ich habe Erfahrung in der Einteilung von Zeit.«

»Du hast Erfahrung in der Einteilung von Zeit. Bescheiden bist du nicht gerade.«

»Ich bin ein ebenso guter Organisator wie Kämpfer.«

»Ich mag dich nicht, Grelev, und ich brauche deine Hilfe nicht.«

»Befehl der saKhanin, Sterncolonel.«

»Komm mir nicht in die Quere.«

»Ich werde mich im Hintergrund halten.« Grelev zögerte. »*Nachdem* ich deinen Tagesplan aufgestellt und dir gezeigt habe, wo im Handbuch du ...«

»Ach, halt den Mund, Grelev! Ich muß dich möglicherweise dulden, aber bevor unsere Zusammenarbeit ein Ende findet, könntest du tot sein.«

»Einer von uns beiden könnte tot sein, Sterncolonel.«

Erst ärgerte Ravill sich über diese Insubordination, dann lachte er. »Das wird der Beginn einer wunderbaren Feindschaft, Grelev, frapos?«

»Pos.«

»Noch eine Verzögerung, und ich schmeiße das alles hin und kehre in die Ränge zurück, als normale, zufriedene Allerweltskriegerin. Ohne Blutnamen!«

Diana war wütend über die erneute Verschiebung der Kämpfe. Joanna erkannte, daß ihr Schützling abbaute, und schwor sich, sie noch härter anzutreiben.

Es wäre wahrscheinlich besser gewesen, Diana hätte ihrer Wut in ein paar Schlägereien oder Ehrenduellen im Kreis der Gleichen Luft machen können. Aber sa-Khanin Samantha Clees hatte deren Verbot durch das verstorbene Hausoberhaupt bestätigt. In einem Gespräch am Tag zuvor hatte sie deutlich zu verstehen gegeben, daß Dianas Verhalten genau beobachtet wurde.

Joanna hatte nicht viel für Samantha Clees übrig. Aber es gab so viele andere Jadefalken, die Joanna verachtete, daß eine milde Antipathie gegen irgendeine Autoritätsperson für sie kaum eine Rolle spielte.

Auf dem Rückweg vom Quartier der saKhanin hatte Diana gemurmelt, es schiene fast so, als müßte sie den Rest ihres Lebens darauf warten, daß dieses Blutrecht endlich anfing.

Sie warteten tatsächlich schon seit Monaten darauf, daß ihre Kämpfe an die Reihe kamen. Die schiere Menge der verfügbaren Blutnamen und die sich daraus ergebende Anzahl der Blutrechtskämpfe hier, auf Strana Metschty und anderen Planeten, hatte zu einem schwerfälligen Spektakel geführt, das Horden von Händlern und Opportunisten angelockt hatte.

Auch Joanna haßte die Verzögerungen. Sie laugten Diana aus, irritierten sie und beeinträchtigen sogar ihre Konzentration beim Training. Auch nach Hengsts Einstieg in das Team vor zwei Wochen hatte sich nichts spürbar geändert. Heute war Joanna auf dem Trainingsfeld gezwungen gewesen, Diana die Hölle zu bereiten, nur um sie durch ein paar einfache Routinen zu treiben. Im Simulator war Diana zweimal von schwächeren BattleMechs besiegt worden, etwas, das einer so gewitzten, erfahrenen und gutausgebildeten MechKriegerin wie ihr nur selten passierte.

Und sie war gut ausgebildet. Joanna hatte all ihr in vielen Jahren als Falknerin erworbenes Können in Dianas Training gesteckt. Sie hatte noch keinen Kadetten durch eine solche Hölle getrieben wie Diana, nicht einmal solche, die sie aus ganzem Herzen haßte. Und

Diana haßte sie nicht einmal. Im Verlauf der Jahre hatte sie gelernt, Diana zu – wie hieß das Wort noch? – *mögen*. Na ja, vielleicht war mögen für Joanna ein etwas zu starker Ausdruck. Sie konnte sich nicht vorstellen, irgend jemanden wirklich zu mögen. Aber sie mochte Diana *fast*. Und Hengst auch.

Manchmal fragte sie sich, ob sie Aidan Pryde gemocht hatte. Sie hatte ihn interessant gefunden, soviel stand fest. Aber ihn zu mögen wäre zu schwierig gewesen. Sie konnte ihn nicht gemocht haben. Trotzdem war es seltsam. Von all den Jahren, in denen sie sich mit den verschiedensten Jadefalken gepaart hatte, erinnerte sie sich nur an die wenigen Nächte mit Aidan Pryde, als er noch ein Kadett gewesen war. Sie hatte ihn gezwungen, zu ihr zu kommen, gegen seinen Willen. Sein verborgener Trotz war ihr nicht entgangen und zum Bestandteil der Paarung geworden. Für einen Augenblick hatte sie die Paarung sogar genossen, als sie einerseits die Kontrolle besaß, diese aber andererseits bedroht sah, obwohl der Vorgang für sie normalerweise nur eine Methode war, innere Spannung abzubauen.

Jetzt schien Diana unablässig damit zu drohen, aus den Blutnamenskämpfen auszusteigen. Es wurde allmählich lästig.

»Du weißt, was dir blüht, wenn du jetzt aufgibst«, meinte Joanna mit seltener Gelassenheit.

»Du würdest mich umbringen.«

»Darauf kannst du wetten, Diana.«

»Wenigstens hätte ich ein Ziel vor Augen, wenn ich gegen dich kämpfen müßte. Diese Warterei ohne einen echten Kampf treibt mich in den Wahnsinn. Ich kann mich nicht konzentrieren. Ich kann kaum denken. Ich will einfach nur hier weg und, ich weiß auch nicht, einen Baum verprügeln oder eine Hauswand oder irgendwas.«

Joanna nickte. »Das Gefühl kenne ich, Diana. Ich habe mein ganzes Kriegerleben damit verbracht.«

»Noch eine Beleidigung. Jetzt scheinst du anzudeuten, daß ich werde wie du.«

Joanna zuckte die Schultern. »Wenn du willst.«

»Würdest du das als Ehre empfinden? Ich meine, wenn ich so würde wie du?«

»Kaum.«

»Niemand könnte so werden wie Sterncommander Joanna«, mischte sich eine neue Stimme ein. Beide Frauen sahen zur Tür, wo der breitschultrige, vollbärtige Hengst lehnte. »Um so zu werden wie sie, Diana, müßtest du zur Verkörperung blinder Wut werden. Glaube mir, einen Blutnamen zu erringen, ist einfacher.«

»Ich weiß. Ich bin nur nervös. Dieses untätige Warten macht mich einfach fertig. Das Warten und Joanna, die mich schindet wie der Teufel.«

Hengst warf Joanna einen kurzen Blick zu und meinte: »Das glaube ich gern.«

Joanna grunzte nur.

»Ravill Pryde ist von der saKhanin zum Oberhaupt Haus Prydes ernannt worden«, meinte sie nach einer langen Pause.

Hengsts Augen weiteten sich. »Ravill Pryde, Hausoberhaupt? Wie … Ich meine, was ist mit Risa Pryde?«

»Sie ist tot. Eines natürlichen Todes gestorben, wenn du dir das vorstellen kannst.«

»Soll das heißen, sie ist einfach gestorben? Einfach so? Nicht in einer Schlacht oder einem Duell oder einem Unfall oder …«

»Einfach nur gestorben. Eingeschlafen und nicht wieder aufgewacht.«

»Tja, so etwas kommt wohl vor. Aber ich dachte immer, nur Solahmas würden eines natürlichen Todes sterben, und selbst die nur selten.«

»Soweit ich gehört habe, sterben Freigeborene auf natürliche Weise.«

»Ja, natürlich, ich meinte auch nur Krieger.« Hengst schien verwirrt. »Das bedeutet wohl, daß wir einen neuen Krieg brauchen.«

»Gute Idee. Fang einen an, Hengst.«

Joanna, die Risa Pryde etwa so sympathisch gefunden hatte, wie es ihr möglich gewesen war, erinnerte sich daran, wie müde das Hausoberhaupt bei ihrem Besuch auf dem Trainingsfeld gewirkt hatte, und fragte sich, ob das wohl ein Hinweis auf ihr Schicksal gewesen war, sozusagen ein Omen.

Nach einer Weile meinte Hengst: »Dann wird jetzt Ravill Pryde die Blutrechtskämpfe leiten, richtig? Um genau zu sein, er wird Dianas Blutrecht leiten?«

»Stimmt.«

»Schwer zu glauben.«

»Sehr schwer.«

»Hoffentlich ist das kein Omen.«

»Wofür?«

»Weiß ich selber nicht, aber sicher nichts Gutes.«

»Achte auf deine Sprache. Du weißt, wie sehr ich eine nachlässige Ausdrucksweise hasse. Besonders, wenn wir bedroht sind.«

»Bedroht? Wodurch?«

»Ich bin mir nicht sicher. Sieht so aus, als wäre ich es jetzt, die an Omen glaubt.«

Die Nachricht von Risa Prydes Tod verbreitete sich wie ein Lauffeuer über Ironhold. Jadefalken aller Kasten staunten über den natürlichen Tod einer Kriegerin. Der unabwendbare Schluß, der sich ihnen allen aufdrängte, war der, daß ab und zu doch eine Krankheit durch die Vorkehrungen der Clanmedizin drang oder ein Herz einfach stehenblieb, ohne daß eine Waffe im Spiel war.

Nomad, der betrunken in einer der Bars des Techviertels hing, genoß die Ironie dieses Todes. Samantha, die Risa Pryde kaum gekannt hatte, ärgerte sich über die Unannehmlichkeiten, die er mit sich brachte. Auf Strana Metschty stellte Marthe Pryde fest, daß sie sich nicht sonderlich an Risa erinnerte.

Nachdem Samantha sein Quartier verlassen hatte, stellte Ravill Pryde fest, daß ihm dieser Aufstieg bei all seinem Ehrgeiz unangenehm war. Das war keine Ehre, sondern ein Umweg auf seinem Weg nach ganz oben. Wie die saKhanin schon festgestellt hatte, würde er die Aufgabe nicht lange innehaben. Er hoffte inständig, daß sie damit recht hatte.

Aber ungeachtet ihrer gelegentlichen Gedanken an das Ende Risa Prydes kamen alle heil durch den Tag, und am nächsten Morgen dachte kaum noch jemand an sie. Selbst Ravill Pryde war zu beschäftigt, um darüber nachzudenken, wem er es zu verdanken hatte, daß er sich im Sumpf seiner neuen Jadefalken-Rolle wiederfand.

14

Wissenschaftliches Forschungs- und Bildungszentrum, Ironhold City, Ironhold Kerensky-Sternhaufen, Clan-Raum

19. Februar 3060

Etienne Balzac wurde nie laut. Als Generalwissenschaftler der Jadefalken hatte er das nicht nötig. Er hatte Untergebene, die das für ihn übernahmen. Als er sich zu Peri Watson hinüberbeugte, fiel ihr ein schwacher chemischer Duft in seinem Atem auf.

»Diese Kinder sind nicht dein Problem«, sagte er. »Ebensowenig wie irgendein anderes Projekt, dem du nicht zugeteilt bist.«

Seit sie ihn zuletzt gesehen hatte, war der Mann noch stärker aufgedunsen. Sein Teint war bleicher denn je, möglicherweise, weil er das Wissenschaftliche Forschungs- und Bildungszentrum kaum einmal verließ. Er blieb in seinem Büro und seinem Wohnquartier ganz in der Nähe, und studierte alle laufenden Projekte der Wissenschaftlerkaste, während er nach neuen Möglichkeiten Ausschau hielt, seine Macht zu vergrößern.

»Bei allem Respekt, Generalwissenschaftler, aber ich halte das durchaus für mein Problem. Das Genmaterial Aidan Prydes darf nicht mißbraucht werden, und ich bin der Meinung ...«

»Das genügt, Peri Watson. Ich weiß wirklich nicht, warum du überall Verschwörungen siehst. Es gibt keine Kooperation unter den Wissenschaftlern verschiedener Clans bei der Durchführung einer Kette von Geheimprojekten. Es besteht kaum eine Kommunikation zwischen uns, und was existiert, dient nur dem Austausch nutzbringender Informationen auf offenen Konferenzen, bestenfalls diplomatischen Missionen. All unsere Entdeckungen, die für *alle* Clans von Nutzen sind, stehen allen offen. Jadefalken-Wissenschaftler arbeiten für das Wohl des Clans und aller Clans, das ist alles, frapos? Ich betrachte dein Schweigen als Insubordination.«

Er nimmt den Generalstitel zu ernst, dachte Peri. *Selbst sein Büro spiegelt das wider. Alles an seinem Platz. Das Büromaterial ist auf dem Schreibtisch in einem präzisen geometrischen Muster angeordnet. Die korrekten clangeschichtlichen Holos an der Wand. Mobiliar, das mehr zu den spartanischen Bedürfnissen der Krieger paßt.* »Ich beabsichtige keinerlei Insubordination, Generalwissenschaftler. Wäre ich meinem Clan nicht loyal ergeben, wäre ich gar nicht hier. Als Wissenschaftlerin habe ich das Verlangen, weiter dem Clan zu dienen. Ich bin zur Zeit ohne Projekt, auf Forschungsurlaub, und beantrage hiermit, dem Geschko-Ausbildungszentrum 111 zugeteilt zu werden.«

Balzac drehte sich um und kehrte zu seinem sauber polierten Schreibtisch zurück. »Antrag abgelehnt. Wegtreten.«

Peri entging die militaristische Wortwahl nicht. Der Mann war ein selten aufgeblasener Wichtigtuer. »Welches Projekt würdest du vorschlagen?«

»Du kennst den Dienstweg. Benutze ihn.«

»Ich dachte, du ...«

»Falsch gedacht. Ich wiederhole: wegtreten. Wenn ich es noch einmal sagen muß, verläßt du dieses Büro in Begleitung einer Wache, Peri Watson.«

»Na schön«, gab Peri nach, weil sie keine andere Wahl hatte.

Nachdem sie fort war, dachte Balzac lange nach und starrte dabei auf ein Gemälde der Schlacht um Tukayyid, das hinter seinem Schreibtisch hing. Der Maler hatte versucht, Aidan Prydes letzte Sekunden in jener Schlacht einzufangen, das Finale der Entwicklung, die zu seiner Glorifizierung als Held der Jadefalken geführt hatte. Balzac bezweifelte sehr, daß die echte Schlacht auch nur entfernte Ähnlichkeit mit der Version dieses Malers gehabt hatte, mit Pryde in seinem *Waldwolf,* aus dessen Lasern blaues Licht brach, feindlichen Kampfkolossen, die rings um ihn zu Boden stürzten, während Aidans Mech wie ein Bergmassiv über dem Geschehen aufragte. Irgend etwas war falsch an diesem *Waldwolf.* Er war etwas zu groß, etwas zu breit. Künstlerische Freiheit, entschied Balzac, schaltete die Gegensprechanlage ein und rief Olan herein, den Kommandeur seiner Wache.

Der hagere, hochaufgeschossene Olan stand in bequemer Haltung vor Balzac. Selbst in gestärkter Kampfmontur wirkte der Mann verrucht. Aber schließlich war er auch eine Zeitlang Bandit gewesen.

»Du wirst wieder einmal eine Eliminierung übernehmen müssen, Olan. Ich möchte, daß du zwei deiner besten Leute dafür auswählst.«

Olan nickte. Er sprach nur selten, und wenn, dann in kurzen, abgehackten Worten. »Das Ziel?«

»Heißt Peri Watson.«

»Die gerade gegangen ist.«

»Ja. Aber denk daran, daß keinerlei Verbindung zwischen der Tat und mir oder der Wissenschaftlerkaste erkennbar sein darf. Für den Fall, daß etwas schiefgeht, darfst du keine Identifikation bei dir tragen.«

»Natürlich.«

»Plane es gründlich, aber laß dir nicht zu viel Zeit damit.«

»Meine Pflicht.«

»Wegtreten.«

Olan verbeugte sich mit ausdruckslosem Gesicht und verließ den Raum. Ein, zwei Sekunden lang bereute Balzac, daß dieser Schritt notwendig geworden war. Aber schon kurz darauf war er wieder zu seiner alltäglichen Routine zurückgekehrt, studierte angestrengt Berichte, kommentierte Fortschritte, rief verschiedene Wissenschaftler zu sich, um deren Projekte zu besprechen. Die Arbeit war sein bestes Heilmittel, und am Abend dieses Tages hatte er Peri Watson völlig vergessen.

Die Fähigkeit, sein Wissen in separate Schubladen zu sortieren, stellte seine beste Qualifikation für die Position des Generalwissenschaftlers dar. Sie hatte ihm bei den Intrigen geholfen, die ihm dieses Amt verschafft hatten, und sie würde ihm helfen zu erreichen, was den wenigsten seiner Vorgänger gelungen war: es zu überleben. Er hatte schon früh erkannt, daß in der Wissenschaftlerkaste Intrigantentum zum Erfolg führte, und er hatte sich ein beachtliches Können auf diesem Gebiet angeeignet. Er war so geschickt darin, daß ihn kaum jemand dabei erwischte. Peri Watson allerdings war die klare Ausnahme dieser Regel, und sobald er das erkannt hatte, war ihr Schicksal besiegelt gewesen.

15

Blutrechtsebene, Ironhold
Kerensky-Sternhaufen, Clan-Raum

26. Februar 3060

Joanna war besorgt wie immer, als sie das Ende des
Gestampfes verfolgte. Sie fand den Kampf nicht sonderlich interessant, aber ihr blieb keine andere Wahl,
als ihn sich anzusehen. Das Gestampfe war immerhin der Beginn des Haus-Pryde-Blutrechts. Es war
zwar unwahrscheinlich, aber nicht unmöglich, daß
Diana irgendwann gegen seinen Sieger antreten
mußte, und Joanna hatte es sich zum Prinzip gemacht,
soviel über die Konkurrenz in Erfahrung zu bringen
wie möglich.

Der Ruf des Gestampfes war in der Regel besser
als seine Wirklichkeit, zumindest durch so erfahrene
Augen wie die Joannas gesehen. Als ehemalige Falknerin erkannte sie ohne Schwierigkeiten nahezu jeden
Fehler. Es war fast, als besäße der BattleMech, jene
gepanzerte Kampfmaschine mit ihren entfernt humanoiden Gliedmaßen und zumindest der Andeutung
eines Kopfes, eine Körpersprache fast wie sein Pilot.
Was sie in diesem zweitrangigen Getümmel sah, war
eine Horde Mechpiloten, die in der Hitze des Gefechts
durchaus fähig sein mochten, ihren Mann zu stehen,
aber zu verbraucht waren, um in einem regelgebunde-
nen Test viel auszurichten. In einem solchen Wettbewerb sah sie nur schlechte Ausbildung, schlechte Ge-
wohnheiten und verkommene Fähigkeiten. Vielleicht
wäre es auch zuviel verlangt gewesen, etwas anderes
zu erwarten. Immerhin waren dies die Krieger, die kein
Blutnamensträger hatte vorschlagen wollen, also stellten sie kaum die Elite ihrer Art dar.

Sie konnte nicht einmal den Sieger dieses Gestampfes voraussagen. Wer auch immer von den vielen Teilnehmern überlebte, würde mit beinahe an Sicherheit grenzender Wahrscheinlichkeit in der nächsten Runde eliminiert werden.

Inzwischen war das Gestampfe auf vier Teilnehmer zusammengeschrumpft, die einander nahezu blind auf dem verwüsteten Schlachtplatz suchten. Ravill Pryde stand jetzt neben Joanna. Seit seiner Ernennung zum Hausoberhaupt wirkte er noch mißmutiger und unbehaglicher als je zuvor.

Sie fühlte seit einigen Minuten Ravills steten Blick auf sich ruhen, erwiderte ihn aber nicht. Sie fragte sich, was er sah. Die Ruine eines Gesichts unter immer deutlicher ergrauenden Haaren?

Manche der jüngeren Krieger ließen regelmäßig ihren Abscheu über Joannas Aussehen erkennen, und einigen hatte das schon schmerzhafte Lektionen eingetragen. Aber die meisten anderen Krieger bemerkten, daß sie ihr Alter nur selten in ihrem Gang oder ihrer Haltung erkennen ließ. Gelegentlich konnte man sie mit einer sehr viel jüngeren Kriegerin verwechseln. Ihr Status als Heldenbezwingerin der Wolfsclanlegende Natascha Kerensky trug unter den jüngeren Kriegern zu ihrem Image bei, und sie hatte gehört, daß es sogar einige geben sollte, die eine Art Kult gegründet hatten, der sie heimlich ehrte. Sie hatte Probleme, das zu akzeptieren, und war schließlich zu der Auffassung gelangt, daß es sich dabei um vom Rest der Krieger verachtete Außenseiter handeln mußte.

Plötzlich bemerkte Joanna, daß Ravill sie angesprochen hatte.

»Verzeihung, Eidmeister, ich war in Gedanken.« Sie hatte Spaß daran, ihn Eidmeister zu nennen. Das Frettchen schien unangenehm berührt von diesem Titel.

Ravill überraschte sie mit einem Grinsen. »Ich habe nur festgestellt, daß die Krieger in diesem Gestampfe eine Auffrischung ihrer Grundausbildung bei dir gebrauchen könnten.«

»Ich habe seit zehn Jahren keine Geschko mehr trainiert.«

Ravill nickte. »Ich weiß, aber ich habe festgestellt, daß dein Ruf als Falknerin und Kriegsheldin hier auf Ironhold äußerst groß ist.«

»Ich fühle mich geehrt, Eidmeister.«

Als sie sich wieder dem Gestampfe zuwandte und zusah, wie die beiden letzten Teilnehmer ihre Maschinen schwerfällig aufeinander zubewegten, fast, als wüßten sie, daß es ohne jede Bedeutung war, wer von ihnen gewann, dachte Joanna wie so oft über ihre ungewöhnliche Position unter den Kriegern nach. Sie hatte sich als die beste der Nichtblutnamensträger bewiesen und sehnte sich nach dem Ende dieses langen Blutrechts, um wieder zu einer Kampfeinheit zu kommen.

Marthe Pryde hatte ihr versprochen, daß sie ihre Stellung als Frontoffizierin in der Invasionsstreitmacht der Jadefalken nicht verlieren würde, wenn sie für Dianas Blutrecht in die Heimatwelten zurückkehrte. Sie hatte das Versprechen, nicht zu einer Solahma-Einheit auf den Heimatwelten versetzt zu werden, aber mit jedem Tag fern der Frontlinien wuchs ihr Unbehagen. Besonders, seit Ravill Pryde hier auf Ironhold und jetzt auch noch Oberhaupt Haus Prydes war. Er wollte Joanna aus seiner Einheit, der Falkengarde, ausschließen, und machte daraus keineswegs ein Geheimnis. Wäre sie nicht in der zweiten Schlacht um Twycross zur Heldin geworden, hätte er sie längst zurückversetzen lassen und in irgendeine schändliche Hilfstätigkeit abgeschoben.

»So, das war es dann«, erklärte Ravill plötzlich, und Joanna erkannte, daß sie das ganze Ende des Gestampfes verpaßt hatte. Einer der Krieger, der Verlierer, wurde auf einer Bahre weggetragen. Soweit Joanna es sehen konnte, war sein Bein schwer verletzt. Eine klaffende Wunde gab den Blick in sein Innenleben frei, und Joanna konnte den Gedanken nicht unterdrücken, wie häßlich dieser Anblick im Vergleich zum Inneren eines Mechbeins war, in dem man schlimmstenfalls eine Masse zerfetzter Myomerfasern sah.

»Was meinst du dazu, Joanna?«

»Ein klägliches Schauspiel, der Jadefalken nicht würdig.«

Ravill nickte. »Ganz meiner Meinung. Ich hoffe, von jetzt an Besseres zu sehen.«

Joanna fragte sich, ob das sorgfältig geplante Eugenikprogramm der Clans möglicherweise irgendwie zu immer schwächeren Kriegergenerationen geführt hatte. Ravill Pryde, durch seine Mischung von Jadefalken- und Wolf-Genen eine Art Mutant, was Jadefalken-Wahrgeborene betraf, war tapfer genug für einen Krieger, aber er schien auf eine Weise, die sie nie wirklich hatte definieren können, verdorben. Etwas an ihm war definitiv anders. Und doch schienen die meisten anderen das nicht wahrzunehmen. Sie fragte sich, ob die guten Krieger immer noch so selten waren wie eh und je. Warum sah sie so wenig Aidan Prydes und so viele Ravills?

Vor ein paar Jahren hatte der Chef der Clanwache, Kael Pershaw, sie auf eine Mission gesandt, um Genverbrechen aufzuklären, denen seine Geheimagenten auf die Spur gekommen waren. Dabei hatte sie lange währende Verfälschungen des Genmaterials der Jadefalken durch die Wissenschaftlerkaste aufgedeckt, zum Teil sogar durch die Kombination von Genen verschiedener Kasten.

Als sie jetzt über dieses Problem nachdachte, entschied sie, daß zu viele Krieger in den kostspieligen und vernichtenden Schlachten während der Invasion der Inneren Sphäre gefallen waren. Die Reihen waren einfach zu stark gelichtet. Die genetischen Verfälschungen waren dagegen ohne Bedeutung.

Nur der Mangel an fähigen Kriegern hatte es Diana ermöglicht, sich am Wettbewerb zu beteiligen. Aus Joannas Sicht war die momentane Situation ein Trauerspiel. Wäre sie in ihren Blutrechtstagen auf derartige Konkurrenz getroffen, hätten sie sich ihren Blutnamen geholt, ohne ins Schwitzen zu geraten. Joanna *verdiente* einen Blutnamen, das wußte niemand besser als sie selbst.

Vergiß den Blutnamen. Das einzige, was jetzt zählt, ist, Kriegerin zu bleiben und aufs Schlachtfeld zurückzukehren. Und ich werde meine Chance bekommen, wenn die Invasion wieder aufgenommen wird.

Ravill Pryde ließ sich über irgend etwas aus. Joanna hatte nicht zugehört. »Ich muß gehen und dem Sieger des Gestampfes gratulieren. Seine Leistung war so kümmerlich, daß mir die Worte im Halse steckenbleiben werden.«

Das Hausoberhaupt marschierte auf einmal davon. Kaum war er verschwunden, erschien Hengst an ihrer Seite.

»Interessante Gerüchte«, meinte er.

»Ja?«

»Es heißt, Marthe Pryde spielt auf Strana Metschty Simulationen der Invasion der Inneren Sphäre durch, Manöver, die darauf angelegt sind, die Fehler beim ersten Überfall zu vermeiden. Soweit ich hörte, soll sie dabei gnadenlos sein und die Truppen so scheuchen, wie wir es bei Diana tun. Samantha Clees muß jeden Augenblick zurückgerufen werden.«

»Ich werde sie nicht vermissen.« Joanna wollte nur weg von diesem Ort und Diana zwingen, über sich selbst hinauszuwachsen, nachdem das Blutrecht jetzt endlich begonnen hatte. Sie brauchte die neue Invasion.

Wenn nicht bald etwas Großes geschah, mußte sie mit einem neuen Versuch rechnen, sie auszumustern oder zu einer Solahma-Einheit abzuschieben. Sie hatte nicht vor, jemals Solahma zu werden. Sie wollte an der Front in Flammen untergehen. »Diana tritt morgen an«, stellte sie fest. »Wir haben noch einen halben Tag, ihr das Leben zur Hölle zu machen.«

16

**Gierfalkenmarkt, Ironhold City, Ironhold
Kerensky-Sternhaufen, Clan-Raum**

27. Februar 3060

Gewöhnlich war der berühmte Gierfalkenmarkt ein
kleines, alltägliches Ereignis. Handwerker stellten ihre
Waren aus, und die Besucher wurden von der hohen
Qualität der Angebote angelockt. Aber durch die Serie
von Blutnamenskämpfen, die derzeit in der Stadt abgehalten wurden, hatten sich neue Händler dazugesellt,
deren Waren zum Teil nicht dem Standard dieses
Markts entsprachen. Das hatte zu einer Reihe unbehol-
fener Handgemenge unter den Händlern geführt, bei
denen in aller Regel einer der Daueranbieter auf einen
Eindringling losging und versuchte, dessen minder-
wertige Waren zu zerschlagen. Die neuen Händler hatten daraufhin Leibwächter zu ihrem Schutz mit-
gebracht. Manche Stimmen vermuteten, daß diese
Leibwächter aus der Banditenkaste stammten, denn sie
machten sich gerne unsichtbar, sobald eine Autoritätsperson den Markt betrat.

Peri wußte davon nicht viel, als sie ein dünnes Kopf-
tuch befingerte, das ein Händler über den Rand seines
Stands gehängt hatte. Es hatte kein nennenswertes Muster, war aber dicht gewebt, und es fiel schwer zu erkennen, wo die Fäden einer Farbe in die eines leicht
veränderten Farbtons übergingen. Der Händler kam
herüber, um sie in ein Verkaufsgespräch zu verwickeln,
aber sie ließ das Tuch los und ging schnell weiter. Sie
hatte nicht wirklich vor, irgend etwas zu kaufen, aber
es gefiel ihr, über den Markt zu schlendern. Die Atmosphäre schien entspannend, und sie hatte Spaß daran,
die Farben, Klänge und Gerüche auf sich wirken zu lassen.

Sie hielt an einem Stand an, der Holzmöbel in altertümlichem, historisierendem Stil enthielt. Eine ganze Weile untersuchte sie einen Schreibtisch aus Eichenholz, den sie gerne in ihrem Büro gesehen hätte, wenn sie eines gehabt hätte. Aber Etienne Balzacs Feindseligkeit und die Tendenz der Wissenschaftlerkaste, ihre widerspenstigen und vielleicht sogar rebellischen Mitglieder in Hinterwäldlerprojekten zu isolieren, boten ihr keinen Anlaß, selbst ein so hervorragendes Stück anzuschaffen. Und es ging das Gerücht, daß Balzac sie zu ihrem nächsten Auftrag wieder irgendwohin weit weg von Ironhold versetzen wollte. Außerdem war der Schreibtisch für sie ohnehin zu teuer. Die vor Jahrhunderten von Terra importierten Eichen waren auf Clanwelten ausgesprochen selten.

Um eine Debatte mit dem Händler zu vermeiden, schaute sie aus dem dunklen Innenraum des überdachten Möbelstands hinaus ins Tageslicht. Nachdem sich ihre Augen blinzelnd an die Helligkeit gewöhnt hatten, sah sie eine Gestalt, die ihr entfernt vertraut schien. Sie trat einen Schritt näher an den Ausgang des Standes und kniff die Augen zusammen, um besser sehen zu können.

Es war ihre Tochter, Diana, die sich die Auslagen eines Standes mit antiken Waffen ansah.

Peri hatte gewußt, daß Diana auf Ironhold war und sich um das Pryde-Blutrecht bewarb, hatte aber entschieden, sie nicht abzulenken, indem sie sich bemerkbar machte. Sie erinnerte sich noch gut an das schreiende Baby Diana mit seinem verkniffenen Gesicht, und später an das schlaue, wißbegierige kleine Mädchen, für das Peri ein Leben als Wissenschaftlerin geplant hatte. Aber statt dessen waren die Eigenschaften Aidan Prydes, ihres Vaters, in den Vordergrund getreten. Trotzdem war Peri als Dianas Mutter stolz darauf, was ihre Tochter erreicht hatte, auch wenn ihre wahrgeborene Herkunft sie daran hinderte, tiefe Muttergefühle zu entwickeln. Dianas Heldentum in der Schlacht war eine Widerspiegelung des Heldentums ihres Vaters.

Peri bewunderte den Wagemut ihrer Tochter und freute sich, daß eine so gute Kriegerin aus ihr geworden war, aber die Vorstellung einer Freigeborenen, die einen Blutnamen errang, bereitete ihr Unbehagen. Peris Gefühle zu diesem Punkt waren zwiespältig. Sie vertrat nicht den Standpunkt, daß Diana an diesem Wettbewerb teilnehmen sollte, hoffte aber zugleich auf ihren Sieg.

Für den Fall, daß ihre Verwirrung irgendwie eine Auswirkung auf Diana haben und sie vielleicht verletzen konnte, hielt Peri es für besser, sie nicht zu sehen, bis die Kämpfe vorbei waren. Sie blieb in der Dunkelheit des Marktstands, bis Diana weitergegangen war, nachdem sie mit dem Händler geschickt um ein Messer mit Elfenbeingriff gefeilscht hatte.

Wie lange war es her, daß sie irgendeinen Kontakt zu Diana gehabt hatte? Im Lauf der Jahre hatten sie einander geschrieben, aber die Texte waren so kalt und gefühllos ausgefallen wie die Bildschirme, auf denen sie angezeigt wurden. Diana hatte gut ausgesehen – groß, stark und schön. Das Leuchten in ihren Augen war dasselbe, das Peri aus denen ihres Vaters kannte. Irgendwie war es immer dagewesen, ein Gegenpol zu seiner Trauer und Verzweiflung, selbst in seinen unglücklichsten Augenblicken. Ein Licht in tiefster Dunkelheit.

Ich muß mir abgewöhnen, so etwas zu denken. Viel zu sentimental. Diese uralten Gefühle. Gefühle sind viel zu gefährlich.

Als sie ihren Rundgang über den Markt beendet hatte, entschloß sich Peri, zu ihrer provisorischen Unterkunft zurückzukehren, einem von der Wissenschaftlerkaste für Personal auf der Durchreise und offizielle Besucher unterhaltenen Gebäude. Sie hatte dort ein winziges Zimmer. Sie hatte nach dem kleinsten verfügbaren Raum gefragt, und der Pförtner hatte ihr diesen Wunsch gewissenhaft erfüllt.

Drei, vier Querstraßen hinter dem Markt erkannte sie, daß sie irgendwo falsch abgebogen war. Sie ging zur nächsten Ecke, sah sich nach beiden Seiten um und fand nichts, was ihr bekannt vorkam. Die Straßen hier wirkten trostlos. Sie konnte sich nicht entsinnen, schon einmal in diesem Teil von Ironhold City gewesen zu sein.

»Du hast dich verirrt, frapos?« fragte eine tiefe, beinahe sanfte Stimme hinter ihr.

Überrascht drehte sie sich zu einem großen, hageren Mann in der Uniform eines Jadefalken-Kriegers um. Sein Gesicht war nichtssagend, und seine blassen, fast farblosen Pupillen kaum zu erkennen. Er war einer jener Männer, die immer den Eindruck erweckten, eine Rasur zu brauchen. Warum, fragte sie sich, ließen sie sich nicht einfach einen echten Bart stehen, wie es eine Menge ClanKrieger taten?

»Pos, diesen Sektor kenne ich nicht.«

»Es ist ein Lagerhallendistrikt. Wo willst du hin?«

»Zum Wohnkomplex der Wissenschaftler.«

»Ah. Der ist nicht weit von hier.«

»Können Sie mir den Weg beschreiben?«

»Ich bringe dich hin.«

Der Mann ging sofort los und bog an der Kreuzung rechts ab. Fast wäre Peri ihm nicht gefolgt, so überrascht war sie von der Geschwindigkeit, mit der er losmarschierte, ohne sich umzudrehen und nachzusehen, ob sie mitkam. Sie mußte laufen, um ihn einzuholen, und er beachtete sie kaum. Als sie den Aufnäher auf seinem Ärmel bemerkte, einen herabstürzenden Falken (noch eine Überraschung), fragte sie: »Sie sind bei der Falkengarde?«

»Pos.«

»Ich habe gehört, daß Ravill Pryde zum Hausoberhaupt ernannt wurde, doch ich dachte, die Falkengarde wäre noch in der Inneren Sphäre stationiert.«

»Ist sie auch«, antwortete er, ohne ihr einen Blick zu gönnen.

»Sind Sie an den Blutrechtstests beteiligt?«

»Den Tests? Ja, bin ich.«

Etwas am Tonfall seiner Antwort erweckte in ihr den Eindruck, daß er nicht wußte, wovon sie sprach. »Gehören Sie zu MechKriegerin Dianas Team?«

»Diana. Ja.«

»Was halten Sie von der Kontroverse über ihre Bewerbung um den Blutnamen?«

»Es betrifft mich nicht.«

Das war nicht die Antwort eines typischen wahrgeborenen Falken-Kriegers. Er konnte auf Dianas Seite stehen oder gegen sie sein, aber Desinteresse war eigentlich keine Option.

»Finden Sie, wie es manche tun, daß sie zu klein für eine Blutnamensträgerin ist?«

»Das betrifft mich nicht.«

Peri blieb stehen. »Es betrifft Sie deshalb nicht, weil Sie keine Ahnung haben, wovon ich rede.«

»Dies ist der Weg zu deinem Wohnkomplex«, sagte er und bog in eine Gasse, die sie bis dahin nicht bemerkt hatte.

Sie zögerte kurz, bevor sie ihm folgte, aber dann trieb ihre Neugierde sie ihm nach. »Sie wissen gar nicht, wer Diana ist, frapos?« stellte sie fest, als sie die Gasse betrat. Der Mann ging voraus und schien sich nicht um sie zu kümmern.

»Es spielt keine Rolle«, meinte er.

»Sie tragen die Uniform der Falkengarde, aber Sie sind kein Falkengardist, frapos?«

»Es spielt keine Rolle«, sagte er und drehte sich um.

Selbst im Dunkel der Gasse konnte Peri sehen, wie er die Fäuste ballte. Hinter ihm traten noch zwei Männer aus den Schatten. Wenn sie sich nicht sehr täuschte, trugen sie ebenfalls Falkengarde-Uniformen.

Sie wich zurück und stolperte. Sie fiel gegen eine Mauer und hatte Mühe, auf den Füßen zu bleiben.

Der Mann packte sie an den Schultern und hob sie hoch. Ein starker Geruch traf ihre Nüstern und erinnerte sie an die Duftnote in Etienne Balzacs Hauptquartier. Einen Augenblick lang sah sie ihm in die Augen, aber sie waren ohne jeden Ausdruck. Dann warf er sie den anderen zu, und die schlugen auf sie ein.

Sie steckte viele Hiebe ein – viele brutale, schmerzhafte Hiebe –, bevor sie das Bewußtsein verlor.

17

Elisabeth Hazen Medozentrum, Ironhold City, Ironhold
Kerensky-Sternhaufen, Clan-Raum

28. Februar 3060

»Diana, es kann Tage, wenn nicht Wochen dauern, bis sie die Augen öffnet«, meinte Joanna mit ungewöhnlich leiser Stimme, wahrscheinlich, weil das in Krankenhäusern irgendwie geboten erschien. »Um Kerenskys willen, sie liegt möglicherweise im Koma.«

Diana sah sich nicht einmal um, sondern blieb neben dem Schwebekokon stehen, in dem Peris Körper in der Luft zu hängen schien, auch wenn er deutlich an zwei Bänke mit Diagnose- und Behandlungsmaschinen angeschlossen war. Der Anblick war gespenstisch, besonders durch das komplexe Gewirr von Schläuchen, das den Kokon umgab und sich im Innern in dünneren Leitungen fortsetzte, die an verschiedenen Stellen in Peris Körper verschwanden. Man hatte einen Patientenkittel um sie drapiert, aber auf Gesicht und Gliedmaßen waren die dunklen Blutergüsse deutlich zu sehen. Ein MedTech hatte ihnen erklärt, man habe sie so brutal zusammengeschlagen, daß sie eigentlich hätte sterben müssen. Doch in dem durchsichtigen Kokon, dessen Schläuche ihr regelmäßig neue Medikamente zuführten, hatte sich ihr Zustand langsam aber stetig gebessert.

Als sie den malträtierten Körper unter dem Plastik sah, wurde Joanna klar, daß sie seit Jahren nicht mehr an Peri gedacht hatte. Peri war schon Jahre, bevor sie und Joanna sich wieder getroffen hatten, aus derselben Geschko ausgesiebt worden, die Aidan und Marthe produziert hatte. Aidan war von Ironhold geflohen, und Ter Roshak hatte Joanna und einen höchst merk-

188

würdigen Tech namens Nomad ausgeschickt, um ihn zurückzuholen. Als sie ihn endlich fanden, hatte er Peri in einem wissenschaftlichen Außenposten auf Tokasha Gesellschaft geleistet. Damals war Diana bereits gezeugt, auch wenn weder Aidan noch Joanna das gewußt hatten, und wenige Monate nach Aidans Abreise war sie geboren worden. Joanna wurde schlecht. Der Gedanke an die natürliche Geburt bereitete ihr Übelkeit.

»Diana, morgen ist dein erster Blutnamenstest. Hier herumzuhängen ist nicht geeignet ...«

»Halt den Mund, Joanna.«

Normalerweise hätte Joanna auf diese Unverschämtheit rabiat reagiert, aber diesmal meldeten sich ihre alten Falknerinstinkte und rieten ihr, Diana etwas Freiraum zu lassen. Sie wollte nicht riskieren, daß irgend etwas sie bei diesem Blutrecht in ihrer Konzentration behinderte.

Was denke ich da eigentlich? Als all das angefangen hat, habe ich nicht geglaubt, daß sie es überhaupt schaffen kann. Ach, ich habe natürlich gewußt, daß sie als Jadefalken-Kriegerin und Aidan Prydes Tochter die nötigen Instinkte hat, um sich gut zu schlagen. Und dazu jene Spur zusätzlicher Wildheit, die nicht jeder ClanKrieger besitzt. Hengst sagt, in der terranischen Geschichte habe es Clans gegeben, die als Barbaren bezeichnet wurden. Sie waren berühmt für ihre Grausamkeit, ihre Wildheit, ihre Fähigkeit, ein Messer nicht nur in den Körper des Gegners zu stoßen, sondern es in der Wunde noch zu drehen. Im Kampf hat Diana diese besondere Qualität. Sie ist eine echte Barbarin. Aber keine Wahrgeborene, das ist der Nachteil. Als das hier angefangen hat, habe ich wirklich geglaubt, ihre freigeborene Herkunft würde gegen sie arbeiten. Jetzt scheint sie sich als Vorteil zu entpuppen. Sie kann siegen. Jetzt glaube ich daran. Aber nicht, wenn sie die heutige Nacht am Bett ihrer Mutter verbringt.

Welche Gefühle mochte Diana hier empfinden, in

diesem Behandlungszimmer? fragte sich Joanna. Sorge um die verletzte Frau in der Medkapsel?

Als hätte sie die Frage gehört, begann Diana plötzlich zu sprechen. »Ich habe sie einige Zeit lang nicht gesehen, meine Mutter. Was macht sie hier? Ich wußte nicht, daß sie hier ist. Wir haben nicht viel Kontakt. Warum hat sie mich nicht besucht? Bedeutet mein Streben nach einem Blutnamen ihr nichts? Wollte sie mich nicht ermutigen?«

Joanna wandte sich ab, aus ihr unerfindlichen Gründen verwirrt und verärgert zugleich. »Ich bin wahrgeboren. Ich weiß nicht, wie sich Mütter verhalten.«

Diana lachte leise. »Natürlich. Wahrgeboren. Freigeboren. Freigeburt. *Freigeburt!*«

Joanna bemerkte die kontrastierenden und komplexen Unterschiede in der Betonung des zweimal ausgesprochenen letzten Wortes. Das erste war die unter Wahrgeborenen gängige Bezeichnung für Freigeborene, das zweite der wütendste Fluch der Kriegerkaste. Auf gewisse Weise definierten diese beiden Wörter Diana. Sie war gefangen zwischen der Idee, was sie sein konnte, praktisch eine Wahrgeborene mit zwei wahrgeborenen Eltern, die lebte, dachte und kämpfte wie jede in der Reagenz gezeugte Kriegerin, und der Realität dessen, was sie war, das Produkt einer menschlichen Gebärmutter, eine Freigeburt.

Der Gedanke zwang Joanna, sich den Körper in der Medkapsel anzusehen. Aus diesem Körper war Diana geboren worden. Möglicherweise hatte jemand mit einer helfenden Hand den Austritt erleichtert. Irgendein freigeborener Tech hatte sich um den Säugling gekümmert, seinen Körper gesäubert oder die Spuren entfernt, die vom Inneren der Gebärmutter zurückgeblieben waren. Jemandes Arme hatten das Baby in irgendeiner unverständlichen freigeborenen Sanftheit gehalten, bevor er es in die Umarmung seiner Mutter gelegt hatte. Die Gedanken an das wenige, was sie über natürliche Geburt wußte, und die sich ihr aufdrängenden Bilder, die sicher verzerrt waren wie mythische Ungeheuer in Kinderalpträumen, ließen einen solchen Ekel in ihr aufsteigen, daß sie das dringende Bedürfnis hatte, dieses Krankenzimmer sofort zu verlassen.

Sie tat einen Schritt zur Tür, dann blieb sie stehen. Sie konnte Diana nicht allein lassen. Nicht nur einer gewissen Kameradschaft wegen, sondern weil sie nicht zulassen konnte, daß sie den Kampf am nächsten Tag verlor, den Kampf, auf den Joanna sie mit so gewissenhafter Grausamkeit vorbereitet hatte. Sie mußte Diana von hier wegschaffen, ihre Gedanken zurück zum Blutrecht zwingen.

In diesem Augenblick verstand Joanna endlich ihre komplexen Gefühle für Diana. Diana konnte den Blutnamen erringen, der Joanna verwehrt geblieben war. Joanna brauchte ihren Sieg. Sie mußte sich durchsetzen. »Diana, wir gehen. Hier können wir nichts ausrichten.«

»Ich möchte mit …«

»Und genau das solltest du nicht. Genau das wirst du nicht. Und wenn ich dich am Hals packen und von hier wegzerren muß, werde ich das tun. Das ist kein Ort, um …«

»Schon gut, schon gut. Gehen wir. Du hast recht. Hier können wir nichts ausrichten. Das ist nur eine Frau in einer Behandlungskapsel. Sie hat für mich keine Bedeutung mehr.« Diana ging an Joanna vorbei zur Tür. »Ihre Schmerzen haben keine Bedeutung für mich, überhaupt keine.« Im Türrahmen drehte sie sich noch einmal zu Joanna um. »Aber ich wünsche ihr alles Gute.«

Joanna folgte ihr und schüttelte verwirrt den Kopf. Diese seltsame freigeboren-wahrgeborene Kriegerin würde sie wohl nie verstehen.

Sobald sich die Tür geschlossen hatte, öffnete Peri die Augen. Sie hatte kurz zuvor das Bewußtsein wiedererlangt und Joannas und Dianas letzte Worte gehört.

Ich hätte die Augen öffnen können, Diana wissen lassen können, daß ich wach war. Ich weiß selbst nicht, warum ich es nicht getan habe. Was ich gehört habe, gefällt mir. Sie klingt wie eine wahrgeborene Kriegerin, so ähnlich wie Aidan Pryde, wenn er in Fahrt war.

Sie erinnerte sich nicht, weshalb sie in dieser Medkapsel steckte. Aber das würde sie sicher bald herausfinden.

Im Innern einer Medkapsel waren die meisten Empfindungen betäubt, so daß sie nichts von den Schmerzen ahnte, die sie außerhalb der Kapsel fühlen würde, den Schmerzen, von denen Diana gesprochen hatte. Sie hatte eine unbestimmte Erinnerung, sich verirrt zu haben. Und an einen Jadefalken-Krieger, der gar keiner war, der ihr geholfen hatte, aber sie konnte sich nicht ausreichend konzentrieren, um sich Einzelheiten ins Gedächtnis zu rufen.

Sollte ich überhaupt einen Versuch unternehmen, Diana wiederzusehen? Ich weiß es nicht. Aber ich will sehen, wie sie um den Blutnamen kämpft. Den Blutnamen gewinnt. Ja.

18

Jadefalken-Trainingsareal 14, Ironhold
Kerensky-Sternhaufen, Clan-Raum

1. März 3060

Samantha Clees spürte die Blicke, die sie verfolgten, als sie im Holovid-Beobachtungsraum Platz nahm, um sich das Holovid des Gefechts zwischen MechKriegerin Diana und ihrem ersten Gegner anzusehen, einem Sterncommander des 8. Krallen-Sternhaufens. Obwohl der Kampf gerade erst begonnen hatte, erkannte sie, daß Diana ihn gewinnen würde. Als sie ihre *Nova* über das schmale Blutplateau bewegte, den von Sterncommander Ethan gewählten Austragungsort, waren ihre Pilotenfähigkeiten offensichtlich.

Diana schien von dem anderthalb Kilometer tiefen Abgrund, der sich unter ihr ausbreitete, als sie sich dem Rand des Hochplateaus näherte, unbeeindruckt. In einer einzigen, großartigen Bewegung wirbelte sie die *Nova* zum *Bluthund* ihres Gegners herum und löste eine PPK-Salve aus, die Ethans OmniMech die Panzerung an beiden Torsoseiten vom Rumpf schälte. Als Diana seitlich an der Klippe entlangging, sah Samantha große Brocken der *Bluthund*-Panzerung wie in Zeitlupe in die Schlucht stürzen.

Ethans Antwort bestand darin, den Torso von Dianas *Nova* in der Energie seiner schweren Laser zu baden. Seine Treffer schienen keinen großen Schaden anzurichten, aber die *Nova* wankte und näherte sich ein wenig dem Rand der Klippe. Die meisten im Beobachtungsraum versammelten Zuschauer keuchten laut auf, weil sie erwarteten, die *Nova* den Panzertrümmern des *Bluthund* in den Abgrund folgen zu sehen.

Samantha verfolgte das Geschehen nüchterner, fand aber auch, daß Diana ein zu großes Risiko eingegangen war. Ihre Taktik hatte ihr gestattet, den *Bluthund* aus der Flanke anzugreifen und ihre vernichtenden Anfangstreffer zu landen, aber dabei hatte sie sich zu verwundbar für den Gegenschlag Ethans gemacht.

Jetzt bewegte sich Diana von der Klippe fort, und Samantha applaudierte in Gedanken. Wieder bewies sie die erstklassige Kontrolle über ihren OmniMech. Die *Nova* schien fast über die Hochebene zu tanzen, als sie sich furchtlos den wild feuernden schweren Lasern und Raketen des *Bluthund* stellte. Diana hielt ihr Feuer zurück, bis sie auf kurze Distanz heran war, ignorierte die Lasertreffer und nutzte geschickt die Möglichkeiten ihrer Raketenabwehr, um die Geschosse Ethans vom Himmel zu holen, bevor sie Schaden anrichten konnten. Dann warf sie sich in einen der vernichtendsten Angriffe, die Samantha in einem Blutnamenskampf je gesehen hatte. Wild in Intervallen feuernd, um die Wärmeentwicklung niedriger zu halten, wich sie seitlich aus und schoß mit dem mittelschweren Laser, dessen rote Lichtpfeile den schon erzielten Schaden am Rumpf des *Bluthund* noch ausweiteten.

Das ist mehr als ein Blutnamenskampf für sie, dachte Samantha. *Sie will etwas beweisen. Ein Schlag für die freigeborene Kriegerin, die ihre wahrgeborenen Gegner niedermäht. Ich hätte sie nicht für so rachsüchtig gehalten, aber welche Bedeutung könnte dieses Handeln sonst haben? Vielleicht steckt ja doch etwas anderes dahinter. Immerhin ist sie Aidan Prydes Tochter. Was denke ich da? Die Frau kann kämpfen. Sie ist eine wildentschlossene Kriegerin. Und das ist alles. Alles!*

Plötzlich schlug ein Treffer in die Munitionskammer des *Bluthund*, und aus dessen Rumpf schlug eine Explosion, die selbst in der miniaturisierten Holoviddarstellung beeindruckend war. Der Kampf war vorbei. Dianas Hammerschläge hatten den *Bluthund* kampfunfähig gemacht, und er blieb mit gesenkten Armen reg-

los stehen. Diana forderte ihren Gegner auf auszusteigen. Er weigerte sich und setzte die Beschimpfung
›Freigeburt‹ nach. Er bewegte seinen Mech, der zwar
unsicher, aber noch bewegungsfähig war, auf die *Nova*
zu in Gang. Die Beobachter unterhielten sich darüber,
welchen Schaden der kampfunfähige *Bluthund* der
Nova über einen Fußtritt hinaus noch zufügen könnte.
Ein paar spekulierten, daß ein derartiger Nahkampf
zumindest die Verachtung des Sterncommanders für
seine freigeborene Gegnerin ausdrückte.

Aber niemand sollte je erfahren, was Sterncommander Ethan vorhatte. Diana bewegte ihre *Nova* einen
Schritt vor, als wolle sie dem *Bluthund* unter dessen beleidigenden Bedingungen begegnen, dann löste sie eine
weitere Breitseite aus, die den OmniMech umwarf und
eine leichte Schräge hinab zum Rand der Klippe trieb.
An deren Ende hakte der Mecharm sich in die Kameraaufbauten, die das Holovidsignal zu dem Beobachtungsraum, in dem Samantha saß, und anderen Räumen gleicher Art auf Ironhold und anderen Clanwelten
im Kerensky-Sternhaufen übertrugen. Die Aufbauten
hielten den *Bluthund* fest, als dessen Beine über die
Klippe rutschten. Aber ihr Metall war zu schwach, um
einen 60 Tonnen schweren Mech lange zu tragen. Es
gab nach.

Es kam zu einem weiteren Wortwechsel zwischen
Diana und Ethan, der zu sehr von Störungen überlagert
war, um ihn im Beobachtungsraum zu verstehen. Jemand in Samanthas Nähe brüllte: »Er weigert sich
immer noch aufzugeben!«

»Richtig so«, rief ein anderer Zuschauer.

»Er weigert sich, das Cockpit zu verlassen«, rief der
erste zurück. »Sie wird den *Bluthund* über die Klippe
schleudern müssen, damit ihr Sieg zählt.«

»Dreckige Freigeburt!« schrie ein anderer. »Wenn sie
das tut, bringe ich sie persönlich um!«

Wie schon während des ganzen Kampfes tobten im Beobachtungsraum die Gefühle.

Es ist wirklich seltsam, dachte Samantha Clees, *diese winzigen Gestalten zu beobachten, die beiden Mechs auf der Miniaturausgabe eines Hochplateaus, das in Wahrheit der höchste Punkt dieser Region ist, wie ein Duell zwischen zwei Spielzeugfiguren. Und wie die Erregung steigt, während wir zusehen. Und sich klarzumachen, daß der echte Kampf wenige Kilometer von hier zwischen der echten Diana und dem echten Sterncommander Ethan stattfindet. Wirklich seltsam.*

Bevor irgend jemand im Holovidraum es bemerkt hatte, war Diana aus ihrem Cockpit geklettert und ließ sich an der Seite des Mechs zum Boden hinab. Die winzige holographische Gestalt Dianas rannte auf den *Bluthund* zu, als sich die Kameraaufbauten immer stärker neigten und die Beine des Mechs immer weiter ins Leere rutschten.

Während die winzige Diana über das Plateau rannte, deckten die Jadefalken-Krieger im Raum sie mit Beschimpfungen ein. Aber sie alle verstummten, als Diana den *Bluthund* erreichte. Auf einer Seite des Holovidaufbaus war ein deutlich sichtbarer Riß entstanden, und die Beine des OmniMechs hingen jetzt komplett im Leeren.

»Was, in Kerenskys Namen, macht sie da?«

»Sie klettert auf den *Bluthund*. Was für eine Freigeburtsnärrin ist das?«

Eine mutige, wie es scheint, dachte Samantha.

Die winzige Diana kletterte zum rautenförmigen Cockpit des *Bluthund* und stieg ein. Als die Gestalt in der Luke verschwand, wurde der Riß in den Aufbauten größer, und die oberen Verankerungen mußten jeden Augenblick reißen. Der *Bluthund* würde abstürzen, bevor die Rettungsteams das Plateau erreichen konnten.

Niemand im Raum sagte etwas, und Samantha schien es, als würden sie sogar den Atem anhalten.

Die Mini-Diana stieß die Luke auf und zwängte sich mühsam ins Freie. Alle im Beobachtungsraum sahen, daß sie eine Miniaturversion ihres Gegners aus der Pilotenkanzel zerrte. Sein Körper war schlaff. Sterncommander Ethan war entweder ohnmächtig geworden, oder (was Samantha für die wahrscheinlichere Erklärung hielt) Diana hatte ihn niedergeschlagen.

Nachdem sie ihren Gegner vom Rumpf des *Bluthund* geworfen und sich davon überzeugt hatte, daß er auf sicherem Boden landete, ohne an den aufgerissenen und verbogenen Trümmern seines Mechs hängenzubleiben, schaute Diana zu den Aufbauten, gerade rechtzeitig, um zu sehen, wie sich deren obere Hälfte wie in einer formellen Verbeugung in ihre Richtung neigte. Ohne Zweifel spürte die echte Diana, wie der *Bluthund* unter ihren Füßen ins Rutschen geriet, als das Gewicht seiner Beine ihn in den Abgrund zog.

Das schwere Atmen im Beobachtungsraum verschmolz zu einem einzigen ohrenbetäubenden Keuchen, als die Zuschauer Diana den Rumpf der Maschine hinaufrennen sahen. Scheinbar im letzten Augenblick sprang sie durchaus elegant vom Torso des Mechs. Möglicherweise war es der Schwung, mit dem sie sich abgestoßen hatte, oder vielleicht auch ein verrückter Impuls, jedenfalls machte sie einen Salto, bevor sie leicht schwankend, aber sicher mit beiden Beinen aufsetzte.

Die Zuschauer auf der einen Seite der Holovidhochebene sahen den *Bluthund* über dem Rand des Blutplateaus verschwinden, die anderen starrten mit offenem Mund dem winzigen, ohne jede Spur von Eleganz in die Tiefe stürzenden Mech hinterher. Das Holovid konnte unmöglich alle zerstörerischen Einzelheiten wiedergeben, aber trotzdem erkannte man, daß die Maschine in hundert nach allen Seiten davonfliegende Trümmer zerbarst, als sie auf dem Boden aufschlug.

Auf der Hochebene zerrte die Miniaturversion Dianas den Mini-Ethan vom Klippenrand fort. Nach mehreren Metern hielt sie an und legte den offenbar immer noch bewußtlosen Körper ihres Gegners auf den Boden. Sie setzte sich scheinbar erschöpft hin und winkte einem Rettungshubschrauber zu landen.

Samantha dachte: *Ich bin froh, daß ich noch ein paar Tage länger auf Ironhold geblieben bin. Das sieht nach einem interessanten Wettbewerb aus. Und ich habe den Eindruck, daß mir diese Diana gefallen könnte. Sogar sehr.*

Um sie herum gewann der Rest der Zuschauer seine Energie zurück und murrte ärgerlich. Die Krieger waren wütend, daß die Freigeborene nicht nur gesiegt, sondern ihren Gegner auch noch gerettet hatte. Das war ein dermaßen einzigartiger Ausgang eines Blutnamenskampfes, daß niemand so recht wußte, wie er damit umgehen sollte. Aber die meisten schienen deutlich die Ansicht zu vertreten, daß es einfach nicht in Ordnung sein konnte, weil diese verdammte Freigeborene es getan hatte.

Samantha grinste. Innerlich. Sie pflegte in der Öffentlichkeit keine Belustigung zu zeigen. Aber gelegentlich war das Benehmen ihrer Mit-Krieger schon amüsant, dachte sie.

19

Jadefalken-Trainingsareal 14, Ironhold
Kerensky-Sternhaufen, Clan-Raum

1. März 3060

Kaum war Diana aus dem Hubschrauber gestiegen und hatte dem Piloten dankend zugewinkt, als sie schon die hastigen, schweren Schritte Joannas hörte. Mit perfektem Timing drehte sie sich genau in dem Augenblick zu ihr um, als Joanna ansetzte, ihren Namen zu brüllen.

Diana kam ihr mit schelmisch blitzendem Blick zuvor. »Hast du mir etwas zu sagen, Joanna?«

»Da hast du verstravagt recht, Kadettin.« Joanna nannte sie häufig Kadettin, wenn sie besonders verärgert war. »Du wirkst ja ausgesprochen zufrieden über deine sinnlose Heldinneneinlage nach dem Sieg. Was für eine Schau hast du da oben abgezogen? Und für wen?«

Hengst grinste breit, während er langsamer herankam.

»Ich habe es für niemanden abgezogen«, antwortete Diana. »Oder für mich selbst. Wer weiß? Ich habe nicht darüber nachgedacht, ich habe einfach getan, was …«

»Da hast du verdammt recht, daß du nicht nachgedacht hast!«

»Er hat gut gekämpft. Ich hatte gewonnen. Wozu hätte ich ihn noch mit seinem Mech über die Klippe stürzen lassen sollen?«

»Der Savashri ist mir egal. Und ich verstehe nicht, warum es dir anders gegangen ist. Vom Beginn des Gefechts an hat er dich nur beleidigt. Sein Tod wäre die passende Antwort gewesen. Ist dir überhaupt nicht in den Kopf gekommen, daß du zu viele Risiken eingegangen bist? Im Innern seines Cockpits hätte alles mög-

199

liche geschehen können. Er hätte dich ausschalten können. Du hättest an irgendeinem Trümmerstück hängenbleiben können. Zu viel hätte schiefgehen können, und du wärst zusammen mit diesem Krieger und seinem *Bluthund* über die Klippe gegangen. Dein nächster Gegner hätte sich vielleicht bedankt, aber davon abgesehen hätte es nichts gebracht. Zu viele Risiken, Diana.«

»Ja, Diana«, begann Hengst. »Wenn du weiter solche Risiken eingehst, fängt man noch an, Vergleiche mit deinem Vater zu ziehen.«

Diana lachte, und Joanna wirbelte fluchend zu Hengst herum. »Du befürwortest diesen idiotischen Heroismus noch?«

»Ich bin mir nicht sicher«, erwiderte er. »Aber selbst du nennst es heroisch.«

»Die Gefahr ist es nicht wert. Soll der Stravag doch mit seinem Mech zerschellen.«

»Wie unclangemäß von dir, Joanna. Sein Tod wäre eine Verschwendung gewesen, und wir Jadefalken hassen Verschwendung. Außerdem wollen wir nicht übersehen, daß Diana seinen Versuch, sie zu beschämen, effektiv gekontert hat, indem sie ihn durch seine Rettung beschämte. Das gefällt mir, Diana.«

Joanna warf angewidert die Arme in die Höhe. »Ich gebe es auf. Freigeborene unter sich. Aber denk daran, was ich über dumme Risiken gesagt habe.«

»Joanna«, meinte Diana, »liegt es nicht in der Natur eines Risikos, daß man erst wissen kann, ob es dumm war oder nicht, nachdem man es eingegangen ist? Ich meine …«

»Ich gebe keinen Surat dafür, was du meinst. Hauptsache, du machst es dir nicht zur Gewohnheit, gegnerische Piloten aus ihrer Kanzel zu zerren, frapos?«

»Neg. Ich werde tun, was mir beliebt.«

»Hengst hat recht. Du bist genau wie Aidan Pryde. Wenigstens etwas, das mir gefällt.« Joanna stampfte wütend davon. Diana sah Hengst an und zuckte die Schultern. Er erwiderte die Geste.

»Hast du den Vergleich mit meinem Vater ernst gemeint?«

»Ja. Aus einem bestimmten Blickwinkel gesehen waren seine Aktionen auf Tukayyid idiotisch, aber er wurde dafür als Held gefeiert. Heldentum hängt davon ab, wieviel Glück du bei der Auswahl deiner Risiken hast.«

»Das ist zu profund für mich.«

»Pos. Für mich auch.«

Hengst und Diana holten Joanna ein, und die drei verließen das Trainingsareal zusammen. Erst gingen sie schweigend nebeneinander her, dann fing Hengst an, Dianas Kampf technisch zu analysieren. Joanna, deren Wut inzwischen etwas abgeklungen war, stimmte eifrig in seine Kritik von Dianas Leistungen ein.

Im Kasernenkomplex hatte sich eine Menschenmenge angesammelt. Alle Blutnamenskämpfe hatten reichlich Zuschauer, aber Dianas Publikum schien ihr mindestens doppelt so zahlreich wie sonst zu sein.

Man konnte es kaum als freundlich bezeichnen. ›Mürrisch‹ traf die Stimmung schon eher. Noch bevor sie ein Wort verstand, sah sie an den in ihre Richtung geschüttelten Fäusten, beleidigenden Gesten und wütenden Gesichtern, woher der Wind wehte. Als Joanna, Hengst und sie näherkamen, erhob sich ein lautes Murren, das sich allmählich in erkennbare Wörter auflöste, wobei die Beleidigung ›Freigeburt‹ eine deutlich beherrschende Rolle spielte.

Es gab kaum physische Drohungen, da Angriffe auf im Wettkampf befindliche Krieger verboten waren. Es war eine schon vor langer Zeit aufgestellte Regel, als zu viele Blutnamenskämpfe außerhalb der formellen Tests stattgefunden hatten. Außerdem waren eine Menge der

stärker gebauten Techs zeitweilig zum Sicherheits-
dienst abkommandiert worden und in regelmäßigem
Abstand am Wegrand postiert, um die Menge zurück-
zuhalten. Diana fragte sich allerdings, ob die Schutz-
Techs irgendeine Chance gehabt hätten, wenn eine
Horde dieser Größe losstürmte.

Obwohl der ungeschriebene Ehrenkodex der Krieger
verlangte, auf jeden deutlichen Angriff zu reagieren,
verlangten die Gebräuche von Kriegern in einem Blutrecht, Beleidigungen der Zuschauer zu ignorieren. Also
gingen Diana und ihre beiden Begleiter an der tobenden Menge vorbei, ohne sich anmerken zu lassen, daß
sie irgend etwas bemerkten. Das Echo der Beleidigungen verfolgte sie noch eine ganze Weile.

In der Nähe ihrer Baracke sah Diana eine vertraute Gestalt, die locker an der Mauer lehnte und auf sie zu
warten schien. Einen Augenblick lang fiel ihr der Name
des jungen Mannes nicht mehr ein. Dann erinnerte sie
sich, ihm in der Holovidarena begegnet zu sein. Leif. Er
wirkte immer noch so entspannt und stark wie zuvor,
aber im hellen Tageslicht sah er noch jünger aus als in
der dunklen Nacht ihrer ersten Begegnung.

Als sie näherkam, lächelte sie. Sie war froh, daß
Joanna nicht hier war und ihn sah. Sie war zusammen
mit Hengst abgezogen, um die Reparatur ihres Mechs
zu beaufsichtigen.

»Du hast dich gut geschlagen«, erklärte Leif. »Ich
habe es auf Holovid gesehen.«

»Hast du mich angefeuert?«

Sein Grinsen wurde breiter. »Also, dich anzufeuern
wäre in dem Holovidraum nicht allzu gut angekommen. Aber *innerlich* habe ich deinen Sieg begrüßt.«

»Und warst du entsetzt zu sehen, wie ich den Sterncommander aus der Kanzel gezerrt habe?«

»Nicht entsetzt. Es war ein Risiko, das ich wahrscheinlich nicht eingegangen wäre, aber ich habe deinen Mut bewundert. Es war sehr ... sehr wahrgeboren.«

Sie mußte lachen. »Was für ein Witz ist das denn?«

»Kein Witz. Ich stimme deinem Streben zu, wenn ich es so nennen darf. Ich will nicht, daß du gewinnst, aber nicht, weil du technisch gesehen freigeboren bist, sondern weil ich diesen Blutnamen will.«

»Ich habe mir das Holovidband deiner ersten Runde angesehen. Ein guter Kampf, aber ziemlich kurz.«

»Ich verschwende keine Zeit.«

»Nein, das tust du wirklich nicht. Dir ist natürlich klar, daß wir, da wir in verschiedenen Strängen der Auslosung sind, wahrscheinlich erst im Endkampf aufeinandertreffen, frapos?«

»Der Gedanke ist mir auch schon gekommen. Ich freue mich auf das Duell. Ich ziehe es vor, den Blutnamen gegen einen würdigen Gegner zu erringen.«

»Du bist äußerst zuvorkommend – für einen Jadefalken-Krieger.«

»Wahrscheinlich ein genetischer Rückfall. Ich werde mich davon befreien, so schnell ich kann.«

»Tu das. Ich werde versuchen, zuvorkommend zu sein, wenn ich dich besiege.«

Leif lächelte nur freundlich und verabschiedete sich. Als er an ihr vorbeiging, berührte er sanft ihren Unterarm. Sie starrte ihm nach. Er drehte sich nicht um. Sie konnte die Berührung noch spüren. Das überraschte sie nicht. Krieger berührten einander nur selten so beiläufig. Was für eine Art Krieger war dieser Leif?

20

**Jadefalkenhaus, Halle der Khane, nahe Katjuscha,
Strana Metschty
Kerensky-Sternhaufen, Clan-Raum**

6. März 3060

Marthe Pryde kochte vor Wut. Es gab definitive Grenzen dessen, was sie sich von den anderen Khanen in
Konklavesitzungen wie der soeben beendeten bieten
ließ. Die Menge der Beschränkungen, die Khanen auf-
erlegt wurden, ließ sie sich danach sehnen, wie eine
einfache Kriegerin zu sein, mit dem Befehl über eine
Galaxis oder sogar nur einen einzigen Stern. Mit jedem
Schritt, den sie auf der Leiter zur Position der Khanin
gegangen war, schien sie einen wichtigen Teil ihrer
selbst verloren zu haben. Der Wechsel von der Kadettin
zur Kriegerin hatte für immer den Charakter ihrer Kameradschaft mit Aidan verändert. In ihrer ersten Einheit hatte sie durch ihre rigiden Ansichten und ihr küh-
les Auftreten einiges von der üblichen Kameraderie
unter Kriegern eingebüßt. Mit jeder höheren Befehlsposition hatte sie sich weiter von allen anderen entfernt,
bis sie jetzt – allein und mächtig – ganz auf sich allein
gestellt war.

*Andererseits, habe ich mich nicht immer abgesondert?
Freundschaftsangebote abgeblockt, mich im Panzer meiner
Ideale, meines – um es auf den Punkt zu bringen – Ehrgeizes
abgeschottet?*

Ein Gespräch mit Vlad hätte ihr jetzt gutgetan, aber
er war irgendwo mit seinen eigenen Verpflichtungen
als Khan beschäftigt. Und Samantha war noch auf Ironhold. In ihrem letzten Bericht hatte sie Diana für ihren
Sieg in der ersten Runde hoch gelobt. In wenigen Tagen
würden die Blutrechtskämpfe enden und einige der
Angriffe im Konklave verstummen. Marthe war sich

bewußt, wie wichtig es politisch für sie war, gelassen zu bleiben.

Seit Hengsts Sieg über Ivan Sinclair hatten die Stahlvipern ihre Angriffe im Konklave noch intensiviert. Marthe hatte erwartet, die Schande dieser Niederlage würde ihnen die Mäuler stopfen, aber statt dessen schienen sie erst recht aufgebracht. Allerdings hatte sich der Stil der Angriffe geändert. Perigard Zalman gestattete seinem saKhan Brett Andrews, die beleidigenden Kommentare und sarkastischen Anspielungen auf Dianas Blutnamenstests zu plazieren.

Nach Dianas Sieg in der ersten Runde hatte Andrews vorgeschlagen, das gesamte Blutrecht für ungültig zu erklären und mit ausschließlich wahrgeborenen Teilnehmern neu zu starten. Er erklärte den gesamten Wettbewerb für einen Verstoß gegen Clangesetze und -traditionen, besonders angesichts der Tatsache, daß der einzige Freigeborene, der sich schon vorher um einen Blutnamen beworben hatte, Phelan Ward gewesen war. »Und was hat der getan?« hatte Andrews mit vor Sarkasmus triefender Stimme gefragt. »Er hat den Wolfsclan gespalten und ist zur Inneren Sphäre übergelaufen! Es hat keinen Sinn, Freigeburten zu bevorzugen, niemals!«

Marthe war natürlich im Vorteil. Hengsts Sieg über Ivan Sinclair hatte Dianas Anspruch überzeugend bestätigt und den Widerstand der Stahlvipern verworfen, aber trotzdem schien Brett Andrews unter den anderen Khanen reichlich Zuspruch zu finden.

Jetzt, zurück in ihrem Büro, stellte Marthe fest, daß sie die Intrigen satt war. Im Grunde wollte sie nichts anderes, als die Jadefalken auf ihre alte Stärke zu bringen, um in die Innere Sphäre zurückzukehren und zu Ende bringen zu können, was die Clans mit ihrer ersten Invasion begonnen hatten. Dort würde es ihr nichts ausmachen, die Überlegenheit der Falken über die Vipern, die ihren Korridor teilten, unter Beweis zu stellen. Nach allem, was geschehen war, seit Marthe auf den Stuhl der Khanin gehoben worden war, hatte sie nicht die geringste Lust, irgendwelchen Ruhm mit den Stahlvipern zu teilen.

Sie lehnte sich in ihrem Sessel zurück und preßte die Finger auf die Augen. Angenehme Lichtpunkte erschienen, glitten von einer Seite zur anderen, verschmolzen miteinander wie Galaxien in einem schwarzen Universum.

Ich werde ihnen zeigen, wozu eine Jadefalken-Khanin fähig ist. Sie werden zu meinen Füßen ... Ist das nicht arrogant? Na schön, dann bin ich eben arrogant. Sie alle, Khane, Innere Sphäre, alle werden zu meinen Füßen kriechen.

Sekunden später trat ein Adjutant ein und teilte ihr mit, daß Diana einen weiteren Blutrechtstest gewonnen hatte. Diesmal hatte sie einen *Höllenbote* auf einer Ödebene besiegt, auf der sich der Staub des Gefechts nach den Worten ihres Adjutanten noch nicht gelegt hatte. Das war möglicherweise übertrieben, aber Marthe hörte die Nachricht gerne. Sie befahl dem Adjutanten, ihr eine Holovidaufzeichnung des Kampfes zu bringen. Sie war begierig darauf, ihn zu sehen.

21

**TrainingsfeldBaracke, Ironhold
Kerensky-Sternhaufen, Clan-Raum**

12. März 3060

»Hättest du gedacht, daß Diana es so weit schafft, Hengst?« fragte Joanna. »Bis zum Endkampf?«

»Ja.«

»Nein, ich meine *wirklich*.«

»Wirklich. Oh, versteh mich nicht falsch. Ich weiß schon, welche Rolle die Genetik in all diesen Tests spielt. Wenn ich hätte teilnehmen dürfen, hätte ich nie einen Blutnamen gewonnen.«

»Ich hätte nie gedacht, daß ich das einmal sage, Hengst, aber da bin ich mir nicht so sicher.«

»Warum zweifelst du dann an Dianas Potential?«

»Ich habe weniger daran gezweifelt als gesehen, was alles gegen sie spricht. Möchtest du noch einen Fusionnaire? Ich weiß, er ist nur selbstgepanscht, aber ...«

Hengst schüttelte den Kopf. »Nein, ist mir zu stark. Wir sollten wahrscheinlich ohnehin nicht trinken, nicht am Vorabend ...«

»Vergiß es. Ich kann ein Dutzend davon trinken, mich übergeben, aufs Bett fallen und trotzdem an nächsten Morgen aufstehen und drei Ehrenduelle im Kreis der Gleichen gewinnen.«

»Das glaube ich dir sogar. Warum hast du trotzdem gedacht, sie könnte all das, was gegen sie spricht, überwinden?«

Joanna schaute in die Ferne. »Ich weiß nicht, was ich gedacht habe. Meine Aufgabe war es, sie zu trainieren. Ich trainiere immer vom selben Blickwinkel aus. Ich gehe von der Annahme aus, daß die Kadettin Abschaum ist und ich sie zu etwas Würdigem heranziehen muß. Natürlich ist Diana keine Kadettin im üblichen Sinn, sie ist eine erfahrene Kriegerin, aber ich muß davon ausgehen, daß im Innern der Kriegerin noch mehr steckt, daß es einen Brunnen in ihrem Inneren gibt, aus dem scheinbar Unmögliches herauszuholen ist.«

»Ich war nie ein Falkner wie du, aber ich frage mich, ob es nicht besser wäre, davon auszugehen, daß die Kriegerin, die du trainierst, es bis zum Ziel schafft und …«

»Nein, ist es nicht. Wenn ich davon ausginge, würde ich irgend etwas übersehen.« Sie stand auf und mixte sich an dem niedrigen Tisch, auf dem die drei Flaschen mit den Zutaten standen, einen neuen Fusionnaire. Sie hatte Stapel von Kleidern und Papieren auf den Boden fegen müssen, um Platz für die Flaschen zu machen. Jetzt sah das Zimmer aus wie jedes Quartier, das Joanna je benutzt hatte. Ein unaufgeräumtes Chaos. Jedenfalls nahmen es andere so war. Sie selbst wußte, daß es längst nicht so zufällig hingeworfen war, wie es aussah. Sie wußte genau, wo alles stand.

»Weißt du was?« fragte Hengst. »Es ist seltsam, aber wahrscheinlich ist genau diese Verbitterung für deinen Erfolg verantwortlich.«

Joanna drehte sich um und sah ihn aus zusammengekniffenen Augen an, während sie an dem Fusionnaire nippte. Diesmal mußte er besonders stark ausgefallen sein, denn Hengst sah ihre Schultern beben. »Was genau, Hengst, meinst du mit diesem Gewäsch? Ich sage dir, du liest zuviel in diesen Büchern. Oder ist dir auf Diana etwas zugestoßen? Du wirkst irgendwie anders.«

»Es ist mir dort etwas zugestoßen. Ich habe erkannt, daß es möglich ist, mich zu besiegen. Zu unterwerfen.«

Sie trank noch einen Schluck. »Noch mehr Gewäsch. Spuck es aus, wie hast du das mit meiner, wie du es nennst, Verbitterung gemeint?«

»Ich will sagen, daß du die falsche Seite einer Alternative wählst und genau dadurch trotzdem irgendwie auf der richtigen landest.«

Joanna lachte wiehernd. Dabei verschüttete sie etwas von ihrem Drink, und Hengst sah, daß ihre Augen glasig waren.

»Indem du davon ausgegangen bist, daß Diana praktisch keine Chance hat, Joanna, hast du sie in die letzte Runde des Blutrechts befördert. Ihre Wahl der Höhlen als Austragungsort gefällt mir.«

Diesmal nahm Joanna einen tiefen Schluck. »Wirklich? Ich hasse diese Wahl. Ich wünschte, ich hätte sie nie dorthin gelassen. Da ist ihr der Gedanke gekommen, ich kann mich fast daran erinnern, wie ich es in ihrem Blick gesehen habe, ohne zu wissen, was ich sah.«

»Und das ist kein Gewäsch?«

»Mag sein. Das ist nicht schwer, nachdem ich mir dein Geplapper anhören mußte, voll mit Büchergeschwall und verluderter Sprache.«

»Was ist an den Höhlen auszusetzen, aus deiner Sicht? Stimmst du mit denen überein, die behaupten, sie sollten als Austragungsort verboten sein?«

Joanna schnaubte. »Nein, was kümmert mich, was *die* sagen? Ich meine die Höhlen selbst. Zu beengt, zu viele schmale Passagen, nur ein paar Stellen, an denen ein BattleMech sich frei bewegen kann. Ein Kampf sollte in offenem Gelände stattfinden, nicht in engen, geschlossenen Räumen.«

Fast hätte Hengst die beiden Gelegenheiten angesprochen, bei denen Joanna gezwungen gewesen war, in der Großen Schneise auf Twycross zu kämpfen. Obwohl sie beim zweiten Mal einen bedeutenden Sieg errungen hatte, dürften diese beiden Erfahrungen ihr genügend Grund gegeben haben, engen Räumlichkeiten zu mißtrauen. »Nun«, erklärte er statt dessen, »ich finde die Wahl der Höhlen gut, besonders, wenn ich mich an Ravill Prydes Reaktion darauf erinnere.«

Ravill Pryde war außer sich gewesen vor Wut. Selbst als Hausoberhaupt, das als Eidmeister der Münzenzeremonie fungierte, in der die Wahl der Kampfart dem Krieger zufiel, dessen Münze als erste aus dem ›Brunnen der Entscheidung‹ genannten Schwerkraftkamin fiel, während der Teilnehmer, dessen Name auf der Rückseite der zweiten Münze stand, den Austragungsort wählen durfte. Dianas Münze war als zweite aufgetaucht, und es hatte die Andeutung eines Lächelns um ihre Mundwinkel gespielt, als sie nach der Entscheidung ihres Gegners für den BattleMechkampf die Falkenhöhlen als Ort bestimmt hatte.

Jetzt, allein in seinem Quartier, ging Ravill dieser Augenblick nicht aus dem Sinn. Bei der Zeremonie war der Saal plötzlich erfüllt gewesen von den wütenden Reaktionen der anderen Anwesenden. Diana schien ihren Widerstand genossen zu haben. Die Zuschauer waren eindeutig Ravills Meinung gewesen, als der darauf hingewiesen hatte, daß die Höhlen eine hochgeschätzte Touristenattraktion darstellten. BattleMechs hineinzuschicken, Maschinen, die äonenalte Tropfsteinmotive beschädigen oder sogar zerstören konnten, wäre eine Entweihung.

Diana hatte nicht nachgegeben.

»Die Höhlen sind groß genug für Mechs, frapos?« hatte sie ruhig gefragt und die Wut ihrer Umgebung völlig ignoriert.

»Pos.«

»Und bei der Wahl des Austragungsortes steht mir ganz Ironhold frei, selbst sein Mond, solange der Kampf nicht in der Nähe von Siedlungen stattfindet, frapos?«

Die Anspielung auf den Mond bezog sich natürlich auf Rhea, wo ihr Vater seinen letzten Blutrechtskampf ausgetragen hatte.

»Nun, pos.«

»Dann habe ich alle Bedingungen erfüllt. Ich wähle die Falkenhöhlen als Austragungsort.«

Ravill Pryde hatte einen Augenblick geschwiegen. Der hochgewachsenen Diana gegenüber war er sich seiner kleinen Statur ungewöhnlich bewußt. Obwohl sie freigeboren war, hatte sie schon immer die Zähigkeit und Grobschlächtigkeit wahrgeborener Jadefalken-Krieger zur Schau gestellt. Er hatte sie noch nie so selbstsicher gesehen. Der Gedanke, daß diese Freigeborene nur noch einen Schritt von einem Blutnamen entfernt war, behagte ihm ganz und gar nicht.

Nach einem langen, starren Blick in Dianas Augen hatte er dann festgestellt: »Nun gut. Die Falkenhöhlen ziehen vor allem Freigeborene an, also dürfte eine Beschädigung kaum ins Gewicht fallen.«

Der Freigeborenen-Kommentar Ravill Prydes war kalkuliert gewesen. Aber wenn Diana sich von der Beleidigung getroffen gefühlt hatte, so hatte sie es sich nicht anmerken lassen.

Grelev hatte ihm mitgeteilt, daß ganz Ironhold City über die Wahl der Höhlen aufgebracht war.

»Es wird kaum jemanden geben, der es bedauert, Dianas Niederlage dort zu sehen«, hatte Grelev auf seine übliche, wohlüberlegte Weise gesagt. Dieser Mann verursachte Ravill Pryde mit jedem Satz eine Gänsehaut.

»Ich hätte gedacht, die Tatsache, daß sie freigeboren ist, wäre genug Grund, Diana zu verachten.«

»Das auch«, erwiderte Grelev.

Dann hatte er pflichtbewußt den Raum verlassen und Ravill mit seinen Gedanken allein gelassen.

Ich hätte nie erwartet, daß sie es so weit schafft. Mein Fehler. Ich hätte erkennen müssen, daß ihre Dickköpfigkeit auch hier zu ihrem Vorteil wirkt. Wenn ihr das Wunder gelingt und sie diesen hochbegabten Krieger tatsächlich besiegt, weiß ich nicht, ob ich ihren Sieg ertragen kann. Aber was soll ich tun? Was kann ich tun?

In diesem Augenblick nahm ein Plan in Ravill Prydes
Gedanken Gestalt an.

Joannas Aussprache war zögernd, aber was sie sagte,
ergab doch einen Sinn.

»Hast du Diana heute abend gesehen, als ich sie vor
diesem Leif warnte? Sie kennt ihn, Hengst. Sie scheint
zu glauben, er ist, ich weiß nicht, ein netter Bursche
oder so etwas. Ich hasse das.«

Hengst nickte. »Du hast recht. Je weniger man über
seinen Gegner weiß, desto besser.«

»Sie könnte ihn als Freund sehen und im entscheidenden Augenblick zögern. Versuchen, ihn zu besiegen, ohne ihn zu verletzen, oder davor zurück-
schrecken, ihn zu erledigen, wenn sich die Möglichkeit
bietet.«

»Sieh es einmal so. Wenn sie eines Blutnamens würdig ist, wird sie sich wie eine Kriegerin verhalten müssen, mit allen Implikationen dieses Begriffes.«

»Verschone mich mit deinem kostbaren Bücherwis-
sen.«

»Das stammt aus keinem Buch. Es ist meine eigene
Erfahrung. Ich glaube fest daran, daß ein Krieger nicht
zögert, wie du es ausgedrückt hast. Wäre Aidan Pryde
plötzlich mein Feind geworden, hätte ich ihn umgebracht, so einfach ist das. Wahre Krieger lassen sich
nicht von Freundschaft oder Kameradschaft an der
Ausführung ihrer Pflicht hindern.«

»Hehre Worte, Hengst. Wenn Diana einen Fremden,
der Sekunden vorher noch versucht hat, sie zu beschämen, aus seiner Kanzel zerren kann, ist sie auch fähig,
auf Grund idiotischer Gefühle diesen Leif zu schonen.«

»Ich bin anderer Meinung, Joanna. Ich halte ihre idiotischen Gefühle, wie du sie nennst, für Dianas beste
Waffe. Denk an ihren Vater. In ihrem Wesen, ihrem Können, ihrer Bereitschaft zum Risiko *ist* sie Aidan Pryde.«

»Eigentlich sollte ich dich dafür verachten. Das ist ein typisch freigeborener Gedanke. Aber irgendwie stimme ich dir zu. Es gibt nicht nur eine körperliche Ähnlichkeit. Ihre Persönlichkeit hat auch damit zu tun. In ihrer Nähe erinnere ich mich weit häufiger an Aidan Pryde, als mir lieb ist. Ich kann nicht mehr denken. Mit dir zu reden ist so schwer, wie mit drei Mechs zu kämpfen, Hengst – oder mit Aidan Pryde. Ich muß jetzt schlafen.«

Joanna schob einen Stapel Gefechtsmonturen beiseite, fiel aufs Bett und schlief sofort ein.

Vorsichtig, um sie nicht zu wecken, legte Hengst das Durcheinander vom Bett auf einen Tisch und deckte sie zu, ohne mehr als ein leises Grunzen auszulösen.

Ich brauche auch Schlaf. Morgen ist der große Tag, der Tag, an dem Diana sich beweist oder allen zeigt, daß sie im Grunde eine Freigeborene ist, die keinen Blutnamen verdient. Ich frage mich, was Aidan Pryde darüber gedacht hätte? Er hätte sie nicht als ihr Vater unterstützt, denn er hat erst in den letzten Minuten vor seinem Tod von ihrer Existenz erfahren, aber er hätte sie wohl als Kriegerin unterstützt. Immerhin hat er sich für einen Großteil seiner Militärlaufbahn als Freigeborener ausgegeben. Das ist alles Teil seiner Legende. Er hat Freigeborene besser verstanden als irgendein anderer Wahrgeborener. Und doch blieb er im Grunde ein Wahrgeborener. Na, das ist ein Problem, das ich jetzt nicht lösen kann, und wahrscheinlich wird es mir nie gelingen. Besser, ich finde zu meiner alten Haltung zurück. Damals habe ich mich einfach auf meine natürliche freigeborene Abneigung gegen alle Wahrgeborenen zurückgezogen und brauchte mich nicht mit Grautönen abzugeben. Stravag, bin ich müde.

In seinem Quartier fiel Hengst ebenso aufs Bett wie Joanna, auch wenn das Bett sauberer war, mit militärisch präzise gespannten Laken und Decken.

22

Ironhold City, Ironhold
Kerensky-Sternhaufen, Clan-Raum

13. März 3060

Peri hatte in dem Krankenzimmer, in das sie verlegt worden war, nachdem die Behandlung im Schwebekokon beendet war, nicht einmal darum gebeten, den Blutnamenskampf zu sehen. Wahrscheinlich hätte ihr nur irgendeine MedTech erklärt, daß sie noch zu schwach war und sich nicht einer derartigen Aufregung aussetzen durfte. MedTechs hatten eine solche Argumentationsweise an sich.

Sie hatte sich geschworen, aus dem Krankenzimmer zu fliehen und einen Holovidraum zu suchen, in dem sie Dianas Kampf sehen konnte. In der Zwischenzeit hatte sie es geschafft, während der Krankengymnastik verschiedene Kleidungsstücke zusammenzustehler.. Sie konnte selbst nicht fassen, wie einfach es gewesen war. Jetzt konnte sie sich aus dem Krankenhaus schleichen. Natürlich würde sie keinen sonderlich modischen Eindruck machen, da die gestohlenen Kleidungsstücke nicht zusammenpaßten. Aber sie wußte, daß eine Menge Freigeborene in den bizarrsten Aufmachungen herumliefen, und war sicher, nicht aufzufallen.

Beim nächsten Besuch einer MedTech versteckte sie die zwei Pillen, die sie bekam, unter der Zunge, und kaum war sie wieder allein, spuckte sie das Medikament aus. Dann schlüpfte sie hastig in die bunt zusammengewürfelte Kleidung. Irgendwie erschien es ihr seltsam, daß niemand die Frau zu bemerken schien, die kurz darauf seltsam bekleidet und mit unsicherem Schritt die Gänge entlang, am Verwaltungstrakt vorbei und aus dem Medozentrum hinausging.

Samantha Clees hatte Holovidkameras in allen potentiellen Kampfgebieten der Falkenhöhlen plazieren lassen. Dunkle, geschlossene Räume waren in der Regel nur schlecht für Holovidübertragungen geeignet, und wenn die Kombattanten bestimmte Bereiche betraten, würden sie aus dem Holovidfeld verschwinden. Aber die Kameras waren an einen Computer angeschlossen, der die Aufnahmen ständig digitalisierte und analysierte, um Bilder zu liefern, die den einzelnen Kameras nicht möglich waren. Dank des Bildspeichers konnte der Computer nur teilweise sichtbare Gestalten ergänzen und so eine Übertragung sichern, die vielleicht keine akkurate Wiedergabe des Geschehens war, aber nahe genug an der Realität, um den Zuschauern zu ermöglichen, den Kampf zu verfolgen.

Sie wanderte rund um den Holovidtisch, den sie sich in ihrem Quartier im Jadefalken-Turm hatte aufstellen lassen, und beobachtete, wie die beiden winzigen BattleMechs am Rand des holographischen Bildfelds erschienen. Erregung stieg in ihr auf. Jeder Mechkampf hatte diese Wirkung auf sie. Die mächtige Kampfmaschine und der Pilot, der mit ihr verschmolz, erschienen Samantha als die Essenz des Lebens als ClanKriegerin.

Diana bewies eine meisterhafte Beherrschung ihrer *Nova*, obwohl sie früher einen *Kriegsfalke* bevorzugt hatte. Wahrscheinlich war sie im Hinblick auf diesen Blutnamenstest umgestiegen. Die leichtere, flexiblere *Nova* kam ihrer Beweglichkeit und blitzschnellen Reaktionsfähigkeit entgegen.

MechKrieger Leif führte einen *Feldeggsfalke*, einen Mech, den Samantha besonders liebte. Er besaß eine gute Reichweite und ausgezeichnete Feuerkraft. Selbst in Schlachten, die in einer Niederlage der Falken geendet hatten, war es Leif gelungen, in diesem Mech eine gute Figur zu machen. Er besaß ein besonderes Talent,

215

dessen Waffen überlegt einzusetzen, mit kalter Berechnung und Gnadenlosigkeit, wie sie für die besten Jadefalken-Krieger bezeichnend waren.

Samantha mußte um das Holovidfeld herumgehen, um sich die beiden BattleMechs anzusehen, die darauf warteten, durch die ihnen zugewiesenen Eingänge das Schlachtfeld zu betreten. Noch standen sie im Freien, außer Sicht des jeweils anderen, und warteten auf das Zeichen Eidmeister Ravill Prydes, die Falkenhöhlen durch die beiden einzigen Zugänge zu betreten, die groß genug waren, um einen BattleMech aufzunehmen. Das gesamte Höhlensystem war im Laufe der Nacht für die beiden Krieger abgegangen und kartographiert worden. Man hatte die den Mechs zugänglichen Tunnel und Höhlen auf Computerkarten verzeichnet, die beide Mechs erhalten hatten. Eine Reihe theoretisch zugänglicher Bereiche war auf Befehl der saKhanin gesperrt worden. Samantha wollte eine Beschädigung besonders beliebter und wohl, auch wenn sie noch nicht selbst in den Höhlen gewesen war, besonders schöner Attraktionen vermeiden. Die Position der beiden Kontrahenten würde konstant überwacht werden, um sie von gesperrten Bereichen und Tunneln mit zu vielen Gefahrenstellen fernzuhalten.

Samantha hörte ein Geräusch hinter sich. Sie drehte sich um und sah Grelev in den Schatten.

»Ja, Grelev?«

»Ravill Pryde will mich heute nicht sehen. Außer meinem Quartier habe ich keinen Ort, an den ich gehen könnte. Ich dachte mir, statt dessen könnte ich den Kampf verfolgen. Da ich noch meine Schlüsselkarte für diesen Komplex habe, kam ich hierher. Ich hoffe, Sie haben nichts dagegen. Ich bleibe hier im Schatten und verhalte mich still.«

Samantha lachte. Selbst Grelev mußte erkannt haben, wie ungewöhnlich das war, denn er kam näher, als

216

wolle er fragen, was er tun könne, um ihren besorgnis-
erregenden Zustand zu kurieren. Samantha hob die
Hand. »Nein, alles in Ordnung. Ich war nur perplex,
das ist alles. Manchmal überraschst du mich mit deinem Talent zur Untertreibung. Du scheinst einen ungewöhnlichen Sinn für Humor zu besitzen, Grelev. Dem
Kriegerhumor fehlt in der Regel die Schärfe, die du deinen Feststellungen verleihst. Natürlich kannst du bleiben. Ich kann jemanden gebrauchen, mit dem ich reden
kann. Komm näher. Setz dich.«

Grelev wirkte erfreut.

Als er sich hinsetzte, deutete er auf die Holovidbil-
der. »Sehen Sie. Das Zeichen. Es fängt an.«

Während Grelev die Holovid-Version der *Nova* Dianas die Falkenhöhlen betreten sah, beobachtete Samantha, wie MechKrieger Leif den *Feldeggsfalke* durch
eine Öffnung manövrierte, deren reales Gegenstück gewaltig war, aber gerade breit genug, um den Mech einzulassen, ohne daß er sich seitlich drehen mußte. Das
Holovidfeld wurde kurz dunkel, als die Übertragung
zu den Innenkameras umschaltete, dann wurde der
Kampf durch eine Aufrißansicht der Tunnel übertra-
gen, die sich je nach Position des Betrachters veränderte.

»Ich wünschte, ich könnte dabei sein, auf der Schulter eines der Mechs«, erklärte Grelev plötzlich. »Das
könnte spektakulär werden. Ich meine nicht nur den
Kampf selbst. Es werden Felsen durch die Höhlen geschleudert werden, vielleicht sogar ein paar Stalaktiten
abgeschossen und herabstürzen. Dieses Holovid wird
das wirkliche Geschehen nie ganz einfangen.«

»Einige der Formationen existieren seit Jahrtau-
senden. Du möchtest sie in Sekunden zerstört sehen,
Grelev?«

Er zuckte die Achseln. »Was macht es für einen Unterschied? Ich kann Jahrtausende nicht fassen. Jetzt ist

jetzt. Ich meine, was soll es, wenn Fels, der einige tausend Jahre an der Wand hing, herunterfällt und dann jahrelang auf dem Boden liegt, um irgendwann von Menschen anderer Zeiten, wenn wir alle längst tot sind, herumgetreten zu werden. Für uns ist es nicht einmal von Bedeutung, wer diese Menschen sein werden, also was kümmern uns die Steine? Was machen irgendwelche Felstrümmer in ein paar hundert Jahren für einen Unterschied?«

»Ich weiß es nicht, Grelev. Ich weiß es wirklich nicht.«

Das Licht im Innern der Höhle wirkte schwächer, wenn man es über den Sichtschirm eines Mechs sah, stellte Diana fest, als die *Nova* langsam den Tunnel hinab steuerte. Hätte sie auf Rückansicht umgeschaltet, hätte sie die Eingangsöffnung unter den weiten Schritten der Maschine schnell kleiner werden sehen. Sie spürte eine Bewegung über dem Mech. Eine zögernde, flatterhafte Bewegung. *Wahrscheinlich Fledermäuse,* dachte sie. In der Nähe des Eingangs hingen ganze Kolonien dieser Tiere an der Decke. Es hieß, daß sie bei Einbruch der Nacht in einer riesigen schwarzen Wolke aus dem Höhleneingang flogen. Viele von ihnen machten am Nachthimmel Jagd auf Insekten und konnten häufig in weiter Entfernung der Höhlen gesehen werden. Irgendwie schafften sie es immer, bei Morgengrauen zurück in der Höhle zu sein. Ihr Informant, ein Freigeborener, der als Fremdenführer in den Höhlen arbeitete, hatte ihr erzählt, daß man nur selten tote Fledermäuse außerhalb der Höhlen fand – und daß sie rätselhafterweise auch innerhalb des Höhlenkomplexes selten waren.

Sie studierte die von ihrer Aktivsonde gelieferten Ortungsmuster. Sie hatte das System von ihren Techs speziell für diesen Kampf an Stelle der Raketenabwehr einbauen lassen, die ihr für dieses Gefecht überflüssig erschien. Sie bemerkte die zarte Hand der Natur in der Struktur der Höhlenwände. Zusätzlich zu den Tropfsteinformationen, die sich in Dicke und Form voneinander unterschieden, existierten noch viele gitterähnliche Steinformationen. An manchen Stellen erinnerten sie an zarte Spitzenarbeiten. Krieger hatten nicht viel Ahnung von Spitzenarbeiten und ähnlichen zivilen Besonderheiten, aber Diana war als Freigeborene aufgewachsen und hatte diese zierlichen Handarbeiten in manchen Freigeborenenhaushalten niederer Kasten bewundert. Damals, in Kindertagen, waren ihre Fingerspitzen noch sehr empfindlich gewesen, nicht so rauh und schwielig wie jetzt. Heute hätte sie die Struktur des feinen Tuchs wahrscheinlich gar nicht mehr wahrnehmen können, aber die Erinnerung an das Gefühl der Spitzen auf ihrer Haut war noch sehr lebendig.

Genug nutzloses Schwelgen in Reminiszenzen. Es wurde Zeit, sich durch das komplexe Netz der Tunnel einen Weg zu Leifs *Feldeggsfalke* zu suchen.

Die Sonde zeigte Leif in erheblicher Entfernung. Sie fragte sich, ob er sie bereits bemerkt hatte. Sonden dieser Art waren unter der Oberfläche von ungewissem Wert. Mineral- und Erzablagerungen konnten die Signale verfälschen, ganz abgesehen von den Auswirkungen auf die Sensoren durch Schlamm und Nässe.

Er verschwand kurz aus ihrer Sicht, ohne Zweifel auf Grund irgendeines planetologischen Phänomens. Egal. Sie hatte noch reichlich Zeit. Leif war einverstanden gewesen, das Höhlensystem von verschiedenen Seiten zu betreten, weil das nicht nur die Probleme eliminierte, die entstanden wären, wenn einer der Mechs dem anderen hätte folgen müssen, sondern ihnen beiden auch Zeit gab, sich an die fremdartige Umgebung zu gewöhnen. Im Augenblick fühlte Diana einen gewissen Widerstand ihrer *Nova* gegen den Aufstieg in die Höhlen entlang des felsigen und zuweilen steilen Pfads. Sie erinnerte sich daran, wie schwierig es gewesen war, vor einigen Wochen ähnliche Tunnel nur zu Fuß entlangzugehen, und einen Augenblick fragte sie sich, ob es wirklich so schlau gewesen war, diesen Austragungsort zu wählen. Besonders, als der *Feldeggsfalke* wieder auf dem Sondenmonitor erschien und sich geschickt durch die Gänge bewegte.

Als sie ihre Wahl verkündete, hatte Leif mit einem seltsamen Lächeln reagiert. *Allerdings ist bei der Münzenzeremonie jedes Lächeln seltsam, weil dort traditionell alles todernst abläuft. Aber sein Lächeln kam sicher unerwartet. Bevor wir die Zeremonie verlassen haben, hat er mir zugeflüstert, meine Wahl sei brillant, sie gefiele ihm, und er freue sich darauf, mich in einer der großen Kavernen zu stellen. Der stravag Hurensohn! Vielleicht hat Joanna recht. Seine Freundlichkeit ist nur Strategie. Möglicherweise eine gute Strategie, denn sie macht mich nervös. Ich kann ihn geradezu vor mir sehen in seiner Kanzel, entspannt und gelassen. Das wäre erheblich einfacher, wenn ich ihn nicht mögen würde. Seinen Gegner soll man hassen. In der Schlacht ist das leicht. Nur im Kreis der Gleichen oder in einem Blutnamenskampf kann es vorkommen, daß man gegen jemanden kämpfen muß, den man mag.*

Fast wäre sie mit der Schulter ihres Mechs gegen einen dicken Stalaktiten geschlagen, dessen Oberfläche vor Nässe glänzte. Bei der Ausweichbewegung rutschte der linke Fuß der *Nova* ab, aber Diana wäre keine Pilotin ihrer Klasse gewesen, wenn sie die Kontrolle nicht sofort hätte zurückgewinnen und ihren Weg ins Dunkel der Höhlen fortsetzen können.

Nomad, seinen üblichen Drink zur Hand, verfolgte den Kampf auf einem ziemlich großen Holovidfeld, das in der Techsektorkneipe aufgebaut war. Er wußte nicht, was er trank. Er hatte kaum noch einen Geschmacksinn. Er trank, um sich zu betäuben und die Chance, die Schmerzen zu ignorieren, die ihm das Alter so reichlich beschert hatte, zu erhöhen.

Während er trank, setzte er seinen Kommentar zu dem Blutnamenskampf für einen Begleiter fort, der längst eingeschlafen war, ohne daß es Nomad aufgefallen wäre.

»Diese Krieger kümmern sich doch wirklich einen Dreck um ihr Publikum, wenn sie ihre verdammten Tests austragen. Sieh sich das einer an. Dutzende Meter unter der Erde, wie zwei Krabben auf der Suche nach dem anderen. Und wie die Auflösung hin und her wackelt. Subplanetar kriegst du einfach kein gutes Signal. Genausowenig wie unter Wasser übrigens. Holovid ist sowieso Müll. Was tun, um uns niedere Kasten und Niedergeburten bei Laune zu halten? Wir haben jeden Gedanken an Revolution vergessen, ist dir das klar? Nein, du natürlich nicht, du bist schließlich eine verdammte Freigeburt. Aber gut sehen sie schon aus, diese beiden Krieger. Siehst du? Der *Feldeggsfalke* ist gerade außer Sicht verschwunden. Wahrscheinlich von irgendeinem Erz blockiert. Oder die verdammte Kamera kommt nicht mit. Oder der verdammte Regisseur hat keinen Schimmer von seiner Arbeit. Ich hätte im Holovid arbeiten können, weißt du das? Fast wäre es dazu gekommen. Aber ich wollte irgendwie mehr leisten, ich weiß auch nicht, der Sache dienen oder so was. Ich könnte in irgendeiner Kabine sitzen und Holobilder auswählen. Oder ich hätte ... ach, wen kümmert's, was ich hätte ...«

Inzwischen war selbst im häufig gestörten Holovidfeld klar erkennbar, daß die beiden BattleMechs sich aufeinanderzubewegten.

»Sieht ganz danach aus, als ob die *Nova* den *Feldeggsfalke* an der Nase herumführt. Ich betrachte diese Mechs immer wie echte Menschen. Nase. Kopf. Arme. Du

weißt schon. Ich meine, wenn dieser *Feldeggsfalke*
tatsächlich eine Nase hätte, wäre es eine Fischnase.
Haben Fische überhaupt eine Nase? Und die *Nova*, das
ist eine eingedrückte Nase über einem Amboßkinn.
Weißt du? Jede Minute werden sie sich« – Nomad
gluckste selbstzufrieden – »gegenseitig die Nase blutig
schlagen.«

Er stupste seinen schlafenden Begleiter an. Der gab
ein Grunzen von sich, das Nomad als Zustimmung
auslegte.

Peri fand Nomad in der Kneipe. Sie sah, daß der Platz
neben ihm von einem schlafenden Betrunkenen belegt
war, ging zu der Theke, die das Holovidfeld umgab,
und zog den Mann von seinem Hocker. Er schreckte
kurz hoch, dann gab er auf und sank zu Boden. Zwei
Techs zerrten ihn weg und setzten ihn an der Hinter-
wand ab. Peri setzte sich auf den freigewordenen
Hocker.

Nomad sah belämmert zu ihr herüber. »Du«, sagte er.

»Ich«, erwiderte sie.

»Wie hast du mich gefunden?«

»Ich dachte mir, daß eine Bar der beste Platz sei, nach
dir zu suchen.«

»Das ist eine Beleidigung, frapos?«

»Nicht wirklich. Ich …«

»Bleib bei der Beleidigung. Sie gefällt mir besser als
jede Alternative, die du anbieten könntest.«

»Wie läuft der Kampf?«

»Er wird langsam interessanter. Bist du hier, um
deine Tochter anzufeuern?«

»Du bist eine der wenigen Personen, die selbst das
sagen dürfen.«

Nomad nickte und wandte sich wieder dem Holovidkampf zu. Peri bestellte einen Fusionnaire, aber als
sie nach dem ersten Schluck spürte, wie sich in ihrem

Kopf alles zu drehen begann, begleitet von einem intensiven Stechen in der Brust, entschied sie, auf den Drink zu verzichten. Sie stellte ihn zwischen zwei Pfützen auf der Theke ab und starrte auf das Holovidfeld.

Dianas *Nova* hatte jetzt eine große Höhle erreicht. Ein kleines Bild in der Ecke des Holofelds zeigte den *Feldeggsfalke*, der immer noch irgendwo in den Tunneln war. Der Torso der *Nova* drehte sich, als wolle Diana das Potential der Höhle als Schauplatz der bevorstehenden Konfrontation abschätzen.

»Was für ein widerlicher Ort«, murmelte Peri.

»Es ist eine der größten Touristenattraktionen Ironholds.«

»Glaube ja nicht, daß mich das interessiert. Sieh dir das doch nur mal an. So könnte man sich die Hölle vorstellen. Feuer schlägt aus den Teichen, und was ist an den Wänden los?«

»Bäche. Wasserfälle. Dasselbe Zeug. Manchmal fangen die auch Feuer. Meistens schlagen sie nur die Funken, die dafür sorgen, daß die Teiche zu brennen anfangen.«

»Von einem derartigen planetologischen Phänomen habe ich noch nie gehört.«

»Gibts auch nur auf Ironhold. Macht uns einzigartig.«

»Einzigartig oder nicht, es bleibt ein widerlicher Ort.«

»Deine Tochter hat ihn sich ausgesucht.«

»Hör auf, sie meine Tochter zu nennen. Benutze ihren Namen.«

»Du siehst nicht gut aus.«

»Ich war … krank.«

»Das reicht nicht.«

»Ich bin zusammengeschlagen worden.«

»Bravo. Hätte nicht gedacht, daß du das Zeug dazu

hast. Das muß ein gehörig ernster Angriff gewesen sein.«

»War es.«

»Du bist zusammengezuckt. Du hattest Schmerzen.«

»Stimmt.«

»Solltest du nicht besser im Krankenhaus liegen?«

»Da komme ich gerade her.«

»Geh zurück.«

»Das werde ich. Wenn das hier vorbei ist.«

»Du mußt echt aus der Pryde-Geschko kommen. Du bist verrückt.«

Peri setzte zu einer Antwort an, aber gerade in diesem Augenblick stürmte die Holoviddarstellung des gegnerischen MechKriegers in seinem *Feldeggsfalke* mit flammenden Lasern aus dem Tunnel. Diana in ihrer *Nova* blieb ihm die Antwort nicht lange schuldig.

23

Falkenhöhlen, Ironhold
Kerensky-Sternhaufen, Clan-Raum

13. März 3060

Es war nicht allzu schwer gewesen, Leif in die Falkenfeuergrotte zu locken. Diana hatte gewußt, daß er sie
mit seiner Aktivsonde verfolgte, und sie hatte die Karte
des gesamten Falkenhöhlensystems – die sie am frühen
Morgen zwei Stunden lang durchgearbeitet hatte –
dazu benutzt, ihn auf einer fröhlichen Schnitzeljagd an
der Fischnase seines *Feldeggsfalke* herumzuführen, eine
Taktik, deren Ziel von Beginn an feststand. Sie hatte
vorgetäuscht, auf ihn zuzuwandern, nur um dann
in einer aus seiner Sicht unerwarteten Wende jäh abzu-
biegen.

Sie war sich sicher, die Lage unter Kontrolle zu
haben. Es sei denn natürlich, daß es zu Leifs Strategie
gehörte, sich in diese Grotte aus aufsteigenden Dampf-
schwaden und plötzlichen Feuerstößen locken zu lassen, mit von flammbarem Öl durchsetzten Wasserfällen
an den Wänden und Teichen – mit Namen wie Styx.

Bevor sie die Falkenfeuergrotte erreicht hatte, war sie
einem Tunnel, in dem Leifs Mech langsam einen langen, recht steilen Abhang hinunter marschierte, gefährlich nahe gekommen. Auf der Kreuzung von zwei Gän-
gen hatte sie einen Augenblick in der Ferne die untere
Rumpfhälfte des *Feldeggsfalke* sehen können. Sie hätte
einen PPK-Schuß auf seine Beine abgeben können und
möglicherweise sogar einen Treffer erzielt, vielleicht
einen Schaden verursacht, der den Mech schließlich
aus dem Rennen geworfen hätte. Aber sie konnte es
nicht tun. Selbst für den Blutnamen konnte sie keinen
unfairen Schuß abfeuern, ohne Leif Gelegenheit zur Erwiderung zu geben. Nach all den Schwierigkeiten, die

der Blutnamenstest ihres Vaters und andere Abschnitte seiner Militärlaufbahn mit sich gebracht hatten, konnte sie sich nicht einmal die Andeutung einer unehrenhaften Aktion leisten.

Hätte er geschossen? Joanna würde wahrscheinlich sagen, daß er es getan hätte. Ich glaube nicht. Außerdem spielt das keine Rolle. Es war meine Entscheidung, nicht seine.

Jetzt stand sie in der riesigen Falkenfeuergrotte und wartete auf ihn. Ihre Sonde hatte ihn verloren, möglicherweise, weil die ungewöhnlichen planetologischen Aktivitäten in dieser Höhle zu starke Sensorstörungen mit sich brachten. Aber sie hatte ihn am Haupttunnel entlanggeführt, deshalb erwartete sie ihn auch von dort. Um so überraschter war sie, als er aus einem Tunnelausgang rechts von ihr brach, aus der rechten Arm-PPK und den mittelschweren linken Armlasern feuerte. Ein Hauptziel dieses Angriffs schien darin zu bestehen, sie zu überraschen und aus dem Konzept zu bringen, aber damit hatte er nur begrenzten Erfolg. Die *Nova* erbebte unter mehreren unbedeutenden Treffern, und ein Panzerbruchstück stürzte in den Styx, wo es einen großen, brodelnden Geysir der öligen Flüssigkeit auslöste. An der Wand hinter ihr brachen einige Felsbrocken ab und holperten über den Höhlenboden. Einer rollte leise in den Styx, dessen Wasser, sofern man dieses Wort dafür benutzen konnte, kaum eine Welle schlug.

Diana antwortete mit einem felszertrümmernden Gegenschlag und konzentrierte sich auf den mittelschweren Impulslaser im linken Torso ihrer *Nova*, während sie einen Kurs auf den *Feldeggsfalke* zu einlegte.

Samantha stieß Grelev an und meinte: »Da verschwinden mehrere tausend Jahre Geschichte im Teich.«

»Bei allem Respekt, Khanin Samantha Clees, es waren nur Steine. Betrachten Sie es einmal so: Eines

Tages könnte jemand diesen Teich ausheben, das Panzerbruchstück finden, das mit hineingestürzt ist, und versuchen zu enträtseln, was es sein und über die Zivilisation aussagen könnte, die einmal hier existiert hat.«

Trotz der hektischen Aktivität zwischen den beiden Kombattanten sah Samantha den Tech mit hochgezogenen Brauen an. »Willst du damit sagen, die Clans werden untergehen und von der Geschichte vergessen werden?«

Er zuckte die Schultern. »Alles ist vergänglich, frapos?«

»Ich schlage vor, daß du diesen Gedanken für dich behältst. Es könnte Personen geben, die ihn für Verrat halten. Die Clans sind ewig. Vergiß das nicht.«

In der düsteren Ironhold-Kneipe fiel es Peri schwer, den Kampf zu verfolgen, nachdem der Schußwechsel begonnen hatte. Sie keuchte bei jedem Treffer auf Dianas *Nova* auf und freute sich über jeden Erfolg gegen den *Feldeggsfalke*. Gleichzeitig nahmen die Schmerzen in ihrem Körper zu.

»Bist du okay?« fragte Nomad.

»Natürlich bin ich das. Warum fragst du?«

»Du siehst krank aus.«

Sie keuchte wieder, als ein blauer PPK-Blitz des *Feldeggsfalke* knapp am Kopf der *Nova* vorbeizuckte.

»Oder du benimmst dich wie eine Mutter.«

Diana bewegte ihren Mech ständig weiter zur Seite und zwang Leif, ihre Bewegungen mitzumachen. Er bewegte seine Maschine gekonnt. Und warum auch nicht? Er war ein Jadefalken-Krieger, genau wie sie, gut ausgebildet und verwegen. Der einzige wirkliche Unterschied zwischen ihnen war schließlich die Art ihrer Geburt. Freigeburt, der abfällige Name für eine genetische Klassifizierung und zugleich der schlimmste Clan-

227

fluch. Irgend jemand hatte einmal gesagt, daß Nationen an der Kraft eines einzelnen Wortes erstehen oder untergehen können. Was auch immer das meinte, dachte Diana jetzt, die Grenzen und Vorgaben, die das Wort Freigeburt erschuf, waren beachtlich.

Die Falkenfeuergrotte war riesig, aber als Schauplatz für das Treffen zweier kämpfender BattleMechs schien sie irgendwie zu schrumpfen. Während Diana einen Austausch von Lichtbündeln und Blitzen aus aufgeladenen Atompartikeln über weite Distanzen erwartet hatte, fand der Kampf tatsächlich über erheblich geringere Entfernungen statt.

Sie mußte den Torso der *Nova* wild herumreißen, um einer tödlichen Entladung auszuweichen, die geradewegs auf sie zu zuckte. Unmittelbar danach erbebte ihr Cockpit unter der Wucht des Einschlags. »Freigeburt!« murmelte sie, dann lachte sie über sich selbst und ihren Fluch.

Noch ein Treffer, und ihre Kanzel kippte in die andere Richtung. Einen Augenblick lang war Diana benommen, aber sie behielt die Kontrolle über ihren Mech. Da sie wußte, daß der Weg hinter ihr frei war, zog sie den Mech drei Schritte zurück, wobei sie mit jedem Schritt etwas seitlich auswich, um Leifs Zielerfassung zu behindern.

Plötzlich drang dessen Stimme laut und klar über die Funkverbindung. »Rückzug, Diana?«

»Taktik, Stravag.«

Das nächste Geräusch, das sie hörte, kam einem Seufzen gefährlich nahe. Als Pilotin hörte man nicht oft ein Seufzen über Funk. »Stravag, ja?« fragte Leif. »Müssen wir wirklich das Beleidigungsritual durcharbeiten, nur weil wir gegeneinander antreten? Wir sind doch Freunde, Diana.«

Seine Stimme klang so warm, so … freundlich.

Jetzt glaubte sie, Joannas Stimme aus dem Lautsprecher dringen zu hören. *Laß das, du Idiotin! Siehst du nicht, worum es ihm geht? Seit ihr zwei euch begegnet seid, war das seine Strategie. Ich wäre nicht überrascht, wenn er die Begegnung geplant hätte, wenn er die Möglichkeit vorausgesehen hätte, im Endkampf dieses Blutrechts auf dich zu treffen, und sich an dich herangemacht hat, um dich mit seiner Freundschaft zu verunsichern. Das ist keine Freundschaft. Es ist ein Hinterhalt, ein gemeiner Hinterhalt.* Die Worte waren so typisch für Joanna, daß Diana, die noch immer gegen die Benommenheit ankämpfte, einen Augenblick lang tatsächlich glaubte, ihre Trainerin zu hören.

NEIN, verdammt, es ist meine eigene Stimme, die mir sagt, ich soll mich zusammenreißen. Es spielt keine Rolle, wer im Cockpit dieses Feldeggsfalke *sitzt! Wer er auch ist, er will meinen Hintern auf dem Silbertablett. Wir kämpfen hier um einen Blutnamen. Er meint es vielleicht ehrlich, oder vielleicht ist er auch ein Lügner, aber er will diesen Blutnamen ebenso sehr wie ich. Nur gibt es da einen Unterschied. Ich brauche ihn. Ich brauche ihn. Ich brauche ihn.*

Sie sagte sich diesen Satz ständig vor wie ein Mantra, während sie den Kopf schüttelte, um wieder klar zu werden, und den Mechtorso in Richtung des *Feldeggsfalke* drehte.

Joanna und Hengst beobachteten den Kampf in einer öffentlichen Holovidarena. Sie fühlten sich wie Spione im feindlichen Lager. Unter den ungewöhnlich zahlreichen Zuschauern, die sich um die günstigsten Plätze drängten und die besten Augenblicke der Übertragung nicht verpassen wollten, gab es kaum Unterstützung für Diana.

Joanna fand immer die Position, die sie wollte, indem sie jeden wegstieß, der ihr im Weg war. Überraschenderweise überlegten es sich selbst die so rüde Weggedrängten anders, die bereit schienen, um ihren

Platz zu kämpfen, wenn sie ihren zornigen Blick sahen. Hengst fragte sich, warum Joanna sich überhaupt jemals die Mühe gemacht hatte, für ihre Kämpfe in einen Mech zu steigen. Sie hätte selbst einen 95-Tonner niederstarren können.

Sie sprach ihn über die Schulter an. »Sie scheint das meiste von dem vergessen zu haben, was ich ihr beigebracht habe. Sie kämpft zu seinen Bedingungen mit diesem Leif. Sieh dir diesen Seitschritt an. Und gerade ist sie noch zurückgewichen! Selbst wenn sie den Blutnamen gewinnt, drehe ich dir den Hals um!«

»Mach sie fertig, Leif! Schmelz sie ein!« schrie ein Krieger neben Joanna und wurde dafür mit einem Ellbogenschwinger gegen das Kinn ins Reich der Träume geschickt.

Hengst grinste kurz, dann runzelte er die Stirn, als er auf dem Holovidfeld der Falkenfeuergrotte sah, daß Diana in Schwierigkeiten steckte.

Leif hatte den linken Arm ihrer *Nova* fast schrottreif geschossen, und sie hatte das Gefühl, das bloße Gewicht der PPK müßte es ihr unmöglich machen, ihn noch zu heben, obwohl er noch nicht ausgefallen war. Es schien ihr, als würde sie ihren eigenen Arm heben, einen verwundeten, schmerzenden Arm, als sie den Mecharm hochzog und nur noch mit der PPK feuerte, um soviel Schaden wie möglich anzurichten, bevor der *Feldeggsfalke* ihn mit einem weiteren Treffer völlig unbrauchbar machte. Aber statt den Mecharm ganz zu verlieren, erzielte sie ein paar Glückstreffer am rechten Arm der gegnerischen Maschine. Sie konnte nicht sagen, was genau sie getroffen hatte, aber einer der mittelschweren Laser war offenbar ausgefallen.

Es ergab keinerlei Sinn, herumzustehen und sich gegenseitig zu beschießen, während die Betriebstemperatur beider Mechs auf gefährliche Werte anstieg, oder bis eine der Maschinen durch bloßes Durchhaltevermögen den Sieg errang. Außerdem, wenn sie jetzt nach links rückte, reagierte Leif voraussichtlich, indem er nach rechts auswich, und das brächte ihn fast dorthin, wo sie ihn haben wollte.

»Hübscher Kampf«, stellte Grelev fest. »All die herumfliegenden Trümmer, die Funken aus den Wasserfällen, das Feuer in den Teichen.«

»Beurteilst du das Kriegshandwerk häufig nach seiner Ästhetik, Grelev?« fragte Samantha.

»Ich bin nur Zuschauer. Und leicht zu unterhalten.«

»Ich bin nicht beeindruckt. Es ist genau die Art eines unbeholfenen Schlagwechsels, den ich von einem derartigen Austragungsort erwartet habe. Offenes Gelände, Grelev, das ist die wahre Prüfung eines Kriegers.«

»Sie halten also nichts vom Anspruch dieser Freigeborenen, frapos?«

»Das habe ich damit nicht gemeint. Ich beziehe keine Stellung. Ich kommentiere nur die Technik, das ist alles.«

»Es sieht nach einem guten Kampf aus. Soweit ich das sehe, sind sie beide gut. Sehen Sie, wie diese Diana den anderen auf den Teich zu manövriert, den Styx. Sie hat irgend etwas vor.«

»Ich wünschte, ich wäre mir da so sicher.«

»Sie ist gut, deine Diana«, stellte Nomad fest. »Ich bin beeindruckt. Sie erinnert mich stark an …«

Er verstummte, als er zu Peri hinübersah. Ihre Stirn war faltig und ihr Blick glasig.

»Geht es dir gut? Du siehst …«

»Ich bin in Ordnung. Muß … muß der Drink sein.«

Wie die meisten, die es sich zur Gewohnheit machten, bis zur Besinnungslosigkeit zu trinken, war

Nomad im allgemeinen sehr gut darüber informiert, wieviel seine Begleiter getrunken hatten. Peri hatte den Fusionnaire, der vor ihr stand, kaum angerührt.

»Vielleicht solltest du ...« setzte er an.

»Laß es! Ich muß das sehen. Ich muß das Ende sehen.«

Sie schwankte auf ihrem Hocker, stellte Nomad fest, und von jetzt an achtete er mehr auf Peri als auf den Holovidkampf.

Die Panzerbrocken flogen vom Rumpf ihrer *Nova*, aber Diana war gnadenlos und verschwendete keinen Gedanken auf ihre eigenen Schäden. Dies war ihre einzige Chance auf einen Blutnamen, und dafür war sie sogar bereit zu sterben. Deshalb kümmerte es sie nicht, wie viele Treffer Leif auf ihrem Mech landete, und auch nicht, wie sich der Schaden aufsummierte oder die Innentemperatur anstieg. Sie erkannte jetzt, daß Vorsicht und ausgeklügelte Strategien beim Kampf um Blutnamen hinderlich waren. Wahrscheinlich hatte noch nie jemand einen Blutnamen logisch durchdacht gewonnen. Ganz sicher nicht ihr Vater, Aidan Pryde.

Mit jeder Breitseite, die sie abfeuerte, jedem Laserbombardement, das sie auslöste, schien sie den *Feldeggsfalke* an einer anderen Stelle zu treffen. Leifs Gegenangriffe waren effektiv genug, aber Zeit und Position arbeiteten für Diana. Ihr Mech rückte gegen den *Feldeggsfalke* vor, zwang ihn durch den bloßen Schwung ihres Angriffs zurück. Neben Leifs Maschine brach eine besonders hohe Feuersäule aus dem Teich. Hinter ihm stürzte ein neuer Wasserfall herab, von einem PPK-Treffer auf die Höhlenwand freigesetzt. Die herausschießende Flüssigkeit war besonders dunkel, noch dunkler als Styx, dessen ölige Fluten von subplanetaren Wasserzuflüssen verdünnt waren. Der Wasserfall, der kaum Wasser enthielt, schleuderte Gischtwolken hoch, wo er auf den Höhlenboden traf, dann strömten seine Fluten in kurvenreichem Lauf auf Styx zu. Er erreichte den Teich schnell, und Diana sah, daß es nicht lange dauern konnte, bis der über die Ufer trat.

Selbst mit dem in der Bewegung deutlich behinderten linken Mecharm konnte Diana die PPK weiter einsetzen. Sie hob die Waffe mit spürbarer Anstrengung noch etwas höher und nahm den linken Arm des *Feldeggsfalke* ins Kreuzfeuer. Sie hätte nicht sagen können, ob es Instinkt oder Glück war, aber plötzlich sackte der ebenfalls mit einer Partikelprojektorkanone bestückte Arm kraftlos weg. Hinter ihm hatte ihr Geschützfeuer den Wasserfall in Brand gesetzt. Ein Flammenband schoß den Strom der Flüssigkeit hinab, an dem neu entstandenen Bachlauf entlang, der jetzt in den Teich namens Styx mündete, und dann brannte auch dessen Oberfläche. Die Flammen warfen ein gewaltiges, abstraktes Lichtmuster über die Oberfläche des *Feldeggsfalke*.

»Die Närrin!« brüllte Joanna wütend. Da ein Großteil der Zuschauer in der Holovidarena verstummt waren, hallte ihr Ausbruch durch den weiten Saal. Einige drehten sich zu ihr um, und sicher glaubte zumindest ein Teil von ihnen, sie müsse auf ihrer Seite stehen.

»Wie meinst du das?« fragte Hengst mit deutlich leiserer Stimme.

»Sie wird sie alle beide umbringen. Diese verdammten Prydes, sie …«

»Schließt du Diana darin ein? Meinst du, sie gewinnt den Blutnamen?«

»Natürlich gewinnt sie ihn. Aber wenn sie sich nicht vorsieht, wird sie ihn nur für ein paar Sekunden besitzen. Dann wird sie tot sein. Eine Blutnamensträgerin, aber eine tote.«

»Du zitterst«, stellte Nomad fest und legte die Hand auf Peris Arm. Er hatte von den letzten Minuten des Blutrechtskampfes nichts gesehen, sondern sich ganz auf ihr totenbleiches Gesicht konzentriert.

»Ich bin in Ordnung. Ich halte durch. Jeden Augenblick ist dieser Kampf vorbei. Diana wird ... Diana wird ... Ich weiß nicht, was das alles soll. Was will sie da? Was geht hier vor?«

»Komm, nimm meine Hand, ich bringe dich von hier weg, irgendwo hin, wo man dir helfen kann, wo ...«

»Nimm deine verdammten verrunzelten Solahma-Hände weg! Ich ... ich bleibe bis zum Schluß!«

»Ich bin kein Solahma. Ich bin nur alt, freigeboren.«

»Wen kümmert das, zur Hölle? Da, Diana greift an. Der andere, was ist los mit dem anderen?«

Das ist mein Blutname, verdammt! Ich werde ihn mir holen.

Der eine verbliebene mittelschwere Impulslaser an Leifs Mech feuerte immer noch, aber er traf nicht mehr. Der Arm schwankte zu stark. Sie mußte eine Steuerleitung beschädigt haben. Ihre linke Arm-PPK war ausgefallen, aber die im rechten Arm funktionierte noch, ebenso wie die mittelschweren Impulslaser im Mechtorso. Sie konzentrierte alle noch einsatzbereiten Waffen auf den rechten Arm des *Feldeggsfalke* und schaltete ihn ganz aus. Dann aktivierte sie die Funkverbindung.

»MechKrieger Leif, ich habe gewonnen. Du bist kampfunfähig. Du ergibst dich, frapos?«

»Neg«, erwiderte er ruhig. »Die Tradition verlangt, daß du mich tötest. Tu es.«

Jetzt stand die gesamte Oberfläche des Styx in Flammen. Die Flüssigkeit war schon über die Teichufer getreten und trug das Feuer weiter. Bald würde es sich um die Füße des *Feldeggsfalke* sammeln.

»Was ist geschehen?« fragte Peri benommen.

»Diana hat gewonnen. Der *Feldeggsfalke* kann nichts mehr tun, nicht zurückschlagen. Bestenfalls kann er noch auf sie zugehen und versuchen, sie umzuwerfen, und ich glaube nicht, daß irgendein Jadefalken-Krieger einen Blutnamenskampf so beenden würde.«

»Du bist sicher, daß sie gewonnen hat?«

»Absolut.«

»Ich muß zurück.«

»Wohin zurück?«

»Ins Krankenhaus. Ich fühle mich...« Sie erklärte nicht mehr, wie sie sich fühlte, sondern rutschte nur noch vom Hocker, stöhnte leise und fiel in Ohnmacht.

Nomad fühlte sein Alter deutlich, als er aufstand und neben Peri auf die Knie sank. Ihr Atem ging keuchend, mit dem erstickten Klang einer Verletzten.

Das muß eine innere Verletzung sein, dachte er. *Möglicherweise ist wieder etwas aufgeplatzt.*

Niemand sonst kümmerte sich um sie. Die meisten in der Kneipe waren auf den Kampf konzentriert und außerdem noch betrunkener als Nomad.

Also bleibt's an mir hängen, dachte er und hob Peri mit überraschender Leichtigkeit an den Schultern hoch. Nicht, daß es irgend jemanden überrascht hätte, aber ihn selbst.

Ein paar Schritte aus der Kneipe, und er glaubte, zusammenbrechen zu müssen. Doch der Weg zum Krankenhaus war mehrere Straßen lang. Er schaffte es, sich unter beträchtlichen Muskelschmerzen einige Querstraßen weit zu schleppen, bis er seine alten Arme unter Peris Gewicht nicht mehr fühlen konnte. Er blieb keuchend stehen. Niemand sonst war auf der Straße. Peris Atem war leise geworden. Es ging ihr besser. Entweder das, oder sie starb.

Er konnte sie nicht sterben lassen. Um Kerenskys Willen. Um Aidan Prydes Willen.

Er stieß sich ab.

Peri bewegte sich und öffnete die Augen.

»Was machen wir hier?«

»Du bist umgekippt. Ich glaube, du bist immer noch verletzt.«

Sie verzog das Gesicht. »Du *weißt*, daß ich verletzt bin. Muß ins Krankenhaus.«

»Das versuche ich gerade. Es ist nicht einfach, wenn man so ein altes Wrack ist, glaub mir das.«

»Ich versuche zu gehen.«

Sie stellte die Füße auf die Straße. Ihre Beine gaben sofort nach.

»Jetzt bin ich an der Reihe«, stellte Nomad fest und hob sie auf. Ihre Augen wurden wieder glasig.

Er fühlte sich stärker. Die Pause hatte geholfen.

Bevor sie wieder das Bewußtsein verlor, flüsterte Peri: »Diana. Der Blutname. Hat sie gewonnen?«

»Ich bin sicher, daß sie gewonnen hat.«

»Sicher? Das reicht nicht. Bring mich zurück. Ich muß sie gewinnen sehen.«

»Sie hat ihn gewonnen. Sie ist jetzt Diana Pryde.«

»Das macht mich seltsam glücklich«, murmelte sie und schloß die Augen.

Als Nomad sie die Straße hinabtrug, wurde sein Schritt schneller, und er fühlte sein Herz mit neuer Kraft schlagen. Er erinnerte sich an die Zeiten, als er Aidan Prydes Tech gewesen war, und vergaß die schwere Last, die er trug, völlig.

»Leif, ich trete jetzt zurück. Du kannst deinen Mech an mir vorbeibewegen, weg von den Flammen.«

Das Feuer schlug immer höher.

»Vielleicht eine gute Idee. Leider kann mein Mech sich nicht mehr bewegen. Ich habe dir etwas verheimlicht. Seine Beine waren schon ausgefallen, noch bevor du den letzten Arm ausgeschaltet hast.

Gute Arbeit, Diana. Ich preise dich und deinen Blutnamen.«

»Benutz den Schleudersitz. Du könntest gegen die Decke prallen, aber das Risiko ist es wert.«

»Tut mir leid. Der Mechanismus ist blockiert. Keine Chance.«

»Steig aus dem Cockpit. Ich bringe die *Nova* so dicht heran, wie ich nur kann. Mit dem Mecharm kann ich eine Brücke bauen. Du kannst über ihn hinüberklettern, oder ich komme möglichst dicht heran und du springst über die Lücke, oder ...«

»Und du erniedrigst mich so wie den anderen Krieger, als du ihn gerettet hast?«

»Das war keine Erniedrigung. Ich habe einen Krieger gerettet, damit er weiterkämpfen kann.«

»Das alte Verschwendungsargument, ja? Man verschwendet keine Schraube, keine Mutter, keinen Mech und keinen Krieger.«

Die Flammen mußten in das Innere des linken Mechbeins vorgedrungen sein. Der *Feldeggsfalke* legte sich zur Seite, auf das Flammenmeer zu, in das sich die Oberfläche des Styx verwandelt hatte.

»Komm raus, Leif! Wir finden einen Weg. Willst du unbedingt sterben?«

»Es ist ein ehrenhafter Tod. Immerhin ist das ein Blutnamenskampf.«

»Willst du so sterben, als das Opfer einer ... einer *Freigeburt?*«

»Du bist eine Kriegerin, Diana. Du hast diesen Blutnamen verdient.«

Diana wollte ihre *Nova* in einem verzweifelten Rettungsversuch auf ihn zubewegen, aber der *Feldeggsfalke* kippte bereits weg. Sie wartete auf Leifs Todesschrei über Funk, aber er blieb stumm.

Später sollte es Witze darüber geben, wie dieser Blutrechtskampf endete. Der *Feldeggsfalke* legte sich zuerst der Länge nach in den Teich, aber als der Mech schwer aufschlug, bebte der Höhlenboden. Dann rutschte der *Feldeggsfalke* gerade genug, um kopfüber im Teich zu versinken. Die Flammen hüllten ihn kurz ein, bevor die Metallmassen des Mechs sie zum größten Teil erstickten. Er versank nur zur Hälfte, aber zu dieser Hälfte gehörte natürlich auch das Cockpit. Auf allen Holovids war eine tragikomische Szene zu finden, in der es aussah, als habe sich der Mech vorgebeugt, um zu trinken, und wäre dann in den Teich gefallen, aus dem seine Beine senkrecht in die Höhe ragten. Dieses Bild löste die Witze aus. Ein Teil von ihnen hatte mit Mech-Stalagmiten zu tun.

Samantha Clees wandte sich angewidert vom Holovidtisch ab und wanderte durch das Zimmer. Grelev, der ihren Abscheu verstand, schaltete das Gerät hastig ab. Die miniaturisierte Darstellung der Falkenfeuergrotte verschwand mit statischem Knistern.

Grelev wußte nicht, was er sagen sollte – das war ein seltener Zustand für ihn. Obwohl nicht gerade zart besaitet, war selbst ihm dieses Schauspiel zu grausig gewesen.

Er brauchte nichts zu sagen, denn es klopfte an der Tür.

»Was ist?« rief er.

»Eine Nachricht von der Khanin«, erwiderte eine gedämpfte Stimme.

Grelev öffnete die Tür und nahm die Botschaft in Empfang.

»Lies vor«, forderte Samantha ihn auf.

Er öffnete den Umschlag und zog den Papierbogen heraus.

»Sie ist verschlüsselt. Ich kann es nicht lesen.«

Samantha blieb stehen und nahm ihm den Bogen ab. Sie las die Nachricht mehrere Minuten lang (anscheinend entschlüsselte sie einen Absatz nach dem anderen), dann zerknüllte sie das Papier und warf es weg. Ihr Abscheu hatte Wut Platz gemacht. »Dreckige Stravags!« stieß sie aus.

»Wer?«

»Die Innere Sphäre. Ihre Truppen sind im Clan-Raum. Sie greifen die Nebelparder auf Diana an!«

»Dreckige Stravags«, murmelte Grelev, auch wenn es ihm schwerfiel, diese Eröffnung ganz zu begreifen.

»Offensichtlich hat eine neue Phase des Kriegs begonnen. Ich weiß nicht, wie wir darauf reagieren werden. Aber wir sind bereiter, als es den Anschein hat. Das habe ich auf meiner Inspektion hier gesehen. Komm mit, Grelev. Wir müssen den Abflug arrangieren. Ich muß zurück nach Strana Metschty.«

Sie ging zur Tür, dann sah sie sich um, blickte an Grelev vorbei zum jetzt leeren Holovidfeld. »Wir brauchen immer noch mehr gute Krieger. Krieger wie diese.« Sie deutete auf das Gerät. »Krieger wie Diana Pryde.« Damit verließ sie den Raum.

24

**Flugfeld außerhalb Ironhold Citys, Ironhold
Kerensky-Sternhaufen, Clan-Raum**

13. März 3060

Diana stürmte aus dem Schweber, der sie zurück
nach Ironhold City gebracht hatte. Eine große Anzahl
schweigender Zuschauer war auf dem Flugfeld erschienen. Sie sahen aus wie Trauergäste bei einem Be-
gräbnis.

*Wahrscheinlich Wahrgeborene, die hier sind, um mich zu
beleidigen, verärgert über meinen Sieg, versammelt, um
mich zu schmähen. Wenn nötig, kämpfe ich gegen sie. Gegen
sie alle zusammen!*

Aber es waren nicht alles Wahrgeborene. Ein Gruppe
Freigeborener irgendwo etwa in der Mitte der Menge
jubelte ihr zu. Es war ungewöhnlich für Freigeborene,
sich um einen Blutnamenstest zu kümmern – das war
nur etwas für wahrgeborene Krieger –, aber der Anspruch einer Freigeborenen auf den schwer umkämpf-
ten Nachnamen hatte ihr Interesse erregt. Nachdem die
ersten Freigeborenen in Beifall ausgebrochen waren,
stimmten andere in der Menge ein, und der Jubel
schwoll zu einer ohrenbetäubenden Lautstärke an. Die
Wahrgeborenen unter ihnen gaben ihrem Mißfallen
Ausdruck, aber der größte Teil ihres Murrens ging unbemerkt unter.

Diana kümmerte sich weder um ihre Anhänger noch
um ihre Feinde. Für sie war es nur Lärm. Beifall und
Murren störte sie gleichermaßen. Sie ging an der
Menge vorbei.

Durch die Zuschauer kamen Joanna und Hengst auf
sie zu. Sie bahnten sich selbst einen Weg, so wie Diana
es auch tat.

Joanna begann ihre Ansprache, noch bevor sie Diana

erreicht hatte. »Das war eine Schau, die du da abgezogen hast, Diana. Du hast gegen beinahe alles verstoßen, was ich dir beigebracht habe. Du hast die Strategie, die wir ausgearbeitet hatten, einfach ignoriert. Und ...«

Jetzt hatte Joanna Diana erreicht und blieb genau vor ihr stehen, so daß auch diese stehenbleiben mußte.

»Und was, Joanna?«

»Und du hast den verdammten Blutnamen, du dreckige Stravag. Glückwunsch!«

Dann geschah etwas ganz Außergewöhnliches. Hengst, der das Ganze beobachtete, erklärte später, seinen Augen nicht getraut zu haben. *Joanna umarmte Diana.* Es war eine kurze Umarmung, die schnell wieder abbrach, aber es war eindeutig eine Umarmung.

»Ich hätte es natürlich ganz anders gemacht«, erklärte Joanna, als sie ihren Schützling losließ.

»Gesprochen wie eine Kriegerin, die selbst keinen Blutnamen erringen konnte«, meinte Hengst trocken. Einen Augenblick lang blitzten Joannas Augen wütend auf, dann erkannte sie, daß Hengst nur stichelte, und sie entspannte sich.

Er wandte sich Diana zu und sagte: »Ich sehe an deinen Augen, daß dir etwas auf der Seele liegt.«

Diana nickte. »Er hätte nicht sterben müssen. Ich war bereit, ihn zu retten. Ich habe ihm angeboten ...«

»Das spielt keine Rolle. Der Krieger hat seine Entscheidung gefällt. In früheren Zeiten sind Kapitäne mit ihrem Schiff untergegangen, Soldaten haben sich auf Granaten geworfen, eingekesselte Krieger haben bis zum letzten Mann gekämpft.«

»Ich weiß, aber in dem, was du beschreibst, liegt eine Ehre. Was für Ehre kann in einem so sinnlosen Tod liegen?«

»Das hängt davon ab, aus welchem Blickpunkt man ...«

»Seht mal, wer da kommt«, unterbrach Joanna. »Der

Suratgockel. Stolziert sich wie üblich die Seele aus dem Leib.«

Hengst und Diana folgten mit den Blicken Joannas Zeigefinger. Ravill Prydes Anmarsch hatte in der Tat etwas Lächerliches. Jeder Schritt war bewußt plaziert, und von einem Schwenken der Arme begleitet, das seine Arroganz zum Ausdruck brachte.

Er trug immer noch die zeremonielle Uniform des Eidmeisters, mit einem langen Umhang aus vielfarbigen Falkenfedern. Durch seine kleine Statur schleifte das Cape hinter ihm über den Boden und wirbelte eine Staubwolke auf. Er sagte kein Wort, bis er vor Diana stehenblieb. Selbst mit ungewöhnlich hohen Stiefelsohlen war er mehrere Zentimeter kleiner als Diana.

»MechKriegerin Diana«, verkündete er in formellem Ton. »Es ist meine Pflicht festzustellen, daß du in diesem Blutrechtstest offiziell den Blutnamen Pryde errungen hast und von nun an Diana Pryde heißt.«

Joanna runzelte die Stirn. Üblicherweise wurde eine solche Ansprache später im Rahmen einer förmlichen Zeremonie gehalten. Warum machte Ravill Pryde diese Erklärung jetzt? War er so unfähig, daß er sich nicht einmal die Mühe gemacht hatte, sich über die angemessenen Formalitäten zu informieren?

Ach, was soll es. Risa Pryde ist tot, lang lebe Ravill Pryde.

Sofort traf sie die Ironie dieses Gedankens. Auch wenn es sich um eine uralte Formel handelte, war es mehr als seltsam, sie auf Krieger anzuwenden, die ein langes Leben weder erwarteten noch suchten. Es war eine absolute Seltenheit unter den Clans, als Krieger so alt zu werden wie Joanna.

»Ich nehme den Blutnamen mit vollem Bewußtsein der Ehre an, die der Clan mir erwiesen hat«, antwortete Diana. Es war die übliche rituelle Dankesformel, und sie kannte sie schon lange auswendig.

Jetzt hätte Ravill Pryde mit irgendeiner Floskel darüber antworten müssen, wie sie sich diese Ehre verdient hatte und in den Reihen der Blutnamensträger willkommen war, aber statt dessen starrte er Diana lange wortlos an. Dann meinte er mit leiser Stimme: »Es ist ein trauriger Tag für Clan Jadefalke, an dem eine Freigeburt das Blutrecht befleckt, das sie im widerlichsten Kampf errungen hat, den ich jemals gesehen habe. Diana Pryde, ich beschuldige dich, mit deinem absurden Anspruch und Abscheu erweckenden Sieg den Blutnamen Pryde entehrt zu haben, und …«

Die Pause war offensichtlich beabsichtigt und sollte wohl dramatisch sein. Er wurde lauter, als er den Satz beendete.

»… Diana Pryde, ich fordere dich zu einem Widerspruchstest über diesen ehrlosen Blutrechtssieg heraus. Das kann nicht hingenommen werden. Dieses Blutrecht, dem so viele Prydes große Ehre gebracht haben, darf keiner freigeborenen Kriegerin zugesprochen werden. Das muß verhindert werden, und eben dieses werde ich mit diesem Test tun.«

Die Herausforderung kam so unerwartet und unerhört, daß die in der Nähe stehenden Zuschauer verstummten. Die wenigen unter ihnen, die wußten, daß Ravill Pryde Diana offiziell vorgeschlagen hatte, waren noch verwirrter als alle anderen. Ein Raunen stieg auf und setzte sich schnell durch die ganze Menge fort. Manche der Zuschauer reagierten wütend auf Ravills Frechheit, andere jubelten über die Chance, daß er diese aufmüpfige Freigeborene töten oder ihr zumindest den jetzt entehrten Blutnamen wieder nehmen konnte.

Joanna trat auf Ravill zu, aber Hengst hielt sie mit festem Griff um ihren Arm zurück. Gleichzeitig flüsterte er ihr zu, still zu sein.

Diana antwortete ruhig: »Ich nehme deine Herausforderung an, Sterncolonel. Es wird mir ein Vergnügen sein, dich in einem Test zu besiegen.«

243

Ravill starrte sie an. Für einen kurzen Augenblick trat ein Flackern in seine Augen, das Joanna möglicherweise für Bewunderung hielt. Was bewunderte er da? fragte sie sich. Dianas fraglosen Trotz, so charakteristisch für Jadefalken-Krieger? Ihre knappe Antwort, die zur Unverblümtheit des Kriegerwesens paßte? Oder einfach nur die Tatsache, daß sie die Annahme seiner Herausforderung nicht mit nutzlosen, verschwendeten Beleidigungen ausgeschmückt hatte?

»Gut. Dies ist weder der Ort noch der Zeitpunkt für weitere Formalitäten. Wir kämpfen morgen beim Jadefalken-Hauptquartier, frapos?«

»Pos.«

»Deine Herausforderung wird warten müssen, Eidmeister«, unterbrach eine neue Stimme. Alles drehte sich zu Grelev um, dem MechKrieger, den die saKhanin Ravill Pryde zugeteilt hatte.

Ravill, der Grelev noch nie gemocht hatte, war außer sich vor Wut über diese Unterbrechung, und sein Gesicht lief puterrot an, als er zu dem arroganten jungen Krieger herumwirbelte. Der Umhang schleuderte eine Staubwolke auf, als er der Bewegung etwas langsamer folgte. »Wie kannst du es wagen, mir vorschreiben zu wollen, was ich …«

Grelev lächelte, als er ihn wieder unterbrach. »Auf Befehl der saKhanin habe ich dir mitzuteilen, daß du und alle anderen hohen Offiziere auf Ironhold zu einem Konklave im Jadefalken-Turm bestellt sind.«

»Worum geht es?« fragte Ravill wütend.

»Du wirst es erfahren, Sterncolonel.«

Ravill Pryde stürmte davon, immer Grelev nach, ohne ein weiteres Wort zu sagen. Die Menge löste sich langsam auf, bis nur Joanna, Diana und Hengst allein und verwirrt in der Mitte des Flugfelds zurückblieben.

»Ich frage mich, was das zu bedeuten hat«, bemerkte Hengst.

»Ein Freigeborener wie du braucht sich darüber nicht den Kopf zu zerbrechen«, erklärte Joanna. »Komm mit, Diana. Ich kann dir helfen, Ravill Pryde zu besiegen. Ich habe es immerhin selbst schon einmal geschafft, nicht wahr?«

»Ich hätte auch gleich hier gegen ihn gekämpft«, murrte Diana.

»Und wärst als kürzeste Blutnamensträgerin der Geschichte geendet, Turmfalke.«

Sie verbrachten die nächsten Stunden damit zu debattieren, wie sie auf die unerwartete Herausforderung Ravill Prydes reagieren sollten. Aber die Überlegungen erwiesen sich als verschwendet. Am nächsten Tag erging ein Befehl, daß alle Herausforderungen, Tests und weiterer Blutnamenskämpfe von der saKhanin ausgesetzt worden waren, nachdem die Innere Sphäre in einem Überraschungsangriff die Nebelparder-Heimatwelt Diana überfallen hatte. Hengst war besonders schockiert, weil er erst kürzlich dort gewesen war. Viele seiner Gedanken drehten sich in diesen Stunden um Sentania Buhallin, die Solahma-Kriegerin, mit der er sich dort angefreundet hatte, und um den Nebelparder-Galaxiscommander Russou Howell, der sein Gegner gewesen war.

25

**Elizabeth Hazen Medozentrum, Ironhold City,
Ironhold
Kerensky-Sternhaufen, Clan-Raum**

19. März 3060

Für Peri war es eine jener Zeiten gewesen, in denen sich
Wirklichkeit und Traum vermischten und sie eines
nicht vom anderen unterscheiden konnte. Ihre Faustregel für diese Fälle war, alles als Traum abzutun, was ihr
besonders wirklich erschien. Ein Teil davon war sogar
ausgesprochen lustig. Nomad im Innern einer *Nova*,
wie er die Kontrollen handhabe wie ein erfahrener
Krieger, nur daß sein kleiner, runzliger Kopf im Innern
des Neurohelms furchtbar lächerlich aussah. Diana, die
auf Etienne Balzac losging und ihre Faust in sein Gesicht bohrte. Naiad, die auf Peris Brust stand und ihren
Sieg herauskrähte, daß sie ihren Blutnamen errungen
hatte, Naiad Pryde. Joanna, die in einem Chor mitreißende Hymnen sang.

Jetzt wachte sie plötzlich auf, und der Schock der
Wirklichkeit war schlimmer als ein Traum. Nomad
stand neben ihrem Bett. Und er hielt ihre Hand. Sie zog
sie hastig zurück. Es machte keinerlei Wirkung auf den
Tech. Sein altes Gesicht blieb ausdruckslos, bis auf die
Andeutung eines generellen Widerwillens in seinen
Augen.

»Du hättest sterben müssen, aber du bist immer noch
unter uns«, stellte er fest. »Alles, was jetzt noch kommt,
ist Gewinn.«

»An einen Teil erinnere ich mich. Das warst du, frapos? Du hast mich von dieser Bar hierher getragen.«

»Hat nichts zu sagen.«

»Redest du eigentlich jemals geradeheraus?«

»Selten.«

246

Peri legte den Kopf in die Kissen und schloß die Augen. Sie riß sie schnell wieder auf, als ein neuer Traum drohte. »Der Blutname. Hat Diana ihn wirklich gewonnen, oder war das einer meiner Träume?«

»Sie hat gewonnen. Für die freigeborene Bevölkerung hat sie das zur Heldin gemacht. Wir reden viel über sie. Die Wahrgeborenen sind nicht gerade begeistert, aber sie haben das Ergebnis in echtem Kriegerstil akzeptiert. Bis auf Ravill Pryde. Er hat sie zu einem Widerspruchs-test über ihren Blutrechtssieg herausgefordert.«

»Und sie haben gekämpft?«

»Nein. Die Invasion ist dazwischengekommen.«

»Invasion?«

Nomad erklärte ihr, daß die Truppen der Inneren Sphäre zu den Heimatwelten vorgedrungen waren und auf Diana – dem Planeten Diana, wie er wohl im Hin-blick auf ihren Zustand hinzufügte – heftige Kämpfe tobten. »Die Khane der anderen Clans haben entschie-den, sich aus diesem Krieg herauszuhalten. Die Nebel-parder sollen ihr Viertel selbst verteidigen, sozusagen.«

»Was ist mit den Kräften der Inneren Sphäre? Haben die anderen Clans keine Angst, als nächstes angegriffen zu werden?«

»Möglicherweise. Manche behaupten, daß alle Clans sicher sind, selbst jeden Vorstoß der Inneren Sphäre zurückschlagen zu können.« Nomad zuckte die Ach-seln. Es war deutlich, daß er zu diesem Thema nichts mehr zu sagen hatte.

»War Diana hier?« fragte Peri schließlich.

»Einmal. Sie wirkte abgelenkt. Möglicherweise von den Kriegsanstrengungen.«

»Kriegsanstrengungen? Ich dachte, nur die Parder sind beteiligt.«

»Khanin Marthe Pryde hat zwar zugestimmt, daß die Nebelparder ihre Kämpfe selbst austragen sollen, aber sie hat trotzdem Befehl gegeben, daß alle Jadefalken-Einheiten Drills, Übungen, Simulationen und sonstige Gefechtsvorbereitungen intensivieren sollen. Die Blutrechtskämpfe sind ausgesetzt, Herausforderungen und Ehrenduelle streng verboten. Sie will keinen einzigen Krieger verschwenden. Das macht eine Menge Wahrgeborene nervös. Genau wie Ravill Pryde, der sicher ganz wild darauf ist, deine Tochter zu beschämen. Jedenfalls scheint Marthe die Falken auf den Krieg vorzubereiten.«

Jetzt war es an Peri zu nicken. Immerhin stammte sie aus derselben Geschko wie Marthe und erinnerte sich noch gut an sie. Neben Aidan war Marthe die beste Kriegerin unter den Kadetten gewesen, aber sie hatte immer den Eindruck erweckt, etwas zu verbergen. Anscheinend hatte sie sich im Laufe der Jahre nicht geändert.

»Marthe Pryde könnte … nein, sie wird … die Erlöserin der Jadefalken werden.«

»Erlöserin. Ein seltsames Wort. Aber ich habe Wissenschaftler schon immer für etwas seltsam gehalten.«

Peri versuchte zu antworten, doch gegen ihren Willen schlossen sich ihre Lider, und sie schlief ein. Möglicherweise träumte sie, aber diese Träume waren nicht so lebensecht wie zuvor. Als sie wieder aufwachte, war Nomad fort. Anscheinend war er jetzt zufrieden, daß sie überleben würde, denn er kehrte nicht mehr ins Medozentrum zurück.

Sie dachte an Diana und fragte sich, ob sie sich die Mühe machen sollte, sie zu besuchen, allein schon, um ihr zu ihrem Sieg zu gratulieren. Nein, Diana war unterwegs zu einem ungewissen Schicksal, bestückt mit einem Jadefalken-Blutnamen, und sie brauchte keine Hilfe von Peri.

Sie entschied sich, Diana nicht aufzusuchen.

Diana brauchte sie nicht.

Statt dessen wandte Peri ihre Gedanken Etienne Balzac zu und ihren Möglichkeiten, etwas gegen ihn zu unternehmen.

26

Jadefalkenhaus, Halle der Khane, nahe Katjuscha, Strana Metschty
Kerensky-Sternhaufen, Clan-Raum

6. Mai 3060

Wie sich herausstellte, entwickelten sich die Dinge ganz anders, als Marthe Pryde es erwartet hatte. Statt aus den Heimatwelten verjagt zu werden, löschten die Einheiten der Inneren Sphäre auf Diana jede Spur der Nebelparder aus. Die Vernichtung eines ganzen Clans war ein unsagbarer Akt, der sich erst ein einziges Mal in der Geschichte der Clans ereignet hatte. Daß er sich jetzt von der Hand eines Feindes wiederholen sollte, den die Clans als minderwertig betrachteten, war unerhört.

Dann war Victor Steiner-Davion mit einer Herausforderung an alle Clans nach Strana Metschty gekommen: einem Widerspruchstest, der ein für allemal die Rechtmäßigkeit der Invasion klären sollte. Als die Geisterbären ihre Teilnahme ablehnten, hatten die Kreuzritter die Herausforderung angenommen, während die Novakatzen zum Feind übergelaufen waren. Jeder der acht Clans sollte einen eigenen Test ablegen.

Die Kämpfe fanden in den Bergen, auf den Ebenen und in den Tälern Strana Metschtys statt und dauerten nur einen Tag. Auf dem Zhaloba Mons zerschmetterten Marthe und die Falken ihre ComStar-Gegner, ein Sieg, der dadurch noch süßer wurde, daß sie ihn als Vergeltung für Tukayyid acht Jahre zuvor betrachteten. Wenn noch irgend jemand daran zweifelte, ob die Falken ihre alte Stärke wiedererlangt hatten, so war der Kampf um Zhaloba Mons eine klare Antwort.

Als einziger anderer Clan konnten die Sternennattern ihren Test gewinnen, während die Wölfe gegen die kaum bekannten St. Ives-Lanciers ein Unentschieden erzielten. Die Innere Sphäre siegte in allen anderen Tests, ein Gesamtergebnis von fünf Siegen in acht Kämpfen. Das Undenkbare war geschehen. Die Kreuzritter waren besiegt, auf dem Boden Strana Metschtys, ein Ergebnis, das um nichts weniger schockierend war als die Vernichtung der Nebelparder und ihrer Heimatwelt.

Die Clans waren geschockt, und Marthe staunte immer noch über die Geschwindigkeit, mit der sich ihr ganzes Universum verändert hatte. Es gab keinen ilKhan mehr, die Bewahrer kontrollierten das Große Konklave, und die Invasion der Inneren Sphäre hatte ein jähes und beschämendes Ende gefunden.

Die Parder existierten nicht mehr, die Geisterbären waren in die Innere Sphäre umgezogen und die Novakatzen übergelaufen. Beinahe sofort brachen erbitterte Kämpfe über Ansprüche auf Besitztümer und Welten aller drei Clans aus. Überall auf den Heimatwelten tobten Besitztests, und jeder von ihnen löste eine neue Serie von Widerspruchstests aus. Die Clans standen wieder im Krieg gegeneinander, und es sah so aus, als würde es eine ganze Weile so bleiben.

Die Falken steckten mittendrin. Als bekannt wurde, daß die Geisterbären planten, Tokasha den Diamanthaien zu schenken, griff Marthe sofort an, ebenso wie die Goliathskorpione. Die Diamanthaie zogen sich zurück, aber das hinderte die Höllenrösser nicht daran, sich ebenfalls einzumischen. Auf anderen Welten kämpften die Falken ebenfalls: auf Eden gegen die Wölfe, und auf Barcella gegen die Diamanthaie und die Gletscherteufel.

Die Lage war chaotisch und blutig, und Marthe war begeistert. Sie hatte zu lange Monate im Großen Konklave herumgesessen. Heute jedoch war sie seltsam nachdenklich. Vielleicht war es das Wetter. Der Himmel war bedeckt, aber trotzdem war es unangenehm warm. In der schwülen Hitze schien die stumpfgraue Farbe der Bürowände flüssig zu werden. Obwohl sich auf dem Schreibtisch die Disketten und dringenden Ausdrucke stapelten, die nach einer Entscheidung verlangten, lehnte Marthe sich zurück und ließ ihre Gedanken schweifen.

Eigentlich kümmerte sie sich nicht um Vergangenes, aber sie konnte den Anblick Victor Steiner-Davions nicht vergessen, als er zwei Tage nach den Kämpfen auf Strana Metschty ins Große Konklave geschlendert war. Er hatte ein paar pompöse Phrasen darüber abgelassen, daß ihre beiden Völker einander kennenlernen sollten, und dann die Frechheit besessen zu erklären, die Clans wären als Mitglieder in seinem lächerlichen neuen Sternenbund willkommen. Glaubten die Fürsten der Inneren Sphäre tatsächlich, sie könnten die Gezeiten der Geschichte ändern, indem sie ein paar neue Allianzen schlossen und sich auf die Rednerkünste eines Victor Davion beriefen? Nur die Nachfahren des großen Kerensky konnten den Sternenbund wiedererrichten.

Vlad war augenblicklich aufgesprungen. Er hatte erklärt, durch die Enthaltung der Wölfe bei der Abstimmung wären sie nicht an den Widerspruchstest gebunden. Dann hatte er die anderen Khane gewarnt, daß jede Zusammenarbeit mit der Inneren Sphäre den Untergang ihrer eigenständigen Kultur bedeuten mußte. Er hatte geschworen, der Vision Kerenskys treu zu bleiben, hatte sich umgedreht und war aus dem Saal gestürmt. Marthe konnte nicht anders, als ihn zu bewundern.

Und ihm zuzustimmen. Der kleine Prinz Victor mochte glauben, daß die Innere Sphäre die Clans gezähmt hatte, aber er täuschte sich. Die Jadefalken würden niemals einem falschen Sternenbund beitreten. Ebensowenig würde sie jemals ihren Glauben daran aufgeben, daß die Falken eines Tages im Namen des großen Kerensky Terra und die ganze Innere Sphäre eroberten.

Diese Stravags hatten den Clans eine Lektion über den Krieg erteilt, indem sie einen gesamten Clan und jede Spur seiner militärischen Macht ausgelöscht hatten. Lincoln Osis persönlich war von Victor Davions Hand gestorben. Aber all das hatten sie durch Hinterlist und Verrat erreicht. Selbst daß sie es geschafft hatten, die Lage der Heimatwelten herauszufinden, konnte nur durch irgendeinen heimtückischen Verrat erklärt werden.

Es kann einen zum Wahnsinn treiben, wie dieser infernalische Victor Davion Clan-Gefechtsrituale gegen uns eingesetzt hat. Nur so konnte er hoffen, uns zu besiegen. Es wirkte alles ach so ehrenhaft, aber es war ein einziger Schwindel.

Marthe erinnerte sich, wie Davions Vorschlag ihr als kolossaler Fehler erschienen war. Die Innere Sphäre hatte keine Chance gehabt, einen Widerspruchstest zu gewinnen, nicht einmal die begrenzten Gefechte, die er dafür vorgeschlagen hatte. Die Clans besaßen die überlegenen Krieger und Maschinen und unendlich mehr Mut und Tapferkeit. Jetzt war ihr natürlich klar, welchen Fehler sie begangen hatte. Sie hätte wissen müssen, daß dieser heimtückische kleine Surat irgendeinen Verrat plante. *Ich möchte seinen kleinen Hals packen und ihm langsam das Leben aus dem Zwergenkörper quetschen. Vielleicht kein ehrenhaftes Benehmen, aber so befriedigend.*

Marthes Finger krümmten sich. Sie hob die Hände in die Höhe, in der sich der Hals des kleinen Stravags befunden hätte, und in diesem Augenblick hörte sie jemanden sich in der Tür des Büros räuspern. Sie blickte auf und sah Rhonell geduldig dort stehen, ohne sich irgendeine Reaktion darauf anmerken zu lassen, daß seine Khanin leere Luft zu erdrosseln schien. Er meldete die Ankunft Samantha Clees'.

Marthe ließ leicht verlegen die Hände sinken. »Schicke sie herein, Rhonell.«

Sie lehnte sich zurück und schloß für eine Sekunde die Augen. Es half nichts. Sie sah das Gesicht Victor Davions. Die Invasorenclans hielten immer noch Systeme in der Inneren Sphäre. Dieser falsche neue Sternenbund, den die Innere Sphäre ausgeheckt hatte, konnte dort gegen sie vorgehen und versuchen, den Vormarsch der Falken zunichte zu machen.

Ein leises Klopfen an der Tür unterbrach ihre Gedanken. Dann kam Samantha herein. Sie setzte sich nicht, wanderte aber auch nicht auf und ab wie üblich. »Du hast nach mir geschickt, Marthe Pryde?«

Marthe fiel auf, daß Samanthas Augen müde wirkten, und sich dunkle Flecken unter ihnen abzeichneten. Ihre Mundwinkel waren von Spannungslinien umgeben. Der Krieg wirkte erregend, aber er forderte seinen Preis.

»Aye, Samantha Clees. Es wird Zeit, über dringende Angelegenheiten zu reden. Die Invasion ist vorbei, aber das bedeutet nicht, daß wir nicht in die Innere Sphäre zurückkehren.«

Samantha nickte. »Wir müssen dort ebenso unseren Vorteil suchen wie hier zu Hause.«

»Aye, Samantha Clees, aber wir sind nicht stark genug, die Invasion allein wiederaufzunehmen, und es wird einige Zeit vergehen, bis die Clans sich wieder zu einer solchen Operation vereinen. Also müssen wir uns vorerst auf das konzentrieren, was möglich ist: den Invasionskorridor wieder in unseren Besitz zu bringen und die Viper von unserem Busen zu vertreiben.«

Samantha runzelte die Stirn. »Die Stahlvipern haben unsere Geduld lange genug strapaziert, frapos? Es war ein Schlag ins Gesicht, als sie Brett Andrews zu ihrem saKhan wählten. Ich hasse den ganzen Clan seit langem, aber Brett Andrews widert mich an.«

Marthe nickte. »Pos, aber dein eigener Bericht stellt fest, daß unser Militär noch immer nicht voll aufgebaut oder ausgebildet ist. Ich will, daß alle Übungs- und Ausbildungsprogramme verdoppelt und verdreifacht werden. Der Falke muß kreischen, nach dem Kampf dürsten. Wir werden die Vipern im Invasionskorridor bekämpfen, aber nicht nur mit Mechs bewaffnet, sondern auch mit Plänen und Strategien. Bloßer Mut ist nicht genug. Diesmal werden wir von der Inneren Sphäre lernen. Wir werden die Stahlvipern überlisten und sie an ihrer verwundbarsten Stelle packen – bei ihrer Arroganz und Selbstüberschätzung. Wir werden gegen sie vorgehen. Aber erst, wenn wir bereit sind.«

»Bist du da nicht übervorsichtig, meine Khanin?« Marthe wußte, daß Samantha den Titel benutzte, um zu zeigen, daß sie mit ihrem Widerspruch keine Respektlosigkeit beabsichtigte. Sie verließ sich seit einiger Zeit ebenso auf Samanthas Loyalität wie auf ihre Offenheit, und war nicht beleidigt.

»Vielleicht noch nicht vorsichtig genug. Keine Sorge, Samantha Clees. Wir werden bald wieder im Feld stehen, und es wird kein leichter Kampf werden. Aber wir werden siegen, das verspreche ich dir. Bis dahin schärfen wir weiter unsere Krallen.«

Die beiden Khaninnen der Jadefalken diskutierten die verschiedenen Möglichkeiten eines Angriffs auf die Vipern und studierten dabei die Holokarte des Invasionskorridors, die Marthe aufrief. Während sie mit allmählich begeisterter werdender Stimme ihre Gedanken austauschten, fühlte sich Marthe näher an ihrem alten Ich als seit langem. An einem Punkt des Gesprächs griff sie sich sogar einen Stapel Ausdrucke und warf ihn über den Tisch, und es freute sie, wie sich das Papier wild verstreut über den Schreibtisch ausbreitete.

27

Wissenschaftliches Forschungs- und Bildungszentrum, Ironhold City, Ironhold
Kerensky-Sternhaufen, Clan-Raum

7. Mai 3060

Als sie angespannt im Wartezimmer von Etienne Balzacs Büro saß, ging Peri in Gedanken ihre Begegnung mit Marthe Pryde wenige Tage zuvor durch. Sie war von saKhanin Samantha Clees nach Strana Metschty gerufen worden, die sie während ihres Aufenthalts auf Ironhold kurz gesprochen hatte. Die Umstände dieser Unterhaltung hatten die saKhanin veranlaßt, der Khanin von Peris Verdacht zu berichten.

Peri hatte Marthes Büro wenig zuversichtlich über den Verlauf des Gesprächs verlassen. Sie fürchtete sich vor dem Risiko, das einzugehen sie sich bereitgefunden hatte. Sie schloß die Augen und erinnerte sich ...

... es war ein Schock, als sie das Büro der Khanin betrat und die Veränderung in Marthes Gesicht sah. Die gefühllosen Augen wirkten müde. Der Mund war schmallippig und von neuen, dünnen Linien umgeben. Ihre früher vom Leben im Freien gerötete Haut war blaß geworden, möglicherweise von zu viel Schreibtischarbeit in geschlossenen Räumen. Aber sie wirkte immer noch groß und stark.

Da sie aus derselben Geschko stammten und daher gleichaltrig waren, war sich Peri Marthes Alter sehr bewußt. Sie wußte, daß dieses Alter auf ihrem eigenen Gesicht leicht genug abzulesen war – Mitglieder der niederen Kasten neigten dazu, deutlicher zu altern als Krieger, selbst Wahrgeborene, die selbst aus der Kriegerkaste stammten –, aber sie hatte nicht erwartet, dasselbe Phänomen bei Marthe zu finden.

Auch Samantha Clees war anwesend und saß schweigend in einem Stuhl an der Rückwand des Raumes, während Marthe und Peri sich unterhielten.

Marthes Miene wurde etwas sanfter, als sie Peri begrüßte. Das schockierte die Wissenschaftlerin fast ebensosehr wie die Zeichen des Alters. Sie konnte sich an keinen einzigen Augenblick in der Vergangenheit erinnern, in dem Marthe freundlich zu ihr gewesen war.

»Setz dich, Peri.«

Sie deutete auf einen Stuhl links neben ihrem Schreibtisch, und Peri kam der Aufforderung nach. Sie bemerkte, daß Marthe ihren Labornamen unterschlug. Krieger haßten die Angewohnheit der Wissenschaftler, sich Nachnamen zuzulegen, und duldeten es nicht, wenn man diese Namen in ihrer Gegenwart benutzte. Nachdem Peri sich gesetzt hatte, stand Marthe auf und trat um den Schreibtisch herum. Dadurch sah die ohnehin schon körperlich größere Marthe auf sie herab, was Peri noch bewußter machte, daß sie mit einer Khanin sprach.

»Es ist lange her, Peri, frapos?«

»Pos.«

»Wir haben über die Jahre nicht viel von einander gesehen.«

»So gut wie überhaupt nichts.«

»Aber ich habe mich natürlich über deine Fortschritte informiert.«

Peri wußte nicht, ob sie das glauben sollte. Welchen Grund hätte eine Krieger-Kometin wie Marthe, die es bis zur Khanin gebracht hatte, haben können, über jemanden wie sie auf dem laufenden zu bleiben? Peri war sich durchaus bewußt, daß sie nur eine unwichtige Bürokratin in einer überbürokratisierten Kaste war. Vielleicht handelte es sich um versteckten Sarkasmus von Marthes Seite, angesichts der Tatsache, daß Peri als Kadettin aus der Kriegerausbildung ausgesiebt worden war. Oder vielleicht hegte die Khanin noch irgendwelche Gefühle einer ehemaligen Koschwester gegenüber.

Bevor Peri diesen Gedanken weiterverfolgen konnte, lobte Marthe Peris Bericht über die FLUMs und besonders die unorthodoxe Weise, auf die sie die Maschinen bei der Kampfaktion auf Diana eingesetzt hatte.

»Außerdem habe ich gehört, daß du geholfen hast, Hengst zu retten, einen Krieger, der für mich von unbezahlbarem Wert ist.«

Dann kam sie auf Dianas Sieg im Blutnamenstest zu sprechen, lobte sie ausführlich und erwähnte mehrere dramatische Augenblicke des Endkampfes. Plötzlich stoppte Marthe und fragte: »Was ist los, Peri?«

»Ehrlich gesagt, meine Khanin, sind es die laufenden Erwähnungen Dianas. Sie nennen sie ständig ›meine Tochter‹ und bezeichnen mich als ihre Mutter.«

»Bestreitest du, daß es sich dabei um Tatsachen handelt?«

»Neg, meine Khanin. Sie sind mir nur unangenehm. Biologisch ist Diana Pryde meine Tochter. Wenn ein Kind klein ist, bleibt keine andere Wahl, als ihm eine Mutter zu sein. Man kümmert sich um eine Tochter, so wie man Labortiere bei Gesundheit erhalten muß. Aber, nun, ich bin wahrgeboren, und Freigeborene sind, nun ja, anders, wenn es um Eltern und Kinder geht. Besonders Mütter schenken ihren Kindern eine Menge Aufmerksamkeit und sind ausgesprochen emotional bei allem, was sie betrifft. Aber bei Diana und mir war das nicht der Fall. Ich war nicht nur wahrgeboren, sondern zudem noch eine Wissenschaftlerin, die bis spät in die Nacht arbeitete.«

»Du und Diana Pryde steht euch also nicht sonderlich nahe.«

»Es besteht eine Bindung. Ich freue mich, daß sie es geschafft hat, die Kriegerin zu werden, die sie so nachdrücklich werden wollte, und sie hat dabei regelmäßigen Kontakt zu mir gehalten. Na ja, vielleicht nicht regelmäßig, aber oft genug. Und ich war zufrieden, als sie ihren Blutnamen errang.«

Marthes Lächeln kam plötzlich und beunruhigend. »Zufrieden? Du bist aus einem Hospitalbett geklettert, hast dich durch halb Ironhold City geschleppt und bist beinahe gestorben, weil du, trotz offensichtlicher Schmerzen, nicht bereit warst, die Holovidübertragung zu verlassen, bevor der Kampf zu Ende war, so daß du durch die halbe Stadt zurückgetragen werden mußtest.«

»Davon wissen Sie?«

»Ich bin die Khanin. Ich habe Zugriff auf mehr Quellen als irgend jemand anders.«

»Ich vermute, es steckte eine gewisse, nun, Emotion in meinem Bedürfnis zu erfahren, was aus ihr wurde. Aber ich nehme an, daß unsere Lebensbahnen sich jetzt getrennt haben, und ich wünsche ihr alles Gute. Ich habe sie seitdem nicht mehr gesehen.«

»Aber sie hat dich besucht, während du bewußtlos warst, frapos?«

»Woher wissen Sie?«

Marthe breitete die Arme aus. »Khanin, frapos?«

»Pos. Aber das halte ich für einen Höflichkeitsbesuch, und es besteht kein Bedarf für uns, einander wiederzusehen.«

Es kam zu einer unbehaglichen Pause, und Marthe verließ den Schreibtisch und ging hinüber zu Samantha.

»SaKhanin Samantha Clees hat mir von den geheimen genetischen Experimenten berichtet, die du in deiner Kaste entdeckt hast. Um ehrlich zu sein, Peri, ist das nicht der erste Bericht dieser Art, der mich erreicht. Wir haben bereits andere Untersuchungen durchgeführt, die deinen Behauptungen zusätzliches Gewicht verleihen. An einer davon war sogar jemand aus unserer gemeinsamen Vergangenheit beteiligt: Sterncommander Joanna. Sie hat Beweise gefunden, die helfen, deinen Verdacht zu bestätigen, daß die Verschwörung der Wissenschaftler sich über mehrere Clans erstreckt. Tatsächlich ist diese Verschwörung so gewaltig und komplex, daß wir praktisch machtlos dagegen sind.«

»Machtlos?«

»Peri, sie sind so durchorganisiert, daß sie ihren eigenen Clan gründen könnten. Sie haben sogar ihre eigenen Söldner, in der Hauptsache Rekruten aus der Banditenkaste, die sie als Leibwächter benutzen, und gelegentlich, wie in deinem Fall, als Meuchelmörder.«

»Sie meinen, die Männer, die mich in der Gasse überfallen haben, waren Meuchelmörder?«

»Das waren sie ganz sicher.«

»Woher wissen Sie das?«

»Zum Teil von Kael Pershaw und seiner Clanwache. Kael Pershaw hat gelernt, jedes Informationssystem zu knacken und jeden Idioten zu übertölpeln, der Informationen besitzt. Ich halte nicht viel von Geheimaktionen, und saKhanin Samantha Clees verachtet sie, aber ich fürchte, wir sind auf sie angewiesen. Jedenfalls hat er mir nicht nur die Nachricht von dem Angriff auf dich gegeben, sondern auch die Namen der Täter. Der Hauptschuldige war ein Schläger namens Olan. In der Banditenkaste war er als der ›gnadenlose Heilige‹ bekannt.«

»Heiliger? Der Mann war kein Heiliger!«

»Unter Banditen ist er einer. Ich bin mir nicht sicher, woher der Name stammt.«

»Na, ich hoffe, ihn eines Tages als Leiche sehen zu können. Wenn ich ihn selbst umbringen könnte, würde ich das durchaus in Erwägung ziehen. Da gibt es nur ein Problem: Meine Erinnerung an jenen Abend ist sehr verschwommen. Ich kann mich nicht erinnern, wie er aussah. Aber ich bin froh, zumindest seinen Namen zu erfahren.«

»Ich wünschte, ich könnte seinen Tod für dich arrangieren, aber selbst als Khanin weigere ich mich, einen kaltblütigen Mord zu befehlen.«

Plötzlich war Peri müde, eine Nachwirkung des Angriffs. Obwohl sie inzwischen ausgeheilt war, blieben gewisse Schmerzen und Zuckungen zurück, die sie wohl für den Rest des Lebens begleiten würden. »Läßt sich überhaupt etwas gegen Balzac und seine Mörder unternehmen?«

»Im Augenblick nicht. Vielleicht in der Zukunft. Im Augenblick sind die Wissenschaftler dank der Unruhe unter den Clans in einer so günstigen Position wie nie zuvor – und können sich noch offener verschwören. Ich ahne, daß sie ihre Aktivitäten intensivieren werden, weil sie sich unbeobachtet fühlen. Das kann ich nicht zulassen, und daher bitte ich dich, Peri, einen Auftrag von mir anzunehmen, der für die Jadefalken von immenser Bedeutung werden kann.«

Peri war von Marthes Eröffnung wie vom Donner gerührt. Sie hatte erwartet, ihren Bericht abzuliefern und wieder weggeschickt zu werden. Auf keinen Fall hatte sie damit gerechnet, von der Khanin ernstgenommen zu werden.

»Das könnte dich zwingen, deinen Eid als Wissenschaftlerin zu brechen. Ich bitte dich nicht gerne darum, aber das ist die erste Chance, die ich habe, eine Agentin in die Ränge der Kaste einzuschleusen, die selbst Wissenschaftlerin ist, und diese Gelegenheit möchte ich nicht verpassen.«

»Als Spionin? Ich weiß nicht, ob ich …«

»Erlaubnis zu sprechen«, unterbrach Samantha.

»Du brauchst nicht um Erlaubnis zu fragen, saKhanin.«

260

Samantha Clees stand auf und ging zwischen dem Stuhl und der Bürotür auf und ab. »Ich weiß einiges über dich, Peri. Ich habe sogar den Kodax deiner Kadettenzeit eingesehen. Du wurdest während der Ausbildung ausgesiebt, aber in ihrem Herzen bleibt eine Wahrgeborene immer eine Kriegerin. Wir brauchen dich als Kriegerin im Feld, auf einer militärischen Mission unter dem Befehl deiner Khanin. Ich denke, die Loyalität zu Khanin und Clan wiegt schwerer als einfache Kastenloyalitäten. Ich bin auch der Meinung, daß diese Mission dich, besonders, wenn du sie im Kriegergeist annimmst, von den Geheimhaltungsgelübden deiner Kaste entbindet. Außerdem wird das Erbgut unserer Krieger ungehindert weiter verfälscht, wenn wir nicht gegen diese Verschwörung der Wissenschaftler vorgehen. Daher nützen alle Informationen, die wir über diese Geheimprojekte sammeln können, allen Kasten.«

Peri blinzelte. »Das ist alles zu metaphysisch für mich, aber ich akzeptiere Ihre Feststellung, daß das Wohl des Clans über der Loyalität zur Kaste steht.«

»Dann bist du bereit herauszufinden, was immer du kannst«, meinte Marthe. »Für den Clan.«

»Und für Sie, Khanin Marthe Pryde. Aber ich bin bei Balzac und seinen Wissenschaftlern nicht gerade gut angeschrieben. Was kann ich tun?«

»Erwidere den Gefallen«, sagte Samantha. »Nichts gefällt einem Fanatiker besser, als ein verirrtes Schaf wieder in die Herde aufzunehmen.«

»Er hat versucht, mich umbringen zu lassen.«

»Falls das Gespräch darauf kommt, lobe ihn dafür.«

Kurz danach verließ Peri das Büro und kehrte zurück nach Ironhold, in diese angespannten Minuten außerhalb des Büros des Generalwissenschaftlers.

Etienne Balzac schien Peris ›Bekehrung‹ tatsächlich mit spürbarer Selbstzufriedenheit aufzunehmen.

»Ich freue mich, daß du gekommen bist«, stellte er gegen Ende des Gesprächs fest. »Ich hatte schon immer den Eindruck, daß uns durch deinen Widerstand einer der schärfsten Geister unter den Jadefalken-Wissenschaftlern verlorenging. Indem du dich freiwillig für eine neue Aufgabe meldest, beweist du die wahre Loyalität deiner Kaste gegenüber.«

»Wissenschaftler müssen nach Antworten suchen. Ich mag zweifeln, aber meine Loyalität sollte außer Frage stehen«, schaffte es Peri zu antworten, ohne an den Worten zu ersticken.

Balzac wirkte hocherfreut.

»Generalwissenschaftler, ich habe eine Bitte.«

»Trage sie vor, Peri Watson.«

»Da ich von der Geschko im Kerenskywald weiß und aus derselben Geschko wie Aidan Pryde stamme, bin ich der Meinung, dort wertvolle Dienste leisten zu können. Außerdem könnte ich dadurch in mein Spezialgebiet, die Genforschung, zurückkehren. Bei den laufenden Experimenten wird unter anderem auf Arbeiten zurückgegriffen, die ich bei meinen ersten Projekten in der Kaste durchgeführt habe, und ich bin sicher, der Kerenskywald-Station von Nutzen sein zu können. Daher bitte ich in aller Form um meine Versetzung dorthin.«

Balzac runzelte die Stirn und dachte lange nach. Schließlich sagte er: »Na schön. Ich sehe die Logik deiner Argumentation ein und bewillige deinen Antrag.«

Nachdem er Peri entlassen hatte, rief Balzac Olan herein, den Kommandeur seiner Wachen. Der extrem hagere, hoch aufgeschossene ehemalige Bandit nahm gelassen und so ausdruckslos wie immer Haltung an.

Während er mit ihm sprach, beschäftigte Balzac seine Hände auf dem Schreibtisch und ordnete exakte Papierstapel in neue exakte Papierstapel um.

»Peri Watson, die du und deine Helfer nicht umbringen konntet, wird ins Geschko-Ausbildungszentrum im Kerenskywald versetzt.«

»Soll sie dort eliminiert werden?«

»Noch nicht. Sie hat ... widerrufen, und wir wollen abwarten, ob sie es ernst meint.«

»Warum bringen wir sie nicht einfach um, dann wären alle Zweifel ausgeräumt.«

»Du denkst immer noch wie ein Bandit. Das wäre Verschwendung. Diese Peri Watson ist ein nützliches Werkzeug, und wir können ihre Fähigkeiten gebrauchen, besonders bei unserem Experiment im Geschko-Ausbildungszentrum. Außerdem läßt sich ein Angriff noch als Straßenkriminalität abtun, aber ein zweiter Zwischenfall könnte Aufmerksamkeit erregen. Wenn sich ein Grund ergibt, sie umzubringen, werden wir das tun, aber dann darf es nicht hier in der Nähe geschehen. Das Ausbildungszentrum ist ein guter Ort. Stelle zwei deiner Wachen für die Wachmannschaft dort ab, die sie im Auge behalten.«

»Wird gemacht, Generalwissenschaftler. Sollten sie irgendwelche verdächtigen Aktivitäten melden, werde ich selbst dorthin aufbrechen und mich um sie kümmern.«

»Sie hat dich gesehen. Sie kennt dich.«

»Das bezweifle ich. Wir sind uns im Korridor begegnet, und sie hat mich nicht erkannt.«

»Halte dich trotzdem vorerst fern von ihr. Ich werde dich einsetzen, wenn es nötig ist.«

»In Ordnung.«

Balzac saß noch lange nachdem Olan gegangen war an seinem Schreibtisch und dachte nach. Dabei trommelte er mit den Fingern auf der Schreibtischplatte.

Dann vergaß er das Peri-Problem, wie es seine Art war, und widmete sich dem nächsten Punkt seiner Tagesordnung. Eben diese Fähigkeit, sein Denken zu disziplinieren, war der Schlüssel für seinen kometengleichen Aufstieg vom niederen Bürokraten zum Kommandeur der gesamten Wissenschaftlerkaste gewesen.

28

Stahlvipernhaus, Halle der Khane, nahe Katjuscha, Strana Metschty
Kerensky-Sternhaufen, Clan-Raum

8. Mai 3060

»Jetzt ist der Zeitpunkt gekommen, die Falken zu vernichten«, stellte Natalie Breen leise fest, und trotzdem erfüllte ihre Stimme den dunklen Raum.

Perigard Zalman nickte. Dann wurde ihm klar, daß sie die Geste in der Dunkelheit nicht erkennen konnte. »Aye, Khanin Natalie Breen. Um das zu diskutieren, sind wir hier.«

Natalies aus dem Dunkel kommende Stimme hatte etwas Gespenstisches. »Der Invasionskorridor. Dort muß der Kampf stattfinden. Wir haben Marthe Pryde jetzt lange genug beobachtet. Wir können in ihr lesen wie in einem Buch. Sicher schmiedet sie Pläne, gegen uns vorzugehen, aber die Viper muß ihr zuvorkommen. Wir sollten unsere Kräfte in der Inneren Sphäre aufbauen und die Falken überrumpeln.«

»Sie ist dermaßen eingebildet geworden«, ertönte die Stimme der dritten Person im Raum, die des saKhans Brett Andrews. »So stolz und selbstherrlich über ihren Sieg gegen die Innere Sphäre. Aber ihr sind die Hände gebunden. Die Falken sind immer noch nicht voll erstarkt oder bereit.«

»Aye«, bestätigte Natalie, die ausnahmsweise einer Meinung mit Andrews war. »Auf dem Papier sehen die Falken gut aus, aber wir können sie besiegen. Viele ihrer Einheiten sind unter Sollstärke, gleichgültig, was die Daten zeigen. Unsere Ausbildung ist die beste und härteste aller Clans. Kein Freigeburtsabschaum verdirbt unseren Touman. Wenn wir unser Vorgehen gewissenhaft planen, können die Falken uns nicht aufhalten. Wir sollten unser Personal im Invasionskorridor entschlossen aufstocken und dann mit der Schnelligkeit der Stahlviper zuschlagen. Wir können eine breite Schneise von Systemen erobern, bevor die Jadefalken wissen, wie ihnen geschieht.«

»Kael Pershaws Jadefalken-Clanwache ist die beste aller Clans, möglicherweise die der Wölfe ausgenommen«, warf Andrews ein. »Sie wird ungewöhnliche Truppenbewegungen und alle sonstigen Änderungen unserer normalen Prozeduren bemerken.«

»Nicht, wenn wir gewisse Vorsichtsmaßnahmen treffen«, meinte Natalie. »Wir können unsere Aktivitäten verschleiern. Truppenschiffe können scheinbar anderes Material befördern. Erst erhöhen wir die Anzahl der Truppen, die turnusmäßig in die Innere Sphäre versetzt werden. Indem wir diese Truppenverstärkung offen durchführen, erregen wir mit Sicherheit die Aufmerksamkeit der Wache. Die Jadefalken werden sich gratulieren, die ›geheimen‹ Pläne der Stahlvipern entdeckt zu haben, und werden nicht weiter suchen. Schließlich sind wir Vipern ja *so* unbedarft.« Natalies Stimme troff vor Hohn, als sie das sagte. Dann wurde ihr Ton wieder geschäftsmäßig. »Gleichzeitig erhöhen wir die Anzahl der Schiffe, die unsere Händlerkaste benutzt, erheblich. Natürlich werden wir unsere Frachtdaten, die Pershaws Hauptinformationsquelle darstellen, manipulieren müssen. Aber da er sich einbilden wird, schon zu wissen, was die Stahlvipern vorhaben, wird er das kaum zur Kenntnis nehmen.« Sie lachte leise. »Diese zusätzlichen Landungsschiffe werden ausschließlich Krieger in die Innere Sphäre transportieren. Wir sollten nur die größten verfügbaren Schiffe einsetzen. Es wird unsere Möglichkeiten stark beanspruchen, aber der zusätzliche Platz wird die Anzahl der Truppen und Nachschubgüter, die wir an die Front verschiffen können, drastisch erhöhen. Lange werden wir diese Täuschung sicher nicht aufrechterhalten können, aber lange genug. Bis Pershaw und seine Wache ihren Fehler bemerken, wird es zu spät sein.«

»Das ist unannehmbar«, schnaubte Andrews. »Du weißt, wie Krieger über ehrbaren Kampf denken. Sie werden eine Rolle im Zusammenhang mit einer derartigen Hinterlist ablehnen.«

»Blödsinn. Unsere Vipern juckt es nach einer Gelegenheit, gegen die Jadefalken zu kämpfen. Sie werden die Gelegenheit begrüßen, sie zu überrumpeln. Was meinen Sie, Khan Perigard Zalman?«

»Dein Plan hat einiges für sich, Khanin Natalie Breen. Statistisch sind uns die Falken überlegen, aber Marthe muß noch viele Posten neu besetzen, und es liegt noch ein langer Weg vor ihr, bis alle neuen Truppen zu einer einheitlichen Streitmacht zusammengewachsen sind. Wie Brett Andrews es schon sagte, ihr sind hier zu Hause die Hände gebunden, und sie dürfte noch nichts gegen uns unternehmen. Noch haben wir Zeit, die Oberhand zu gewinnen.«

»Ich schlage vor, sofort zu beginnen. Der Zeitpunkt ist gut. Ich dachte daran, die Delta-Galaxis zu entsenden.«

Brett Andrews ließ ein unterdrücktes Räuspern ertönen, gerade laut genug, um von den anderen wahrgenommen zu werden. Zalman erkannte es als Zeichen des Mißfallens. Er verstand die Sorge seines saKhans, aber die Stahlviper war ebenso sehr für ihre Lautlosigkeit berühmt wie für ihren tödlichen Biß. Kein Blatt, Zweig oder Grashalm bewegte sich, der sie hätte verraten können, wenn sie durch den Dschungel glitt.

»Brett, du wirst sofort daran gehen, die Logistik für die Verlagerung der Truppen in den Invasionskorridor auszuarbeiten. Natalie Breen kann dir dabei sicher eine große Hilfe sein. Ihr jüngster Bericht über unseren Militärstatus war äußerst gewissenhaft.«

Brett blieb einen Augenblick lang stumm, dann meinte er leise: »Ich werde tun, was du verlangst, mein Khan. Zivile Unruhen auf den besetzten Welten haben uns nach dem Widerspruchskrieg bei der Säuberung der eroberten Systeme behindert. Jetzt werden wir diese Arbeit beenden.«

»Gut. Ich wußte, daß ich auf dich zählen kann. Du und deine 4. Garde habt uns nach Tukayyid einige Falken-Systeme eingebracht. Sie haben guten Grund, dich zu fürchten.«

Nach weiteren strategisch-taktischen Diskussionen verabschiedeten Zalman und Andrews sich rituell von Natalie Breen. Als die beiden wieder auf dem Korridor waren, der von ihrem Büro zurück in den Hauptteil des Gebäudes führte, räusperte Brett sich erneut leise.

»SaKhan, du brummelst schon, seit wir hier angekommen sind. Möchtest du mir vielleicht mitteilen, was dir solches Unbehagen bereitet?«

Andrews warf ihm einen schrägen Blick zu und zögerte einen Herzschlag lang, so daß er aus Zalmans Tritt geriet. Er glich seine Gangart wieder an und meinte: »Was mich stört, ist diese ... ich weiß nicht, wie ich es nennen soll ... diese Verbindung zwischen dir und Natalie Breen. Auch wenn sie einmal Khanin war, verstehe ich nicht, warum du sie so eifrig um Rat fragst.«

»Ich war einige Jahre ihr saKhan. Ich habe gesehen, wie intelligent sie eine Situation analysieren kann, gleichgültig ob militärischer oder politischer Natur. Ich respektierte sie so sehr und so lange, daß ich das Gefühl nie abstreifen konnte, mich vor ihrer Weisheit verneigen zu müssen.«

»Genau davon rede ich! Verzeih meine Offenheit, aber in ihrer Gegenwart benimmst du dich wie ein Geselle der Meisterin gegenüber. Jetzt bist du der Meister! Natalie Breen hat einmal Macht besessen, aber das ist vorbei. Bei den Freigeburten übernimmt der Geselle das Geschäft, wenn sich der Meister zur Ruhe setzt. Er rennt nicht jedesmal zurück zu seinem alten Meister, wenn ein Nagel nicht exakt sitzt.«

Zalman blieb stehen und stoppte Brett ebenfalls, indem er ihm die Hand auf die Schulter legte. »Woher weißt du das? Was weißt du davon, wie Freigeburten leben?«

»Nicht viel, zugegeben. Aber ich weiß, daß damit, wie du Natalie Breen in deiner Nähe behältst und in allen wichtigen Fragen um Rat angehst, etwas nicht in Ordnung ist. Sie ist keine Khanin mehr, und das aus gutem Grund! Sie hat versagt. Sie hat ihr Versagen akzeptiert und ist zurückgetreten. Du solltest tun, was daraus klar folgt, und sie aufs Altenteil schicken!«

Zalman grinste. »Ich habe den Verdacht, daß du auch von Altenteilen wenig Ahnung hast. Natalie Breen würde sterben, wenn man sie entließe. Sie gehört zu den brillantesten militärischen Geistern, die ich je gekannt habe. Ich benutze sie, wie ich jedes Werkzeug von Wert benutze, so, wie ich jeden benutze, der mir helfen kann, meine Ziele zu erreichen. So, wie ich dich benutze, Brett Andrews. Du bist das Feuer, das ich brauche, um die Stahlvipern zu härten. Ich brauche deine Geradlinigkeit, deinen Zorn. Und ebenso brauche ich Natalie Breens Kälte, damit wir unsere Feinde mit Feuer und Eis zugleich attackieren können.«

»Du willst deine Feinde zugleich ersäufen und verbrennen?«

»Keine schlechte Idee. Auf diese Weise helft ihr mir beide. So wie jeder andere, den ich einsetze, um die Vorherrschaft der Stahlvipern zu sichern. Der Clan ist alles, frapos?«

Andrews nickte und wiederholte das rituelle Stahlvipern-Motto. »Der Clan ist alles, mein Khan.« Dann setzte er hinzu: »Trotzdem würde ich meinem Khan raten, die Gefahr zu erkennen, die damit verbunden ist, die Einmischung der früheren Khanin zuzulassen.«

»Welche Gefahr?«

»Vielleicht möchte sie ihre Position als Khanin zurückgewinnen.«

»Natalie Breen weiß, daß es dazu niemals kommen wird.«

»Ich wünschte, ich könnte das unterschreiben.«

Als die beiden weitergingen, spürte Perigard Zalman, daß er Brett Andrews nicht hatte überzeugen können. Statt dessen hatte er den Gegensatz zwischen ihnen nur noch vertieft. Er würde diesen Mann im Auge behalten müssen. Ein so offensichtlich ehrgeiziger Offizier wie Brett Andrews war potentiell zu allem fähig.

Im Dunkel ihres Büros dachte Natalie Breen ein paar Minuten über Brett Andrews nach und kam dann zu dem Schluß, daß sie jedes Hindernis ausräumen konnte, das er ihr in den Weg legte. Nicht, daß sie im Augenblick irgendwelche Reisepläne hatte.

Obwohl, so ganz stimmte das auch nicht. Es gab einen Ort, an den sie gelangen wollte. Zurück ins Cockpit eines Mechs. Als Khanin zurückzutreten, war nicht genug gewesen. Sie mußte ihr Versagen wiedergutmachen, und es gab nur eine Möglichkeit, das zu erreichen. Indem sie einen Mech zum ruhmreichen Sieg steuerte.

Perigard Zalman würde ihr keinen vertretbaren Wunsch abschlagen. Jetzt hatte sie einen.

270

TEIL II

DER INVASIONS-
KORRIDOR
JUNI 3061

29

Landungsschiff *Turkinas Führung*, **im Anflug auf Bensinger**
Jadefalken/Stahlvipern-Besatzungszone

4. Juni 3061

Es war Monate her, seit Marthe Pryde Strana Metschty verlassen hatte, und sie fühlte sich so gut wie schon lange nicht mehr. Sie jauchzte in der Erwartung zukünftiger Schlachten innerlich auf. An Bord des Landungsschiffes gab es kein Großes Konklave, keine Verwaltungskrisen, keine Notwendigkeit, Kriegsvorbereitungen zu überwachen, um die Truppen auf diesen Augenblick vorzubereiten, auf das erste Zusammentreffen mit den Stahlvipern auf Bensinger.

Der Gedanke an den bevorstehenden Kampf begeisterte Marthe. Die Falken hatten die Stahlvipern schon zu lange ertragen müssen. Jetzt konnten sie dieses Ungeziefer endlich ausräuchern. Sie mußte ihre Position in der Inneren Sphäre festigen, und dazu mußten die Vipern verschwinden.

Marthe war bereits mit eigenen Angriffsplänen und einer Sprungschiffflotte auf dem Weg in die Innere Sphäre gewesen, als die Vipern plötzlich mehrere Falken-Welten im Invasionskorridor überfallen hatten. Das war vor zwei Monaten gewesen.

Die erste Angriffswelle des Vipernfeldzugs war den Berichten zufolge äußerst erfolgreich verlaufen. Sie hatten ohne größere Schwierigkeiten eine ganze Serie von Systemen von Toland bis hinunter zu Quarell an der Grenze zu den Wölfen erobert. Die geringe Stärke der Falken-Garnisonen und deren Überraschung über den Angriff hatte den Stahlvipern trotz wilder Gegenwehr einen schnellen Sieg ermöglicht. Marthe jedoch hatte schon seit langem einen Angriff der Vipern erwartet und verschiedene Katastrophenpläne etabliert, um eine möglichst große Anzahl von Truppen zu retten. Sobald deutlich wurde, daß eine Welt nicht zu halten war, hatten nahezu alle Kräfte sich in taktischen Rückzugsmanövern auf andere Jadefalken-Welten bewegt.

Die Vipern hatten fast augenblicklich eine zweite Angriffswelle gestartet und versucht, die in der ersten Welle errichtete Schlinge um sieben weitere Grenzwelten zuzuziehen. Es war ein guter Plan, der jedoch einen schweren Fehler hatte. In dem Glauben, die Falken überwältigt zu haben, hatten die Stahlvipern den kernwärtigen Sektor des Korridors entblößt.

Dort würden die Falken mit Hilfe der Wölfe zurückschlagen. Vlad hatte ihren Schiffen freies Geleit gewährt, so daß die Jadefalken-Flotte unbemerkt auf der spinwärtigen Seite des Invasionskorridors auftauchen konnte. Abgesehen von der normalen Nervosität kurz vor der Schlacht fühlte Marthe sich großartig. Es war einfach herrlich, wieder einen Angriff zu leiten.

In Wahrheit hatte sie von ihrem Leben nie etwas anderes erwartet als die Gelegenheit, ihrem Clan als Kriegerin zu dienen und eines Tages ruhmreich im Kampf zu fallen. In ihren Augen machte ebendies das Wesen der Clans aus. Als Kadettin war sie überzeugt gewesen, alles sei gerechtfertigt, um dieses Ziel zu erreichen. Kerensky, wie stur sie gewesen war!

Der Gedanke an ihre Kadettenzeit brachte wie immer die Erinnerung an ihren Positionstest zurück, als sie nicht nur den Mech besiegt hatte, dessen Abschuß ihr die Qualifikation brachte, sondern auch einen zweiten Mech, der von Aidan gesteuert wurde. Er hatte sie hinterher wütend zur Rede gestellt und zu wissen verlangt, warum sie ihn angegriffen hatte statt eine der ihr als Gegner zugeteilten Maschinen.

Marthe konnte den Grund damals ebensowenig benennen wie heute. Es war die Handlung einer Kriegerin gewesen, und sie hätte immer noch genauso gehandelt. Es war richtig gewesen, geradezu Schicksal. Durch den Abschuß von zwei Mechs war sie als Sterncommander in die Kriegerlaufbahn eingestiegen. Das hatte ihrer Laufbahn Schwung gegeben und ihr geholfen, vom ersten Tag ihres Lebens als Kriegerin an ihre Führungsfähigkeiten weiterzuentwickeln.

Sie erinnerte sich an die Wut, die sie nach seiner Niederlage in Aidans Blick gesehen hatte, als sie wortlos an ihm vorbeigegangen war. Einen Augenblick hatte sie das Bedürfnis verspürt, sich umzudrehen und ihm viel Glück zu wünschen, aber irgend etwas hatte sie daran gehindert. Sie war jung gewesen, eben erst qualifiziert. Eine Kriegerin, während Aidan zum Tech abgestuft worden war. Selbst heute noch fühlte Marthe sich in der Gegenwart anderer Kasten unwohl, besonders unter Freigeburten. Was hätte Perigard Zalman wohl dazu gesagt?

Auf gewisse Weise war sie immer die frisch qualifizierte Marthe geblieben, die nur daran dachte, dem Clan zu dienen. Nichts, was sie als Kriegerin getan, keine Entscheidung, die sie als Khanin gefällt hatte, war allein auf sie zugeschnitten gewesen. Marthe war es unmöglich, sich unabhängig vom Clan zu sehen. Der alte Spruch *Ich bin Jadefalke* hätte auf sie gemünzt worden sein können.

Und doch hatte der Aufstieg durch die Führungspositionen, vom Sterncommander bis hierher, viele ihrer Grundsätze in Mitleidenschaft gezogen. Sie hatte gelernt, Entscheidungen zu treffen, gelernt, Kompromisse einzugehen. Sie mußte Gegner bezwingen und Probleme lösen. Und sie hatte es getan. Jetzt würde sie sich mit den Vipern befassen, auf ihre persönliche Weise. Während sie versucht hatten, die Falken zu überrumpeln, hatten sie die Saat ihres Untergangs gestreut. Sie hatten ihr Zeit gegeben nachzudenken, Zeit zu planen.

Über die Jahrhunderte hatten die Stahlvipern den Jadefalken die Luft abgeschnürt. Aber das würde sich jetzt ändern. Jetzt war ihr Ende gekommen.

Auf der *Blaue Riemen*, einem anderen Landungsschiff der Flotte im Anflug auf Persistence, unterhielt sich Samantha Clees in ihrem Quartier mit Grelev. Seit seiner Zeit als ihr Adjutant auf Ironhold hatte sie seine Gelassenheit schätzen gelernt. Sie war nervös, und wie immer, wenn sie sich so fühlte, wanderte sie durch die Kabine.

»Ich kann nicht anders als die Waghalsigkeit der Vipern zu bewundern. Wie sie mehr oder weniger zeitgleich eine ganze Kette unserer Planeten überfallen haben.«

»Dreizehn, nicht wahr?« meinte Grelev. »Abergläubisch sind sie nicht, diese Vipern.«

»Zumindest sind sie keine Novakatzen. Ich bezweifle, daß sie sich die Mühe gemacht haben, die Angriffsziele zu zählen.«

»Ihr Pech. Und jetzt schlagen wir mit einer eigenen Angriffswelle zurück, frapos?«

»So wünscht es die Khanin.«

»Sie sind sich nicht sicher?«

»Die Strategie steht fest. Ich werde für mich und meine Einheit eine Rolle darin finden.«

»Aber es bleiben Zweifel?«

»Nur Sorgen. Die Vipern sind uns hier in der Besatzungszone zuvorgekommen. Das hat ihnen gestattet, ihre Position zu festigen. Wir starten aus der schwächeren Position. Es ist kein unüberwindlicher Nachteil, aber es bleibt ein Nachteil. Wir sind Jadefalken und werden damit fertig, besonders unter einer Khanin mit der Energie Marthe Prydes.« Samantha tigerte von einem Ende der winzigen Kabine zum anderen. »Auf Strana Metschty ist die Sache der Kreuzritter untergegangen, aber ich sage, die Jadefalken bleiben Kreuzritter. Diesmal führt Marthe Pryde uns auf ihren eigenen Kreuzzug.«

Grelev sah sie verwirrt an und bat um eine Erklärung.

»In alten Zeiten war ein Kreuzritter für seine Sache zu allem bereit. Er zog an jeden Ort, an dem er das Ziel seiner Suche vermutete, und tötete jeden, der ihm den Weg versperrte. Er belagerte die Heilige Stadt, solange er konnte, legte sie wenn nötig in Schutt und Asche. Das meine ich mit einem Kreuzzug. Marthe Pryde will die Jadefalken wieder erstarken lassen und den Invasionskorridor zurückerobern. Sie wird die Stahlvipern auslöschen, zumindest die in unserem Korridor, und zwar mit derselben Rücksichtslosigkeit, wie sie die Innere Sphäre bei der Vernichtung der Nebelparder gezeigt hat.«

»Keine Gefangenen, die Ernte verbrannt und der Totenacker übervoll.«

»Etwas in der Art, was immer du gemeint hast. Im Augenblick haben die Vipern den taktischen Vorteil und glauben sich auf bestem Wege, alles zu erobern. Aber das wird ihnen nicht gelingen. Es kann ihnen nicht gelingen. Nicht, solange Marthe Pryde uns führt. Ich bin ebenfalls eine Kreuzritterin. Ich glaube an unsere Khanin, und ich glaube, daß wir siegen werden, selbst wenn die Fakten gegen uns sprechen. Marthe Pryde ist vom heiligen Feuer besessen, und so seltsam es klingt, Grelev, das ist unser Vorteil.«

Grelev nickte. »Wir folgen, wohin immer sie uns führt.«

»Aye«, bestätigte Samantha. »Die Vipern, die ihren schmalen Splitter des Korridors für gefestigt halten, haben schon mindestens einen Fehler begangen. In ihrem Übermut haben sie uns gestattet, ohne Widerstand hierher vorzustoßen. Sie haben keine Ahnung, daß wir unterwegs sind, also erwarten sie keinen Gegenschlag. Sie haben auch nicht vorausgesehen, daß Vladimir Ward uns freies Geleit durch die Wolf-Zone gewähren würde. Woher auch? In weniger als zwanzig Stunden werden wir dem Vipern-Kommandeur auf Persistence unser Batchall übermitteln, während die Khanin den Angriff auf Bensinger leitet. Von diesen Stützpunkten aus können wir durch den Korridor fegen und sie auf Waldorff, Zoetermeer, Sudeten und anderen Welten treffen.«

»Sie sind sehr selbstsicher, Khanin Samantha Clees.«

»Ich bin Jadefalke. Natürlich bin ich selbstsicher. Wir haben seit dem Widerspruchskrieg schwere Zeiten durchlebt, aber jetzt spüren wir wieder Wind unter den Flügeln. Das garantiere ich dir, Grelev. Wir haben Aufwind.«

30

**Landungsschiff *Raptor*, im Anflug auf Bensinger
Jadefalken/Stahlvipern-Besatzungszone**

4. Juni 3061

Auch Sterncommander Joannas Laune wurde von der
Aussicht auf die Invasion verbessert. Jeder Tag auf den
Heimatwelten und fern des Frontgeschehens war eine
Tortur gewesen. Jede Nacht war sie von Träumen geplagt worden, in denen sie schließlich doch zu alt war
und Marthe Pryde ihr Versprechen brach, sie als Kriegerin in die Innere Sphäre zurückkehren zu lassen.
Wenn eine Kriegerin Joannas Alter erreichte, konnte
nicht einmal die Unterstützung einer Khanin ihren
aktiven Status garantieren. Selbst nach dem Sieg über
viel jüngere Gegner im Training waren die Träume
nicht verschwunden, hatte Joanna weiter befürchtet,
zurückbleiben zu müssen.

Hengst hatte ständig gewitzelt, daß sie immer noch
zu den Novakatzen desertieren konnte, bei denen ein
hohes Alter ein Vorteil war. »Du könntest es sogar zur
Novakatzen-Khanin bringen«, hatte er zu sagen ge-
pflegt. Aber nachdem die Novakatzen ihre Fahne in
den Wind gehängt hatten und zur Inneren Sphäre übergelaufen waren, hatte er sich diesen Scherz verkniffen.

Dieser Feldzug könnte meine letzte Chance sein, dachte
sie in ihrer Koje. Die Enge dieser Quartiere, die eher für
Ratten als für Menschen ausgelegt schienen, machte ihr
nichts aus. Wohl aber die Tatsache, daß die Koje sich
anfühlte, als wäre die Matratze mit Minenblindgängern
gestopft. *Meine Glieder schmerzen unannehmbar, und die
Neurohelmfehlfunktionen lassen mir fast den Schädel explo-
dieren. Es wäre vernünftiger, mein Offizierspatent zurück-
zugeben, aber ich bin nicht vernünftig. Ich kämpfe weiter,
selbst wenn jeder einzelne Muskel meines Körpers revoltiert,*

*das Blut nur noch stoßweise durch meine Adern pumpt und
mein Kopf vor Schmerz pulsiert.*

Sie dachte daran zurück, wie Ravill Pryde versucht
hatte, sie als Kanisteramme für frisch ausgeworfene
Geschkinder in irgendeinen Geschkindergarten abzuschieben. Nur die Intervention Kael Pershaws hatte sie
davor gerettet.

*Aber diesmal werde ich meinen Wert so deutlich und ent-
schieden unter Beweis stellen, daß sie es nicht wagen, mich
zu versetzen. Und wenn doch, werden sie mich an ein Landungsschiff fesseln und wegzerren müssen.*

Im BattleMechhangar des Landungsschiffs *Sternenvogel*
stand Hengst vor den riesigen Metallfüßen seiner *Nemesis* und schaute hoch. Diese Perspektive sagte ihm
besonders zu. Der Mech wirkte aus dieser Position so
gewaltig, daß selbst Hengst der Atem stockte.

Er beobachtete, wie einige Mitglieder seines Trinärsterns durch den Hangar liefen. Sie waren nervös. Im
guten Sinn nervös. Sie waren kampfbereit, versessen
darauf zu beweisen, daß ihre Einheit das Vertrauen der
Khanin verdient hatte.

Hengst hatte während der sechsmonatigen Reise nur
wenig Zeit in seinem Quartier verbracht. Er zog es vor,
hier unter seinen Kriegern zu sein.

Marthe hatte sie ›Der Khanin Partisanen‹ getauft. Die
Einheit bestand ausschließlich aus Freigeborenen. Zum
Teil hatten sie Hengst schon nach Diana begleitet, zum
Teil waren sie Ersatzleute für die auf jener Mission
Gefallenen. Es waren fähige Krieger, die in anderen
Einheiten diskriminiert oder mit Garnisonseinsätzen
kaltgestellt worden waren. Aber das war jetzt vorbei.

»Sterncaptain?«

Marthe hatte Hengst den zeitweiligen Rang eines
Sterncaptains verliehen, als sie ihn und den Trinärstern
nach Diana geschickt hatte, um die Vorgänge im

Außenposten Falkenhorst zu untersuchen. Nachdem sie sich entschieden hatte, die Sondereinheit weiter aufrechtzuerhalten, hatte er sich einem Positionstest unterzogen, um den Rang behalten zu können. Er hatte ohne Schwierigkeiten gewonnen, und noch immer durchlief ihn ein stolzes Schaudern, denn es war mehr als selten, daß ein Freigeborener es soweit brachte.

Er drehte sich um. Es war Pegeen, die Kommandeurin eines der drei Sterne seiner Einheit. Die kleine, schwächlich wirkende Kriegerin war besonders häufig gezwungen, ihre wilden Kriegerinstinkte unter Beweis zu stellen.

»Ja, Sterncommander?«

»Du hast so nachdenklich ausgesehen, daß ich mich fragte, ob du mit jemandem darüber reden willst.«

Pegeen hatte sich seit Gründung des Trinärsterns allmählich zu seiner inoffiziellen Stellvertreterin entwickelt. Sie war zugänglich und aufmerksam, was sie für Hengst zu einer wertvollen Hilfe machte.

»Ich dachte nur daran, daß wir in den bevorstehenden Schlachten nicht versagen dürfen, Pegeen. Wir haben mehr zu beweisen als irgendeine andere Einheit. Du kannst darauf wetten, daß die Wahrgeborenen uns keine noch so kleine Schwäche, keinen Rückschlag im Feld vergessen werden. Auch wenn sie momentan Ruhe geben, seit die Khanin unserer Einheit die offizielle Bezeichnung für diesen Feldzug gegeben hat.«

»Aber es ist eine großartige Herausforderung für uns, frapos?«

»Pos. Seit Diana ihren Blutnamen gewann, scheint das Grummeln und die Gehässigkeit nachgelassen zu haben.«

»Stimmt.«

»Und das wird so bleiben … außer, wir versagen. Dann werden sie uns am Fell kleben wie die Isolierung an der Myomerfaser.«

»Diana steckt im selben Boot, Hengst. Sie hat den Blutnamen gerade erst errungen. Sicher schon für sich eine bedeutende Leistung, aber von jetzt an wird man alles, was sie tut, mit der Lupe überprüfen.«

»Ich weiß, obwohl sie sich in der Vergangenheit schon oft genug auf dem Schlachtfeld bewährt hat.«

Sie verstummten beide und starrten zu der in poliertem Glanz strahlenden *Nemesis* hinauf.

»Tut es dir irgendwann leid, freigeboren zu sein, Hengst?«

»Wie könnte mir das leid tun? Es macht mich zu dem, was ich bin, frapos?«

»Pos.« Pegeen nahm den Blick vom Mech. »Pos, schätze ich.«

In seiner kalten, abweisenden Kabine auf der *Raptor* kochte ein anderer einsatzbereiter Krieger vor kalter Wut. Ravill Pryde hatte versucht, sich mit einem Fusionnaire zu beruhigen, aber wie bei den meisten Drinks, mit denen er es schon versucht hatte, ohne Erfolg. Er konnte mit Alkohol nicht viel anfangen. Das galt für die meisten Krieger.

Jetzt wird meine Herausforderung gegen Dianas Blutnamen nie stattfinden, dachte er. *Marthe Pryde steht auf ihrer Seite. Wenn diese verfluchte Diana sich in der Schlacht bewährt, wird sich das Blatt für mich wenden. Man wird sich an meine Herausforderung erinnern. Mein Kometenstatus wird verdunsten wie Kühlmittel. Ich werde nur noch ein Krieger wie alle anderen sein. Das kann ich nicht ertragen. Es wäre besser, im Kampf zu fallen.*

Nur wenige Jadefalken-Krieger ließen ihr Leben so von persönlichem Ehrgeiz bestimmen, aber Ravill Pryde war kein gewöhnlicher Krieger. Möglicherweise lag das an dem Zusatz von Wolfsclan-Genen in seiner Geschko. Die Wölfe schienen hinterhältiger zu sein als die Jadefalken.

Aber Ravill wußte, daß er damit würde leben müssen, was die Umstände brachten. Wenn er eine Chance sah, Diana außerhalb des Schlachtfelds zu schaden – denn dort waren sie gezwungenermaßen Verbündete –, so würde er sie ergreifen. Und wenn nicht, wenn er nämlich innerhalb des Clans nicht höher steigen konnte, würde er auch das akzeptieren müssen.

Die Überlegungen Dianas, die in einem der Geschütztürme der *Raptor* saß, deren manuelle Kontrollen als Reserve für einen Ausfall der Feuerleitautomatik dienten, ähnelten denen Hengsts und Pegeens. Sie starrte auf die matt schimmernden Planeten, die sie in der Ferne ausmachen konnte, auf die funkelnden Sterne, hinaus in die furchtbare Dunkelheit, die sie alle umgab, und fühlte genau, daß sie nicht mehr war als eine einsame Kriegerin in einer winzigen Warze auf dem Rumpf eines Schiffes, das angesichts der Weite seiner Umgebung selbst nicht mehr als eine kaum wahrnehmbare Verunreinigung schien.

Diana schloß die Augen und verbannte das Universum aus ihrem Bewußtsein. Die winzige Kuppel war kalt, da es keinen Sinn machte, sie über das absolute Mindestmaß hinaus zu heizen, solange das Schiff nicht angegriffen wurde, und wahrscheinlich nicht einmal dann: Der Krieger, der sie besetzt hielt, würde in einer solchen Situation viel zu beschäftigt sein, um sich Gedanken über seine Behaglichkeit zu machen.

Ich kann beinahe fühlen, wie der große Aidan Pryde, mein Vater, auf mich herabblickt, von wo immer sich in diesem stravag Universum die Seelen der Helden versammeln.

Sie öffnete erneut die Augen. Das Universum war immer noch dort draußen, majestätisch und stumm. *Jetzt, da ich meinen Blutnamen habe, sehen mich viele bereits als Erbin seines Heldentums. Welche Rolle hat es in deinem Leben gespielt, Vater?* Sie nannte seinen Geist erst seit kurzem in Gedanken ›Vater‹. *Wie viel Zeit deines Lebens hat es dich beschäftigt? Ich will sagen, du hast einen großen Teil deiner Kriegerlaufbahn in Garnisonseinheiten zugebracht, mit Aufräumarbeiten und einfachem Wachdienst. In der Schlacht, die dich veranlaßt hat zu gestehen, daß du doch wahrgeboren warst, warst du ein Held. Dann das zugegebenermaßen zweifelhafte Heldentum deines Blutrechtssieges. Die schnelle Auffassungsgabe in der Schlacht um Tukayyid. Die letzten Minuten dort. Vielleicht ein, zwei andere Gelegenheiten, die mir jetzt nicht einfallen. Wenn du die Zeit addierst, die all diese Heldentaten zusammen beansprucht haben, was wäre das Ergebnis? Ein paar Stunden? Nicht einmal eine Stunde? Wieviel Zeit habe ich?*

In dem Teil des Himmels, den sie gerade beobachtete, schien plötzlich ein Stern aufzuleuchten. Sie fragte sich, ob das eine Antwort ihres Vaters war, ein zufälliges astronomisches Ereignis, oder nur eine optische Täuschung.

31

Geschko-Ausbildungszentrum 111, Kerenskywald, Ironhold
Kerensky-Sternhaufen, Clan-Raum

27. Juni 3061

»Erzählen Sie mir mehr über den Krieg.«

Naiads Stimme klang schrill und drängend.

»Ich habe dir schon alles erzählt, was ich weiß«, antwortete Peri. »In diesen Sektor dringt nicht viel an Nachrichten, Naiad. Es wird heftig gekämpft, und die Jadefalken-Verstärkungen unter der Führung der Khanin haben ein halbes Dutzend Welten zurückerobert. Die Vipern sind vom plötzlichen Auftauchen der Entsatzstreitkräfte im Doppelangriff gegen Bensinger und Persistence überrascht worden. Die Falken-Truppen haben schnell zugeschlagen und beide Systeme mit Leichtigkeit erobert. Die Garnisonstruppen, die von den Stahlvipern dort zurückgelassen worden waren, hatten nicht die erforderliche Stärke, um sich gegen einen Falken-Angriff zur Wehr zu setzen. Es waren leichte Siege, und die Jadefalken haben nur minimale Verluste erlitten.«

Peri sah sich in der verlassenen Baracke um, in die Naiad und sie sich zurückzogen, wenn sie sich unterhalten wollten. Naiad war das einzige Mitglied der Geschko, das sich dazu herabließ, mehr als unbedingt nötig mit Peri zu reden. Die meisten von ihnen wollten nichts mit ihr zu tun haben und sahen sie nur als noch eine Wissenschaftlerin, die ihr Leben sezierte. Während früherer Besuche hier hatte Peri die Betten geradegerückt und den Boden gefegt. Aller Unrat war in der Recyclingeinheit wenige Meter entfernt verschwunden.

»Und dann?« drängte Naiad. »Kommen Sie, Peri … und dann?«

»Dann hat die Khanin unsere Korridorzentralwelt Sudeten zurückerobert, ein schwerer Schlag für die Vipern. Da all unsere strategischen Stabseinrichtungen dort noch intakt waren, hat uns der Sieg von Sudeten nicht nur ein weiteres System eingebracht, sondern auch bedeutende strategische Vorteile. Die Verluste waren etwas höher, aber insgesamt immer noch relativ gering. Zwei Einheiten sind ausgefallen. Es heißt, die Freigeborenen-Einheit, Der Khanin Partisanen, sollen Teil des nächsten Gebots werden. Anscheinend haben viele Krieger Angst davor, aber ich kenne den Kommandeur der Partisanen, und es wäre ein Fehler, ihn zu unterschätzen. An weitere der Meldungen, die im Hauptquartier des Ausbildungszentrums eingelaufen sind, kann ich mich nicht erinnern. Sie waren nicht allzu detailliert. Schließlich stehen wir in der Nahrungskette des Informationsnetzes ziemlich weit unten, Naiad.«

»Woll'n Sie sagen, wir sin' nicht wichtig?«

»Nein. Nur, daß dieser Ort einer gewissen Geheimhaltung unterliegt, und alles, was hierher geschickt wird, sorgfältig überprüft wird. Und achte darauf, keine Buchstaben zu verschlucken, Naiad, frapos?«

Naiad, die jede Art von Kritik haßte, verzog das Gesicht. »Ich verschluck so viele Buchsta'm, wie ich will. Jedenfalls, wenn ich mit Ihnen rede.«

»Aber nicht bei Octavian, frapos?«

»Nein. Der würd mir die Haut abreißen.«

»Wie jeder gute Geschvater.«

»Stravag! Ich will mitkämpfen!«

»Deine Zeit wird kommen.«

»Wenn ich Kriegerin bin, ha'm wir wa'scheinlich Frieden. Ich will jetzt!«

Peri lächelte. *Wie jung sie ist. Und manchmal doch so alt. Ich kann mich nicht erinnern, wie Aidan in diesem Alter war, aber bestimmt war er genauso aufmüpfig, genauso im-*

*pulsiv. Die anderen erinnern mich auch ständig an ihn, aber
diese Naiad ähnelt ihm am meisten.*

»Ich muß zurück«, erklärte Naiad. »Octavian ist jetzt
schon wütend genug auf mich, weil ich Dania den Arm
gebrochen hab.«

»Warum das? Es ist noch früh. Wir haben noch einige
Minuten.«

»Ich muß noch was erledigen.«

Naiad verließ die Baracke mit einem kurzen Ab-
schiedswinken.

Peri war froh, daß sich das Kind so schnell verabschiedet hatte. Sie hatte ohnehin etwas vor. Die Posten
hatten sich inzwischen an sie gewöhnt, und sie wollte
sich einige der Unterlagen ansehen, während die anderen Wissenschaftler unterwegs waren oder in der
Messe zu Mittag aßen. Jetzt waren die Büros leer. Sie
hatte die Anlage schon dreimal durchsucht und war
vertraut mit der Routine.

Naiad versteckte sich in den Schatten und beobachtete
Peri. Sie war leichter zu verfolgen als irgend jemand
sonst im Ausbildungszentrum. Bei Octavian war es
besonders schwer. Er gab zu, Augen im Hinterkopf zu
haben, auch wenn Naiad sie noch nie entdeckt hatte.
Aber es mußte stimmen. Er sah einfach zu viel.

Sie hatte schon bemerkt, daß Peri, die sich nicht viel
mit den anderen abgab, von Zeit zu Zeit geheimnisvolle Aktivitäten entwickelte. Jetzt sah Naiad sie wieder zum Hauptgebäude gehen, genau wie vor einer
Woche, als sie die Wissenschaftlerin zuletzt verfolgt
hatte.

*Sie ist neugierig. Aber wunderschön, der schönste
Mensch, den ich je gesehen habe. Jemals. Natürlich habe ich
noch nicht viele Menschen gesehen. Und sie sieht aus wie
ich, nur älter.*

Peri sammelte allmählich immer mehr Informationen über das Projekt im Ausbildungszentrum. Aber da Marthe Pryde im Krieg war, konnte sie nicht allzuviel damit anfangen.

Was ist, wenn Marthe etwas zustößt? Wer weiß überhaupt etwas von meiner Mission, wenn sie in diesem Feldzug fällt? Samantha Clees. Wie groß ist die Chance, daß beide in der Schlacht umkommen? Möglich wäre es. Dann hänge ich hier fest, eine Spionin ohne Führungsoffizier, dem sie Bericht erstatten kann. Aber ich würde weiter gegen Etienne Balzac arbeiten.

Colm Harvey, der schweigsame Genetiker, der das Arbeitstier des Kaders zu sein schien, der dem Ausbildungszentrum zugeteilt war, besaß eine Nische an der Seite des Großraumbüros, in dessen Zentrum sich die Wissenschaftler des Teams häufig um einen riesigen Mahagonitisch versammelten, um ihre Ergebnisse miteinander zu teilen. Dabei drehte sich alles um die Geschko. Peri war bei diesen Treffen nicht zugelassen. Balzac hatte ihr eine niedrige Sicherheitsstufe gegeben, angeblich als reine Vorsichtsmaßnahme, die bald aufgehoben werden würde. Es war beinahe, als wüßte er, warum sie sich wirklich um diesen Posten beworben hatte, und würde ihr wie in einem Katz-und-Maus-Spiel Fallen stellen, um sie zu überführen. Die niedrige Sicherheitsstufe bedeutete auch, daß sie sich eine Erklärung würde einfallen lassen müssen, wenn man sie am falschen Ort erwischte, zum Beispiel hier in Harveys Arbeitsecke.

Harvey hatte weder auf seinem Schreibtisch noch irgendwo sonst eine Spur dafür hinterlassen, woran er arbeitete. Aber seine momentanen Forschungen waren ihr ohnehin ziemlich gleichgültig. Die meisten seiner Studien betrafen das Verhalten der Geschkinder und waren für ihre Zwecke ohne Bedeutung. Ihr ging es um die Geheimnisse hinter diesen Studien.

Sie schaltete den Computer auf der Seite des Schreibtischs an. Ihr war klar, daß eine Suche im Computer besonders gefährlich war. Falls irgendwer sie dabei erwischte, wie sie sich am Terminal eines anderen zu schaffen machte, gab es keine cleveren Ausflüchte. Für diesen Fall hatte sie ein schmales, aber langes Messer in einer versteckten Scheide auf ihrem Rücken dabei.

Alle Computer waren paßwortgeschützt. Peri hatte es geschafft, Teile der von den anderen Wissenschaftlern angelegten Dateien zu öffnen, indem sie deren Paßworte geknackt hatte. Bis jetzt aber war sie in den meisten Fällen gescheitert, und in den Dateien, auf die sie Zugriff erlangt hatte, war nicht viel zu finden. Doch sie hatte bemerkt, daß Colm Harvey zur Zerstreutheit neigte. Er vergaß Termine, kam zu Sitzungen zu spät und war bei der Arbeit häufig abgelenkt. Jemand wie er brauchte ein Paßwort, an das er sich leicht erinnern konnte. Sie versuchte seine beiden Namen. Kein Glück. Auch beide Namen zusammen funktionierten nicht. Sie versuchte es mit den Namen der Geschkinder, dann mit Aidan. Nichts funktionierte. Sie probierte alle Namen rückwärts aus, die Namen und Nummern der Gebäude in der Anlage, mehrere häufige Clanbegriffe. Nichts.

Sie lehnte sich in Harveys Drehstuhl zurück und ließ sich die Labornamen durch den Kopf gehen, die Wissenschaftlern ihrer Kaste verliehen wurden. *Wer war Harvey? Jetzt wünschte ich, ich hätte in den Klassen über terranische Wissenschaftsgeschichte besser aufgepaßt. Harvey ist uralt, beinahe prähistorisch. Irgend etwas mit Anatomie. Hat in dem Feld Entdeckungen gemacht. Knochen.* Sie gab ›Knochen‹ ein, und wieder wurde ihr der Zugriff verwehrt. Sie versuchte es mit den Namen einzelner Knochen, an die sie sich erinnern konnte. Nichts. *Also keine Knochen. Körperteile?* Hastig tippte sie die wichtigsten Körperteile ein, mit demselben Resultat. *Nein, das*

*war es nicht. Was hat Harvey erforscht? Den Kreislauf viel-
leicht? Versuch es mit Blut.* Sie gab das Wort ›Blut‹ ein.

Dieses Paßwort wurde akzeptiert, und der Bild-
schirm füllte sich mit Symbolen. *Ich hatte recht. Harvey
umgeht seine Vergeßlichkeit mit einem offensichtlichen
Paßwort. Und was spräche auch gegen ein offensichtliches
Paßwort? Wer würde hier schon einen Spion vermuten?*

Es kostete Peri nur Sekunden, eine ganze Serie von
Dateien zu öffnen und zu untersuchen. Die meisten unterschieden sich kaum von denen, die sie schon kannte.
Da es sich um ein gemeinsam genutztes Netzwerk handelte, *waren* eine ganze Reihe von ihnen Dateien, die sie
schon kannte.

Sie konnte nicht glauben, daß jemand, der so zer-
streut war wie Harvey, nicht alles festhielt, was für
seine Arbeit irgendwie von Wert sein konnte. Irgendwo
in seinen Dateien mußte es etwas geben, das sie gebrauchen konnte.

Und dann fand sie es, beinahe durch Zufall. In einer
Datei mit dem nichtssagenden Namen ›Strategie‹.
Einer langen, mehrseitigen, kodierten Datei voller
Querverweise auf andere Dateien. Die Tatsache, die
augenblicklich ihr Interesse weckte, war die Herkunft
der Datei, die offensichtlich vom Generalwissenschaftler persönlich stammte. Als sie hastig ans Ende der
Datei fuhr, fand sie eine Aufforderung, diese Datei
nicht auszudrucken, sondern sich einzuprägen und anschließend zu löschen. Wahrscheinlich hätte diese Aufforderung für Harvey präziser formuliert werden müssen, mit der klaren Instruktion, daß er die Datei auf
jeden Fall löschen mußte, selbst wenn er sie sich in seiner Zerstreutheit nicht einprägen konnte.

Peri hatte schon vor langem erkannt, daß es gefährlich war, einem Wissenschaftler einen Auftrag oder
eine Botschaft zukommen zu lassen, die wortwörtlich
genommen falsch verstanden werden konnte. Denn im

Normalfall geschah genau das. In einer Atmosphäre wie der dieses Ausbildungszentrums, in der die Wissenschaftler sich keiner sonderlichen Notwendigkeit zur Geheimhaltung bewußt waren, war klar, daß jemand wie Harvey eine derartige Botschaft abspeicherte, bis er den Auftrag erfüllt hatte, sie sich vollständig einzuprägen, ohne jemals damit zu rechnen, jemand könnte in seine Computerdateien einbrechen und sie lesen.

Die Kodierung der Datei war komplex und ausgeklügelt und hätte einem gewöhnlichen Spion vielleicht standgehalten, aber Peri kannte die meisten Codes und hatte insbesondere diesen schon vorher gesehen, so daß ein paar Tastaturbefehle genügten, ihn zu knacken. Ebenso schnell würde sie den Text anschließend in seinen Ursprungszustand zurückversetzen können. Das einzige Problem war die extreme Länge der Datei. Sie bewegte sich so schnell sie konnte durch den Text und sah zahlreiche lange, komplexe Tabellen und Datenlisten. Ein Punkt, der klar aus den Listen und Tabellen hervorging, war der, daß die Geschko in Ausbildungszentrum 111 nur eine von mehreren war. Eine von vielen, genauer gesagt. Es waren keine exakten Ortsangaben zu finden, aber sie schienen über die gesamten Heimatwelten verstreut zu existieren.

Also ist es ein clanübergreifendes Projekt. Möglicherweise existieren derartige Trainingsenklaven in abgelegenen Gebieten der meisten, wenn nicht sogar aller Clans. Offensichtlich wurde das Genmaterial aus verschiedenen Quellen beschafft, also ist Aidan nicht der einzige Held, dessen genetisches Material so mißbraucht wird. Wenn ich recht habe, könnte es bei mehreren Geheimprojekten der Kaste Verwendung finden.

Vor fast zwei Jahren, als sie auf der Falkenhorst-Station auf der Nebelparder-Heimatwelt Diana stationiert

291

gewesen war, hatte Peri Kopien von Aidan Prydes Erbmaterial in den Labors des Genetischen Archivs der Nebelparder in deren Hauptstadt Lutera entdeckt. Es war ein Schock für sie gewesen, daß Genmaterial, das ausschließlich in Anlagen der Jadefalken hätte gelagert sein dürfen, auf einem Regal der Nebelparder lag. Sie war entsetzt darüber gewesen, daß Wissenschaftler eines anderen Clans mit Jadefalken-Genmasse arbeiteten.

Sie hatte Diana bald darauf verlassen und sich auf den langen Weg gemacht, der sie hierher geführt hatte. Sie fragte sich, was aus dem Aidan-Pryde-Erbgut geworden war, seit die Innere Sphäre den Planeten erobert hatte. Jetzt beanspruchten die Jadefalken Diana, aber schon der Gedanke, Abschaum der Inneren Sphäre könnte Aidans Genkopien auch nur berührt haben, bereitete ihr Übelkeit. Dazu hatten die Geheimniskrämerei und das Intrigantentum ihrer Kaste geführt. Es mußte ein Ende haben.

In einem späteren Teil der Datei las sie eine Passage, die offenbar von Balzac selbst verfaßt war. Es war ein langer Abschnitt, aus dem klar hervorging, daß Geschkos wie die Aidan-Geschko auf Ironhold nicht dazu bestimmt waren, ClanKrieger zu werden. Balzac ließ keinen Zweifel daran, daß sie in die Dienste der Wissenschaftlerkaste treten sollten. Das gesamte an ihrer Ausbildung beteiligte Kriegerpersonal sollte anscheinend eliminiert und die Einheiten an einen Ort verschifft werden, dessen Lage nicht erwähnt wurde.

Balzac baut sich eine eigene Armee auf! Wenn ich das richtig verstehe, will er eine eigene Machtbasis gründen, einen eigenen Wissenschaftlerclan, der uns vom Kastenstatus befreien würde. Wie will er diesen Clan nennen? Die Heimtückischen Laborratten? Das Erschreckendste daran ist, daß es funktionieren könnte. Was kann ich tun? Ausdrucken kann ich es nicht, die Datei enthält eine Sperre da-

gegen. Ich muß mir Notizen machen, mir so viel ich kann einprägen. Jetzt muß ich gehen, es wird allmählich gefährlich.

Naiad sah Peri das Gebäude verlassen. Beim nächsten Mal würde sie ihr hinein folgen müssen.

In der Ferne hörte sie jemanden ihren Namen rufen. Es klang nach Idianias Stimme. Naiad kam zu spät für den Unterricht in Kriegergeschichte. Octavian würde sie umbringen.

32

Strand nahe Dæmon, Waldorff
Jadefalken/Stahlvipern-Besatzungszone

1. Juli 3061

Wolkenkratzer waren ein ungewöhnliches Phänomen, zumindest für Clanner-Augen. In den Heimatwelten hatten die meisten Bauten im Höchstfalle vier oder fünf Stockwerke. Ausnahmen waren nur einzelne prächtige und besonders wuchtige Genetische Archive und sehr vereinzelte offizielle Gebäude. Große Höhen waren in Clanstädten generell den Statuen zur Ehrung großer Clan-Helden vorbehalten. Diese Statuen waren ein seltenes Beispiel für einen sozialen Wettbewerb unter den Clans, die untereinander um die gewaltigsten Standbilder wetteiferten. Es gab die Statue eines Sternennatter-Helden, an dessen Großtaten sich niemand mehr erinnerte, dessen Denkmal aber kilometerweit über die Grenzen der Stadt hinaus sichtbar war, in der es stand.

Als sie ihren Mech auf den Strand bei Dæmon bewegte, staunte Diana über die langen Schatten, die von den titanischen leeren Bauten der Stadt auf den Sand geworfen wurden. Einige der Dächer waren während der Clan-Invasion durch Mechangriffe abgeschossen worden, und in Verbindung mit den – teilweise wie Mahnmäler noch aufragenden – zerklüfteten Mauern warfen die Schatten kubistische Muster – graue Objekte, die über den Sand krochen.

Jenseits der Schatten attackierte die Brandung die Küste. Hohe Brecher hingen einen unnatürlich lang erscheinenden Augenblick in der Luft, bevor sie auf dem Strand kollabierten, sich dehnten, den Sand emporwuschen, sich dann wieder zurückzogen, schichtweise Sand und Unrat mitnahmen und zugleich eine kilometerlange Sandterrasse schufen, eine mit jeder Sekunde höher anwachsende Terrasse aus hartem, feuchtem Sand. Selbst in ihrem warmen *Nova*-Cockpit konnte Diana die kalte Nässe spüren. Dort draußen mußte es eisig sein, dachte sie. Der Küstenwind schüttelte die *Nova*, als sie schwerfällig weiterging.

Diana und ihr Stern versuchten die Vipern-Mechs, die Dæmon besetzt hielten, in einer Flankenbewegung zu umgehen, aber sie hatte Schwierigkeiten, ihren OmniMech über den Strand zu bewegen. Die riesigen Metallfüße fanden keinen festen Halt. Der Mech rutschte über den Strand, und der Sand tat sein Bestes, den Kampfkoloß zu bremsen. Links und rechts von Diana hatten ihre Kameraden nicht weniger Schwierigkeiten, auf dem in der steifen Meeresbrise unsicheren Sandgrund das Gleichgewicht zu halten.

Nach einem Bogenkurs, der am Rand der Sandterrasse entlangführte, marschierten sie auf ein Tor zu, durch das früher einmal Urlauber der Inneren Sphäre auf den Strand geströmt waren. Damals war der Strand von Dæmon eine Attraktion für alle gewesen, die es sich leisten konnten, dem Streß des Alltags zu entfliehen. All das hatte vor elf Jahren ein Ende gefunden, als im Verlauf der Invasion die Jadefalken herabgestoßen waren und Waldorff besetzt hatten.

Wohin man auf dieser Welt auch kam, überall waren die Spuren jener Tage zu sehen, Dæmon und sein Strand waren verlassen, Opfer der erbitterten Schlachten, in denen die Falken sich den Planeten gesichert hatten. Aber der Sieg war nicht von Dauer gewesen. Auf Befehl ilKhan Ulric Kerenskys hatten die Falken Waldorff den Stahlvipern übergeben müssen, nachdem diese denselben Invasionskorridor zugeteilt bekommen hatten.

Als die Falken vor zwei Tagen das System mit der Turkina Keshik, der Falkengarde, den Falkenhusaren der Galaxis Gamma, dem 1. Falken-Augensternhaufen und dem 7. Krallensternhaufen der Gierfalken-Galaxis sowie Der Khanin Partisanen erreicht hatten, war es ihnen nicht gelungen, den Überraschungseffekt zu nutzen, der ihnen die bisherigen Triumphe erleichtert hatte. Hier waren sie von der Triasch-Keshik des Vipern-Khans erwartet worden, der besten Einheit im Stahlvipern-Touman, verstärkt durch verschiedene andere Einheiten.

Es war zu spektakulären Kämpfen gekommen, und nahezu vom ersten Augenblick an hatte sich eine neue Form des Kampfes etabliert. Diana war nicht sicher, wie es dazu gekommen war, und konnte es sich nur mit der Erbfeindschaft der beiden Clans erklären. Jedenfalls hatte es nicht lange gedauert, bis die Vipern Zellbrigen, die traditionellen Einzelduelle der Clans, aufgegeben hatten und die Kämpfe zu einem allgemeinen Gemetzel jeder gegen jeden verkommen waren. Die zunehmende Wildheit der Kämpfe hatten jedenfalls dazu geführt, daß niemand versuchte, zu den alten Spielregeln zurückzukehren.

Ein früherer Vipern-Angriff hatte die Jadefalken in zwei Heere gespalten – die Turkina-Keshik mit dem 1. Augensternhaufen, dem 7. Krallensternhaufen und den Falkenhusaren einerseits, und der Falkengarde mit Der Khanin Partisanen andererseits –, die nur wenige Kilometer voneinander entfernt waren, aber sich zumindest vorläufig nicht wieder vereinen konnten, weil sich zu viele Hindernisse zwischen ihnen befanden. Dann hatte die verstärkte Triasch-Keshik, die wußte, daß die Stadt leerstand, ihren Standort ins nahegelegene Dæmon verlagert. Von dort aus war es ihr gelungen, die bereits bedrängten Falkengardisten und Partisanen noch einmal in drei Teile zu zerschlagen, die jetzt verzweifelt auf die Stadt zuhielten, in der Hoffnung, ihre Kameraden zu finden.

Diana war bereit. Alle aufladbaren Systeme ihrer

Nova waren voll aufgeladen, alle nachladbaren Waffen geladen, die auf hohe Werte angestiegene Betriebstemperatur war in den optimalen Bereich abgesunken, und die frische Blutnamensträgerin brannte darauf, Stahlvipern abzuschießen.

Hengst und sein Trinärstern hatten soeben die Stadtgrenze Dæmons überschritten. Die Schäden an der Außenhaut ihrer Mechs bezeugten die wilden Kämpfe, die sie schon hinter sich hatten. Gefechtsnarben, Beulen, Rillen und Dellen hatten die leuchtendgrüne Farbe entstellt. Sie waren frisch lackiert und glänzend auf Waldorff eingetroffen, aber der Glanz war lange verblichen.

Ihre Systeme waren aufgeladen, Maschinen und Piloten bereit zum Gefecht, aber die Einheit sah aus, als stünde sie kurz vor dem Zusammenbruch. Die BattleMechs des Trinärsterns, die groß und mächtig in die Schlacht marschiert waren, wirkten inzwischen zerbeult und unsicher. Ohne Zweifel erklärte sich ein Teil dieser Unsicherheit damit, daß Mechs generell wenig geeignet für Straßenkämpfe waren. Mechpiloten hatten es verteufelt schwer, durch die Straßen einer Siedlung zu navigieren, besonders, wenn diese so übersät mit den Trümmern früherer Gefechte waren. Manche waren völlig blockiert. Berge von Schutt bildeten Hindernisse, die sich häufig quer über die Straße zogen.

Die von Marthe Pryde angeordneten Luftangriffe waren besonders effektiv gewesen, hatten die schon vorher beträchtlichen Mengen an Trümmern aber nur noch vergrößert. Die Mechs des Trinärsterns hatten Mühe, nicht das Gleichgewicht zu verlieren, als ihre gewaltigen Metallfüße sie durch die Schutthaufen trugen.

Ein Glück, daß in Dæmon keine Zivilisten mehr leben, dachte Hengst. *Sie würden wie Insekten zerquetscht wer-*

den. Sie würden reichlich andere Insekten finden, die sie zertreten konnten, aber alle würden sie militärisch sein, Elementare und Mechpiloten. Und vielleicht sogar ein paar Mechs.

In den wenigen Augenblicken, seit sie Dæmon betreten hatten, hatte sich ein Wolkenbruch ereignet, dessen dichte Regenwände ohne Vorwarnung vom Himmel gestürzt waren. Wasserbäche formten sich auf dem Kanzeldach und wurden von Druckluftdüsen davongeblasen.

Der Regen nahm den Piloten die Sicht. Er strömte von den Hausmauern herab und sammelte sich in schmalen, aber turbulenten Bächen auf den Straßen, die zu röhrenähnlichen Geräten strömten, bei denen es sich um die in der Inneren Sphäre gebräuchliche Methode der Straßensäuberung zu handeln schien. Das Wasser wurde von diesen Röhren heftig angesaugt und geradezu von der Straßenoberfläche gehoben. Aber bei einem Wolkenbruch solchen Ausmaßes waren sogar diese Geräte überfordert.

Hengst machte sich mehr Sorgen um seine Krieger als um das Wetter. Sie standen seit über zwölf Stunden im Feld. Erst waren sie vom Hauptteil der Falkenkräfte um die Turkina-Keshik und die beiden Sternhaufen der Gierfalken-Galaxis abgeschnitten worden, dann hatten sie auch den Kontakt zur Falkengarde verloren. Sie hatten sich hierher durchgeschlagen, weil es keinen freien Weg zurück zur provisorischen Basis mehrere Kilometer entfernt in der Ebene gab.

Zwischen dem Trinärstern und der Ebene standen die Stahlvipern-OmniMechs der gesamten Galaxis Alpha, deren Vorstoß die Garde und Partisanen überhaupt erst von der Hauptstreitmacht der Falken abgeschnitten hatte. Weit beunruhigender aber war, daß Hengst noch von keiner Jadefalken-Einheit gehört hatte, die in Kontakt mit der Triasch-Keshik gekommen war, der Stahlvipern-Befehlseinheit unter dem persönlichen Befehl Khan Perigard Zalmans. Allmählich gewann er den Eindruck, daß die Triasch-Keshik Jagd auf die Falkengarde und seine Partisanen machte und sie systematisch spaltete, um sie einzeln zu eliminieren.

Aber warum sollte der Khan aller Vipern Jagd auf eine Gruppe Freigeborener machen?

Ein besonders heftiger Windstoß schüttelte Hengsts *Nemesis* durch und holte ihn zurück in die Gegenwart. Hinter sich hörte er Kampfgeräusche. Ein schneller Blick auf den Sichtschirm zeigte, daß einer seiner MechKrieger, der Pilot eines *Feldeggsfalke* namens Bello, von einem Stahlvipern-*Hankyu* angegriffen wurde.

Hengst rief über Funk Pegeen, während er versuchte, die *Nemesis* auf der von Trümmern übersäten Straße umzudrehen, damit er Bello zu Hilfe kommen konnte. »Wo kommt der *Hankyu* plötzlich her, Pegeen?«

»Ist über eine der Gebäuderuinen gesprungen und mit feuernden Lasern gelandet. Bello wird gehörig in die Mangel genommen.«

»Ich helfe ihm.«

Hengst feuerte eine Raketensalve auf den Vipern-Mech ab und sprengte einen großen Panzerbrocken von dessen Rückenpartie. Die Metallkeramikplatte krachte auf die Straße und verschwand zwischen dem übrigen Schutt eines hohen Bergs von Trümmern. Einen zweiten Schuß konnte Hengst nicht mehr landen. Der *Hankyu*-Pilot löste die Sprungdüsen seiner Maschine aus und verschwand über den Mauern der Ruine, hinter der er aufgetaucht war. Hengst befahl seinen Leuten sofort, ihn nicht zu verfolgen.

»Könnte eine Falle sein«, brüllte er.

»Ist beinahe sicher eine«, bestätigte Pegeen.

»Aufschließen, Formation halten«, befahl Hengst. »Soweit das auf diesem Trümmerfeld von Straßen möglich ist. Alles in Ordnung, Bello?«

»Alles bestens, Cap. Hab ein paar Treffer abgekriegt, aber das sind nur Kratzer.«

Hengst grinste, als er einen Schalter am Funkgerät umwarf, um sich privat mit Pegeen zu unterhalten. Er sah Bellos Ausdrucksweise als Zeichen des Vertrauens. »Pegeen, diese Vipern kennen das Gelände. Sie sind hier im Vorteil. Wie stehen die Chancen für einen Rückzug?«

»Rückzug? Wohin?«

»Guter Einwand. Halt die Augen offen, frapos?«

»Pos.«

»Wir sollten bald auf die anderen treffen. Kurs auf den Strand. Sie müßten von da kommen.«

»Aye-aye«, bestätigte Pegeen, und fügte nach einer präzise berechneten Pause hinzu: »Cap.«

Hengst mußte lachen. Er steigerte die Geschwindigkeit der *Nemesis* auf ihrem Marsch über und durch die Überreste Dæmons.

Joanna fluchte mit der für sie alltäglichen Vehemenz zum düsteren Himmel empor, aus dem es wie aus Kübeln auf die weite, flache Ebene vor den Stadtgrenzen Dæmons schüttete. Schlimm genug, daß sie ihre *Nemesis* durch tiefen Schlamm steuern mußte. Aber sie und ihr Stern wurden auch noch von dem Gockel Ravill Pryde angeführt.

Schöner könnte ich es mir nicht wünschen, als das Hinterteil dieses Savashtris anglotzen zu müssen! Natürlich mußte dieser Stravag-Idiot sich vom Rest der Falkengarde trennen lassen und darauf bestehen, den Befehl über meinen Stern zu übernehmen.

Anscheinend hatte sich Ravill bei der Verfolgung eines Vipern-Mechs, den er dann wohl auch besiegt und sogar vernichtet hatte, zu weit vom Rest der Einheit entfernt, denn als die Vipern die Jadefalken-Streitmacht gespalten hatten, war er vom größten Teil der

Falkengarde abgeschnitten worden, mit Ausnahme von Joannas Stern. Er hatte sie mit seiner üblichen Arroganz informiert, daß er den Befehl über ihre Einheit übernahm. Als die Vipern in Dæmon geortet wurden und er auch Hengsts Trinärstern und die anderen BattleMechs der Falkengarde entdeckt hatte, die von Dianas Stern angeführt wurden und auf den Strand der Stadt zuhielten, hatte Ravill die Kommleitung dazu benutzt, die momentane Zangenbewegung zu organisieren, in der sich alle drei Mechgruppen auf die Stadt zubewegten.

Der Stravag ist nicht mehr bei Sinnen. Er kennt das Gelände nicht, er hat keine Erfahrung im Häuserkampf, er kann nicht einmal seine Truppe zusammenhalten, sondern rennt statt dessen einem eigenen Gegner wild nach – und jetzt besitzt er die Unverfrorenheit, mit so einem Plan unser aller Leben aufs Spiel zu setzen!

Ravill führte den Stern auf einer aufgerissenen Straße in Richtung Stadtgrenze. Vor ihnen lag, was sicher einmal ein prächtiges Stadttor gewesen war, das allen Besuchern stolz von der Pracht Dæmons gekündet hatte. Jetzt allerdings lag es in Trümmern, nicht mehr als ein Schutthaufen, der den Weg erschwerte.

Plötzlich zuckten auf der anderen Seite der Stadt, in der Nähe des berühmten Strands, grelle blaue Lichtblitze auf und signalisierten, daß dort bereits ein Gefecht ausgebrochen war.

»Sie hatten Befehl, nicht zu feuern, bis wir in Position sind!« schrie Ravill Pryde wütend über Funk. »Auf niemanden kann man sich mehr verlassen. Erst recht bei diesem Unternehmen, in dem unsere Reihen übersät sind mit Freigeburten. Wir werden uns dorthin bewegen, um ihre kostbaren metallenen Hinterteile zu retten!«

Joanna verfluchte ihre Position unmittelbar hinter dem kostbaren metallenen Hinterteil von Sterncolonel

Ravill Prydes *Waldwolf* – und den Sterncolonel-Gockel in dessen Cockpit gleich mit.

Diana hatte auf dem Zweitmonitor die Fortschritte von Hengsts Trinärstern verfolgt. Die beiden Gruppen waren noch etwa einen halben Kilometer voneinander entfernt, als sie ihre *Nova* durch das Strandtor in die Stadt führte.

Und genau in die Arme von drei Stahlviper-Battle-Mechs.

Hengst ortete Diana unmittelbar, bevor sie durch das Tor trat, und entdeckte die Gefahr, die auf sie wartete, noch bevor sie es konnte. Er befahl den Partisanen zu beschleunigen und führte sie in Richtung Strandtor. Als er um einen Trümmerhaufen herumstampfte, bemerkte er durch mehrere Fenster, die in einer Mauer an der linken Straßenseite saßen, und deren Scheiben erstaunlicherweise noch intakt waren, eine Bewegung.

Als der *Hankyu*, möglicherweise derselbe, der Bello attackiert hatte, auf die Mauer sprang und das Feuer auf die Straße eröffnete, war Hengst vorbereitet und schoß eine LSR-Salve auf den Torso des Vipern-Mechs ab. Sie erwischten die Feindmaschine zentral und schleuderten sie von der Mauer. Als sie in das Gebäude stürzte, verfolgte Hengst ihren Fall mit dem rechten Arm der *Nemesis* und feuerte durch die Fensterfront der Hauswand mit dem leichten Laser auf den stürzenden *Hankyu*. Glas barst, Fensterrahmen zersplitterten. Ob die Raketensalve und der nachfolgende Laserbeschuß genügt hatten, den *Hankyu* zu vernichten, wußte er nicht, aber Hengst war sich ziemlich sicher, daß diese Stahlviper ihnen keinen Ärger mehr machen würde, selbst wenn der Mech sich noch bewegen konnte.

Pegeens aufgeregte Stimme drang über die Funkleitung. »Ich hab immer gewußt, daß du ein großartiger

Schütze bist, Hengst. Ich hab mir eingebildet, ich wäre das auch, aber diesen Fenstertrick hätte ich so präzise nicht hinbekommen.«

»Nichts besonderes«, antwortete Hengst.

»Sagst du.«

Auf seinem Sekundärschirm sah Hengst, daß die Vipern-Mechs das Feuer auf Dianas *Nova* eröffnet hatten. Er beschleunigte die *Nemesis*. Als er über die Trümmer rannte, hüpfte, sprang und rutschte, brauchte er jedes Quentchen seiner Pilotenfähigkeiten, um die Maschine aufrechtzuhalten.

Die schiere Wucht des Angriffs der Stahlvipern auf den Torso der *Nova* schleuderte den Mech gegen den Seitenpfeiler des Tors. Durch den Aufprall entstand ein unregelmäßiger Riß im Steinfundament des Bauwerks. Noch ein Treffer, diesmal an der rechten Schulter, und die *Nova* wurde herumgewirbelt, so daß sie in Richtung Strand blickte. Auf der Rundumanzeige des Sichtschirms sah Diana, wie die feindlichen Maschinen näherkamen, um ihr den Gnadenstoß zu versetzen.

In diesem Augenblick krachte eine Explosion, die alle anderen Kampfgeräusche übertönte, und eine plötzliche Erschütterung ließ den Mech erzittern. Diana verlor die Gewalt über ihren Mech und fühlte den Stahlkoloß fallen.

Hengst bekam Sichtkontakt mit Dianas Mech, der scheinbar nonchalant an der Seite des Strandtors lehnte, und hatte gleichzeitig die größten Schwierigkeiten, seine *Nemesis* im Gleichgewicht zu halten. Sein Körper wurde in die Gurte der Pilotenliege geschleudert. Sein Gehirn schien im Schädel zu tanzen.

»Was, zur Hölle, war *das?*« brüllte Pegeen.

»Ein Bebenstoß, schätze ich. Planetares Beben. Ein leichtes.«

»Wenn das ein leichtes war, möchte ich mal wissen, wie ein ...«

Das Hauptbeben kam, bevor sie den Satz beenden konnte. Die Mechs wankten und schwankten, Jadefalken und Stahlvipern gleichermaßen. Pegeens *Höllenbote* kippte und prallte von einer Mauer ab, so schwer er war. Dann brach die Mauer zusammen, ob durch das planetare Beben oder den Aufprall des BattleMechs, war schwer zu sagen. Hengst spürte das Beben bis in die Pilotenkanzel, und einen Augenblick lang hatte er das erschreckende Gefühl zu fallen. Alles um ihn herum verschwamm, und er verlor das Feedback der Mechsysteme durch den Neurohelm.

Er wurde schnell wieder klar, gerade rechtzeitig, um die Maschine erneut unter Kontrolle zu bringen. Ein lautes Krachen hinter ihm kündete davon, daß mindestens ein Mech des Trinärsterns umgestürzt war. Er hatte keine Zeit nachzusehen, welcher. Offenbar hatte das Beben eine ganze Reihe von Gebäuden zerstört. Enorme Staubwolken hingen in der Luft und behinderten die Sicht. Kleinere Trümmerbrocken segelten immer noch umher. Ein großer Mauerbrocken verfehlte den Kopf der *Nemesis* nur knapp.

Vor ihm stolperte Dianas *Nova* auf die Vipern-Mechs zu. Sie hatte die Geistesgegenwart, auf einen Punkt im unteren Torso der mittleren Maschine zu feuern. Dann nutzte sie die in alle Richtungen davonfliegenden Panzerbrocken und eine vom Beben aufgeworfene Staubwolke dazu, bei den beiden anderen Kampfkolossen ernsthaften Schaden anzurichten. Aber es blieb eine Übermacht von drei zu eins, und aus einer kleinen Bresche in der Brustpartie ihres Omnis stieg Rauch.

Hengsts Schock über die Schäden an Dianas *Nova* verblaßte schnell, als er seinen ersten klaren Blick auf die Stahlviper-Mechs erhaschte, denen sie gegenüberstanden. Das seltsame Gefühl, von der Triasch-Keshik gejagt zu werden, kehrte zehnfach zurück, als er durch den strömenden Regen plötzlich deren Insignien zu Gesicht bekam, die stolz auf dem Rumpf des vordersten BattleMechs prangten.

Der erste Bebenstoß hatte ihr nichts ausgemacht, aber Joannas *Nemesis* wurde vom zweiten Stoß schwer durchgeschüttelt. Als sie darum kämpfte, die Gewalt über ihre Maschine zurückzugewinnen, fühlte sie den Mech nach vorne kippen. Jeden Augenblick mußte er auf Ravills *Waldwolf* schlagen. Mit der Wildheit, die sie berühmt gemacht hatte, konzentrierte Joanna sich darauf, die Vorwärtsbewegung mit einem Stolpern zur Seite auszugleichen, das ihr ermöglichte, die Kollision mit dem *Waldwolf* zu vermeiden. Allerdings stürzte sie dadurch in den Trümmerregen einer zusammenbrechenden Hauswand. Sie spürte jeden Schlag am eigenen Körper, aber es gelang ihr, den Mech durch den Steinhagel vorwärts zu lenken.

Der *Waldwolf* geriet ebenfalls sichtbar ins Wanken, bevor Ravill Pryde ihn wieder in der Gewalt hatte. Er brüllte eine Reihe unverständlicher Befehle, die Joanna als Anweisung interpretierte, in Richtung Strand zu stürmen.

Ravill Pryde! Was für ein Kommandeur!

Aber mit reichlichen Flüchen folgte sie dem Sterncolonel in die Schlacht.

Keiner der BattleMechs, die Diana über den Strand begleitet hatten, war in einer günstigen Position, um ihr zu Hilfe zu kommen, vor dem planetaren Beben nicht und anschließend schon gar nicht. Im Staub- und Trümmerregen der Nachwirkungen war kaum etwas zu erkennen, und die Falken-Mechs wanderten über den Sand wie verirrte Nomaden.

Als einer der Vipern-Mechs, eine *Sturmkrähe*, vortrat,

305

um ihr den Garaus zu machen, schleuderte Diana ihn augenblicklich mit einem PPK-Schuß zurück, der kaum Schaden anrichtete, aber den Stahlviper-Pilot Nerven kostete. In diesem Augenblick der Verwirrung schien Hengsts *Nemesis* sich aus einer Staubwolke zu materialisieren, und sein wütender Angriff machte die *Sturmkrähe* in einem Nebel von Panzertrümmern kampfunfähig. Der Vipern-Mech blieb stocksteif stehen. Sein Pilot löste den Schleudersitz aus und schoß in Richtung Strand, wo ihn zumindest eine sanfte Landung erwartete. Der leere Mech schwankte etwas im steifen Wind, dann kippte er um. Er traf einen Seitenpfeiler des Strandtors und rutschte seitlich davon, außer Sicht.

Diana meldete sich über die Funkverbindung. »Danke, Hengst.«

»Jederzeit, Diana Pryde.«

»Werdet ihr zwei Freigeburten wohl aufhören, euch gegenseitig zu gratulieren!« Beide freigeborenen Krieger wurden vom plötzlichen Ausbruch Ravill Prydes überrascht. »Ich zeichne mehr von diesen verdammten Vipern im Anmarsch. Wir haben es mit einer Übermacht zu tun, einer gewaltigen Übermacht!«

Hengst überprüfte die Sensordaten. Ravill Pryde hatte recht. Die Vipern schienen aus Verstecken in den Stadtruinen zu strömen. Eine beachtliche Streitmacht näherte sich dem Stadttor.

»Sie haben uns erlaubt, uns hier zu sammeln«, schrie Ravill. »Möglicherweise haben sie uns sogar gezielt hergelockt.«

»Absolut. Das ist eine Falle«, stellte Hengst fest.

»Ich habe zwar keinen Zweifel daran, daß es so ist, aber was macht dich so sicher, daß es sich um eine Falle handelt, Freigeburt?«

»Hast du die Insignien auf den Vipern-Mechs bemerkt?«

306

»Nein, Stravag! In diesem Regen sehe ich kaum genug, um zu zielen, geschweige denn, um festzustellen, gegen welche Vipern-Einheit ich kämpfe.« Die Wut in Ravills Stimme schien dem Gewitter in nichts nachzustehen. »Doch ich nehme an, du hast gesehen, mit welcher Einheit wir es zu tun haben. Nicht, daß das eine wirkliche Rolle spielt.«

»Falsch, Sterncolonel, es spielt eine Rolle. Die Mechs in der Stadt gehören zur Triasch-Keshik. Keine einzige Jadefalken-Einheit hat sie bis jetzt zu Gesicht bekommen, und wir sitzen plötzlich in einer Falle der Keshik. Erscheint dir das nicht etwas seltsam, frapos?«

»Werde nicht überheblich, Freigeburt!« brüllte Ravill. »Du mußt dich irren. Es gibt nicht den geringsten Grund, warum der Khan der Stahlvipern zusammen mit seiner gesamten Keshik versuchen sollte, einen Hinterhalt für zwei Jadefalken-Einheiten zu legen, die nahezu komplett aus Freigeburten bestehen.«

»Auf diese Frage weiß ich auch keine Antwort, Sterncolonel. Aber ich bin mir sicher, daß die Stadt eine Falle ist. Ob sie speziell für uns angelegt wurde oder für die erste Jadefalken-Einheit, die hier auftaucht, weiß ich nicht. Aber so oder so können wir nicht in der Stadt gegen die Vipern kämpfen. Sie ist ein einziger Trümmerhaufen, erst recht nach dem letzten Beben.«

»Du hast recht«, bestätigte Ravill. »Der Strand ist sicherer, offener. Zieht euch dorthin zurück. Wir stellen uns der Triasch-Keshik am Strand.«

Die Falken-Mechs zogen sich durch das Tor zum Meer zurück. Der Rückzug verlief so schnell, daß viele der riesigen Kampfmaschinen die Torpfeiler streiften und Steinbrocken losschlugen, während die Stadt von einem leichten Nachbeben erschüttert wurde.

33

Viperntal, Waldorff
Jadefalken/Stahlvipern-Besatzungszone

1. Juli 3061

Marthe Pryde hatte das Gefühl, von einem Wildbach mitgerissen zu werden. Die Erregung des Kampfes und das Hochgefühl über jeden kleinen Sieg trafen sie in so rascher Folge, daß es schwerfiel, alle Phasen der Operation im Auge zu behalten. In diesem Augenblick meldeten Samantha Clees und ihre Gierfalken-Galaxis die Vernichtung mehrerer Vipern-Trinärsterne am weit entfernten anderen Ende des Viperntals.

Eine kluge Entscheidung, Samantha den Befehl über die Gierfalken zu lassen. Dort ist sie sehr viel wertvoller für mich, als sie es als meine Stellvertreterin in der Turkina-Keshik sein könnte. Sie befehligt die Galaxis seit zehn Jahren und braucht keine Anweisungen von mir. Jedenfalls nicht im Feld.

Marthe war froh, daß die Schlacht um Waldorff solche Ausmaße angenommen hatte. Die Falken hatten die Vipern bereits von zahlreichen Welten vertrieben, die ihre Gegner in der ersten Welle erobert hatten, und in allen Fällen war der Widerstand der Stahlvipern schwach und vereinzelt gewesen. Aber auf Waldorff hatten sich Schlüsseleinheiten beider Clans versammelt, und dies konnte zur Entscheidungsschlacht werden. Die Jadefalken würden tun, was immer nötig war, um sie zu gewinnen, sie würden jeden Preis dafür bezahlen. Marthe fragte sich, ob die Stahlvipern dazu auch bereit waren. Wenn es ihr gelang, sie hier zu bezwingen, war es vorbei. Aber noch lieferten die Vipern einen erbitterten Kampf.

Bis jetzt hatten die Falken die Triasch-Keshik noch nicht gestellt. *Vielleicht warten sie darauf, daß ich einen fatalen Fehler begehe, bevor Perigard Zalman zuschlägt.* Ein flüchtiges Lächeln huschte über ihre Lippen. *Da kann er lange warten.*

Der Konflikt hatte ungeheure Ausmaße angenommen, und die Falken hielten mit nichts zurück. Die Vipern mußten hier im Tal schwere Verluste hinnehmen, aber sie zwangen die Falken, sich jeden Zentimeter Boden teuer zu erkaufen. Rings um sich herum sah Marthe ausgeschaltete und zerstörte Vipern-Mechs. Der größte Teil ihrer Keshik war schon als Verstärkung zu anderen Schlachtabschnitten unterwegs.

Samantha meldete sich. »Wir müssen sie noch härter bedrängen, Marthe Pryde. Obwohl wir die Vipern hart schlagen, erleiden unsere Einheiten allmählich Verluste, die ich für unannehmbar halte. Wir haben den größten Teil der 2. Viperngarde vernichtet, und der 400. Sturmsternhaufen ist auf der Flucht, aber meine Gierfalken-Sternhaufen haben beträchtliche Verluste zu beklagen. Es kann kein Zweifel daran bestehen, daß wir diese Welt erobern, aber wenn wir die Stahlvipern nicht bald niederkämpfen, wird es ein Pyrrhussieg. Wie sieht es auf deiner Seite des Tals aus?«

»Gut. Wir haben der 1. und 4. Viperngarde eine klare Niederlage zugefügt, doch sie zogen sich beide in relativ gutem Zustand zurück. Hast du schon Kontakt zu der Triasch-Keshik?«

»Negativ. Du?«

»Neg. Und das nimmt kein Ende, bevor wir Khan Perigard Zalman nicht bezwungen haben. Wir sollten versuchen, unsere anderen Einheiten zusammenzuführen. Die 1. und 4. Viperngarde haben sich geordnet zurückgezogen. Wir müssen sie zerschlagen, bevor sie den 400. oder 2. Sternhaufen entsetzen können. Und erst recht, bevor Perigard Zalman und dessen Keshik sich blicken lassen.«

»Stimmt«, bestätigte Samantha.

»Was ist mit den Einheiten, von denen wir durch den Vipern-Keil abgeschnitten sind?«

»Wir haben jeden Kontakt mit ihnen verloren. Ich bin sicher, daß sie sich tapfer schlagen, selbst deine Partisanen.«

»Beleidige meine Partisanen nicht. Sie haben alle eine beträchtliche Kampferfahrung.«

»Das sollte keine Beleidigung sein. Ich liefere nur Informationen.«

»Wo gibt es Probleme, die uns daran hindern, Truppen zusammenzuführen?«

»An der Nordseite des Tals toben heftige Kämpfe. Im Augenblick sitzen mein 1. Falkenaugensternhaufen und die Falkenhusaren der Galaxis Gamma am Fuß der Klippen fest. Uvin Buhallin meldet, daß beide Einheiten Verluste erleiden. Anscheinend nimmt ein bestimmter Vipern-Krieger es mit jedem Gegner auf. Ich gruppiere um und bin auf dem Weg dorthin.«

Marthe rief die Geländekarte auf. »Ich bin näher als du. Wir treffen uns dort.«

»Aber ...«

Marthe unterbrach die Funkverbindung, um sich Samanthas Widerspruch nicht anhören zu müssen. Natürlich hätte sie eigentlich ihren eigenen Truppen folgen sollen. Aber der Kampfrausch in ihren Adern verlangte nach Befriedigung.

Sie erreichte schnell das Gebiet, in dem der Augensternhaufen und die Falkenhusaren trotz tapferer Bemühungen Boden verloren. Die Falken-Mechs brachen immer wieder aus der Deckung der Klippen aus, um von den Vipern sofort wieder brutal zurückgedrängt zu werden.

Marthe fand den Vipern-Krieger, den Samantha erwähnt hatte, inmitten des Kampfgetümmels. Er führte eine *Armbrust* und war im Augenblick damit beschäftigt, die Beine eines *Bluthund* zu zertrümmern, indem er nach und nach die Panzerung zerschmetterte und immer mehr der verwundbaren künstlichen Muskelstränge freilegte. Er wechselte in schneller Folge von einem Ziel zum nächsten, und unter den Attacken gerieten die Mechs seiner Gegner ins Wanken.

Marthe schaltete auf Breitbandkomm, um den feindlichen Piloten zu rufen. »Hier spricht Khanin Marthe Pryde von den Jadefalken. Ich will mit dem Piloten der Stahlviper-*Armbrust* sprechen.«

Sie erhielt keine Antwort. Aus den Lautsprechern des Funkgeräts drang nur statisches Rauschen.

»Na schön. Ich fordere den *Armbrust*-Krieger zum Duell. Nur du und ich. Alle anderen, Jadefalken und Stahlvipern, macht Platz. Um diesen Sektor der Schlacht.« Der Vipern-Pilot hätte einwenden können, daß Marthes Angebot so großzügig nicht wahr, da die Falken das Viperntal praktisch erobert hatten. Aber die Herausforderung einer Khanin ließ sich nicht ignorieren. »Nimmst du die Herausforderung an?«

Der Pilot der *Armbrust* blieb weiter stumm, brach aber seinen Angriff auf den *Bluthund* ab und bewegte sich auf ein freies Geländestück, um sich Marthe und deren *Nemesis* zu stellen. Die Schlacht um die beiden Mechs kam allmählich zum Erliegen, und Falken-Krieger ebenso wie Vipern wurden zu Zuschauern des Duells.

Samanthas Stimme drang über die Funkverbindung. »Ich kann dich sehen, Marthe. Was ist los?«

Marthe erklärte es ihr. Die Antwort, die sie erhielt, war unverkennbar ablehnend. »Laß mich diese Herausforderung auskämpfen. Wir können das Risiko nicht eingehen, dich zu verlieren, nicht jetzt, so kurz vor dem Sieg.«

Marthe mußte unwillkürlich lächeln, als sie das hörte. »Hast du kein Zutrauen zu mir? Nach all meinen Siegen heute? Ich bin die Khanin. Ich trage diesen Kampf aus.«

Sie unterbrach die Verbindung. Dann setzte Marthes *Nemesis* sich auf die *Armbrust* zu in Bewegung.

Es war ein langer Zweikampf, der in die Geschichte beider Clans eingehen sollte. Irgendwann etwa in der Mitte des Duells fühlten alle Krieger im Tal die Schockwellen des weitentfernten planetaren Bebens in Dæmon, und ein paar von ihnen hörten sogar das Donnern der einstürzenden Gebäude.

Zunächst ging Marthe in die Offensive. Sie benutzte ihre LSR, um den *Armbrust*-Piloten beschäftigt zu halten, während sie näherkam, um mit der Autokanone dessen Torsomitte zu beharken. Aber der Krieger in der Kanzel der *Armbrust* zeigte mehr Geduld als die meisten seiner Kameraden aufgebracht hätten, und antwortete mit einem – durch das Artemis-IV-Feuerleitsystem unterstützen – vernichtenden SR-Bombardement, das Marthes Angriff einiges an Schwung nahm. Eine lange Zeit über blieb das Duell unentschieden, wenn auch ein von bemerkenswert treffsicheren Schußwechseln unterbrochenes Unentschieden.

Schließlich murmelte Marthe: »Zur Hölle mit diesem Mist. Ich kann die Wärme sowieso nicht unten halten.«

Sie feuerte in schneller Folge alle Geschütze ab. Ihre Strategie funktionierte und überraschte den *Armbrust*-Piloten. Die Stahlviper erholte sich jedoch schnell und antwortete gleichermaßen. Wieder änderte sich lange Zeit nichts, nur daß der Zweikampf jetzt mehr an ein Feuerwerk erinnerte als an ein Duell.

Einer von Marthes letzten Raketentreffern bohrte sich in eine Bresche, die nur Sekunden zuvor eine frühere Salve geschlagen hatte. Diese hatte eine breite Lage Panzerung abgeschält und die *Armbrust* im betreffenden Bereich besonders verwundbar gemacht. Der Einschlag warf den Mech nach hinten, und seine Bewegungen wurden erratisch, was auf Gyroskopschaden hindeutete.

Marthe setzte diesem Glückstreffer einen Raketentreffer knapp über der Kanzel der *Armbrust* hinterher.

Und plötzlich war die Schlacht vorbei. Irgend etwas mußte dem Piloten der Stahlviper-Maschine zugestoßen sein, denn der Mech wanderte über das Schlachtfeld wie ein waidwundes Tier, erst hierhin, dann dorthin, dann blieb er stehen. Danach sackten die Mecharme nach unten, denn die Energieversorgung brach zusammen, und der Kampf war zu Ende.

Langsam, schmerzhaft langsam, krachte die *Armbrust* zu Boden. Der Pilot war nicht ausgestiegen, ein weiteres Anzeichen dafür, daß er verletzt, bewußtlos oder tot sein mußte.

Marthe blieb einen Augenblick über der gefallenen *Armbrust* stehen und forderte den Piloten auf, das Cockpit zu verlassen. Nichts bewegte sich, und die Funkverbindung blieb stumm.

»Ich hoffe, du kannst mich hören, Stahlviper«, flüsterte sie ins Mikro. »Du hast tapfer gegen die Jadefalken und ihre Khanin gekämpft. Ich möchte dich kennenlernen, und wenn du tot bist, werde ich dafür sorgen, daß dein Mut in der *Erinnerung* deines Clans gefeiert wird. Wie Soldaten früherer Zeiten zu sagen pflegten: ›Ich grüße dich, tapferer Feind‹.«

Marthe wollte gerade aussteigen und versuchen, das Cockpit der *Armbrust* zu öffnen, als Samantha Clees sich meldete und mitteilte, daß in wenigen Kilometern Entfernung eine andere Schlacht mit den Vipern tobte. Beide Khaninnen jagten in die Richtung der Kämpfe. Keine von ihnen hatte noch allzuviel Feuerkraft aufzubieten, aber was sie zur Verfügung hatten, würden sie auch anwenden, und sie hatten beide noch ein paar ruhmreiche Siege im Arsenal ihrer Kampfkolosse.

34

Strand bei Dæmon, Waldorff
Jadefalken/Stahlvipern-Besatzungszone

1. Juli 3061

In Dæmon stürzten noch immer Gebäude ein. Aber das Donnern der zusammenfallenden Häuser wurde von den schweren Schritten der Stahlviper-BattleMechs unterstrichen, die auf die am Strand versammelten Jadefalken zustürmten.

Das Gewitter hatte sich bis auf einen stetigen Regen gelegt, doch das Meer war noch immer aufgewühlt, und die Wellen schlugen mit einem steten Krachen ans Land, das dem aus der Stadt herüberdringenden Getöse in nichts nachstand. Ravill Pryde, dessen *Waldwolf* unsicher über den Sand schwankte, versuchte, seine Truppen zu ordnen. Hengst bemerkte, daß er dabei wenig Glück hatte.

Manchmal wirkt er wie ein kompletter Idiot, aber Mut hat er. Sieh sich das einer an. Er würde sich all die Vipern auch allein vorknöpfen.

»Wir sind in der Minderzahl«, stellte Joanna über Funk fest.

»Ist mir schon aufgefallen«, antwortete Hengst. »Willkommen am Strand, Joanna.«

»Komm mir nicht mit deinen Freigeborenensprüchen, Hengst.«

»Joanna. Diana hier. Wie viele Gardisten sind noch übrig?«

»Kann ich nicht sagen. Wir wurden vom Vipern-Keil abgeschnitten. Mein Stern ist intakt. Ansonsten ist Ravill Pryde der einzige andere Gardist hier, abgesehen von dir und deinen Begleitern.«

»Mein Stern ist nicht intakt.« Nach Dianas Blutnamenskampf hatte sie in einem Positionstest den Rang des Sterncommanders erworben, und Ravill Pryde hatte ihr den Befehl über einen eigenen Stern gegeben, wenn auch äußerst ungern. Aber er war gezwungen gewesen, eine Lücke in der Befehlsstruktur der Falkengarde zu schließen. »Wir sind noch zu dritt, zuzüglich einiger Überlebender anderer Einheiten. Hengst hat die einzige andere intakte Einheit.«

»Intakte Einheit hin, intakte Einheit her, es sieht nicht gut für uns aus. Wir können nirgends hin.«

»Falsch, Joanna«, meinte Hengst. »Da ist immer noch das Meer.«

»Wenn du deinen Mech da hineinsteuern willst, laß dich nicht aufhalten. Deine Kanzel wäre nach wenigen Minuten aufgebrochen. Du könntest da draußen vielleicht überleben, Hengst, weil du ein guter Schwimmer bist. Aber das sind nicht alle hier.«

»Stimmt. Ich habe dich schwimmen sehen. Zugegebenermaßen ein effizienter Kraulstil, aber nicht genug, um damit diese Brandung zu überstehen. Und dann ist da noch dein Alter. Du hast einfach nicht mehr ...«

»Halt das Maul, Hengst. Ich würde überleben. Ich bin gemeiner als du.«

»Du bist gemeiner als irgend jemand sonst, Jo ...«

»Hört ihr zwei wohl auf zu streiten!« rief Diana. »Ihr hört euch an wie zwei verheiratete freigeborene Dörfler nach zu vielen Jahren Ehe, ihr ...«

Der Rest ging im lautstarken Protest der beiden so Gescholtenen unter. Als wieder Ruhe eingekehrt war, sagte sie: »Außerdem strömen die Vipern durch das Tor.«

Ravill Pryde brüllte ein paar Anweisungen über die Kommverbindung, und irgendwie formierten die bis dahin wild zerstreuten Jadefalken sich zu einer beachtlichen Kampfeinheit.

Als die Vipern-Mechs näherkamen, klang Ravills Stimme in aller Ohren. »Es scheint, daß du recht hattest, Hengst. Das sind Mechs der Triasch-Keshik.«

315

Eine Vielzahl von Stimmen brach über die Leitung herein. Warum kämpften sie gegen die Keshik? Und wenn sie gegen die Keshik kämpften, hieß das nicht, daß ihnen der Khan der Stahlvipern persönlich gegenüberstand?

»Ruhe, Freigeburten!« brüllte Ravill Pryde. »Wenn ich die Antworten wüßte, würde ich sie euch sagen. Ich weiß nur, daß wir der Führungskeshik der Stahlvipern gegenüberstehen, und sie will einen Kampf. Und ich zumindest werde ihr einen Kampf liefern!«

Es war ein schmerzhaft langsamer Kampf. Der Regen störte die Sicht, und angesichts der bereits im Vorfeld erlittenen Schäden an ihren Maschinen neigten die Piloten dazu, erst zu feuern, wenn sie ein klares Ziel hatten, was selten genug vorkam. Ab und zu krachten zwei gegnerische Mechs sogar zusammen und waren zu mühsamen, aber äußerst komischen Verrenkungen gezwungen, um aufrecht zu bleiben. Bei keiner dieser Gelegenheiten hatte einer der Piloten die Chance, die Lage für einen entscheidenden Treffer am Mech des Gegners auszunutzen.

Hengst war überrascht, eine vertraute Gegnerstimme über Funk zu hören. »Sterncaptain Hengst – und bei dem Titel sträubt sich meine Zunge –, du gehörst mir.«

»Ivan Sinclair?«

Hengst verzichtete bewußt darauf, Sinclair als Sterncolonel anzusprechen. Das wäre in jedem Fall eine Beleidigung gewesen, aber Sinclair würde vor Wut über den Freigeborenen kochen, der seinen Rang absichtlich unterschlug.

»Ja, hier spricht Sterncolonel Ivan Sinclair, und diesmal wirst du keinen deiner Freigeburtstricks anbringen können. Wir haben unseren eigenen kleinen Krieg auszufechten, ohne Einmischung irgendeines anderen. Triff mich zwei Kilometer nördlich von hier. Dort ragt ein Felsvorsprung über das Meer hinaus. Ich habe vor, dich diesmal zu töten. Nimmst du die Herausforderung an, *Sterncaptain* Hengst?«

Sogar die Rangbezeichnung klang aus seinem Mund wie eine Beleidigung.

»Laß uns erst diese Schlacht austragen, Sinclair. Ich werde meine Kameraden nicht im Stich lassen, nur ...«

»Bring ihn um, Hengst«, unterbrach Joanna. »Du mußt mit ihm kämpfen. Geh.«

»Das finde ich auch, Hengst«, erklärte Diana. »Geh.«

»Na schön, Sinclair. Geh voraus.«

»Ich erwarte, daß du die Clanehre respektierst und mir nicht in den Rücken schießt, Sterncaptain.«

Als Hengst das Schlachtfeld verließ, sah er mit Entsetzen, wie viele Vipern aus dem Strandtor strömten und auf die Falken zumarschierten, die sich an der tosenden Brandung aufgestellt hatten.

Ein sanfter Hang führte hinauf zu der schmalen Felszunge, die sich bis weit über das Meer erstreckte. Es war ein ausgezeichneter Ort für einen Entscheidungskampf, dachte Hengst. Keiner der beiden Mechs konnte sich hier weit nach links oder rechts bewegen, und ein Sprungdüseneinsatz, um in den Rücken des Gegners zu gelangen, konnte fatal sein, besonders, da sich der Felsausläufer hinter Sinclairs *Sturmkrähe* noch verjüngte.

»Ich weiß nicht, was du an Feuerkraft noch zur Verfügung hast, Hengst«, stellte Sinclair ruhig fest. »Ich schlage einen offenen Schlagabtausch bis zum Ende vor. Ich plane, dich ins Meer zu stürzen.«

»Fang an, Ivan Sinclair. Gib mir deinen besten Schuß.«

Sinclair war bereit und feuerte seinen Laser. Er schnitt Panzerfetzen von Torso und Beinen der *Nemesis*. Hengst antwortete ebenso, und minutenlang war der nebelartige Regen, der die beiden Kontrahenten einhüllte, von zuckenden roten Lichtspeeren durchzogen. Der Regen ließ die Farben verschwimmen, und für einen Zuschauer hätte das Geschehen den Eindruck eines abstrakten Gemäldes eines Mechkampfs erwecken können, mit irrealen Lichtblitzen, die sich zwischen kurios verformten Mechs entluden.

Der Kampf war ausgewogen. Für jeden Treffer, den Sinclair erzielte, landete Hengst einen eigenen. Das ging so, bis Sinclairs Laserfeuer den rechten Arm der *Nemesis* ausschaltete. Hengst versuchte verzweifelt, die Armlaser abzufeuern, leicht und mittelschwer, aber nichts geschah.

Auf Grund irgendeiner undurchsichtigen Stahlviper-Sitte brach Sinclair den Angriff ab, wohl, um seinen Sieg zu genießen.

»Ich gestatte dir, dich zurückzuziehen, Sterncaptain«, erklärte Sinclair ölig über die Funkverbindung.

»Du hast einen Kampf bis zum Tod verlangt.«

»Ich gebe es nur ungern zu, aber du bist ein zäher Gegner, Hengst, und ich bin bereit ...«

»Stravag! Ich bin nicht bereit, deine Gnade anzunehmen, Ivan Sinclair.«

»Bitte sehr.«

Die einzige Waffe, die Hengst noch blieb, war die Autokanone im linken Arm der *Nemesis,* und bei einer Überprüfung vor dem Duell hatte er Munitionsprobleme festgestellt, die bei dieser Konfiguration nichts Ungewöhnliches waren, daher hatte er bis jetzt auf deren Einsatz verzichtet. Aber nun blieb ihm keine andere Wahl mehr. Da Hengst die Autokanone schon eine Weile nicht benutzt hatte, war er sicher, daß Sinclair sie für leergeschossen hielt, als er seine Geschütze für die letzte Breitseite in Stellung brachte, mit der er Hengst in ein feuchtes Grab schleudern wollte.

Hengst richtete beinahe heimlich den linken Mecharm aus. Für mehr war keine Zeit. Er feuerte die letzte Granatenladung ab.

In seiner Wahrnehmung verlangsamte sich die Zeit dermaßen, daß er zunächst glaubte, danebengeschossen zu haben. Dann bewies die Explosion auf Sinclairs Kanzel, daß Hengsts Rettungsmanöver doch Erfolg gehabt hatte. Einen Augenblick später kroch Sinclair zur Überraschung des Jadefalken aus den Trümmern seiner Kanzel. Daran, wie er sich an den Klettergriffen des Mechrumpfs nach unten hangelte, war deutlich zu erkennen, daß er keine ernsten Verletzungen erlitten hatte.

Hengst seufzte. Ein Systemcheck ergab, daß die *Nemesis* von einem letzten Treffer, den er nicht bemerkt hatte, ebenfalls außer Gefecht gesetzt worden war. Er fuhr alle übrigen Systeme herunter, dann verließ er ebenfalls das Cockpit und machte sich auf den Weg zur Planetenoberfläche. Die Krieger trafen sich auf halbem Weg zwischen beiden Mechs. Sinclair starrte Hengst mit Abscheu an. Hengst antwortete mit einem schrägen Lächeln, das er so sardonisch gestaltete, wie er nur konnte.

»Du bist heimtückisch, Sterncaptain, das gestehe ich ein.«

»Auch ich ehre deine Fähigkeiten, Sterncolonel Ivan Sinclair.«

»Ich hatte nicht vor, dich zu ehren, du Hundesohn!« Sinclair landete einen Schwinger in Hengsts Gesicht. Er trug die dünnen Metallhandschuhe, die bei manchen Kriegern beliebt waren, und der Schlag schmerzte.

Aber Hengst hatte schon schlimmere Hiebe eingesteckt, und seine Antwort ließ nicht lange auf sich warten. Beide Krieger waren erschöpft, und ihr Boxkampf zeichnete sich nicht durch sonderliche Finessen aus. Sie schlugen einfach nur aufeinander ein, so hart sie konnten. Hin und wieder gelang einem von ihnen eine Kombination, und ab und zu klammerten sie sich aneinander fest. In diesem Augenblicken murmelte Sinclair Verwünschungen über Hengst Freigeburtsstatus.

Als keiner der beiden mehr die Kraft besaß, den Kampf fortzusetzen, ließen sie ihre Mechs auf dem Felsvorsprung zurück. Später ergab sich, daß beide Mechs von heftigen Windböen oder möglicherweise erneuten Bebenstößen umgeworfen worden waren. Die *Sturmkrähe* stürzte ins Meer und wurde davongespült, aber Hengsts *Nemesis* fand man in Rückenlage im seichten Uferwasser.

Sie wanderten ohne zu reden den Strand hinab zurück, und hielten deutlich Abstand von einander. Aber wer immer gerade vorne ging, drehte sich immer wieder um, um sicherzugehen, daß der andere keinen Angriff plante.

Bevor sie die anderen wieder erreichten, brüllte Sinclair Hengst zu: »Wir sind noch nicht fertig miteinander, Freigeburt!«

Zu seiner Frustration erhielt er keine Antwort.

35

Strand bei Dæmon, Waldorff
Jadefalken/Stahlvipern-Besatzungszone

1. Juli 3061

Der nebelartige Regen, das planetare Beben und die
Abnutzung der Mechs spielten alle eine Rolle in der
Schlacht am Dæmonstrand, wie man sie später nennen
sollte. Der Regen behinderte die Sicht erheblich, auch
wenn die meisten MechKrieger sich mehr auf ihre In-
strumente und Computeranzeigen verließen. Aber ab
und zu war es doch ganz nützlich, ein klares oder auch
nur verschwommenes Bild des Gegners zu haben.
Doch alle Krieger, deren Mechs noch aufrecht standen –
und noch in der Lage waren, zu kämpfen – erkannten,
daß der Abend anbrach und es zu unsicher wurde, sich
auf optische Eindrücke zu verlassen. Ein weiteres Hindernis in dieser unbeholfenen Schlacht war die Notwendigkeit, den umgestürzten Mechs auszuweichen,
die in kurzer Zeit vom Sand bedeckt wurden. Der Sand
war ohnehin schon unsicher genug unter den Mech-
füßen. Dazu noch über andere Mechs zu stolpern,
machte das Ganze noch schlimmer.

Es dauerte nicht lange, bis nur noch fünf Jadefalken-Mechs aktiv waren. Diana Pryde in ihrer *Nova,*
Joanna in ihrer *Nemesis,* Ravill Pryde in seinem *Wald-*
wolf und zwei Krieger der Partisanen, Sterncommander Pegeen in einem *Höllenbote* und ein Krieger
namens Bello, der sich in seinem *Feldeggsfalke* bewundernswert schlug.

Doppelt so viele Vipern griffen die Falken von vorne
und den Seiten an und rückten allmählich näher. Ihr
Kreuzfeuer machte es den Jadefalken schwer, zu reagieren.

»Zwei Schritte zurückziehen und zusammen-

rücken«, rief Ravill Pryde – der immerhin der rang-
höchste Offizier war.

»Hinter uns ist nichts als die verdammte See!« schrie
Joanna.

»Dort werden wir uns stellen.«

Die Jadefalken-Mechs formierten sich, das tobende
Meer im Rücken, zehn Stahlviper-BattleMechs vor sich.
Ein falscher Schritt, und sie würden von der Höhe der
Terrasse in die Brandung stürzen.

Plötzlich drang eine unbekannte Männerstimme
über die Funkverbindung. »Es ist passend, daß eure
Leichen im Meer versinken werden, Freigeburten!« Die
gehässige Stimme kam aus einem der Vipern-Mechs.
»Habt ihr Falken in eurer Arroganz tatsächlich geglaubt, ihr könntet damit durchkommen, Freigeburten
den Befehl über Kampfeinheiten zu geben und ein
geheiligtes Blutrecht besudeln zu lassen? In diesem Augenblick säubert Sterncolonel Ivan Sinclair seine Ehre
von dem Makel, von einer Freigeburt besiegt worden
zu sein, indem er diese Freigeburt tötet. Und ich bin
hier, um den Makel auf der Ehre aller Clans zu entfernen, indem ich die Freigeburt vernichte, die es gewagt
hat, sich über die ihr gesetzten Grenzen zu erheben und
einen Blutnamen zu entehren.«

Als sie den schieren Haß in dieser Stimme hörte, lief
Diana ein Schauder des Entsetzens über den Rücken.
»Wer bist du, und wer gibt dir das Recht, die Jadefalken
zu bestrafen?« gab sie trotzig zurück, ihre Angst unter-
drückend.

»Aye, Stravag!« Ravill Pryde übertönte Dianas nächsten Satz. »Sie mag eine Freigeburt sein, aber das gibt
dir noch lange kein Recht. Wir sind Jadefalken, und du
…«

»Ich habe das Recht jedes Kriegers Kerenskys: das
Recht des Stärkeren. Ich bin gekommen, um zu beweisen, daß diese Freigeburt kein Recht auf den Blut-

namen hat, den sie besudelt. Was hier stattfindet, ist ein Widerspruchstest. Der Stolz der Stahlvipern, die Triasch-Keshik, gegen eure entehrte Falkengarde und eure Stravag-Freigeburtseinheit. Und wer ich bin, ist das nicht offensichtlich?« Khan Perigard Zalman lachte, als die Stahlviper-Mechs plötzlich ein neues Bombardement aus Laser- und Raketenfeuer starteten.

Während Diana noch die Mitteilung verdaute, daß der Khan der Stahlvipern speziell deshalb gekommen war, um sie zu töten, wurde Joanna das Opfer eines Glückstreffers.

Sie wußte nicht einmal, welcher Mech den Treffer gelandet hatte: eine KSR schlug ins Hüftgelenk der *Nemesis* ein und schleuderte sie herum. Ein zweiter Schuß, der ohne diese Drehung nur minimalen Schaden am Mechtorso angerichtet hätte, schälte ganze Platten Stahlkeramikpanzerung ab und riß eine Bresche in die Cockpitabschirmung. Kalter Wind fuhr in die Kanzel. Die Gurte hielten Joanna auf der Pilotenliege, aber sie fühlte, wie die sich aus der Halterung löste.

Die *Nemesis* verlor das Gleichgewicht. Ihre Sprungdüsen waren schon durch frühere Treffer ausgefallen. Ihr blieb keine andere Wahl, als auszusteigen. Der Mech schwankte gefährlich am Rande der hohen Sandterrasse, als sie vorsichtig den Verschluß der Gurte löste, mit einem kurzen Blick feststellte, daß die Sensoren verrückt spielten, Sand und Regen über ihr Gesicht peitschen spürte, leise Dianas Aufschrei aus der Funkanlage dringen hörte und sich zur Luke vorarbeitete.

Pegeen und Bello hatten ein Kreuzfeuer ausgearbeitet, das die Vipern-BattleMechs in ihrem Sektor des Gefechts ziemlich verwirrte. Innerhalb von Sekunden hatten sie zwei der feindlichen Maschinen ausgeschaltet, wenn auch zu einem hohen Preis. Eine *Nova* stürzte unmittelbar vor ihnen auf den Strand und landete vor Bellos *Feldeggsfalke.*

Pegeen, deren *Höllenbote* dem Rand der Sandterrasse am nächsten stand, fühlte die Erschütterung als erste. Die Füße ihrer Maschine kippten nach hinten weg, und sie erkannte, daß der Rand der Terrasse abbröckelte. Sie versuchte, nach vorne auszuweichen, dabei aber landete ein Mechfuß auf der Schulter eines gestürzten *Quasimodo* und rutschte ab. Als der Sand zum Meer hinabstürzte und der Rand der Terrasse einbrach, fiel der *Höllenbote* nach vorne und wirbelte eine riesige Sandwolke auf. Während sie versuchte, ihren Mech auf einigermaßen sicherem Boden zu halten und nicht in die tobende Brandung zu stürzen, hörte Pegeen über die Kommleitung undeutlich, wie Diana sie und Joanna rief.

Ravill Pryde konnte nicht mehr lange durchhalten. Er hatte seine Munition verbraucht und rücksichtslos die Laser eingesetzt. Die Betriebstemperatur seines *Waldwolf* lag knapp unter der automatischen Stillegung, was aber kaum etwas ausmachte, da er ohnehin nicht mehr viel ausrichten konnte. Und obwohl er Diana dafür haßte, daß sie eine Freigeburt war und einen Blutnamen an sich gerissen hatte, war er noch wütender auf den Stahlvipern-Khan, der es gewagt hatte, den Jadefalken Vorschriften machen zu wollen.

Statt sich zurückzuhalten, entschied er, geradewegs auf die Vipern-Mechs vor ihm zuzustürmen und an Schaden anzurichten, was seine verbliebene Feuerkraft ihm erlaubte. Er machte sich nicht die Mühe, irgend jemanden über seine Absicht zu informieren, sondern trieb den überschweren OmniMech einfach vorwärts. Durch die Überhitzung hatte der *Waldwolf* einiges an Geschwindigkeit eingebüßt, schaffte aber immer noch einen schwerfälligen Trab, und Ravill nutzte die Überraschung über sein unorthodoxes Manöver, um einer *Armbrust* in seinem Weg schweren Schaden beizubringen. Er zog nur Zentimeter an der Vipern-Maschine vorbei, aus deren Rumpf dichte Qualmwolken aufstiegen. Einer von Ravills Treffern schien ein wichtiges, möglicherweise lebenswichtiges System erwischt zu haben.

Hinter der Kampflinie der Vipern stellte Ravill fest, daß seine Betriebstemperatur noch weiter angestiegen war, aber er hielt es für möglich, noch einen Vorstoß zurück zum Meer zu unternehmen, um eine letzte Breitseite anzubringen. Um auf dem tückischen Sandboden zu wenden, mußte er allerdings erst weiter in Richtung Stadttor trotten.

Er hörte Dianas Stimme über Funk, war aber so auf den Kampf konzentriert, daß er nichts von dem aufnahm, was sie sagte. Das Nachbeben, das den Strand erreichte, als er den Angriff auf die Vipern wieder aufnahm, konnte er nicht ignorieren.

Diana wußte nicht, wohin sie ihre *Nova* wenden sollte. Links von ihr rutschte Pegeens *Höllenbote* ins Meer, rechts von ihr kippte Joannas *Nemesis* seitlich auf den Rand der Sandterrasse, und vor ihr preschte Ravill in seinem wahnwitzigen Sturmangriff auf die gegnerische Linie zu. Bello konnte Pegeen nicht zu Hilfe kommen, denn sein *Feldeggsfalke* war in einen heftigen Schlagabtausch mit einer *Sturmkrähe* verwickelt. Diana fühlte sich für sie alle verantwortlich. Ihr Mech war als einziger in einer Position, die ein freies Manöver gestattete, und ihre Fähigkeiten halfen der *Nova*, die Angriffe der Stahlvipern abzuschlagen.

Selbst das Nachbeben machte ihr nicht allzuviel aus. Sie hielt die Balance und, was bedeutend wichtiger war, den Überblick über das Desaster, das sich um sie herum entfaltete.

Pegeen hob die Arme des *Höllenbote*, um sie in den Sand zu bohren und die Rutschpartie zu stoppen. Das Gewicht der schweren PPKs an beiden Mecharmen grub tiefe Rillen in den Sand, und es gelang ihr, den Mech auf seinem Weg ins nasse Inferno aufzuhalten. Als der OmniMech zum Stehen kam, hingen seine Beine gefährlich über den Rand der Sandterrasse, und sämtliche Steuersysteme waren ausgefallen.

»Bist du okay, Pegeen?« rief Bello über die Kommleitung. Wenigstens das Funkgerät funktionierte noch.

»Mir geht's gut. Ich bin am Ende, aber mir geht's gut. Und dir?«

»Ich dürfte noch so etwa 30 Sekunden durchhalten. Aber gerade habe ich eine *Sturmkrähe* erledigt.«

Pegeen wollte antworten, aber durch Nachbeben geriet der *Höllenbote* wieder ins Rutschen, und sie entschloß sich, zu machen, daß sie aus dem Cockpit kam.

Joanna zog am Hebel der Luke, aber er rührte sich nicht. Die Luke war verklemmt. Fluchend wirbelte sie herum und kroch aufwärts zu dem Loch, das der Vipern-Mech in die Kanzelwand geschossen hatte. Gleichzeitig machte das Nachbeben der *Nemesis* endgültig den Garaus. Der Mech sackte gefährlich ab, was ihre Kletterpartie noch schwieriger machte. Sie benutzte die Pilotenliege als Steighilfe. Auf ihrer Rückenlehne stehend, griff sie nach dem gezackten Rand der Panzerbresche. Wind und Sand peitschten über ihr Gesicht.

Sie schnitt sich die Hände an den scharfen Kanten des Loches auf, als sie sich hochzog.

Ravill Pryde hätte es möglicherweise zurück durch die Vipern-Linie geschafft, aber ein Krieger in der Kanzel einer *Armbrust* wartete auf ihn. Ein direkter Raketentreffer in die bereits schwer mitgenommene Mittelpartie des Mechtorsos bedeutete das Aus für seinen *Wald-wolf*. Das Nachbeben gab ihm den Rest, und der Mech taumelte unbeholfen zu Boden. Ravill spürte, wie zwei Stahlviper-Mechs zum Gnadenstoß heranstampften.

Auf dem Sichtschirm sah Diana Joannas *Nemesis* vom Rand der Sandterrasse kippen und seitlich hinunter in die tobende Brandung stürzen. Sie konnte nichts mehr für sie tun.

Joanna hat sich immer gewünscht, im Kampf zu fallen.

Sie wandte sich wieder den Kämpfen zu und sah Ravill Prydes *Waldwolf* mit einer Wucht auf den Sandboden schlagen, der sicher einen lauten Donnerschlag ausgelöst hätte, wäre sie bei dem Wummern der Geschütze, dem Tosen des Meeres, dem Toben des Gewitters, dem Krachen der einstürzenden Gebäude in der Stadt und dem nachlassenden Rumoren des Nachbebens in der Lage gewesen, ihn zu hören.

Sie machte sich klar, daß ihre *Nova* und Bellos *Feldeggsfalke* die beiden einzigen Jadefalken-Mechs waren, die noch standen.

Zwei der Vipern-Mechs feuerten auf Ravill Prydes gestürzten *Waldwolf*. Das war ein Verstoß gegen die Clanregeln, aber dies war ein Kampf bis aufs Messer, und offensichtlich waren die perfiden Taktiken der Stahlvipern akzeptabel.

»Bello!«

»Pos, Sterncommander.«

»Vorwärts. Wir müssen dem Sterncolonel helfen.«

»Neg, Sterncommander. Ich bin erledigt, ausgefallen. Kann weder feuern, noch mich bewegen. Ich versuche angestrengt, nicht wie eine Zielscheibe auszusehen.«

»Viel Glück, Bello«, rief Diana, als sie ihre *Nova* beschleunigte. Sie war unterwegs, um den Sterncolonel zu retten, der sie verachtete, indem sie den Khan besiegte, der gekommen war, um sie zu töten.

Joanna schaffte es beinahe, sich aus dem Mech zu befreien, bevor aus dem Wegsacken ein freier Fall wurde. Ein Bein war bereits außerhalb der Kanzel, und sie versuchte, den Rest ihres Körpers herauszuhebeln – doch bevor es ihr gelungen war, schlug die *Nemesis* auf. Joanna wurde zurück ins Cockpit geschleudert, und ihr Kopf prallte von der harten Schale der Pilotenliege ab.

Die Schmerzwelle, die durch Kopf und Körper jagte, hätte sie fast das Bewußtsein gekostet. Eigentlich hätte es so kommen müssen. Aber Joanna konnte die Gewalt über sich nicht verlieren. Sie hätte gar nicht gewußt, wie.

Die ganze linke Seite ihres Körpers wurde taub, aber sie konnte sich noch bewegen. Sie schaffte es aufzustehen, auch wenn ihr linkes Bein wegzuknicken drohte. Es war nicht leicht stehenzubleiben, denn trotz des enormen Gewichts des auf der linken Seite im Wasser liegenden OmniMechs warfen die Meeresbrecher ihn spürbar hin und her. Wenn sie nicht schnell handelte, bestand Gefahr, daß der Mech umkippte und das Cockpit im Sand begrub. Sie hüpfte auf dem rechten Bein vorwärts und wälzte sich auf die klaffende Bresche in der Cockpitwand zu. In einem Kraftakt, wie sie ihn seit ihren Tagen als Falknerin nicht mehr geschafft hatte, als sie stärker hatte sein müssen als die Besten unter ihren Kadetten, hievte sie sich aus dem Loch und hing für einen Augenblick am Rand der Öffnung. Kaum war sie frei, als sie fühlte, wie die Kraft ihren Körper verließ. Sie konnte sich nicht weiterhangeln. Statt dessen kroch sie langsam und mühsam über den Mechrumpf, ließ sich schließlich hinabsacken und fiel in den nassen Sand.

Sie kroch davon und zog sich in eine sitzende Position hoch, den Rücken gegen die harte Wand der Terrasse gestützt. Von dort aus sah sie mit glasigem Blick zu, wie die *Nemesis* langsam aber sicher ins Meer gezogen wurde. Sie wurde ohnmächtig, bevor der Kampf-koloß ganz unter den Wellen verschwand.

Diana vertrieb die Vipern-Mechs, die Ravill Pryde attackierten, dann stellte sie sich über den gestürzten *Waldwolf*.

»Lebst du noch, Ravill Pryde?« fragte sie, während sie die Umgebung absuchte und feststellte, daß alle verbliebenen Vipern, insgesamt sechs, sich jetzt ganz auf sie konzentrierten.

»Ich lebe. Was machst du?«

»Ich bin mir nicht sicher. Meine Maschine ist der letzte Jadefalken-Mech, der noch steht, und ich habe vor, das auch weiter so zu halten.«

»Wie viele Gegner?«

»Sechs, inklusive Perigard Zalman.«

»Das sind zu viele, besonders, da sie ausdrückliche Order haben, dich zu töten. Verschwinde.«

»Neg. Du bist am Boden, Joanna ertrinkt möglicher-weise gerade, Pegeen bleibt stur in ihrem über der Brandung hängenden BattleMech, und Bello steht zwar noch, ist aber eine hilflose Zielscheibe für jeden Stahlvi-per-Mech, der sich die Mühe macht, ihn abzuschießen. Ich ziehe nicht nur das feindliche Feuer auf mich, es be-steht eine Chance, daß ein Teil der anderen es über-leben könnte, dich eingeschlossen, Sterncolonel. Also verschwinde du.«

»Würde ich gerne, Freigeborene. Aber meine ganze Steuerkonsole hat sich losgerissen und liegt quer über mir. Ich kann mich kaum regen. Es wird ein paar Minu-ten dauern, bis ich mein Cockpit verlassen habe.«

»Kein Problem. Tu dein Bestes. Ich gebe dir Deckung.«

»Das ist Wahnsinn.«

»Höchstwahrscheinlich. Verzeihung, ich werde be-schossen.«

Ein *Hankyu* feuerte wild auf die *Nova*.

»Aber es ist nur ein *Hankyu*«, murmelte Diana und schleuderte ihn mit einem einzelnen Laserschuß herum. Ein zweiter Schuß ins linke Kniegelenk, und das ganze Bein knickte weg. Der *Hankyu* sackte zur Seite und versuchte, trotz schwerer Schlagseite mit dem rechten Bein Halt auf dem wegrutschenden Sand zu finden. Zumindest für die nächsten Minuten stellte er keine Bedrohung mehr dar.

Sie stand über dem gestürzten *Waldwolf*, ignorierte das wütende Gemurmel Ravill Prydes, das unter anderem aus an sie adressierten Flüchen bestand, und erwartete die übrigen fünf Vipern. Durch ständige Torsodrehungen der *Nova* erwiderte sie den Vipern-Angriff so gut es ging. Sie fand es erstaunlich, daß sie nicht in der Lage war, festzustellen, welcher Mech von Perigard Zalman gesteuert wurde. Sie benutzte vor allem die PPK im rechten Mecharm, weil der bereits beschädigt war und sie nicht wußte, wie lange sie ihn noch würde einsetzen können. Ein blauschimmernder künstlicher Blitzschlag zertrümmerte das Cockpit einer *Kampfkobra*, und der Mech kam plötzlich zum Stehen.

Diana bewegte die *Nova* um den *Waldwolf* herum, so daß ihr Kampfkoloß als Barriere zwischen den vier verbliebenen Gegnern und Ravill Prydes Mech fungierte.

Was mache ich da? Ravill Pryde hat geschworen, mich um das Recht auf einen Blutnamen herauszufordern. Ich sollte ihn sterben lassen. Dann gibt es keine Herausforderung. Wenn ich ihn rette, wird er kaum dankbar dafür sein, sein Leben einer Freigeborenen zu verdanken. Er und Leif. Was ist los mit diesen Wahrgeborenen, daß sie so unfähig sind, sich von Freigeborenen helfen zu lassen?

Sie hatte keine Zeit, über diese Frage nachzusinnen, denn in diesem Augenblick detonierte eine Raketensalve auf der Brustpartie der *Nova*. Der Einschlag hätte sie fast umgeworfen, und die Ironie, die darin gelegen hätte, auf Ravill Prydes Mech zu stürzen, entging ihr keineswegs. Ein ernster Schaden, den die Salve angerichtet hatte, bestand im Ausfall einiger Sensoren. Auf dem Ortungsschirm waren nur noch abstrakte Muster zu erkennen. Lichter flackerten an und aus. Sie versuchte, die übrigen Vipern-Mechs zu lokalisieren, konnte aber nur Streifen und Lichtpunkte auf den Schirm bringen.

Sie würde sich auf ihre Augen verlassen müssen. Sie schaltete den Sichtschirm auf Normaloptik.

Die Nacht war angebrochen, und der Regen fiel immer noch mit der Dichte schweren Nebels. Sie konnte die feindlichen Maschinen nur als kaum wahrnehmbare Schatten vor einem minimal helleren Hintergrund erkennen.

Als sie das Feuer auf die Schatten eröffnete, kam ihr unwillkürlich das Ende Aidan Prydes in den Sinn. Auch damals war es Nacht gewesen, und er hatte den größten Teil seiner Sensoren und Lebenserhaltung verloren. Und auch er hatte über einem gefallenen Kameraden gestanden, als er eine Übermacht vom Com-Guards-Mechs abwehrte. Damals war Diana selbst diese gefallene Kriegerin gewesen. Jetzt durfte sie Ravill Pryde beschützen, der Freigeburten verachtete – und der Diana verachtete. Aidan Pryde hatte weit mehr Mechs vernichtet, als ihr gegenüberstanden, und er hatte über größere Fähigkeiten verfügt, als sie sich je erhoffen konnte.

Aber sie *war* seine Tochter.

Und sie besaß sein Durchhaltevermögen.

Und seinen Wagemut.

Und, stravag, noch ein Vipern-Mech, eine *Armbrust*, wurde von einem Feuerstoß der rechten Arm-PPK ihrer *Nova* zurückgeworfen und kampfunfähig geschossen.

331

Sie erinnerte sich nicht einmal, den Schuß ausgelöst zu haben.

Noch etwas kam ihr in den Sinn. Aidan Pryde war unter ähnlichen Umständen gestorben. Aber Diana hatte nicht vor zu sterben. Schließlich hatte sie ihren Blutnamen vor noch nicht einmal einem Jahr errungen, und sie plante, ihm noch jahrelang Ehre zu machen.

Plötzlich riß sie die schockierte Feststellung aus ihren Tagträumen, daß die drei restlichen Vipern-Mechs sich zurückzogen. Verwirrt öffnete sie eine Verbindung zu Ravill Pryde. »Was ist los? Sie haben immer noch eine dreifache Übermacht, aber trotzdem ziehen sie sich zurück. Clanner ziehen sich fast nie zurück, und sicher nicht vor einem beinahe sicheren Sieg.«

»Woher soll ich das wissen?« Ravills Stimme war so schneidend wie immer. »Aber da kommt mir ein Gedanke. Der Rückzug begann, nachdem du diesen letzten Mech ausgeschaltet hast. Ist es denkbar …« Ravills Stimme verklang in einer nachdenklichen Stille.

»Was?« forderte Diana.

»Es fällt mir schwer, das auch nur anzudenken, aber möglicherweise hast du dich nicht nur gegen eine sechsfache Übermacht zur Wehr gesetzt und dabei drei Mechs abgeschossen. Doch es könnte tatsächlich sein, daß du Khan Perigard Zalman besiegt hast. Freigeburt!« fluchte er ungläubig.

Diana war vor Überraschung wie vom Donner gerührt. Konnte das wahr sein? Sie schien das Unmögliche geschafft zu haben. Bereit, bei der Verteidigung eines Mannes zu sterben, der sie haßte, hatte sie gegen eine scheinbar unüberwindbare Übermacht triumphiert und nicht nur auf der Schwelle der Niederlage noch den Sieg errungen, sondern es getan, indem sie den Khan der Stahlvipern persönlich besiegt hatte. Jetzt ergab es einen Sinn.

»Deshalb ziehen sie sich zurück«, stellte Ravill Pryde fest und formulierte damit ihre Gedanken. »Die Tatsache, daß ihr Khan auf dem Schlachtfeld von einer Freigeborenen besiegt wurde, hat ihren Mut gebrochen. Ich würde sagen, dieser Planet ist gewonnen, und dieser Krieg genauso.«

36

Strand bei Dæmon, Waldorff
Jadefalken/Stahlvipern-Besatzungszone

1. Juli 3061

Der plötzliche Rückzug der Stahlvipern machte es
Marthe Pryde und Samantha Clees leicht, den Keil auf-
zubrechen, der die Falken-Truppen gespalten hatte.
Ohne nähere Informationen war es unmöglich zu
sagen, was den Willen der Stahlvipern gebrochen hatte,
aber beide Khaninnen hatten eine Ahnung, daß sie die
Antwort darauf am Strand von Dæmon erwartete.

Hastig machten sie sich zusammen mit der Turkina-
Keshik und dem 1. Falkenaugensternhaufen auf den
Weg. Als sie näher kamen, zeigten Marthes Sensoren
ihr, daß die Schlacht furchtbar gewesen sein mußte.
Eine einzelne *Nova* stand schützend über einem gestürzten *Waldwolf*, und rings um den einzigen noch auf-
rechten Kampfkoloß lag ein Heer besiegter Stahlvipern
zerschlagen am Boden.

Als Marthe und die anderen in ihren Mechs den
Strand hinauf stampften, wobei die extremen Wetterbedingungen ihnen gelegentlich ihre Ortung störten,
stellte sie fest, daß der eine noch kampfbereite Jadefalken-Mech Diana Pryde gehörte, und der gestürzte der
Mech Ravill Prydes war.

»Ich habe Funkkontakt mit Diana Pryde«, berichtete
Samantha. »Ich habe sie gefragt, ob sie möglicherweise
eine Erklärung für den plötzlichen Rückzug der Stahlvipern hat.«

»Und, hat sie?«

»O ja.«

»Welche?«

»Sie hat mir erklärt, daß sie den Vipern den Kamp-
feswillen genommen hat, indem sie ihnen trotz zahlen-

mäßiger Übermacht einen leichten Sieg verwehrte. Vor allem aber war es mehr als irgendein Wahrgeborener ertragen konnte, zu sehen, wie ihr Khan von einer Freigeburt besiegt wurde.«

In diesem Augenblick brach alles aus Marthe heraus, was sie während der brutalen Schlacht um Waldorff zurückgehalten hatte. Sie lachte. Es gab nur selten eine Gelegenheit, in der Marthe Pryde lachte, aber dieses Lachen löste endlich alle Anspannungen der Schlacht.

Die Jadefalken hatten die Stahlvipern besiegt und zerschlagen. Außerdem hatte Khan Perigard Zalman eine persönliche Niederlage erlitten, als er einer Freigeborenen im Kampf unterlag. Falls Zalman seine Truppen nicht völlig zermahlen sehen wollte, würde er den Kampf einstellen müssen. Marthe würde ihnen den ehrbaren Rückzug der Hegira anbieten, aber trotzdem würde die Schande sie begleiten. Der Krieg war vorüber. Die Jadefalken hatten gesiegt.

Und der Schlüssel zu diesem Sieg war eine eben erst mit einem Blutnamen ausgezeichnete freigeborene Kriegerin gewesen. *Viele Clanner werden ihre Ansichten über jene überdenken müssen, die sie bisher als Freigeburten beschimpft haben.* Langsam breitete sich ein Lächeln auf dem Gesicht der Khanin der Jadefalken aus.

Samantha Clees schnappte auch einen kurzen Wortwechsel zwischen Diana und Ravill Pryde auf.

»Warum hast du mich gerettet?« fragte er.

»Ich bin eine Kriegerin. Das war meine Pflicht, frapos?«

»Die Chancen standen gegen dich.«

»Wie Sterncommander Joanna so gerne und so nervtötend sagt: Ich bin Jadefalke, frapos?«

Danach wurde die Übertragung von Störungen unterbrochen. Samantha versuchte, wieder Kontakt mit Diana Pryde herzustellen, scheiterte jedoch. Dann sah sie, daß Diana ihre *Nova* verlassen hatte und auf die Sandterrasse zurannte, die unter dem Hämmern der anbrechenden Flut nachzugeben begann.

Marthe ließ Ravill aus seinem Cockpit holen und schickte Helfer zu den Kriegern in den beiden übrigen Falken-Maschinen, von denen eine stocksteif, aber aufrecht auf dem Strand stand und die andere halb über den Rand der bröckelnden Sandterrasse hing und jeden Augenblick hinabstürzen konnte. Beide Piloten wurden gerettet, und der gefährdete *Höllenbote* konnte in Sicherheit gebracht werden.

Sie bekam zwar kein klares Sichtbild der Verwüstung auf dem Strand, konnte die Einzelheiten aber an Hand der Diagramme des Ortungsschirms ausarbeiten. Der Strand war übersät von BattleMechs beider Seiten, viele davon waren gestürzt und teilweise vom Sand zugedeckt. Wahrscheinlich lagen unter einigen der Sanddünen noch reichlich andere Maschinen.

Selbst angesichts des gewaltigen Siegs über die Vipern auf Waldorff war dieser Sieg beachtlich. Was ihre Krieger hier am Strand von Dæmon erreicht hatten, besonders Dianas Sieg über den Stahlviper-Khan, war mit Sicherheit ein paar Zeilen in der *Erinnerung* wert. *Stravag*, dachte sie, *der ganze Waldorff-Feldzug könnte eine eigene Strophe erhalten.*

Falls Marthe jemals Zweifel an den Entscheidungen der letzten Jahre gehegt hatte, konnte sie diese jetzt begraben. Mit der Vertreibung der Stahlvipern aus dem Korridor hatte sie bewiesen, daß die stolzen Jadefalken wieder an die Zeiten vergangenen Ruhms anknüpften, und damit war alles gerechtfertigt, was Marthe als Khanin getan hatte. Gelegentlich war sie gezwungen gewesen, neue Wege einzuschlagen, wenn traditionelle Weisheiten sich als unzureichend herausstellten. Aber im Innern war sie dem Wesen der Clans treu geblieben.

Auch Marthe bemerkte, wie Diana über den Strand hetzte und fragte sich, was sie jetzt vorhatte. Die *Erinnerung* würde das Heldentum dieser freigeborenen Blutnamensträgerin festhalten. Wie ihr Vater vor ihr würde auch Diana Pryde in den Zeilen der Jadefalken-*Erinnerung* unsterblich werden. Und sicher vergäße man dabei nicht zu erwähnen, daß sie Aidan Prydes Tochter war. Marthe fragte sich, was Aidan dazu gesagt hätte, wenn er jetzt hier gewesen wäre. *Ach, laß es. Laß Aidan ruhen. Er kann nicht ewig mein geheimes Gewissen bleiben.*

Später, als sie von Hengsts Sieg über Ivan Sinclair und dem heldenhaften Kampf des ganzen freigeborenen Trinärsterns erfuhr, ihrer Der Khanin Partisanen, sollte Marthe klarwerden, daß deren Siege – in Verbindung mit Diana Prydes Triumph über Khan Perigard Zalman – die Stahlviper-Thesen über Freigeborene wahrhaft zerschlagen hatten. Das Thema Freigeborene war im Konklave und auf dem Schlachtfeld ausgetragen worden, in beiden Fällen mit demselben Ergebnis, und niemand konnte jetzt noch Widerspruch einlegen. Es würde lange dauern, bis irgendein Khan es wieder wagte, den Einsatz von Freigeborenen bei den Jadefalken in Frage zu stellen.

Als er das Schlachtfeld erreichte, war Hengst von der Verwüstung nicht weniger beeindruckt als Marthe Pryde, allerdings sah er sie aus der Nähe und nahm auch das widerliche Aroma des Krieges wahr. Hinter ihm fluchte Ivan Sinclair und rannte zu einem seiner Kameraden, der verwundet neben einer *Armbrust* lag.

Im Lichtkegel eines Scheinwerfers auf Samantha Clees' Mech sah Hengst Diana über den Sand zur Terrasse rennen. Er schaute nach rechts und sah die hohen Brecher der hereinbrechenden Flut. Das Donnern, das in seinen Ohren klang, war das der Brandung.

Er stürzte hinter Diana her.

Diana stürmte den Abhang hinunter zu Joanna. Das aufgewühlte Wasser hatte sie erreicht, und sie lag flach auf dem Rücken, während sich um sie herum die Wellen brachen. Vor Dianas Augen wurde Joanna mehrere Meter von einer Widersee hinausgezogen. Sie rief sich sämtliche Schwimmlektionen ins Gedächtnis, die sie in der Kadettenausbildung erhalten und seitdem kaum mehr genutzt hatte, rannte ins Wasser und warf sich mit einem Hechtsprung hinein.

Das Wasser war eisig, und sie verlor augenblicklich jedes Gefühl. Sie schwamm in die Richtung, in der sie Joanna vermutete. Oder war das nur eine Täuschung? War das wirklich Joannas Kopf, der sich zwischen den hohen Wogen hob und senkte?

Diana kämpfte gegen die heranziehenden Wellen und wurde von ihnen häufig ein gutes Stück zurückgeschwemmt. Sie kam auf ihrem Weg zu Joanna nur unter erheblichen Schwierigkeiten überhaupt voran.

Aber dann hatte sie die fast schon ertrunkene Kriegerin endlich erreicht. Sie packte Joanna am Kragen und zog sie heran. Joannas Blick war verwirrt, und sie versuchte, sich aus Dianas Griff zu befreien. Die versetzte ihr einen herzhaften Schwinger aufs Kinn. Die erschöpfte Wahrgeborene erschlaffte und verlor das Bewußtsein.

Als sie sich wieder zur Küste drehte, war sich Diana keineswegs sicher, daß sie es an Land schaffen würde. Die Sandterrasse schien Kilometer entfernt. Eine Welle trug sie einige Meter näher ans Ufer, ertränkte sie dabei jedoch um ein Haar.

Sie zerrte Joanna am Kragen hinter sich her. Sie hatte keine Zeit, die Kriegerin besser zu fassen, und die Wellen waren übermächtig.

Einen Augenblick lang spielte Diana damit, einfach die Augen zu schließen und aufzugeben. Dann sah sie einen anderen Schwimmer. Starke, muskulöse Arme durchschnitten mit kräftigen Bewegungen das Wasser. Der Anblick verlieh ihr neue Energie, und sie nahm Kurs auf den Schwimmer.

Als sie gemeinsam das Ufer erreicht hatten und festen Boden unter den Füßen hatten, stellte Diana überrascht fest, daß ihr unbekannter Helfer Hengst gewesen war. Er half ihr auch, Joanna auf den Strand in Sicherheit zu zerren.

Marthe Pryde beobachtete die Rettungsaktion zufrieden. Sie hatte gar nicht gewußt, daß auch Joanna unter den Vermißten gewesen war.

Es wäre schade gewesen, wenn wir die alte Krähe verloren hätten.

Gleichzeitig bemerkte sie etwas, das Diana und Hengst noch nicht aufgefallen war: Joannas Körper war seltsam verdreht. Sie war verletzt.

Marthe schickte jemanden mit einem Medpack zu der verwundeten Kriegerin, um ihr Erste Hilfe zu leisten. Dann widmete sie sich der Organisation der Aufräumarbeiten nach der Schlacht am Dæmonstrand.

37

**Jadefalken-Feldhauptquartier, Viperntal, Waldorff
Jadefalken/Stahlvipern-Besatzungszone**

2. Juli 3061

Eigentlich hätte Marthe nach dem Triumph über die
Stahlvipern in Hochstimmung sein müssen. Und beinahe war sie das auch. Aber es stand ihr noch eine Entscheidung bevor, eine Entscheidung, die ihr nicht besonders behagte und die sie zwang, ihre Rolle als
Khanin ernsthaft zu überdenken.

Es ging um den dickköpfigen *Armbrust*-Piloten, den
sie am Tag zuvor besiegt hatte. Marthe war auf das
Schlachtfeld zurückgekehrt, auf dem der Mech immer
noch lag, und hatte erfahren, daß der Pilot die Kanzel
noch immer nicht verlassen hatte, obwohl die Schlacht
seit vielen Stunden vorüber war. Die Jadefalken hatten
so viele Verwundete zu beklagen, daß noch niemand
Zeit gehabt hatte, sich um den Krieger zu kümmern.
Marthe kletterte auf den Rumpf der *Armbrust* und riß
die Einstiegsluke der Pilotenkanzel auf.

»Stahlvipern-Krieger«, rief sie in die Dunkelheit.
»Bist du bei Bewußtsein?«

Keine Antwort.

»Wenn du noch lebst, helfen wir dir. Lebst du?«

Die Frage ließ den Piloten kurz auflachen.

»Siehst du?« stellte sie fest. »Du schaffst es nicht,
ganz stumm zu bleiben. Brauchst du Hilfe?«

»Wenn du versuchst, mein Cockpit zu betreten, töte
ich dich.« Es war eine weibliche Stimme.

Marthe, deren Hand bereits auf dem Griff des Messers in ihrem Gürtel lag, grinste. Sie dachte nicht daran,
ein gegnerisches Cockpit unbewaffnet zu betreten.
»Wenn du nicht in der Lage bist auszusteigen, kann ich
Techs rufen, die …«

»Ich werde keinem Tech gestatten, mich anzufassen. Ich kann mich bewegen. Ich bin nur leicht verletzt. Ich bin nur noch nicht bereit, auszusteigen. Ich komme heraus, wenn es Nacht wird.«

Die Stimme klang vertraut.

»Gib dich zu erkennen, Stahlviper.«

»Es überrascht mich, daß du nicht weißt, wer ich bin, auch wenn es einige Zeit her ist, daß wir uns unterhalten haben.«

»Natalie Breen?«

Breens Lachen bestätigte Marthes Vermutung.

»Ich wußte nicht, daß du unter den Stahlviper-Truppen warst.«

»Nur wenige Stahlviper-Truppen wußten von meiner Anwesenheit. Ich war der Einheit des Khans zugeteilt, und niemand stellte Fragen. Außer im Kampf hielt ich mich im Hintergrund. Über Funk hätte jemand meine Stimme erkennen können, deshalb sprach ich nicht. Du hast gut gekämpft, Marthe Pryde. Ich bin froh, daß es wenigstens eine Khanin war, die meine Schande vergrößert hat. Möglicherweise bleibe ich in diesem Cockpit, bis ich sterbe.«

»Wenn nötig, zerren wir dich heraus.«

»Nein. Ich komme freiwillig. Laß eine Wache hier, die mich dann zu dir bringen kann. Oh, und achte darauf, daß es ein Wahrgeborener ist, keine der Freigeburten, die dir so am Herzen liegen.«

Eigentlich hätte Marthe diejenige sein sollen, die Bedingungen stellte, aber sie fügte sich in Natalies Wünsche. Khaninnen sollten einander respektieren, dachte sie, selbst wenn eine von ihnen ihr Amt niedergelegt hatte. Und es anderen unnötig schwer machte, ihr den Respekt zu erweisen, den sie verdient hatte.

Die Frage des angemessenen Respekts beschäftigte Marthe noch, als sie in ihrem Feld-HQ auf Natalie

Breen wartete. Während sie über das bevorstehende Gespräch nachdachte, ärgerte sie sich über den muffig-feuchten Gestank, der mit den anderen abstoßenden Gerüchen des Schlachtfelds in das Kuppelzelt drang und ihr das Atmen schwer machte.

Natalie Breen betrat mit verkniffenen Augen das Zelt. Das helle Licht im Innern schien ihr Probleme zu machen, besonders nach der Dunkelheit des wolken-verhangenen Abendhimmels. Sie rieb sich die Augen.

»Stört das Licht dich, Natalie Breen?« fragte Marthe.

»Etwas. Ich … mag helles Licht nicht.«

Marthe dämpfte es.

»Wir sind uns ähnlich, Marthe Pryde«, stellte Natalie plötzlich fest. »Abgesehen davon natürlich, daß Sie eine siegreiche Khanin sind und ich eine entehrte ehe-malige Khanin bin.«

Marthe bemerkte, daß die Stahlviper diese Feststel-lung nüchtern und ohne die geringste Spur von Selbst-mitleid machte.

»Möglicherweise erscheint dir das seltsam, Natalie Breen, aber in meinen Augen bist du keineswegs ent-ehrt. Es stimmt, als Khanin der Stahlvipern hast du dei-nen Kriegern befohlen, sich von Tukayyid zurückzuzie-hen, aber hättest du diese Entscheidung nicht getroffen, hätte es das Ende der Vipern bedeuten können. Dein Clan konnte sich nach Tukayyid nur erholen, weil genug Krieger überlebt hatten. Es ist Perigard Zalman, der sich hier wirklich entehrt hat.«

Natalies Augen weiteten sich kurz. Sie schien prote-stieren zu wollen, aber dann schloß sie die Augen und sagte in ruhigem Ton: »Sie gehen zu weit, Marthe Pryde. Als Siegerin haben Sie das Recht dazu, aber ich bitte Sie mit allem Respekt, auf weitere Kommentare zu diesem Punkt und sonstige Wertungen des Clans Stahl-viper zu verzichten.«

Marthe ging eine ganze Anzahl abfälliger Bemerkungen durch den Kopf. Als Kriegerin hätte sie möglicherweise ein paar davon ausgesprochen, aber als Khanin war sie entschlossen, die Wünsche einer ehemaligen Khanin zu respektieren. »Ich habe das Recht, dich zu meiner Leibeigenen zu machen, Natalie Breen, frapos?«

»Pos. Es meine Pflicht, das zu akzeptieren, Marthe Pryde.«

Marthe hörte den trotzigen Unterton aus der scheinbar gelassenen Zustimmung heraus.

»Perigard Zalman hat darum gebeten, dich den Stahlvipern zu überstellen, bevor diese Waldorff verlassen. Versucht er damit, die Schande zu mildern, den gesamten Korridor verloren zu haben und zur Annahme von Hegira gezwungen zu sein, oder ist es ein Ausdruck des Respekts dir gegenüber?«

»Ich kann mich nicht darüber äußern, was Khan Perigard Zalman tut.«

»Oder liegt es daran, daß du unter den Stahlvipern noch über Einfluß verfügst?«

»Ich weiß es nicht. Perigard Zalman ist der Khan. Das ist alles. Er weiß selbst, was er tut.«

»Er dürfte nicht mehr lange Khan sein. Wäre ich an Stelle der Stahlvipern und stünde vor einem so schweren Schaden für den Clan, ganz zu schweigen von seiner persönlichen Niederlage im Kampf gegen eine Freigeborene, würde ich Perigard Zalman durch einen Krieger ablösen, der diese Stellung verdient.«

Wieder flackerte kurz Verärgerung in Natalie Breens Augen auf, bevor sie in ruhigem Ton antwortete. »Wenn Sie wünschen, können Sie dieser Meinung sein. Ich persönlich empfinde Ihre Bemerkung mir gegenüber als herabwürdigend. Sie sind Jadefalkin und nicht in der Position, die Handlungsweise der Stahlvipern zu beurteilen.«

»Mag sein, mag auch nicht sein. Aber wenn ich dich

als Leibeigene behalte, würde das die Pläne der Stahlvipern stören, frapos?«

»Keineswegs. Ich wäre nur eine weitere zur Leibeigenen gemachte Kriegerin, mehr nicht.«

»Da habe ich meine Zweifel. Aber wie auch immer, du könntest dich als wertvolle Leibeigene für mich erweisen, Natalie Breen. Du wärst eine Erinnerung daran, wie vorsichtig eine Khanin sein muß, um an der Macht zu bleiben.«

»Man hat mir gesagt, Macht wäre für Sie ohne Bedeutung, und Sie würden behaupten, nur deshalb Khanin zu bleiben, weil Sie Ihrem Clan in dieser Position am besten dienen können.«

»Was auf nichts anderes hinausläuft, als daß ich versuchen muß, an der Macht zu bleiben.«

»Das dürfte kaum schwierig werden. Sie haben soeben einen bedeutenden Sieg errungen, frapos?«

»Aber die Clans haben verloren. Sie kennen sicher die alte Redewendung darüber, daß man die Schlacht gewinnt, aber den Krieg verliert. Die Clans haben den Krieg verloren. Du sprichst von Schande, von Entehrung. Ich habe vielleicht mit den Siegen hier und im Test auf Strana Metschty Ehre errungen, mir möglicherweise sogar ein paar Zeilen in der Jadefalken-*Erinnerung* verdient, aber trotzdem fühle ich die Schande der Niederlage der Clans gegen die Innere Sphäre. Und ich schwöre dir, Natalie Breen, daß ich vorhabe, diese Schande in den kommenden Tagen, Wochen und Jahren auszulöschen.«

Natalie Breen reagierte auf eine äußerst seltene Weise: sie lächelte. »Schwüre wie dieser könnten mich zu einer willigen Leibeigenen machen, Marthe Pryde.«

»Mag sein. Aber ich habe mich anders entschieden. Ich respektiere dich zu sehr, um dich unter mir dienen zu sehen, Natalie Breen.«

»Marthe …«

»Genau. Vielleicht sehen wir uns auf dem Schlachtfeld wieder, Khanin Natalie Breen.«

Marthe gab zu erkennen, daß das Gespräch beendet war, und Natalie verließ die Kuppel. In Gedanken wünschte Marthe ihr alles Gute auf ihrem Weg zurück zu einem besiegten und gebrochenen Clan. Sie hätte nicht mit der durch die Niederlage hier doppelt beschämten Natalie Breen tauschen mögen.

Marthe grinste bei dem Gedanken, wie viele Jadefalken und, was das betraf, auch Stahlvipern, bei diesem Gespräch gerne gelauscht hätten. Sie hätten womöglich erwartet, die beiden Kriegerinnen wie BattleMechs kämpfen zu sehen, sie mit verbalen Breitseiten aufeinander losgehen zu hören.

Aber Marthe konnte ihr nicht böse sein. Nicht Natalie Breen. Sie zeigte Marthe, was ihr bevorstand, wenn sie versagte. Breens Schicksal war eine Warnung. Auch Khane konnten stürzen. Sie war eine Lektion am lebenden Objekt für die Gefahren des Khaninnenamtes. Marthe hatte kein Bedürfnis, als ›dunkler Ritter‹ auf dem Schlachtfeld zu enden, sich in einem vergeblichen Versuch, ihre Schande auszulöschen, als Kriegerin auszugeben.

Ich werde an Natalie Breen denken, versprach sie sich. *Aber ich werde mich auch an den glorreichen Sieg hier auf Waldorff erinnern, den heldenhaften Sieg über den ganzen Invasionskorridor. Und das ist nur der Anfang für Khanin Marthe Pryde.*

38

Geschko-Ausbildungszentrum 111, Kerenskywald, Ironhold
Kerensky-Sternhaufen, Clan-Raum

6. Juli 3060

Peri hatte sich auf dem Weg zum Hauptgebäude des Zentrums immer wieder umgesehen. Bei ihren letzten heimlichen Besuchen hier hatte Naiad sie regelmäßig verfolgt. Sie hatte darauf verzichtet, das Mädchen zu stellen. Naiad war ausgesprochen dickköpfig, und Peri hielt es für besser, sie in dem Glauben zu lassen, ihr erfolgreich nachzuspionieren. Wenn sie sich nicht sehr irrte, hockte das Kind jetzt hinter ein paar Büschen links vom Wegesrand. Peri entspannte sich und betrat das Gebäude.

Naiad war sich ihrer Fähigkeiten tatsächlich sehr gewiß. Jetzt beobachtete sie Peri beim Betreten des Gebäudes und fragte sich, ob es Sinn machte, sie weiter zu verfolgen. Im Innern spielte diese Peri nur an den Computern herum. Sie dabei zu beobachten, war langweilig.

Sie wollte gerade aufgeben, als sie eine Bewegung an der Seite des Gebäudes bemerkte. Ein dunkler Schatten schlich sich zu den Fenstern.

Peri wurde von noch jemandem beobachtet.

Naiad war begeistert von dieser Entwicklung. Sofort machte sie sich daran, dem neuen Spion nachzuspionieren.

Peri hatte zahlreiche Dokumente entdeckt, die das Ausmaß der Verschwörung unter den Wissenschaftlerkasten zahlreicher Clans zeigten. Aber alle diese Dokumente waren kopiergeschützt, und so sehr sie sich auch bemühte, es gelang ihr nicht, das komplexe Schutzprogramm zu überlisten, das ihre Kaste dafür einsetzte. Leider nützten ihr bei diesem Problem ihre bisherigen Erfahrungen mit Schutzvorkehrungen gar nichts.

Sie hatte die relevanten Informationen auswendig gelernt und zum Teil auf einem Compblock gespeichert und ihrerseits verschlüsselt, mit einem vierstelligen, veränderlichen Zahlencode, der sich nur mühsam und unter hohem Zeitaufwand knacken ließ. Diese Informationen würden reichen, auch wenn möglicherweise mehr handfeste Beweise nötig sein würden, um Etienne Balzacs Macht wirklich zu brechen.

Bei diesem Vorstoß in Harveys Datenbestand entdeckte sie endlich, was mit den Kopien von Aidan Prydes Genmaterial geschehen war. Sie keuchte auf, als sie das Ausmaß von Balzacs Verrat erkannte.

Nahezu alle Clans haben eine Kopie. Das muß Balzacs Hauptprojekt sein. Er versucht, die Geschkos, die er für eigene Zwecke aufzieht, mit Aidans Generbe zu formen. Was für eine Kriegerrasse kann das werden! Ich wäre begeistert, wenn es nicht für derart unethische Zwecke mißbraucht würde. Deshalb muß ich ihn aufhalten, aber ich würde das Resultat gerne sehen. Diese Geschko hier ist schon unfaßbar. Naiad und die anderen sind in Können und Kampfbereitschaft schon so weit, daß man kaum glauben kann, wie jung sie sind.

Peri hörte ein Geräusch hinter sich und fuhr herum. Sie erwartete, Naiad zu sehen, und erschrak, als sie die hagere Gestalt in der Türöffnung sah. Zunächst wirkte der Mann nur vertraut. Dann brachen die Erinnerungen plötzlich über sie herein und sie erlebte den Angriff in der dunklen Gasse auf Ironhold plötzlich mit einer Lebendigkeit noch einmal wie nie zuvor. Das was der Mann, der sie dorthin gelockt hatte. Wie hatte Marthe ihn noch genannt? Olan.

»Hallo, Peri.«

»Was machen Sie hier?«

»Ich habe schon seit Monaten Leute hier, die dich beobachten. Wir haben deine Aktivitäten überwacht und wissen sogar, was du weißt. Wir haben dir sozusagen immer über die Schulter gesehen, wenn du einen der Computer in diesem Raum benutzt hast. In letzter Zeit bist du der Wahrheit zu nahe gekommen.«

Peri stand auf. Sie war angespannt, und ihre scheinbar locker auf dem Rücken liegende Hand bewegte sich millimeterweise auf das Heft des Messers zu, das sie dort versteckt hatte. »Nachdem Sie mich beim letzten Mal umbringen wollten und gescheitert sind, nehme ich nicht an, daß ihre Absichten sich verändert haben, frapos?«

»Nicht sonderlich. Ich muß diesmal nur darauf achten, daß du spurlos verschwindest. Aber das dürfte hier in der Wildnis nicht weiter schwer sein.«

Er hob die linke Hand und schnippte die Finger. Zwei andere Männer betraten das Gebäude. Sie erkannte beide. Einer arbeitete als Hausmeister dieses Gebäudes, der andere als BüroTech der Wissenschaftler. Jetzt, da sie wußte, daß diese beiden Olans Agenten waren, erschienen sie ihr plötzlich sehr viel unheimlicher als je zuvor. Ihre Finger schlossen sich um den Griff des Messers, und sie zog es langsam aus der Gürtelscheide. Sie war in der Minderheit, aber diese drei waren Banditen, keine Krieger, und sie hatte zumindest eine Kadettenausbildung mitgemacht.

Der Hausmeister kam auf sie zu. Als er nahe genug heran war, wirbelte sie auf der linken Ferse herum und rammte ihm den rechten Fuß ins Gesicht. Sie fühlte mit Befriedigung, daß Knochen brachen. Er fiel nach hinten, beide Hände an die Nase gepreßt, und versuchte, das Blut aufzuhalten.

»Du bist flink, Peri Watson«, meinte Olan. »Aber der Überraschungseffekt funktioniert nur einmal.«

»Nicht unbedingt«, widersprach Peri, als sie auf den heranstürmenden BüroTech zusprang und ihm das Messer in den Hals stach. Das Blut schoß über ihre Arme, bevor er bewußtlos zusammenbrach. Er würde mit ziemlicher Sicherheit verbluten.

Olan zog die Augenbrauen hoch. »Beeindruckend, aber nicht genug.«

Er trat auf sie zu. Auch er hatte jetzt ein Messer in der Hand. Die Klinge war dünn und lang. Peri hechtete mit dem Messer auf den Arm zu, aber Olan packte ihren Arm mit der freien Hand und drehte ihn um. Stechende Schmerzen schossen bis in ihre Schulter. Sie ließ das Messer fallen. Olan schleuderte sie davon.

Als er sich bückte, um das Messer aufzuheben, sagte er: »Meinen Glückwunsch zu deiner Verschlagenheit, aber auf diesem Gebiet habe ich dir Jahre der Erfahrung voraus.«

Er warf das Messer weg, auf die Tür zu, durch die er und seine Begleiter gekommen waren.

Das war sein Fehler.

Naiad hatte die beiden Begleiter des Spions schnell entdeckt, hatte sie in das Gebäude gehen sehen und am offenen Fenster ihre Konfrontation mit Peri belauscht. Als sie Olans Drohung hörte, Peri umzubringen, und seine beiden Kumpane in den Raum treten sah, drückte sie das Fenster weit genug auf, um sich hindurchzuzwängen. Ihre Füße kamen in dem Augenblick lautlos auf dem Boden auf, als Peri einem der Banditen die Nase eintrat. Als Peri dem anderen Angreifer die Kehle durchschnitt, war sie bereits hinter Olan.

Sie wußte nicht so recht, was sie jetzt tun sollte, aber dann sah sie das Messer in wirbelndem Flug auf sich zukommen. Kurz bevor es auf den Boden aufschlug, schoß ihre Hand vor und packte es am Griff. Sie war sich nicht ganz sicher, wie sie das geschafft hatte, aber sicher hatten die Drillübungen mit Holzpflöcken geholfen, durch die Octavian die Geschko getrieben hatte.

Olan ging auf Peri zu, sein Messer drohend zum Stoß bereit. Peri wich zwei Schritte zurück. Ihre Blicke zuckten durch den Raum, suchten nach einem Fluchtweg oder einer anderen Waffe. Auf der anderen Seite des Großraumbüros kam der Bandit mit der gebrochenen Nase vom Boden hoch und starrte Peri haßerfüllt an.

Naiad stürmte auf Olan los und schlug ihm das Messer mit der ganzen Wildheit, die Octavian seinen Schützlingen eingedrillt hatte, in die rechte Wade. Ihr Hieb war gut gezielt und mit der ganzen Kraft ausgeführt, die das Geschkotraining aufbaute. Blut strömte aus der Wunde. Olans Bein knickte ein, und sein Kopf kam in Naiads Reichweite. Wieder stieß sie zu und schnitt ihm das Gesicht auf.

Olans Blick wurde wütend, und er knurrte etwas über dreckige Bälger, als er das Messer hob. Peri packte seinen Arm und bog ihn mit aller Kraft nach hinten.

Naiad hob das Messer, um Olan erneut anzugreifen, aber Peri rief: »Nein, Naiad, nicht!«

Das Mädchen zögerte und gab Peri genug Zeit, ihm das Messer aus der Hand zu nehmen und es Olan in die Brust zu stoßen, ohne dessen Arm loszulassen. Der Bandit sackte zusammen und fiel um.

Hastig zog Peri ihm das Messer aus der kraftlosen Hand. Als sie sich zu dem letzten der Banditen umdrehte, dem angeblichen Hausmeister, hatte sie ein Messer in jeder Hand. Seine Augen wurden groß, und er rannte zur Tür hinaus.

Naiad sah auf Olan hinab.

»Ist er … ist er tot?«

»Ich denke schon. Ich konnte nicht zulassen, daß du ihn tötest. Dafür bist du noch zu jung, auch wenn du eines Tages eine Kriegerin sein wirst.«

»Wirklich?«

Einen Augenblick lang verwandelte Naiad sich inmitten des Gemetzels und der beiden Banditenleichen wieder in ein Kind und reagierte auf Peris Kompliment, als habe sie einen Preis gewonnen.

»Danke, daß du mich gerettet hast, Naiad.«

»Ich habe Sie gerettet?«

»Das kann man wohl sagen, ja.«

Lob gefolgt von Dankbarkeit! Naiads kindliche Begeisterung stieg noch.

»Was jetzt?« fragte sie.

»Ich habe den Eindruck, daß ich hier nicht mehr willkommen bin. Ich muß nehmen, was ich herausgefunden habe, und von hier verschwinden.«

»Was haben Sie herausgefunden?«

»Wenn ich kann, werde ich es dir eines Tages erzählen. Jetzt verschwinde von hier. Es ist nicht nötig, daß man dich mit all dem hier in Verbindung bringt.«

»Aber sie sollten erfahren, wie ich …«

»Nein, sollten sie nicht. Hebe es dir für irgendein Lagerfeuer ein paar Jahre später auf, wenn es Zeit wird, Erlebnisse auszutauschen.«

Draußen wurde es unruhig. Peri blickte durch ein Fenster und sah den dritten Banditen mit Octavian auf das Gebäude zurennen.

»Verschwinde hier, Naiad!«

Naiad huschte zurück zum Fenster und kletterte hinaus. Einen Augenblick später steckte sie noch einmal den Kopf herein. »Leb wohl, Peri Watson.«

»Leb wohl, Naiad.«

Peri entkam durch ein Fenster an der Rückseite des Gebäudes. Kurz darauf war sie froh, daß Naiad nach ihrer ersten Begegnung anderthalb Jahre zuvor den Zaun an derselben Stelle wieder geöffnet hatte.

351

39

**Jadefalken-Feldhauptquartier, Viperntal, Waldorff
Jadefalken-Besatzungszone**

29. Juli 3061

Während des gesamten Aufenthalts der Jadefalken auf
Waldorff hatten sie keinen einzigen wolkenlosen Tag
erlebt. Die sonst so heiße Sonne war hinter der dichten,
dunklen Wolkendecke geblieben, und die im Viperntal
kampierenden Truppen hatten eine Abfolge von Gewit-
terstürmen und zum Teil bizarren Wetterbedingungen
ertragen müssen.

Jetzt, nach dem Ende der Schlacht, war die Stimmung unter den Kriegern schlecht. Sie haßten es,
untätig zu sein. Die meisten Stahlvipern hatten den Planeten im Rahmen des allgemeinen Abzugs ihres Clans
aus dem Korridor bereits verlassen.

Marthe Pryde hatte eine besondere Befriedigung
empfunden, als Perigard Zalman sie aufgesucht hatte,
damit sie ihm Hegira gewähren konnte. Sie hatte sich
keinerlei Emotion anmerken lassen, als sie ihm in die
Augen gesehen und die traditionelle Formel des Ri-
tuals gesprochen hatte, mit dem der siegreiche Clan
den Verlierern den ehrenhaften Abzug vom Schlachtfeld erlaubte. In diesem Fall galt das Hegira für den gesamten Korridor.

Es hatte ihr Befriedigung verschafft, den Sieg zu un-
terstreichen, aber für Marthe entstand eine geheime
Freude aus Zalmans Widerwillen, sie aufzusuchen, den
sie im leichten Absacken seiner Schultern erkannt
hatte, als er nach Abschluß der Formalitäten ihr Feld-
HQ verlassen hatte. Außerdem war der gebrochene
Ausdruck in seinem Blick seit seiner Niederlage gegen
Diana Pryde nicht zu übersehen gewesen.

Während der Begegnung hatte sie jedoch auf alle Be-

leidigungen verzichtet, die sie ihrem besiegten Feind
hätte an den Kopf werfen können. Marthe mochte sich
gelegentlich von den Traditionen der Clans gelöst
haben, aber innerlich hatte sie sich nie von deren Ideal
der Ehre verabschiedet. Die Stahlvipern waren ein wür-
diger Feind gewesen, und das genügte. Die Falken hatten gesiegt, die Vipern hatten verloren. Ihr Gespräch
mit Natalie Breen hatte ihr deutlich gemacht, daß sie
keinen Wunsch verspürte, die stolzen und zähen Stahlvipern mit der Schande ihrer Niederlage zu quälen.

Marthe und Samantha waren vor kurzem von einer
Rundreise durch ehemalige Vipernsysteme zurückgekehrt, bei der sie sich vergewissert hatten, daß der
Abzug glatt verlief, und die Schäden begutachtet hatten, die der Krieg an den Militäranlagen des Korridors
hinterlassen hatte. Eine Weile schlenderten sie stumm
durch das Lager und genossen die Helligkeit und
Wärme des ersten Sonnentags, den sie auf Waldorff
erlebten

Marthe atmete tief durch und erklärte: »Das habe ich
gebraucht.«

»Was?« fragte Samantha. »Die Wärme, die Sonne?«

»Nein, das ist schön, aber ich meinte den Sieg. Ich
meine die Wiederauferstehung Clan Jadefalkes. Ich
meine, daß wir durchhalten, auch wenn die Clans vor
der Inneren Sphäre kapituliert haben. Wir werden abwarten, und eines Tages werden wir unser Ziel doch
noch erreichen und Terra für die Clans erobern. Wir
sind vielleicht nicht in der Lage, die Innere Sphäre
allein zu erobern, aber was sonst auch immer wird, diesen Sektor des Raums werden wir auch weiterhin kon-
trollieren.«

»Wir können nicht darauf vertrauen, daß die Innere
Sphäre uns das gestattet«, warnte Samantha.

»Das weiß ich. In der Zwischenzeit werden wir

unsere Kräfte hier weiter verstärken, unsere Macht konsolidieren, uns aus den typischen Clan-Streitigkeiten heraushalten und abwarten.«

»Sehr gut. Das kann ich nur unterstützen. Man fühlt es überall. Der Falke ist auferstanden. Wir sind wieder da.«

Die beiden gingen weiter, auf die Medkuppeln zu, wo sie eine ihrer heldenhaftesten Kriegerinnen besuchen wollten.

Ravill Pryde beobachtete den Gymnastikdrill seiner Falkengarde. Die Krieger murrten zwar über die befohlene Wiederaufnahme der Routineübungen, aber er wußte, daß es wichtig war, nach einem Krieg sofort wieder zur alltäglichen Routine überzugehen, wenn nicht bekannt war, wie lange der Frieden dauern mochte. Die Truppen mußten aufmerksam und in Topkondition bleiben.

Außerdem wollte er sich mit diesem Befehl Respekt verschaffen. Er war sich der Tatsache schmerzhaft bewußt, daß er ein gewisses Maß an Respekt bei seinen Untergebenen dadurch verloren hatte, daß Diana ihn in der Dæmonstrandschlacht hatte retten müssen. Mancher betrachtete es als Schande, von einer Freigeburt mit Blutnamen gerettet worden zu sein. Aber was bedeutete ein Makel auf seinem Ruf? Er blieb der kommandierende Offizier in einer Schlacht, an die man sich bis in alle Zeiten als glorreicher Augenblick in der Geschichte des Clans erinnern würde. Und selbst er mußte zugeben, daß der Sieg am Strand von Dæmon, und möglicherweise sogar auf ganz Waldorff, auf Sterncommander Diana Prydes Konto ging. Er gab es nur ungern zu, aber ihre Leistungen hatten ihr selbst, der Falkengarde und dem Clan Ehre gemacht. Als Marthe Pryde ihn gebeten hatte, seine Herausforderung zum Widerspruchstest gegen Diana Prydes Blut-

354

namen formell zurückzuziehen, hatte er ohne den geringsten Protest gehorcht. Mit ihrem Heldentum hatte sie ihr Recht auf den Blutnamen bewiesen.

Er starrte auf Diana, die in der vordersten Reihe der Krieger turnte. Sie führte die Übungen mit mehr Energie und Eleganz als irgend jemand sonst aus. Sie hatte ihre Sache gut gemacht, diese Tochter Aidan Prydes. Ravill fragte sich, ob man sie jetzt einen Kometen nennen würde. Wie weit konnte es eine Freigeburt im Clan bringen? Vielleicht würden sie und er sogar beide als Kometen aufsteigen, vielleicht als Rivalen. *Das,* dachte er, *wäre eine Herausforderung, die ich begrüßen würde. Diana Pryde wäre in jedem Wettstreit eine würdige Konkurrentin.*

Nach der Gymnastik zogen sich Hengst und sein Trinärstern zum Training in die Simulatorkammern zurück. Hengst stellte zufrieden fest, daß seine Krieger in der Bewertung gute Noten erreichten. Der Waldorff-Feldzug hatte sie zu einer soliden Kampfeinheit zusammengeschweißt, die mehr Verluste verursacht als erlitten hatte.

»Du wirkst ziemlich selbstzufrieden, Hengst«, stellte Diana fest. Sie hatte sich von hinten angeschlichen, und er zuckte zusammen, als er ihre Stimme hörte.

Er drehte sich zu ihr um. Wie so häufig seit Dæmon lächelte sie.

»Du siehst auch nicht gerade unzufrieden mit dir selbst aus, Diana.«

»Und warum auch? Wir haben etwas bewiesen, du und ich, Hengst. Die Wahrgeborenen behandeln uns Freigeborene anders als früher, frapos? Selbst Ravill Pryde hat mir mitgeteilt, daß er seine Herausforderung zum Widerspruchstest zurückgezogen hat, und er hat mich für mein Heldentum am Dæmonstrand beglückwünscht … auch wenn er dabei etwas erstickt klang.«

»Es geschehen noch Zeichen und Wunder.«

»Pos. Es ist ein Glück zu leben, und ein noch größeres, als Jadefalken-Krieger zu leben.«

»Du läßt dich schon wieder mitreißen. Aber ich an deiner Stelle wäre mit meiner Begeisterung vorsichtig. Ich bin bereit, mit dir zu wetten, daß diese ungewohnte Anerkennung nicht von Dauer ist, sondern nur eine Folge des Siegestaumels. Es würde mich kein bißchen verwundern, wenn sich die Lage bald wieder normalisierte. Aber das bedeutet keineswegs, daß du keinen wichtigen Sieg errungen hättest ... abgesehen von dem bei Dæmon, meine ich. Wir Freigeborenen werden arroganter werden. Du hast ein besonderes Recht dazu, und ich stelle ein neues Selbstbewußtsein in meinem Trinärstern fest. Der Blutname verschafft dir und uns Vorteile, die wir erst angefangen haben auszuloten.«

»Und ich werde sie ausloten. Darauf kannst du dich verlassen.«

»Das glaube ich dir aufs Wort, Diana Pryde. Du bist anders. Ich möchte nicht der erste Wahrgeborene sein, der dich Freigeburt schimpft.«

Diana lachte und umarmte Hengst. Die Geste war unter Freigeborenen alltäglich, aber unter Kriegern verpönt. Hengst war sich sicher, daß einige der umstehenden Wahrgeborenen ihre Umarmung mit Widerwillen sahen, und preßte Diana um so fester an sich.

Fast ein Monat in einem Krankenhausbett hatte Joannas Stimmung nicht gerade verbessert. Mit ihren Wutausbrüchen trieb sie die MedTechs in den Wahnsinn, und unter den Angestellten des Medocenters wurden regelmäßig Lotterien abgehalten, deren Gewinner eigentlich Verlierer waren, denn sie mußten in der nächsten Schicht Joannas Betreuung übernehmen. Man achtete sorgfältig darauf, nichts in ihrer Nähe zu lassen, womit sie werfen konnte, und die Haltegurte sorgfältig zu verriegeln, so daß all ihre Versuche aufzustehen scheitern mußten.

Sie tobte auch mit einem MedTech, als Marthe Pryde das Zimmer betrat. Joanna bemerkte ihre Ankunft, schrie den Tech aber mit unverminderter Heftigkeit an. Marthe tippte dem MedTech amüsiert auf die Schulter und schickte ihn mit einer Kopfbewegung hinaus, eine Aufforderung, der er nur zu gerne nachkam.

»Nun, Sterncommander Joanna«, begann Marthe. »Hast du darüber nachgedacht, was wir letzte Woche besprachen?«

»Meine Versetzung?«

»Ja.«

»Ich habe nicht den Wunsch, irgendwohin versetzt zu werden. Ich werde einen Mech an meine Verletzungen anpassen. Ich werde ...«

»Negativ. Das werde ich nicht zulassen. Ich hätte es möglicherweise nicht einmal erlaubt, wenn du die Beinprothese akzeptiert hättest.«

»Ich habe gesehen, was Prothesen bringen. Sie haben aus Kael Pershaw eine wandelnde Ansammlung von Metall, Plastik und Synthehaut gemacht. Nein, ich behalte mein zerschmettertes Bein. Das stört mich nicht.«

»Dann können wir dich nicht wieder in ein Mech-cockpit lassen, Joanna.«

»Sie sind meine Khanin, und ich muß Ihre Entscheidung akzeptieren, aber ich bitte Sie noch einmal ...«

»Vergiß es, Joanna. Selbst ohne deine Verletzung hätte ich mich möglicherweise gezwungen gesehen, deine Frontlaufbahn zu beenden.«

»Und mich zur Solahma zu machen?«

»Das war eine Möglichkeit, und du hättest sie akzeptiert, frapos?«

»Pos.« Joanna bestätigte die Frage in einem Ton, der sich bestenfalls als mürrisch beschreiben ließ.

»Aber du wärst als Solahma verschwendet, Joanna.

Und du weißt, wie sehr wir bei den Clans Verschwendung hassen. Deshalb habe ich einen Auftrag für dich.«

Nachdem Marthe Joanna den neuen Missionsbefehl erteilt und Joanna das Gespräch ruhig hatte über sich ergehen lassen, verließ die Khanin das Krankenzimmer, und Joanna wütete mit noch gesteigerter Vehemenz – und Ernüchterung.

Etwas später am selben Tag stand Marthe allein dort, wo Natalie Breens *Armbrust* tagelang gelegen hatte, bevor die Stahlvipern den Mech abgeholt hatten. Man sah noch immer eine Vertiefung mit den Umrissen des Kampfkolosses im Boden.

Obwohl die Sonne schien, pfiff ein eisiger Wind durch diesen Teil des Tals. Marthe wickelte sich den Umhang fester um die Schultern.

In ihrer Nähe trainierten zwei Jadefalken-Omni-Mechs, deren Metalloberflächen im Sonnenlicht glänzten. Die Piloten testeten die Laufleistung ihrer Maschinen durch kurze Wettrennen.

In der hellen Sonne leuchteten nahezu blendendgrelle Glanzlichter auf den beiden Mechs, einer *Nova* und einer *Nemesis*. Sie liefen beinahe elegant nebeneinander her. Marthe erkannte die Mechs von Diana Pryde und Hengst.

Diana in ihrer *Nova* hätte am liebsten laut gejubelt. Sie fühlte sich völlig eins mit ihrem Mech, völlig eins mit sich selbst.

»Gewonnen, Hengst!«

»Das schaffst du nicht noch mal, Nestling!«

»Ach nee? Das woll'n wir doch mal sehen.«

»Achte auf deine Aussprache. Du hörst dich freigeboren an, Diana Pryde.«

Diana lachte laut, als ihre *Nova* die *Nemesis* hinter sich ließ.

Marthe fühlte sich bestens, als sie zurück zu ihrem Schweber ging. Ringsum waren die Jadefalken beschäftigt: sie rannten um die Wette, trainierten, machten Zielübungen, schrien Befehle oder Beleidigungen.

Sie sah der Zukunft wohlgemut entgegen ... ihrer eigenen ebenso wie der des Clans. Hier auf Waldorff war Aidan Prydes Erbe aufgegangen. Samantha Clees hatte es auf den Punkt gebracht, als sie sagte: »Wir sind wieder da.«

Marthe Pryde sah sich um und stellte fest, daß der Falke nach den glorreichen Siegen über die Vipern und in der Hoffnung auf zukünftige Siege tatsächlich Aufwind bekam.

Epilog

Geschko-Ausbildungszentrum 111, Kerenskywald, Ironhold
Kerensky-Sternhaufen, Clan-Raum

18. April 3062

Peri war etwas besorgt, als sie zum ersten Mal seit ihrer überhasteten Abreise wieder das Geschko-Ausbildungszentrum betrat. Fast wäre sie hier ermordet worden, und mit dieser Erinnerung war es nicht gerade angenehm für sie, durch das Tor zu treten.

Die letzten neun Monate waren eine geschäftige Zeit gewesen. Marthe hatte nach Erhalt des Berichts über die Wissenschaftlerkaste, den Peri im Juli an das Hauptquartier der Khanin auf Waldorff abgeschickt hatte, sofort reagiert. Obwohl sie Lichtjahre entfernt war, hatte Marthe ihren Stab auf Strana Metschty genau überwacht, während der ihre Befehle ausführte, die Wissenschaftlerkaste auf Ironhold aufzulösen und neu zu organisieren. Etienne Balzac hatte sich geschickt zur Wehr gesetzt und der Umsetzung der Anordnungen der Khanin unter Einsatz der Verwaltung und seiner ganzen Verschlagenheit immer neue Hindernisse in den Weg gestellt.

Währenddessen hatte Peri sich im Techsektor verstecken müssen. Sie hatte versucht, Nomad zu finden, um Gesellschaft zu haben, aber der alte Tech war nicht zu finden, und niemand schien auch nur von ihm gehört zu haben.

Marthe hatte Peri in einer Geheimbotschaft mitgeteilt, daß sie keine Möglichkeit hatte, die Experimente der Wissenschaftler bei den anderen Clans zu stoppen. Sie konnte nicht mit Sicherheit sagen, inwieweit die Führung anderer Clans an den Geheimprojekten beteiligt war. Sie konnte nicht einmal feststellen, welche anderen Khane möglicherweise von der Existenz dieser Projekte wußten und sie duldeten. Sie bezweifelte, daß die meisten anderen Khane derartige Vorhaben guthießen, konnte sich dessen beim momentanen politischen Klima aber nicht sicher sein. Sie versprach Peri allerdings, zumindest die Jadefalken-Wissenschaftlerkaste umzukrempeln.

Und Marthe hatte Wort gehalten. Etienne Balzacs Regime war schließlich zusammengebrochen, und der selbstgefällige, aufgedunsene Generalwissenschaftler war seines Amtes enthoben und auf eine Hinterwäldlerstation ganz ähnlich dem Falkenhorst abgeschoben worden, wo Peri so lange Staub angesetzt hatte. Sie hoffte inständig, daß er dort versauern würde, wußte aber zugleich, daß er ständig unter Beobachtung gehalten werden mußte, denn Intrigen zu spinnen lag in der Natur dieses Mannes.

Marthe hatte ihr den Posten der Generalwissenschaftlerin angeboten, aber Peri hatte mit der Begründung abgelehnt, daß einige Wissenschaftler, deren Loyalität Balzac gehörte, die aber zu wertvoll für die Kaste waren, um sie abzuschieben, auf ihren Posten verblieben und ihr aus Rache zu viele Schwierigkeiten machen würden. Also hatte eine unschuldige Bürokratin namens Renata Salk den Posten erhalten.

Peri war auf eigenen Wunsch dem Geschko-Ausbildungszentrum zugeteilt worden. Vor ihrer Rückkehr hatte sie bereits die Umgestaltung des Zentrums überwacht. Alle Balzac-Loyalisten waren entfernt und durch Leute ersetzt worden, denen sie vertrauen konnte.

Nachdem sie sich bei den Posten am Tor ausgewiesen hatte und eingelassen worden war, sah Peri Naiad auf dem Weg stehen. Das Mädchen hatte offensichtlich auf sie gewartet.

Sie war in den neun Monaten mehr gewachsen, als

Peri erwartet hatte. Sie wirkte stärker, größer und vorwitziger denn je. Sie stand trotzig und breitbeinig mitten auf der Straße. »Ich habe gehört, daß Sie heute kommen. Sie übernehmen das ganze Zentrum, frapos?«

»So ist es. Jetzt ist es vorbei mit dem leichten Leben.«

Und so war es tatsächlich. Marthe hatte ausdrücklich angeordnet, die Geschko-Ausbildung zu intensiveren und darauf abzustellen, Krieger der Art zu erschaffen, wie die Jadefalken sie in Zukunft benötigen würden.

»Ich habe es nie als leichtes Leben betrachtet, aber Sie haben recht. Alles ist schwerer geworden.«

»Gut.«

»Octavian is' weg.«

Peri nickte. Octavian war ein enger Verbündeter Etienne Balzacs gewesen und von ihm persönlich als Ausbilder der Aidan-Geschko ausgesucht worden.

»Ja. Vermißt du ihn?«

»Nicht sehr. Aber die Neue, die mag ich auch nicht.«

Sterncommander Joanna warf Peri einen wütenden Blick zu, als sie die Kaserne betrat, in der Joanna gerade mit mehreren Geschkindern einen Stubendrill abhielt. Sie machten die Betten, und zwar nur, damit Joanna sie beschimpfen und ihre Arbeit zunichte machen konnte.

Peri wartete schweigend, bis Joanna fertig war und zu ihr herüber humpelte. Ihr Bein war seltsam verkrümmt, und sie zog den Fuß etwas nach. Joanna bemerkte Peris Blick und erklärte: »Hinter meinem Rücken nennen sie mich Hinkefuß. Aber den ersten, den ich dabei erwische, erwartet eine gehörige Tracht Prügel.«

»Wie geht es Ihnen, Joanna?«

»Wie immer. Wütend. Angewidert.«

»Ihre Verletzung tut mir leid.«

»Das? Das ist nicht der Rede wert. Man läßt mich nicht mehr in einen BattleMech, das ist alles. Aber ich

362

bin zufrieden. Ich bin nicht ausgemustert oder zur Solahma gemacht worden. Ich war Kriegerin, solange es ging. Schließlich hat es Jahre gekostet, mich loszuwerden.«

»Sie sind legendär, Joanna. Sie werden noch lange eine berühmte Kriegerin sein.«

Joanna schnaubte. »Ruhm. Stravag. Ich stehe jetzt schon in der *Erinnerung*, habe ich gehört.«

»Gehört?«

»Ich weigere mich, sie zu lesen.«

»Wir werden von jetzt an zusammenarbeiten, Joanna. Ich freue mich, daß Sie den Alltag der Geschko übernehmen. Wenn Sie mit ihnen fertig sind, werden sie bereit für die Kadettenausbildung sein, frapos?«

»Dessen kannst du dir sicher sein.«

Draußen hatte sich die Geschko versammelt und unterhielt sich aufgeregt über den Neuankömmling. Sie hatten Peri bei ihrer vorherigen Dienstzeit alle kennengelernt, aber keiner von ihnen hatte erwartet, daß sie als neue Direktorin des Ausbildungszentrums triumphal zurückkehren würde. Und sie hatten auch vom Sturz Etienne Balzacs erfahren. Das Interesse an ihr nahm jedoch noch erheblich zu, als das Gespräch auf die Schlacht um Waldorff kam.

»Sie ist die Mutter Diana Prydes«, meinte Idania. »Der Heldin von Waldorff.«

»Sie hat Aidan Pryde gekannt, heißt es«, stellte Andi fest. Wie üblich lächelte er. »Hat mit ihm trainiert. Sie muß tolle Geschichten kennen.«

»Mir gefällt, wie sie geht«, sagte Nadia. »Habt ihr gesehen? Stolz und zäh.«

»Sie ist nur eine Wissenschaftlerin«, erklärte Naiad. »Sie ist keine Kriegerin. Sie ist keine Heldin, wie Ihr behauptet.«

»Ich dachte, du magst sie«, erwiderte Andi.

Naiad kochte einen Augenblick, dann antwortete sie: »Ich mag sie auch, irgendwie. Aber sie ist keine Heldin. Du bist ein Idiot, das zu denken.«

»Du bist der Idiot.«

»Nicht ich.«

»Du.«

Naiad warf sich auf den lächelnden Andi und stieß ihn zu Boden. Er sprang sofort wieder auf und schlug nach ihr. Die anderen formten einen Kreis um die beiden. Die meisten von ihnen feuerten Andi an.

»Diana hat sich auf Waldorff gut gehalten«, meinte Joanna. »Sie nennen sie eine Heldin.«

»Freut mich zu hören«, antwortete Peri.

»Du weißt wahrscheinlich, daß sie mich vor dem Ertrinken gerettet hat, zusammen mit Hengst.«

»Ich weiß.«

»Hätte mich untergehen lassen sollen. Dann bräuchte ich jetzt nicht hier zu sein. Ich wäre einigermaßen ruhmreich gestorben, als Kriegerin am Dæmonstrand, selbst wenn es durch Ertrinken gewesen wäre und nicht bei der Explosion meines Mechs.«

»Sie sind hier nützlicher.«

»Wenigstens hat sie auch Ravill Pryde gerettet. Ich habe gehört, daß es ihn beschämt hat. Das hätte ich gerne miterlebt. Leider war ich da gerade ohnmächtig.« Joanna verstummte. Ihr Blick wirkte ungewohnt gelassen.

»Wir werden doch zusammenarbeiten, Joanna? Sie und ich?«

Joanna starrte Peri lange an. »Verlaß dich lieber nicht darauf«, riet sie schließlich.

Von draußen drang Lärm herein. Joanna humpelte zum Fenster, um nachzusehen.

»Die kleinen Surats prügeln sich.«

Peri sah ihr über die Schulter, und der Anblick des

gut einen Dutzends Kinder, die sich um die Prügelei drängten, traf sie. In den neun Monaten außerhalb des Zentrums hatte sie vergessen, wie sehr sie alle Aidan Pryde glichen. Die Erkenntnis stimmte sie melancholisch. Sie sah Aidan als Individuum, und der Gedanke an so viele genetische Kopien von ihm behagte ihr irgendwie nicht. *Ist in diesem Haufen ein zweiter Aidan Pryde?*

»Eine von den dreckigen kleinen Surats, die sich da draußen prügeln, ist Naiad«, stellte Joanna wütend fest. »Eine Unruhestifterin, wie sie im Buche steht. Mit der werde ich noch eine Menge Ärger haben.«

»Ich kenne sie. Sie erinnert mich an Sie, Joanna.«

Joanna knurrte. »Dafür könnte ich dich umbringen. Wenn es nicht stimmen sollte.«

Sie humpelte – ziemlich schnell – aus der Kaserne. Peri starrte ihr nach und fragte sich, ob Joanna ihr neues Leben wirklich so sehr haßte, wie sie vorgab.

Kaum hatte die humpelnde Joanna das Gebäude verlassen, als sie schon eine Serie von Beschimpfungen ausstieß, die in all ihrem Einfallsreichtum und ihrer Bildhaftigkeit nur ein schwacher Vorgeschmack auf die verbalen und körperlichen Torturen waren, die der Geschko in den nächsten Jahren noch bevorstanden.

GLOSSAR

Autokanone: Eine automatische Schnellfeuerkanone. Leichte Fahrzeugkanonen haben Kaliber zwischen 30 und 90 mm, während eine schwere Mechautokanone ein Kaliber von 80 bis 120 mm oder mehr besitzen kann. Die Waffe feuert in schneller Folge panzerbrechende Hochexplosivgranaten ab.

Bataillon: Ein Bataillon ist eine militärische Organisationseinheit der Inneren Sphäre, die in der Regel aus drei Kompanien besteht.

Batchall: Batchall ist der Name für das Clanritual der Herausforderung zum Kampf. Der Verteidiger kann verlangen, daß der Angreifer etwas aufs Spiel setzt, dessen Wert vergleichbar mit dem ist, was der Verteidiger zu verlieren riskiert.

Battlemech: BattleMechs sind die gewaltigsten Kriegsmaschinen, die je von Menschen erbaut wurden. Diese riesigen humanoiden Panzerfahrzeuge wurden ursprünglich vor über 500 Jahren von terranischen Wissenschaftlern und Technikern entwickelt. Sie sind in jedem Gelände schneller und manövrierfähiger, besser gepanzert und schwerer bewaffnet als jeder Panzer des 20. Jahrhunderts. Sie ragen zehn bis zwölf Meter hoch auf und sind bestückt mit Partikelprojektorkanonen, Lasergeschützen, Schnellfeuer-Autokanonen und Raketenlafetten. Ihre Feuerkraft reicht aus, jeden Gegner mit Ausnahme eines anderen BattleMechs niederzumachen. Ein kleiner Fusionsreaktor liefert ihnen nahezu unbegrenzt Energie. BattleMechs können auf Umweltbedingungen so verschieden wie glühende Wüstenei und arktische Eiswüsten eingestellt werden.

Binärstern: Eine aus zwei Sternen (10 Mechs, zwanzig Luft/Raumjägern oder 50 Elementaren) bestehende Einheit der Clans.

Blakes Wort/Comstar: Das interstellare Kommunikationsnetz ComStar wurde von Jerome Blake entwickelt, der in den letzten Jahren des Sternenbunds das Amt des Kommunikationsministers innehatte. Nach dem Zusammenbruch des Bundes eroberte Blake Terra und organisierte die Überreste des Sternenbund-Kommunikationsnetzes in eine Privatorganisation um, die ihre Dienste mit Profit an die fünf Häuser weiterverkaufte. Seitdem hat sich ComStar zu einem mächtigen Geheimbund entwickelt, der sich jahrhundertelang in Mystizismus und Rituale gehüllt hat, bis es nach der Entscheidungsschlacht gegen die Clans auf Tukayyid unter Prima Sharilar Mori und Präzentor Martialum Anastasius Focht zur Reformation des Ordens und Abspaltung der erzkonservativen Organisation Blakes Wort kam.

Blitz-Kurzstreckenraketen: Blitz-KSR enthalten Zielsuchgeräte, die ein Abfeuern erst gestatten, wenn die in die Lafette geladenen Raketen ein Ziel erfaßt haben. Ist dies einmal geschehen, treffen die Raketen das Ziel automatisch.

Blutname: Als Blutname wird einer der ursprünglich achthundert Familiennamen jener Krieger bezeichnet, die während des Exodus-Bürgerkrieges auf Seiten von Nicholas Kerensky standen. (Derzeit existieren nur noch 760 dieser Namen. Vierzig Namen wurden nach dem Hochverrat eines der ursprünglich zwanzig Clans getilgt.) Diese achthundert waren die Basis des ausgedehnten Zuchtprogramms der Clans.

Das Recht, einen dieser Nachnamen zu tragen, ist seit Einführung dieses Systems der Wunschtraum jedes ClanKriegers. Nur jeweils fünfundzwanzig Krieger dürfen gleichzeitig einen bestimmten Blutnamen tragen. Stirbt einer von ihnen, wird ein Wettbewerb abgehalten, um einen neuen Träger zu bestimmen. Ein Anwärter muß zunächst anhand seiner Abstammung sein Anrecht auf den Blutnamen nachweisen und anschließend eine Abfolge von Duellen gegen seine Mitbewerber gewinnen. Nur Blutnamensträger haben das Recht, an einem Clankonklave teilzunehmen und zum Khan oder ilKhan gewählt zu werden. Die meisten Blutnamen waren im Laufe der

Zeit einer oder zwei Kriegerklassen vorbehalten. Es gibt jedoch einzelne, besonders angesehene Blutnamen, zum Beispiel Kerensky, die dadurch ihren genetischen Wert bewiesen haben, daß sie von herausragenden Kriegern aller drei Klassen (MechKrieger, Jagdpiloten und Elementare) getragen wurden.

Blutnamen werden matrilinear vererbt. Da ein Krieger nur über seine Mutter erben kann, besteht nie ein Anrecht auf mehr als einen Blutnamen.

Clans: Beim Zerfall des Sternenbundes führte General Aleksandr Kerensky, der Oberkommandierende der Regulären Armee des Sternenbundes, seine Truppen beim sogenannten Exodus aus der Inneren Sphäre in die Tiefen des Alls. Weit jenseits der Peripherie, mehr als 1300 Lichtjahre von Terra entfernt, ließen Kerensky und seine Leute sich auf fünf wenig lebensfreundlichen Welten nahe eines Kugelsternhaufens nieder, der sie vor einer Entdeckung durch die Innere Sphäre schützte. Innerhalb von fünfzehn Jahren brach unter ihnen jedoch ein Bürgerkrieg aus, der drohte, alles zu vernichten, für dessen Aufbau sie so hart gearbeitet hatten.

In einem zweiten Exodus führte Nicholas Kerensky, der Sohn Aleksandrs, seine Gefolgsleute auf eine der Welten im Innern des Kugelsternhaufens, um dem Krieg zu entfliehen. Dort, auf Strana Metschty, entwarf und organisierte Nicholas Kerensky die faschistoide Kastengesellschaft der Clans.

Dezgra: Eine Kampfeinheit, die Schande auf sich lädt, wird als Dezgra-Einheit bezeichnet. Der Name wird auch für das Ritual verwendet, mit dem die betreffende Einheit bestraft oder gekennzeichnet wird. Jede Einheit, die einen Befehl verweigert, unter Feindbeschuß in Panik gerät oder eine unehrenhafte Handlung begeht, gilt als dezgra.

Division: Eine von der Mechkampfstärke in etwa dem Regiment entsprechende, aber Truppen verschiedener Waffengattungen umfassende Einheit der ComGuards, des militärischen Arms ComStars, und der BlakeGuards, des militärischen Arms von Blakes Wort.

Donner-Langstreckenraketen: Donner-LSR erzeugen Streu-minenfelder. Die ›Donner‹-Kennzeichnung ist die in der Freien Inneren Sphäre gebräuchliche Bezeichnung für FA-(Feldartillerie-)Streuminen-Gefechtsköpfe. Die Clans benutzen praktisch identische Gefechtsköpfe.

Eidmeister: Der Eidmeister ist der Ehrenwächter bei allen offiziellen Clanzeremonien. Die Position entspricht der eines Ordnungsbeamten in der Freien Inneren Sphäre, er-heischt jedoch mehr Respekt. Der Eidmeister nimmt alle Schwüre ab, während der Lehrmeister sie festhält. Die Po-sition des Eidmeisters gebührt in der Regel dem ältesten Blutnamensträger eines Clans (sofern er diese Ehre an-nimmt) und ist eine der wenigen Positionen, deren Träger nicht durch einen Kampf ermittelt wird.

Elementare: Die mit Kampfanzügen ausgerüstete Eliteinfan-terie der Clans. Diese Männer und Frauen sind wahre Rie-sen, die speziell für den Einsatz der von den Clans ent-wickelten Rüstungen gezüchtet werden.

Die Erinnerung: *Die Erinnerung* ist ein noch nicht abge-schlossenes Heldenepos, das die Geschichte der Clans von der Zeit des Exodus bis zur Gegenwart beschreibt. *Die Er-innerung* wird ständig erweitert, um neuere Ereignisse ein-zubeziehen. Jeder Clan verfügt über eine eigene Version dieses Epos, in der seine speziellen Meinungen und Erfah-rungen verarbeitet sind. Alle ClanKrieger können ganze Passagen dieses riesigen Gedichtes aus dem Gedächtnis zi-tieren, und es ist durchaus nicht ungewöhnlich, Verse auf OmniMechs, Luft/Raumjägern und sogar Rüstungen zu finden.

Extremreichweiten-Laser: Bei diesen Waffen handelt es sich um verbesserte Versionen des normalen Lasers, mit über-legenen Fokussier- und Zielerfassungsmechanismen. In der Clan-Ausführung haben diese Waffen eine deutlich größere Reichweite als normale Laser und erzielen einen etwas höheren Schaden. Allerdings verursachen sie dabei eine um 50% höhere Abwärme. In der Freien Inneren Sphäre befindet sich die ER-Lasertechnologie noch im Ent-wicklungsstadium. Bisher machen Umfang und Größe der benötigten Ausrüstung eine Anwendung nur bei schweren Lasern möglich. Zudem erreicht der schwere ER-Laser der Freien Inneren Sphäre zwar eine größere Reichweite als ein schwerer Normallaser, der Reichweitengewinn ist jedoch geringer als bei entsprechenden Clan-Waffen, und die Schadenswirkung ist nicht höher als bei einem normalen S-Laser. Die Wärmeentwicklung ist jedoch ebenso groß wie bei einem schweren Clan-ER-Laser.

Extremreichweiten-PPK: Ebenso wie bei den Laserwaffen haben die Clans auch eine erheblich verbesserte Version der Partikelprojektorkanone entwickelt. Diese Extremreichweiten-PPK ist kleiner, leichter und leistungsfähiger als die Normalversion, mit größerer Reichweite und höherer Durchschlagskraft. Allerdings ist auch die Wärmeentwicklung erheblich größer, was beim Einsatz dieser Waffe zu einem Problem werden kann. Die Freie Innere Sphäre besitzt ebenfalls eine ER-Version der PPK, diese Waffe ist jedoch weniger hoch entwickelt. Größe und Gewicht entsprechen denen einer Normal-PPK, ebenso wie die Schadenswirkung, während Reichweite und Abwärme in etwa denen der Clan-Version entsprechen.

Galaxis: Die größte Militäreinheit der Clans, bestehend aus drei bis fünf Sternhaufen.

Gaussgeschütz: Ein Gaussgeschütz benutzt eine Reihe von Elektromagneten, um ein Projektil durch den Geschützlauf in Richtung des Ziels zu beschleunigen. Obwohl sein Einsatz mit enormem Energieaufwand verbunden ist, erzeugt das Gaussgeschütz nur sehr wenig Abwärme, und die erreichbare Mündungsgeschwindigkeit liegt doppelt so hoch wie bei einer konventionellen Kanone.

Geschko: Eine Gruppe von Kindern (GESCHwisterKOmpanie) des Zuchtprogramms der Clan-Kriegerkaste, die von denselben Genspendern abstammen und gemeinsam aufgezogen werden. Während sie aufwachsen, werden sie ständig getestet. Bei jedem Test scheiden Mitglieder der Geschko aus und werden in niedrigere Kasten abgeschoben. Eine Geschko besteht zunächst aus etwa zwanzig Kindern, von denen beim abschließenden Test noch etwa vier oder fünf übrig bleiben. Diese Tests und andere Erlebnisse binden die überlebenden ›Geschkinder‹ so eng aneinander, daß sie häufig lebenslanges Vertrauen und Verständnis füreinander zeigen. Untereinander bezeichnen Geschkomitglieder sich auch als ›Kogeschwister‹.

Hegira: Gelegentlich gestatten siegreiche ClanKrieger dem besiegten Gegner Hegira. Dies erlaubt ihm, sich ehrenhaft vom Schlachtfeld zurückzuziehen, ohne weiterem Beschuß ausgesetzt oder anderweitig belästet zu werden.

Impulslaser: Ein Impulslaser verwendet einen Hochfrequenz-Hochenergiepuls zur Erzeugung gepulster Laserstrahlen. Der Effekt ist vergleichbar mit MG-Feuer. Diese Konstruktion erhöht die Trefferwahrscheinlichkeit des Laserangriffs und erzeugt einen größeren Schaden pro Treffer, allerdings unter Inkaufnahme erhöhter Hitzeentwicklung und verringerter Reichweite.

Innere Sphäre: Mit dem Begriff ›Innere Sphäre‹ wurden ursprünglich die Sternenreiche bezeichnet, die sich im 26. Jahrhundert zum Sternenbund zusammenschlossen. Derzeit bezeichnet er den von Menschen besiedelten Weltraum innerhalb der Peripherie. Der nicht von den Clans besetzte Teil der Inneren Sphäre wird auch als ›Freie Innere Sphäre‹ bezeichnet.

K³-Computer: Das K³-Computersystem (Kommando/Kontrolle/Kommunikation) steht nur Einheiten der Freien Inneren Sphäre zur Verfügung. Es ist für den Einbau in Befehls- oder Scout-Mechs bzw. -Fahrzeuge vorgesehen und soll den Einheitskommandeur bei der Koordination von Aktivitäten auf Lanzen- und Kompanieebene unterstützen, indem es angeschlossenen Einheiten gestattet, das Zielerfassungssystem einer beliebigen anderen Einheit des K³-Netzwerks zu benutzen.

Kaste: Die Clangesellschaft ist streng in fünf Kasten unterteilt: Krieger, Wissenschaftler, Händler, Techniker und Arbeiter. Jede dieser Kasten umfaßt zahlreiche Unterkasten, die auf Spezialisierungen innerhalb eines Berufsfeldes basieren. Die Kriegerkaste pflanzt sich unter strenger Kontrolle des genetischen Erbes durch ein systematisches Eugenikprogramm fort, bei dem Genmaterial angesehener und erfolgreicher lebender und toter Krieger verwendet wird. Andere Kasten sorgen durch strategische Heiraten innerhalb der Kaste für einen hochwertigen Genfundus.

Khan: Jeder Clan wählt zwei Khane. Einer der beiden fungiert als höchster militärischer Kommandeur und Verwaltungschef der Clans. Die Position des zweiten Khans ist weniger klar umrissen. Er ist der Stellvertreter des ersten Khans und führt dessen Aufträge aus. In Zeiten großer innerer oder äußerer Bedrohung, oder wenn eine gemeinsame Anstrengung aller Clans notwendig ist, wird ein ilKhan als oberster Herrscher aller Clans gewählt.

Kodax: Der Kodax eines Kriegers ist seine persönliche Identifikation. Er enthält die Namen der Blutnamensträger, von denen ein Krieger abstammt, sowie seine Generationsnummer, seine Blutlinie und seinen ID-Kodax, eine alphanumerische Codesequenz, die einzigartige Aspekte seiner DNS (Desoxyribonukleinsäure, der Träger der menschlichen Erbinformationen) festhält.

Kompanie: Eine Kompanie ist eine militärische Organisationseinheit der Inneren Sphäre, die aus drei BattleMech-Lanzen oder bei Infanteriekompanien aus drei Zügen mit insgesamt 50 bis 100 Mann besteht.

Kröten: Die in der freien Inneren Sphäre übliche Bezeichnung für die mit Kampfanzügen ausgerüstete Eliteinfanterie, eine zuerst bei den Clans entwickelte Waffengattung. Diese sogenannten Elementare sind wahre Riesen, die speziell für den Einsatz der von den Clans entwickelten Rüstungen gezüchtet werden. Die freie Innere Sphäre ist bei der Entwicklung ähnlicher Gefechtsanzüge deutlich im Hintertreffen, nicht zuletzt, da als Träger dieser Anzüge nur gewöhnliche Menschen zur Verfügung stehen.

KSR: Abkürzung für ›Kurzstreckenrakete‹. Es handelt sich um ungelenkte Raketen mit hochexplosiven oder panzerbrechenden Sprengköpfen.

Landungsschiffe: Da Sprungschiffe die inneren Bereiche eines Sonnensystems generell meiden müssen und sich dadurch in erheblicher Entfernung von den bewohnten Planeten einer Sonne aufhalten, werden für interplanetare Flüge Landungsschiffe eingesetzt. Diese werden während des Sprungs an die Antriebsspindel des Sprungschiffes angekoppelt. Landungsschiffe besitzen selbst keinen Überlichtantrieb, sind jedoch sehr beweglich, gut bewaffnet und aerodynamisch genug, um auf Planeten mit einer Atmosphäre aufzusetzen bzw. von dort aus zu starten. Die Reise vom Sprungpunkt zu den bewohnten Planeten eines Systems erfordert je nach Spektralklasse der Sonne eine Reise von mehreren Tagen oder Wochen.

Lanze: Eine Lanze ist eine militärische Organisationseinheit der Inneren Sphäre, die in der Regel aus vier BattleMechs besteht.

Laser: Ein Akronym für ›Light Amplification through Stimulated Emission of Radiation‹ oder Lichtverstärkung durch stimulierte Strahlungsemission. Als Waffe funktioniert ein Laser, indem er extreme Hitze auf einen minimalen Bereich konzentriert. BattleMechlaser gibt es in drei Größenklassen: leicht, mittelschwer und schwer. Laser sind auch als tragbare Infanteriewaffen verfügbar, die über einen als Tornister getragenen Energiespeicher betrieben werden. Manche Entfernungsmeßgeräte und Zielerfassungssensoren bedienen sich ebenfalls schwacher Laserstrahlen.

LB-X Autokanone: Die LB-X (Large Bore-Extended, Großkaliber-erweiterte Reichweite) Autokanone ist eine verbesserte Version der gewöhnlichen Autokanone, bei der durch den Einsatz leichter, wärmeableitender Legierungen Gewicht und Wärmeentwicklung reduziert worden sind. Die eingesetzten Materialien machen die Waffe teurer als eine gewöhnliche Autokanone, aber die Vorteile wiegen die höheren Kosten auf. Die LB-X kann Bündelmunition abfeuern, die sich mit Schrotmunition im BattleMechformat vergleichen läßt. Nach Verlassen des Laufs zerfällt eine Bündelgranate in kleinere Geschosse. Dadurch wird die Chance auf einen Glückstreffer erhöht, gleichzeitig jedoch der erzielte Schaden über das gesamte Zielgebiet verteilt statt auf einen Punkt konzentriert. Bündelmunition kann nur in LB-X Autokanonen eingesetzt werden.

LSR: Abkürzung für ›Langstreckenrakete‹, zum indirekten Beschuß entwickelte Raketen mit hochexplosiven Gefechtsköpfen.

Nachfolgerfürsten: Die fünf Nachfolgerstaaten werden von Familien regiert, die ihre Herkunft von einem der ursprünglichen Lordräte des Sternenbunds ableiten. Alle fünf Hausfürsten erheben Anspruch auf den Titel des Ersten Lords. Sie kämpfen seit Ausbruch der Nachfolgekriege im Jahre 2786 gegeneinander. Ihr Schlachtfeld ist die riesige Innere Sphäre, bestehend aus sämtlichen einstmals von den Mitgliedsstaaten des Sternenbunds besetzten Sonnensystemen.

Nachfolgerstaaten: Nach dem Zerfall des Sternenbunds wurden die Reiche der Mitglieder des Hohen Rats, die sämtlich Anspruch auf die Nachfolge des Ersten Lords erhoben, unter dem Namen Nachfolgerstaaten bekannt. Die Nachfolgerstaaten bestehen aus ursprünglich fünf und derzeit noch vier Herrscherhäusern: Haus Kurita (Draconis-Kombinat), Haus Liao (Konföderation Capella), Haus Steiner-Davion (Vereinigtes Commonwealth) und Haus Marik (Liga Freier Welten). Die Clan-Invasion unterbrach die Jahrhunderte des Krieges seit 2786 – die Nachfolgekriege – einstweilen. Die Nachfolgerfürsten setzten ihre Streitigkeiten aus, um der Bedrohung durch den gemeinsamen Feind, die Clans, zu begegnen. Die trügerische Ruhe seit Abschluß des Waffenstillstands von Tukayyid hat diese Solidarität jedoch inzwischen sehr brüchig werden lassen, und im Jahre 3057 brachen die Kämpfe innerhalb der freien Inneren Sphäre wieder aus.

Nova: Eine aus einem Mechstern (5 Mechs) und einem Elementarstern (25 Elementaren) bestehende Einheit der Clans.

Peripherie: Jenseits der Grenzen der Inneren Sphäre liegt die Peripherie, das weite Reich bekannter und unbekannter Systeme, das sich bis in die interstellare Nacht erstreckt. Die einstigen terranischen Kolonien in der Peripherie wurden durch den Zerfall des Sternenbundes technologisch, wirtschaftlich und politisch verwüstet. Derzeit ist die Peripherie größtenteils Zufluchtsort für Banditenkönige, Raumpiraten und Ausgestoßene.

PPK: Abkürzung für ›Partikelprojektorkanone‹, einen magnetischen Teilchenbeschleuniger in Waffenform, der hochenergiegeladene Protonen- oder Ionenblitze verschießt, die durch Aufschlagskraft und hohe Temperatur Schaden anrichten. PPKs gehören zu den effektivsten Waffen eines BattleMechs.

Regiment: Ein Regiment ist eine militärische Organisationseinheit der Inneren Sphäre und besteht aus zwei bis vier Bataillonen von jeweils drei oder vier Kompanien.

Savashri: Ein Clan-Fluch.

Seyla: Dieses Wort ist ungefähr gleichbedeutend mit ›Einheit‹. Es handelt sich um eine rituelle Antwort, die bei bestimmten Clan-Zeremonien gefordert wird. Ursprung und exakte Bedeutung des Wortes sind unbekannt, aber es wird nur mit äußerstem Respekt und Ehrfurcht verwendet.

Sprungschiffe: Interstellare Reisen erfolgen mittels sogenannter Sprungschiffe, deren Antrieb im 22. Jahrhundert entwickelt wurde. Der Name dieser Schiffe rührt von ihrer Fähigkeit her, ohne Zeitverlust in ein weit entferntes Sonnensystem zu ›springen‹. Es handelt sich um ziemlich unbewegliche Raumfahrzeuge aus einer langen, schlanken Antriebsspindel und einem riesigen Solarsegel, das an einen gigantischen Sonnenschirm erinnert. Das gewaltige Segel besteht aus einem Spezialmaterial, das gewaltige Mengen elektromagnetischer Energie aus dem Sonnenwind des jeweiligen Zentralgestirns zieht und langsam an den Antriebskern abgibt, der daraus ein Kraftfeld aufbaut, durch das ein Riß im Raum-Zeit-Gefüge entsteht. Nach einem Sprung kann das Schiff erst weiterreisen, wenn es durch Aufnahme von Sonnenenergie seinen Antrieb wieder aufgeladen hat.

Sprungschiffe reisen mit Hilfe ihres Kearny-Fuchida-Antriebs in Nullzeit über riesige interstellare Entfernungen.

Das K-F-Triebwerk baut ein Raum-Zeit-Feld um das Sprungschiff auf und öffnet ein Loch in den Hyperraum. Einen Sekundenbruchteil später materialisiert das Schiff am Zielsprungpunkt, der bis zu 30 Lichtjahre weit entfernt sein kann.

Sprungschiffe landen niemals auf einem Planeten und reisen nur sehr selten in die inneren Bereiche eines Systems. Interplanetarische Flüge werden von Landungsschiffen ausgeführt, Raumschiffen, die bis zum Erreichen des Zielpunktes an das Sprungschiff gekoppelt bleiben.

Stern: Eine aus fünf Strahlen (5 Mechs, 10 Luft/Raumjägern oder 25 Elementaren) bestehende Einheit der Clans.

Sternenbund: Im Jahre 2571 wurde der Sternenbund gegründet, um die wichtigsten nach dem Aufbruch ins All von Menschen besiedelten Systeme zu vereinen. Der Sternenbund existierte annähernd 200 Jahre, bis 2751 ein Bürgerkrieg ausbrach. Als das Regierungsgremium des Sternenbunds, der Hohe Rat, sich in einem Machtkampf auflöste, bedeutete dies das Ende des Bundes. Jeder der Hausfürsten rief sich zum neuen Ersten Lord des Sternenbunds aus, und innerhalb weniger Monate befand sich die gesamte Innere Sphäre im Kriegszustand. Dieser Konflikt hält bis zum heutigen Tage, knapp drei Jahrhunderte später, an. Die Jahrhunderte nahtlos ineinander übergehender Kriege werden in toto als die ›Nachfolgekriege‹ bezeichnet.

Sternhaufen: Eine aus zwei bis fünf Binärsternen, Trinärsternen, Novas oder Supernovas bestehende Einheit der Clans.

Strahl: Die kleinste Militäreinheit der Clans, bestehend aus einem Mech, zwei Luft/Raumjägern oder fünf Elementaren.

Supernova: Eine aus einem Mechbinärstern (10 Mechs) und zwei Elementarsternen (50 Elementaren) bestehende Einheit der Clans.

Trinärstern: Eine aus 3 Sternen (15 Mechs, 30 Luft/Raumjägern oder 75 Elementaren) bestehende Einheit der Clans.

Waffenstillstand von Tukayyid: Der Waffenstillstand von

Tukayyid hat eine fünfzehnjährige Waffenruhe zwischen den Clans und der Inneren Sphäre begründet. Khan Ulric Kerensky, ilKhan der Clans, vereinbarte mit dem Präzentor Martialium ComStars, Anastasius Focht, auf dem Planeten Tukayyid eine Entscheidungsschlacht. Bei einem Sieg der Clans verpflichtete sich ComStar, ihnen Terra auszuhändigen, bei einem Sieg ComStars verpflichteten sich die Clans zu einem fünfzehnjährigen Waffenstillstand. Der nach einem überwältigenden Sieg der ComGuards auf Tukayyid unterzeichnete Vertrag etablierte eine Grenzlinie, die durch den Planeten Tukayyid verläuft. Die Clans dürfen diese Grenzlinie bis zum Ablauf des Waffenstillstands nicht überschreiten.

Zug: Ein Zug ist eine militärische Organisationseinheit der Inneren Sphäre, die grundsätzlich aus etwa achtundzwanzig Mann besteht. Ein Zug kann in zwei Abteilungen aufgeteilt werden.

Nemesis

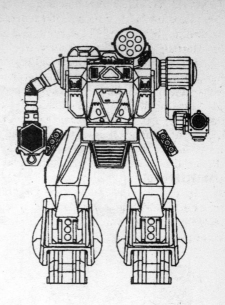

Nova

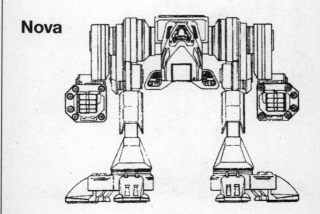

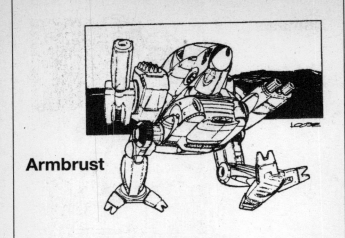

Armbrust

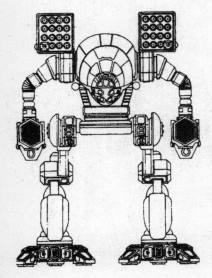

Waldwolf

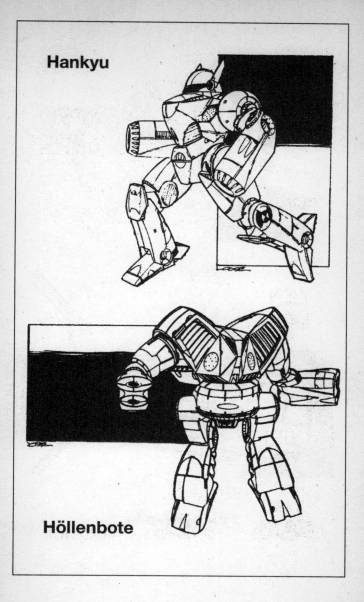

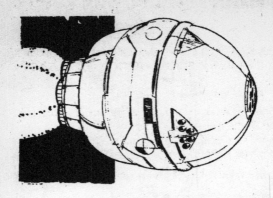

Bluthund

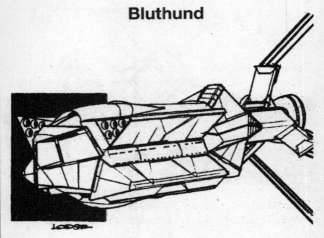

Feldeggsfalke

BATTLETECH®

Vom **BATTLETECH**™-Zyklus erschienen in der Reihe
HEYNE SCIENCE FICTION & FANTASY

DIE GRAY DEATH-TRILOGIE:

William H. Keith jr.: Entscheidung am Thunder Rift ·
06/4628
William H. Keith jr.: Der Söldnerstern · 06/4629
William H. Keith jr.: Der Preis des Ruhms · 06/4630

Ardath Mayhar: Das Schwert und der Dolch · 06/4686

DIE WARRIOR-TRILOGIE:

Michael A. Stackpole: En Garde · 06/4687
Michael A. Stackpole: Riposte · 06/4688
Michael A. Stackpole: Coupé · 06/4689

Robert N. Charrette: Wölfe an der Grenze · 06/4794
Robert N. Charrette: Ein Erbe für den Drachen · 06/4829

DAS BLUT DER KERENSKY-TRILOGIE:

Michael A. Stackpole: Tödliches Erbe · 06/4870
Michael A. Stackpole: Blutiges Vermächtnis · 06/4871
Michael A. Stackpole: Dunkles Schicksal · 06/4872

DIE LEGENDE VOM JADEPHÖNIX-TRILOGIE:

Robert Thurston: Clankrieger · 06/4931
Robert Thurston: Blutrecht · 06/4932
Robert Thurston: Falkenwacht · 06/4933

Robert N. Charrette: Wolfsrudel · 06/5058
Michael A. Stackpole: Natürliche Auslese · 06/5078
Chris Kubasik: Das Antlitz des Krieges · 06/5097
James D. Long: Stahlgladiatoren · 06/5116

BATTLETECH

J. Andrew Keith: Die Stunde der Helden · 06/5128
Michael A. Stackpole: Kalkuliertes Risiko · 06/5148
Peter Rice: Fernes Land · 06/5168
James D. Long: Black Thorn Blues · 06/5290
Victor Milan: Auge um Auge · 06/5272
Michael A. Stackpole: Die Kriegerkaste · 06/5195
Robert Thurston: Ich bin Jadefalke · 06/5314
Blaine Pardoe: Highlander Gambit · 06/5335
Don Philips: Ritter ohne Furcht und Tadel · 06/5358
William H. Keith jr.: Pflichtübung · 06/5374
Michael A. Stackpole: Abgefeimte Pläne · 06/5391
Victor Milan: Im Herzen des Chaos · 06/5392
William H. Keith jr.: Operation Excalibur · 06/5492
Victor Milan: Der schwarze Drache · 06/5493
Blaine Pardoe: Der Vater der Dinge · 06/5636
Nigel Findley: Höhenflug · 06/5655
Loren Coleman: Blindpartie · 06/5886
Loren Coleman: Loyal zu Liao · 06/5893
Blaine Pardoe: Exodus · 06/6238
Michael Stackpole: Heimatwelten · 06/6239
Thomas Gressman: Die Jäger · 06/6240
Robert Thurston: Freigeburt · 06/6241
Thomas Gressman: Feuer und Schwert · 06/6242
Thomas Gressman: Schatten der Vernichtung · 06/6299
Michael Stackpole: Der Kriegerprinz · 06/6243
Robert Thurston: Falke im Aufwind · 06/6244